KNAUR

Über den Autor:
Sven Hüsken wurde 1976 in Westfalen geboren, wo er auch zusammen mit seiner Frau und seinen beiden Töchtern lebt und arbeitet. Er ist sowohl im Erwachsenen- als auch im Jugendbuch zu Hause und wechselt zwischen realistischen und phantastischen Stoffen. Beruflich hat er vor allem mit Kleinstlebewesen zu tun, die er zum Wohle der Menschheit zum Arbeiten zwingt.

SVEN HÜSKEN

PAPA

THRILLER

KNAUR

Besuchen Sie uns im Internet:
www.knaur.de

FSC
www.fsc.org
MIX
Papier aus verantwortungsvollen Quellen
FSC® C083411

Originalausgabe August 2015
Knaur Taschenbuch

Redaktion: Ulrike Gallwitz
Umschlaggestaltung: ZERO Werbeagentur, München
Umschlagabbildung: FinePic®, München
Satz: Adobe InDesign im Verlag
Druck und Bindung: CPI books GmbH, Leck
ISBN 978-3-426-51701-7

2 4 5 3 1

Für meine Töchter
Lia und Juna

KAPITEL 1

Eisige Finger strichen dem Mann über den Nacken und ließen ihn schaudern. Der Gedanke, die abgestorbene Haut seines alten Lebens bald abzustreifen, war aufregend. Beängstigend.

Doch während er das eine Leben noch nicht ablegen konnte, gehörte ihm das andere noch nicht gänzlich. Vor ihm lag viel Arbeit.

Mit zwei vollen Tüten und einem Spaten, der Ausbeute des heutigen Einkaufs, stand er vor seinem Haus, das er kürzlich nach jahrelanger Abwesenheit wieder bezogen hatte.

Ächzend setzte er alles ab, suchte den Schlüssel und verharrte damit vor dem Schloss. Er zitterte und zwang sich, ruhig zu atmen, dann schob er ihn hinein und drehte ihn um.

Als er die Tür öffnete, schlug ihm ein muffiger Geruch entgegen. Er war noch nicht dazu gekommen, das Haus aus seinem Dornröschenschlaf zu wecken.

Aus den angrenzenden Zimmern drang gedämpftes Licht, das den Flurteppich alt und ausgeblichen erscheinen ließ. In diesem Haus wirkte alles ein wenig farblos, ausgewaschen und zu lange benutzt.

Ein Gefühl, als wäre er noch nie hier gewesen, erfasste ihn. Er musste sich erst daran gewöhnen, dass sein geregeltes Leben nun vorbei war.

Er klemmte sich den Spaten unter einen Arm, schnappte sich die Tüten, schluckte den aufkommenden Ekel hinunter und setzte zögernd einen Fuß über die Schwelle.
Es war immer schwer, ein neues Leben zu beginnen. Es gab so viel zu erleben, so viel zu sehen, so viele neue Dinge, die atemberaubend waren und doch gefährlich sein konnten. Nie wusste man vorher, was einen erwartete. Das machte einen Teil des Reizes aus. Hier würde das neue Leben seinen Anfang nehmen und das alte nach und nach aufzehren.
Er trat hinter sich die Tür zu und ging in die Küche. Ein schwerer Vorhang hing vor dem Fenster und färbte das einfallende Licht rotgolden.
Der Mann stellte die Einkaufstüten auf den Tisch, lehnte den Spaten an die Wand, zog den Vorhang zur Seite und öffnete das Fenster. Kalte Luft strömte herein, die er gierig einsog. Sie roch nach frischer Erde und Regen und sorgte für einen klaren Kopf. Die Sonnenstrahlen wärmten sein Gesicht, und für einen Moment schloss er die Augen. Das Leben konnte so gut sein. Besser als das Leben, das hinter ihm lag. Frei sein und der sein zu dürfen, der man sein wollte.
Er atmete tief durch und packte die Tüten aus.
Hoffentlich hatte er an alles gedacht.
Der Himmel zog sich bereits zu. Dicke schwarze Wolken schoben sich vor die Sonne. Der Regen würde nicht lange auf sich warten lassen. Dieses Jahr hatte sich der Sommer eine Maske übergezogen.
Der Mann schnappte sich die Tüte mit dem Kleinkram und stellte sie in den Vorratsschrank. Die Farben und Folien aus der anderen Tüte breitete er auf dem Tisch aus, auf dem eine dicke Staubschicht lag. Bis er den Dreck der Jahre, in denen er nicht hier gewesen war, beseitigt hatte, würde noch einige Zeit vergehen, vor allem, weil er gerade andere Dinge im Kopf hatte.

Dein neues Leben zum Beispiel?
Seine Lippen verzogen sich zu einem Lächeln. Ja, zum Beispiel mein neues Leben. Aber nicht nur das.
Es klingelte. Im ersten Augenblick wusste er nicht, wo es herkam. Er blickte auf, verärgert, weil man ihn aus seinen Gedanken gerissen hatte. Etwas, das er nicht ausstehen konnte. Seit Jahren war er nicht hier gewesen, und kaum machte er etwas Licht, kamen die Insekten. Schade, dass es kein passendes Spray für unliebsame Nachbarn gab.
Es klingelte erneut. Der Mann stapfte missmutig in den Flur. Durch das Milchglasfenster der Haustür sah er einen Schatten. Einen Augenblick lang dachte er daran, das Klingeln zu ignorieren, doch Nachbarn waren manchmal wie schlechte Gerüche. Selbst wenn man sie loswurde, bekam man sie häufig nicht mehr aus der Nase. Entweder ging man ihnen aus dem Weg, oder man arrangierte sich mit ihnen. Für Ersteres war es inzwischen zu spät.
»Ja, ja, ich bin unterwegs«, rief er und ging zur Tür. Als er sie öffnete, starrte er in die Hundeaugen einer älteren Dame. Sie hatte sich in ein für dieses unbeständige Wetter viel zu dünnes Blümchenkleid gepresst.
Ihr Mund formte sich zu einem breiten Lächeln. Auf ihren Schneidezähnen klebte ein dünner Film roter Lippenstift. »Das ist ja eine Überraschung. Nach so langer Zeit. Ich dachte noch, ich seh nicht richtig, der Herr Nachbar ist wieder da.«
Er hob die Augenbrauen. Sein Blick wanderte zu dem rostigen Ford hinter ihr und wieder zurück. »Was hat mich verraten? Mein Auto oder meine beachtenswerte Performance als Tütenträger?« Er grinste und gab ihr die Hand. »Frau Lammert, schön, Sie wiederzusehen. Möchten Sie einen Moment hereinkommen? Ich muss Sie allerdings warnen«, er hob einen Zeigefinger, »ein Haus hat zwar die unverfrorene Eigenschaft, allein

zu verdrecken, jedoch besitzt es nicht so viel Anstand, sich auch allein zu reinigen.« Er zwinkerte ihr zu. »Ich bin in letzter Zeit beschäftigt gewesen und noch nicht dazu gekommen, gründlich sauber zu machen. Aber wenn Sie nicht so genau in die Ecken schauen, könnte ich Ihnen eine Kleinigkeit anbieten. Ich komme gerade vom Einkaufen. Wie wäre es mit einem Stück Kuchen?«

Die Dame warf einen skeptischen Blick an ihm vorbei ins Haus. Für einen Moment verschwand ihr Lächeln, und ihre rosige Haut schien grau zu werden, dann sah sie ihn wieder an und strahlte. »Haben Sie vielen Dank. Machen Sie sich wegen des Schmutzes keine Gedanken. Da sehe ich einfach drüber hinweg.« Sie quetschte sich an ihm vorbei und ging den Flur hinunter. Jeder ihrer Schritte wirbelte ein kleines Staubwölkchen auf. »Eine Frau ist in solchen Dingen geschickter, als es ein Mann je sein könnte. Putzen ist eine Wissenschaft, wissen Sie, aber nur die wenigsten Männer bringen die Geduld dafür auf.« Sie drehte sich um, und ihr Porzellanpuppengesicht nahm sein gesamtes Blickfeld ein.

Ein Schlag, und es zerspringt, dachte er und wies ihr den Weg. »Wenn Sie das sagen, Frau Lammert.«

Ein kurzes Bedauern huschte über ihr rundes Gesicht. Offenbar hatte sie eine andere Antwort erwartet. Sie drehte sich auf dem Absatz um und watschelte ihm voraus ins Wohnzimmer, das mit schweren Stoffvorhängen abgedunkelt war.

Er schaltete das Licht an und bot ihr mit einer Handbewegung einen Stuhl am Esstisch an. »Möchten Sie etwas trinken?«

Frau Lammert winkte ab. »Nein danke.« Sie machte eine Pause und zuckte unentschlossen mit dem Kopf. Schließlich fügte sie hinzu:

»Obwohl, vielleicht doch eine Tasse Tee oder Kaffee, falls es recht ist. Wenn Sie haben, hätte ich natürlich auch nichts gegen

einen kleinen zusätzlichen Schuss.« Ihr Lächeln verrutschte zu einem schiefen Grinsen.
Die Lippen des Mannes wurden zu zwei schmalen Streifen. »Ich schau mal, was sich machen lässt. Fühlen Sie sich wie zu Hause. Ich bin gleich wieder bei Ihnen.«
Damit ging er in die Küche, stellte den Wasserkocher an und biss in seine Faust. Er hatte keine Zeit für Freundlichkeiten. Sein Blick fiel auf eine besondere Sanduhr, die gegenüber im Regal stand. Er hatte sie damals ihrer Größe wegen gekauft. Jetzt erwies sie sich als praktisch. Dem Sand nach waren bereits mehr als drei Stunden vergangen, und viel war nicht mehr übrig. Bald war es so weit. Er wischte sich die feuchten Hände an der Hose ab. So wenig Zeit. Zu wenig, um mit Porzellanpuppen zu spielen.
»Schöne Bilder haben Sie hier«, rief sie ihm aus dem Wohnzimmer zu. »Haben Sie die selbst gemalt?«
Er öffnete eine der Schubladen und strich mit der Hand sanft über die massiven Holzgriffe der Messer, die darin lagen. Als er das größte gefunden hatte, schloss er die Finger darum und holte es raus. »Das ist schon viele Jahre her«, rief er zurück, während er mit der freien Hand den Vorratsschrank öffnete und einen Fertigkuchen herausfischte. Beides stellte er auf den Küchentisch neben die Folie und die Farbe. So viel zu tun, und er verplemperte einfach kostbare Zeit.
»Sie scheinen Rot sehr zu mögen?«, hörte er Frau Lammert sagen.
Ja, dachte er, und Blau und Grün und Orange. »Man hat halt so seine Phasen.«
»Oh.« Sie klang interessiert. »Und mit welchen Farben haben Sie die gemalt? Sie sehen so frisch aus. Entschuldigen Sie, ich weiß nicht, wie ich es anders beschreiben soll. Sie sind so rot. Wie Blut.« Sie lachte auf. »Wie dieses Märchen. Weiß wie

Schnee und rot wie Blut. Von den Gebrüdern Grimm, wissen Sie? Sehr hübsch.«

Als er den Marmorkuchen aus seiner Verpackung befreit hatte, schnitt er ihn vorsichtig in Scheiben. »Es sind Ölgemälde, die ich mit Lack versiegelt habe. Parkettlack, um genau zu sein. Das verleiht ihnen diesen Verglasungseffekt. Aber es hat natürlich auch den Nachteil, dass man bei ungünstigem Lichteinfall nichts mehr erkennen kann. Ich glaube, meine Bilder sind die einzigen auf der Welt, die man in einem abgedunkelten Raum besser sehen kann als bei Tageslicht.« Er lachte, holte zwei Tassen aus dem Schrank, wischte sie mit einem Tuch sauber und legte jeweils einen Teebeutel hinein. Als das Wasser kochte, goss er sie voll, stellte alles zusammen auf ein Tablett und brachte es ins Wohnzimmer.

Frau Lammert kam ihm entgegen und ging ihm zur Hand. Sie stellte alles auf den Tisch und lächelte ihn an, als hätte sie selbst den Tee gekocht und den Kuchen höchstpersönlich gebacken. »Gekaufter Kuchen«, sagte sie, »ist ja auch gut. Fast wie frischer.«

»Leider habe ich keinen Alkohol im Haus.«

Ein Schatten huschte über ihr Gesicht. »Bedauerlich.«

Er lächelte gequält, setzte sich und rührte mit dem Teebeutel in der Tasse.

Die Porzellanpuppe hingegen ignorierte den Tee und machte sich genüsslich über den Kuchen her. »Erzählen Sie mal, was haben Sie in den letzten Jahren getrieben? Wo haben Sie sich versteckt? Gerüchte gibt es ja so einige, aber ich persönlich bevorzuge Fakten. Harte Fakten, wissen Sie? So mag ich das. Zack, zack, zack.« Sie schlug mit der Handkante auf den Tisch, als hackte sie Fleisch in kleine Stückchen.

Was sollte er ihr sagen? Die Wahrheit? Das wäre bestimmt witzig.

Wissen Sie, Frau Lammert, ich habe da ein Problem mit dem Kopf. Der setzt manchmal ganz plötzlich aus. Ich war lange Zeit in Therapie und habe nun beschlossen, mal 'ne Pause zu machen. Die ständigen Medikamente können ja auf Dauer nicht gesund sein, nicht wahr? Noch etwas Zucker zum Tee?
Nein, das würde ihrer Nachbarschaftsbeziehung nicht guttun. Stattdessen sagte er: »Ich habe eine Wohnung in der Stadt. Dieses Haus war mir schon immer zu weit draußen, wissen Sie? Der nächste Nachbar«, er stockte, deutete mit der Hand auf ihren ausladenden Busen, »*Sie* wohnen gut hundert Meter weit entfernt. Hier hat man schnell das Gefühl, einsam zu sein. Ich brauche Leute um mich herum. Leben! Deshalb bin ich gekommen. Ich überlege, dieses Haus zu verkaufen.«
»Nein.« Sie riss die Augen auf. »Diese Ruhe wollen Sie eintauschen gegen Autoabgase, Stress und dummes Geschwätz? Na ja, es ist ja Ihr Haus. Sie werden am besten wissen, was man damit macht, nicht wahr, aber gleich verkaufen? Nach all den Jahren.« Es klang wie ein Vorwurf. »Sie hätten netter zu Ihrer Frau sein sollen. So ein hübsches Ding. Vielleicht nicht die Klügste, aber hübsch.«
Er unterdrückte den Wunsch, ihr den Kuchen ins Gesicht zu drücken. Stattdessen setzte er eine freundliche Maske auf. »Frau Lammert, wo Sie gerade hier sind. Würden Sie mir einen Gefallen tun?«
Die Dame stopfte sich noch ein Stück Kuchen in den Mund und spülte mit etwas Tee nach. »Hm? Oh, entschuldigen Sie. Ich bin etwas schwerhörig. Sie müssen lauter sprechen.«
Wie interessant. Manchmal musste man einfach nur Glück haben. Schwerhörige Nachbarn waren die besten Nachbarn. Zumindest, solange sie nicht neugierig waren. Die gute Frau Lammert jedoch war mehr als nur eine Spur zu neugierig. Damit musste Schluss sein. Vorerst zumindest.

Er nahm einen Schluck Tee. Seine Hand zitterte so, dass er die Tasse mit der anderen stützen musste. Dann legte er los. »Mir ist aufgefallen, dass Sie fett geworden sind.«

Der rosa Teint wandelte sich in kalkiges Weiß.

»Ganz im Ernst. Haben Sie in den letzten Jahren etwas anderes gemacht, außer gefressen? Ich meine, so wie Sie den Kuchen verschlingen, müssen Sie viel Übung darin haben. Wenn ich es mir recht überlege, hätte ich Ihnen den Kuchen besser nicht gegeben.«

Ihre Gesichtsmuskeln erschlafften. »Was … ich versteh …«

»Und Ihre Brüste«, er deutete auf ihren massiven Vorbau, »das sind Sandsäcke, die man halb geleert hat. So was versteckt man und stellt es nicht in einem hauchdünnen Kleid zur Schau. Ehrlich gesagt, habe ich mich vorhin wirklich erschrocken. War das früher schon so?« Eine unangenehme Hitze durchströmte ihn. Aber es war zu spät, um es sich anders zu überlegen. Er musste diese Grenze überschreiten, auch wenn sich alles in ihm dabei zusammenkrampfte.

»Also …« Sie sprang auf. »Sie haben wohl den Verstand verloren?«

Und Sie offenbar Ihre Fassung wiedergewonnen. Gut, dann ist es gleich vorbei.

Sie kam dicht an ihn heran und bohrte fast den Zeigefinger in sein linkes Auge. Ihr Gesicht war wutverzerrt. »Wagen Sie es nicht, so mit mir zu reden. So nicht. Ich weiß nicht, was in Sie gefahren ist, was Sie die letzten Jahre gemacht haben, aber es hat Ihnen nicht gutgetan.«

Sein Gesicht versteinerte, und er erhob sich ebenfalls. Er war deutlich größer als sie. »In diesem Haus«, sprach er langsam und betonte jedes Wort, »sage ich, was ich will. Sie kommen hierher, miefen mit Ihrem Gestank alles ein, fressen von meinen Vorräten«, sein Schatten verdunkelte ihr Gesicht, »und besitzen die Unverfrorenheit, mir zu sagen, was ich tun und lassen soll?«

Sie starrte ihn weiter an, zwinkerte nicht und wurde mit offenem Mund immer kleiner. In ihren Augen flackerte ein Licht, das er als Unsicherheit interpretierte. Obwohl es ihm im Grunde egal war, was es bedeutete.

»Sie verschwinden jetzt, und wehe, Sie wagen sich noch mal in meine Nähe.«

Augenblicklich machte sie auf dem Absatz kehrt und watschelte hinaus.

Einen Moment sah ihr der Mann durch das runde Fenster in der Tür nach. Sie tat ihm leid, aber das war der einzig richtige Weg gewesen. Sie würde vorerst nicht mehr in die Nähe des Hauses kommen. Er seufzte. Mit Blumen allein würde er das nicht wiedergutmachen können, aber das Problem musste warten. Jetzt gab es Wichtigeres.

Er ging ins Wohnzimmer, schaltete den Fernseher ein, räumte den Tisch ab und pfiff fröhlich vor sich hin.

Das Abendprogramm langweilte ihn, aber es war angenehm, belanglose Stimmen im Hintergrund zu hören. Er schnappte sich den Spaten und die Folien, öffnete die Terrassentür im Wohnzimmer und trat nach draußen. Der Wind hatte aufgefrischt, und der Wald hinter dem Feld, das an seinen Garten grenzte, rauschte wie eine rauhe See.

Dieses Feld war der Grund, weshalb es immer wieder nach Gülle stank. Schlechte Gerüche schreckten hier in der Gegend niemanden auf. Gut!

Die ersten dicken Tropfen prasselten vom Himmel. Mit schnellen Schritten durchquerte er den Garten und verstaute den Spaten samt Folien im Holzverschlag, in dem sonst nur ein einsamer, verrosteter Rasenmäher stand.

Danach ging er zurück und verschloss die Terrassentür sorgfältig. Im gleichen Moment donnerte eine Windböe gegen die

Scheiben und ließ das Glas klirren. Der einsetzende Regen überschwemmte den Garten.
Zurück in der Küche, verriet ihm ein Blick auf die Sanduhr, dass die Zeit abgelaufen war.
Seine Haut begann zu kribbeln. Die Erregung flutete seinen Körper. Schön würde es werden. Was wäre die Welt ohne ihre Künstler? Und ohne ihre Kunstwerke?
Er grinste, schnappte sich die Farbe und ging pfeifend über den Flur, die Kellertreppe hinunter.

Dem Waschkeller gegenüber war ein Raum, in dem ein paar Regale standen. Darin lagerten einsame Einmachgläser mit undefinierbarem Inhalt, mehrere Stapel Zeitschriften, einige Kartons und verrostetes Werkzeug. Es roch nach Schimmel und Feuchtigkeit. Große Teile der Wände waren ausgeblüht und schwarz gesprenkelt, als hätte jemand mit dunkler Tinte umhergespritzt.
Er trat an ein Metallregal, das an die Wand gedübelt war, und zog daran. Die Wand gab nach, schwang nach vorne, und ein Loch kam zum Vorschein. Die ausströmende Luft trug den Geruch von Kot und Schweiß mit sich.
Diese Konstruktion hatte er mal im Fernsehen gesehen. Wer nicht genau wusste, wonach er zu suchen hatte, würde diese Tür niemals finden.
Dahinter war ein weiterer Raum, nur spärlich beleuchtet. Er war in keinem Plan verzeichnet. Ihn gab es nicht, wenn der Mann es nicht wollte.
Ein schwaches Wimmern kam von einer Liege, die hinter einem Paravent versteckt war.
»Nein, bitte«, schluchzte eine Frauenstimme. »Machen Sie nicht weiter. Ich kann nicht mehr.«
Er lächelte und ging zu ihr.

»Bitte!« Die Stimme war nur ein Hauch. Doch flehende Worte hatten ihn noch nie beeindruckt. Er schaute auf das Stück Fleisch hinunter, das bereitwillig vor ihm lag. Einer Leinwand gleich. Ein wohliger Schauer durchfuhr ihn.

»Ich kann nicht mehr«, wiederholte die Frau fast tonlos.

Vorsichtig nahm er ihre Hand, als wäre sie aus Glas, und streichelte sanft ihre Haut. »Das glaube ich Ihnen«, sagte er, und fixierte ihren Arm mit einem Klettband. »Ich weiß nicht, ob ich so tapfer durchhalten würde, wäre ich an Ihrer Stelle.« Er streichelte über ihre nackten Brüste. »Dabei steht Ihnen das Schlimmste noch bevor. Aber jetzt noch nicht, das verspreche ich. Dazu ist später noch Zeit, wenn wir zwei es voll auskosten können.« Er blickte in ihre Augen, die rot und verquollen waren. »Sie haben geweint.« Er fasste in seine Hosentasche und zog ein Taschentuch hervor, mit dem er ihr ein paar Tränen von den Wangen wischte.

Schwarze Linien verliefen in Kreisen und Spiralen über ihr Gesicht.

»Sie sollten nicht weinen. Wasser kann Kunst zerstören. Und ich lasse nicht zu, dass Ihre Tränen dieses Bild vernichten. Wenn Sie weiter weinen, muss ich Ihnen die Augen nehmen. Das würde das Kunstwerk zwar weniger vollkommen machen, aber auch ich muss Opfer bringen, nicht wahr?«

Sie warf schluchzend den Kopf hin und her und bäumte sich auf. Sekunden später sackte ihr Körper zurück auf die Liege, und sie rührte sich nicht mehr.

Vielleicht bereitete sie sich auf den Schmerz vor, der unausweichlich vor ihr lag.

Dem Mann war es egal. Für ihn zählte nur eines: Er musste sich beeilen. Er zog einen Stuhl heran und setzte sich. Neben der Liege stand eine niedrige Werkbank. Darauf lag ein metallischer Apparat, der wie eine selbstgebaute Pistole aussah. Au-

ßerdem fand sich dort ein regelbares Netzgerät mit Digitalanzeige und eine Batterie Farbtöpfchen, die der Mann nacheinander öffnete.
Er schnappte sich ein Tuch, nahm die Pistole in die Hand und schaltete das Netzgerät ein.
Als ein Surren den Raum erfüllte, fing die Frau wieder zu jammern an.
Der Mann spitzte die Lippen und pfiff. Er spürte die Kraft, die über die Tätowiermaschine in seinen Arm schoss.
Er tunkte die Spitze der Tätowiernadel in die Farbe und begann sein Werk, während die Schreie der Frau den Kellerraum füllten.
Kunst musste für die Ewigkeit sein und unter die Haut gehen.
Er grinste. Das würde sie, da war er sich sicher.

KAPITEL 2

Michelle Kettler wünschte sich, einmal nicht stark sein zu müssen. Wann hatte sie das letzte Mal geweint, geschweige denn gelacht? Sie wusste es nicht. Im Prinzip war es auch egal. Sie lebte im Jetzt und hatte zu funktionieren. Das bisschen, das ihr geblieben war, durfte nicht auch noch zerbrechen.
Sie dachte dabei an ihre Tochter Lilly, bei der sie immer die Angst hatte, sie würde dies alles nicht heil überstehen.
Für sie tat sie das. Ohne Lilly, da war sich Michelle sicher, wäre sie ein anderer Mensch.
Michelle schaute durch das Küchenfenster auf das Nachbargrundstück. Es war die gleiche Aussicht wie früher, und doch hatte sie sich verändert. Seltsam, wie ein paar Ereignisse die Sicht verschieben konnten.
Damals war dies hier ihr Zuhause, und die Nachbarn waren Freunde gewesen. Hier hatte sie sich geborgen gefühlt. Aber wenn der eigene Mann in die Psychiatrie eingewiesen wird, werden Freunde schnell wieder zu Nachbarn, und Geborgenheit weicht Gefangenschaft.
Für einen Umzug fehlten ihr die Kraft und das Geld. Aber jetzt, wo sie wieder als Lehrerin arbeitete, würde sie das nachholen, sobald sie etwas Zeit fand.
Im Haus gegenüber ging das Licht an. Seit Tagen regnete es schon, daher wurde es nie richtig hell. Michelle verfolgte den Schatten hinter den Gardinen. Das war aus ihren Freunden geworden. Schatten.
Es musste sich etwas ändern, sonst würde sie selbst bald zu einem Schatten werden.

Hinter ihr wurde die Tür aufgerissen. Sie zuckte zusammen und drehte sich um. Mit schmerzverzerrtem Gesicht stand Lilly in der Tür. Ihr Trainingsanzug klebte an ihrem Körper, und ihre Haare trieften vor Nässe. In der Hand hielt sie ihre Inlineskates.

»Was hast denn du gemacht? Warum läufst du im Regen rum?« Michelle ging auf sie zu und nahm ihr die Skates ab.

»Lass mich erst mal sitzen, ja? Dieser blöde Paul war mal wieder besonders witzig.« Lilly ließ sich auf einen der Küchenstühle plumpsen. Sie legte die Arme auf den Tisch und bettete ihren Kopf darauf. Erst jetzt entdeckte Michelle die zerrissene Stelle an der Hose.

»Kind, du blutest ja.« Sie hastete zum Küchenschrank in der Ecke und holte aus der Schublade eine Schachtel mit Pflastern. Im Vorbeigehen riss sie ein paar Blätter von der Küchenrolle ab, kniete sich vor ihre Tochter und begann, die Wunde abzutupfen.

»Ach Mama, so schlimm ist es nicht.« Lilly richtete sich auf und verdrehte die Augen.

»Ja, noch nicht. Warte ab, bis es sich entzündet und sie dir Antibiotikum direkt in die faulende Wunde spritzen müssen.«

»Mama, du bist ekelig! Eigentlich will ich jetzt nur noch unter die Dusche. Autsch«, sie zog das Bein weg, »sei doch vorsichtig.« Michelle hob die Augenbrauen. »Ach, ich dachte, so schlimm wäre es nicht? Halt still!« Sie fasste das Bein erneut, riss die Hose, die eh schon ruiniert war, ein Stück weiter auf und klebte ein Pflaster auf die aufgeplatzte Stelle. »Und jetzt mach, dass du aus den nassen Klamotten rauskommst.«

Lilly zog empört eine Grimasse. »Und was Paul gemacht hat, interessiert dich gar nicht?«

Michelle schaute ihrer Tochter ernst in die Augen. »Doch! Selbstverständlich. Also, was hat dieser böse, böse Paul gemacht?«

»Mama! Hör auf, mich zu verarschen.«
»Nein, im Ernst, was hat dieser miese Junge dir angetan?«
»Er hat mir einen Stock zwischen die Beine geworfen.«
»Und warum hat er das getan?«
»Das weiß *ich* doch nicht.«
Michelle seufzte und stand auf. »Natürlich nicht, denn du bist ein …«
»… braves Mädchen, jawohl.« Lilly nickte mit Nachdruck und grinste.
»Dann, braves Mädchen, sieh zu, dass du unter die Dusche kommst, bevor du dir eine Lungenentzündung einfängst.«
»Dann darf ich notieren, dass du nicht auf meiner Seite bist?«
»Du darfst notieren, was du möchtest. Aber sieh zu, dass du dabei nicht alles vollblutest, ich habe gerade gewischt.«
Lilly zuckte mit den Achseln und stand auf. »Hm, danach sieht es gar nicht aus. Wie wäre es mit einem Tipp? Nimm das nächste Mal einen sauberen Lappen. Hat Papa sich gemeldet?«
»Mach dir keine Sorgen, er wird dich schon abholen.«
Lilly schnappte sich ihre Skates und trottete davon. Kurze Zeit später hörte Michelle das Wasser in der Dusche laufen. Sie musste nicht ausführlich mit ihrer Tochter sprechen, um zu wissen, was passiert war. Lilly hatte sich in Dinge eingemischt, die sie nichts angingen. Wie immer. Ungerechtigkeiten bekämpfte sie an Ort und Stelle.
Wahrscheinlich hatte dieser Paul jemanden drangsaliert, geärgert oder beleidigt und musste den Preis zahlen. So war es immer. Lilly mischte sich ein. Und manchmal bekam sie dafür eine Abreibung.
Michelle blickte erneut durchs Fenster. Bei diesem Mistwetter konnte man ja nur depressiv werden. Sie spürte einen Druck hinter der Stirn. Die ersten Anzeichen einer Migräne. Es war jedes Mal das Gleiche. An Therapietagen war sie so gerädert,

dass sie Kopfschmerzen bekam, ein paar Tabletten einwarf und früh ins Bett ging. Und brachte es was? Zumindest keine Fortschritte. Therapien brauchen ihre Zeit, sagte ihre Therapeutin immer.

Natürlich. Eine Kuh wird nicht nur einmal gemolken.

Michelle massierte sich die Schläfen. Dabei fiel ihr Blick auf den Stapel Briefe, der die Woche über gewachsen war und den sie bisher erfolgreich ignoriert hatte.

Sie schnappte sich ein paar von ihnen und setzte sich an den Küchentisch. Sofort schlich sich das schlechte Gewissen in ihre Gedanken. Lilly hatte recht. Die Küche sah aus, als wäre eine Horde Sechsjähriger hindurchgefegt. Aber sie wusste, wenn sie jetzt putzen würde, hätte sie ein schlechtes Gewissen wegen der liegengebliebenen Briefe.

Manchmal war die Welt äußerst kompliziert. Zumindest ihre.

Der erste Brief war von der Krankenkasse. Nichts Dramatisches. Darunter lagen Briefe vom Möbelhaus und vom Baumarkt.

Der Umschlag, den sie danach aus dem Stapel zog, versetzte ihr einen Stich. Ihr Herz begann zu rasen, und ihre Handflächen schwitzten.

Mit zittrigen Fingerspitzen riss sie den Brief auf und zog ein offiziell aussehendes Papier heraus.

Das Schreiben kam aus der Psychiatrie, wo ihr Ex-Mann einsaß. Verurteilung hatten sie das genannt. Ihrer Meinung nach kam es einem Freispruch gleich. Für das, was er getan hatte, hätte sie ihm den elektrischen Stuhl gewünscht. Nur sagen durfte sie das niemandem. Das behielt sie für sich. Noch eine Sache, die sie in sich hineinfraß.

Unterschrieben war der Brief mit Prof. Dr. med. Claudia Kramme, Direktorin, Forensische Psychiatrie Ruhrbach. Ein Name, der bei Michelle eine Gänsehaut hervorrief.

Bevor sie den Brief las, atmete Michelle ein paar Mal durch. Sie dachte an den Mordprozess, den man gegen ihren damaligen Mann geführt hatte, und an Krammes Gutachten, das den Ausschlag gab, ihn nicht in ein Gefängnis, sondern in ein Krankenhaus zu stecken.
Tom war für Kramme doch nur eine weitere Stufe der Karriereleiter, und Michelles Einschätzung nach war sie entschlossen, die Treppe bis nach oben zu gehen, ohne dabei zurückzuschauen.
Michelle begann zu lesen.

> Sehr geehrte Frau Ried,
> sicherlich wird es Sie interessieren, dass Ihr Mann in unserem Klinikum große Fortschritte macht. Inzwischen hat er sich in unserer Gemeinschaft gut eingelebt und geht auch einer regelmäßigen Beschäftigung nach.

Frau Ried! Michelle spürte einen Kloß im Hals. Die Kramme wusste ganz genau, dass die Scheidung inzwischen durch war und sie wieder ihren Mädchennamen Kettler angenommen hatte. So viel Spott, wie zwischen den Zeilen zu lesen war, ließ sich kaum ertragen. Michelle fragte sich, ob diese saubere Direktorin überhaupt auf diese Weise, an ihrer Therapeutin vorbei, Kontakt zu ihr aufnehmen durfte?

> Meiner Einschätzung nach ist er auf dem besten Wege zu einer psychischen Rehabilitation. Zusammen mit meinem Team habe ich eine effektive Strategie entwickelt, seine nicht auslebbaren Wünsche zu minimieren, ja sogar vergessen zu machen.
> Liebe Frau Ried, mit Freude kann ich Ihnen sagen, dass Herr Ried, nicht zuletzt durch uns, ein neuer Mensch geworden ist und seine Aussetzer (die ja nur einen winzigen Teil seines ansonsten anständigen Lebens ausgemacht haben) aus tiefster Überzeugung bereut. An dieser Stelle

möchte ich nicht unerwähnt lassen, dass Ihr Mann diesen Fortschritt in einer üblichen Justizvollzugsanstalt – und unter Menschen, die ihre Straftaten aus voller Überzeugung begangen haben – nicht hätte machen können.

Selbstverständlich ist der Aufenthalt in unserer Klinik weiterhin vonnöten. Schon, um mehr Stabilität in seinem Umgang mit dem Unterbewusstsein und seinen entrückten Wunschvorstellungen zu etablieren.

Um das zu gewährleisten, habe ich einige neue Therapieansätze entwickelt, die ich gerne mit Ihrer Hilfe, in ein paar gemeinsamen Therapiesitzungen, umsetzen würde.

Herr Ried spricht von Ihnen mit viel Hingabe und Scham, und er würde, was geschehen ist, gerne rückgängig machen. Für seine Genesung wäre es von Vorteil, wenn er die Gelegenheit bekäme, sich mit Ihnen auszutauschen. Eine gemeinsame Sitzung erscheint mir dafür im Besonderen geeignet.

Ich würde mich freuen, wenn Sie sich überwinden und über sich hinauswachsen würden. Bitte rufen Sie mich doch bis zum Ende der Woche unter der untenstehenden Rufnummer an.

Mit freundlichen Grüßen
Prof. Dr. med. Claudia Kramme
Direktorin, Forensische Psychiatrie Ruhrbach

Michelle spürte, wie es hinter ihren Augen brannte. Durfte die Kramme so etwas einfach tun? Ohne ein offizielles Gremium, ohne das Einverständnis eines Gerichts? Oder lag am Ende beides vor? Dieser Direktorin würde sie gehörig die Meinung sagen. Michelle war noch nie ein Duckmäuschen gewesen, und sie hatte nicht vor, diesen Brief auf sich beruhen zu lassen.

Sie steckte ihn zurück in den Umschlag, als es an der Tür klingelte. Schnell wischte sie sich eine Träne aus dem Augenwinkel und öffnete.

»Hallo, Maik, komm rein.«

Maik Wegener, ihr Ex-Mann Nummer eins, nickte ihr zu und betrat die Wohnung. »Ist Lilly fertig?«

»Sie hat gerade noch geduscht, kommt aber sicher gleich runter. Möchtest du einen Kaffee?«

»Hmm«, brummte er, und Michelle wusste sofort, was es bedeutete. Maik war nie der Typ gewesen, der ausschweifend erzählen konnte. Seine Sprache war auf ein Minimum reduziert. Sie holte Kaffeepulver und einen Filter aus dem Küchenschrank.

Für einen Moment spürte sie den Drang, ihrem Ex-Mann den Brief der Direktorin zu zeigen. Doch sie presste die Lippen zusammen. Kramme war ihre Sache. So wie jemand, der einen Schlaganfall hatte, erneut das Sprechen lernen musste, so musste sie lernen, wieder auf eigenen Beinen zu stehen.

Maik lehnte sich an den Küchentisch und beobachtete Michelle, die versuchte, ihn nicht weiter zu beachten. Doch sie spürte seine Blicke im Nacken, und ein unangenehmer Schauer krabbelte ihren Rücken hinauf. »Hör mal«, begann sie, »ehrlich gesagt fände ich es besser, wenn *ich* Lilly von nun an zu dir bringen würde. Wäre das okay für dich?«

Er runzelte die Stirn. »Wie soll ich das verstehen?«

Michelle stellte die Kaffeemaschine an und drehte sich wieder zu ihm um. »Meine Therapeutin möchte, dass ich den Abstand zu dir vergrößere.« Das war gelogen, und Maik war clever genug, das zu durchschauen. Aber er besaß auch den Anstand, darüber hinwegzusehen.

Er nickte langsam. »Du willst durch die ganze Stadt fahren?«

»Ich will mein Leben auf die Reihe kriegen. Ich will mit der Vergangenheit abschließen. Ein für alle Mal.«

»Hm, und ich will nur helfen.«

Michelle seufzte und rief sich all die Gründe in Erinnerung, warum es damals mit ihnen nicht funktioniert hatte. »Aber ich will deine Hilfe nicht. Verstehst du? Ich will einfach neu anfangen und nicht ständig an das Gewesene erinnert werden.«

»Ich störe.«

»So darfst du das nicht sehen. Ich …«

Maik winkte ab. »Nein, ist okay. Ich möchte ja auch, dass du den ganzen Scheiß hinter dir lässt. Und wenn das mein Beitrag dazu sein soll, dann ist es so.«

Sie versuchte es anders. »Hör zu, dein Job …«

Er neigte den Kopf zur Seite. »Das ist es? Weil ich Polizist bin?«

Nein, das war es nicht. Nicht wirklich. Aber alles an ihm erinnerte sie an das, was passiert war, und ließ sie den Mist wieder und wieder durchleben. »Ich möchte einfach nicht, dass meine Vergangenheit immer wieder zu mir nach Hause kommt. Okay?« Das klang schroffer, als sie beabsichtigt hatte, aber es entsprach der Wahrheit. Zumindest halbwegs.

Das Gespräch endete mit einem Grunzen von Maik. Als der Kaffee durchgelaufen war, goss Michelle eine Tasse ein und reichte sie ihm.

»Papa!« Mit einem spitzen Schrei lief Lilly durch die Küche auf Maik zu, der gerade noch Zeit hatte, den Kaffee abzustellen, bevor sie ihm in die Arme sprang.

Michelle sah, wie sehr Maik die Umarmung seiner Tochter genoss, und bereute sofort, was sie zu ihm gesagt hatte.

»Alles gepackt?«, fragte er knapp. Lilly deutete auf eine Tasche, die in der Tür lag. Zu Michelle gewandt, sagte er: »Solange ich meine Tochter sehen darf, machen wir, was du willst.«

Lilly ging zu ihrer Tasche. »Habt ihr euch gestritten? Meinetwegen?«

Michelle seufzte, ging zu ihrer Tochter und nahm sie in den Arm. »Nein, haben wir nicht. Ich wünsch euch zwei viel Spaß. Und dass du mir zurückkommst.« Sie lachte und hoffte, dass es ehrlich klang.

Lilly befreite sich aus der Umarmung. »Ich hasse es, wenn ihr mich anlügt. Kommst du klar?«
»Nein, ich brauche unbedingt meine vierzehnjährige Tochter, sonst bin ich hoffnungslos verloren.«
Lilly grinste. »Gut, dann können wir.« Maik und sie verabschiedeten sich und fuhren schließlich davon.
Michelle setzte sich auf einen Küchenstuhl und sackte in sich zusammen.
Warum belügst du dich selbst? Ohne Lilly bist du doch nur ein halber Mensch. In Wirklichkeit willst du nicht, dass Maik sie bei sich hat, weil du Angst hast, dass er sie dir wegnimmt. Du kommst ohne sie nicht klar. Sieh es doch endlich ein!

KAPITEL 3

Seit einiger Zeit schmeckte das Feierabendbier besser als sonst. Nein, Arbeit war nicht alles. Vor allem, wenn es sich um Polizeiarbeit handelte. Robert Bendlin saß auf der Couch und lehnte sich zurück. Endlich hatte er etwas Zeit. Er schnappte sich das Lehrbuch für Psychologie, schlug die Seite mit dem Lesezeichen auf und sprang von Zeile zu Zeile, ohne wirklich zu lesen.

Im Hintergrund lief leise der Fernseher.

Im Laufe der Zeit wurde der Job wichtiger als alles andere. Freunde hatte er inzwischen nur noch im Dezernat, und es reichte ihm, seine Familie an Feiertagen zu besuchen. Ist man jung, hat man nicht das Gefühl, dass etwas falsch läuft. Mit Ende dreißig sieht man die Dinge jedoch anders. Vor allem, wenn man nach Feierabend allein zu Hause auf der Couch sitzt. Die Stimme des Nachrichtensprechers wurde penetranter, und schließlich legte Robert das Buch zur Seite. Wann war sein Leben in Schieflage geraten?

Er starrte eine Weile auf den Buchdeckel. Studieren? Jetzt noch? Das klang in seinen Ohren wie ein Rückschritt. Wie das Eingestehen seines Scheiterns.

Wie würde er sich machen zwischen all den jungen Studenten? Und selbst wenn er den Abschluss schaffen sollte, wie wahrscheinlich war es, dass er in diesem Bereich Arbeit finden würde?

Am Ende landete er noch auf der Straße. So gesehen war sein Job gar nicht so übel, selbst wenn keine Karriereleiter in der Nähe stand, um hinaufzuklettern.

Er seufzte, stand auf und ging zum Vorratsschrank. Dosenravioli oder Tütensuppe? Das Leben bestand aus Entscheidungen, und manchmal schien keine davon erstrebenswert. Er packte beides zurück. Vielleicht war heute der richtige Abend, um essen zu gehen.

Bevor er es sich anders überlegen konnte, zog er eine Jacke an, packte Handy und Schlüssel ein und verließ die Wohnung.

Krachend fiel die Tür hinter ihm ins Schloss. Der Essensgeruch im Hausflur ließ seinen Magen aufschreien. Erst jetzt wurde ihm bewusst, dass er den Großteil des Tages gehungert hatte. Noch etwas, was der Beruf mit sich brachte.

Er schüttelte den Gedanken an die Arbeit ab, trat auf die Straße und stieg ins Auto.

Eine Viertelstunde später holte ihn die Polizeiarbeit wieder ein, und er stoppte den Wagen. So war es immer. In all den Jahren hatte er nie gelernt abzuschalten. Robert konnte nicht einmal sagen, ob er absichtlich in diese Gegend gefahren oder nur zufällig hier gelandet war. Er könnte die Sache ignorieren oder verschieben, aber dann würde er diese Nacht nicht mehr ruhig schlafen können. Er griff nach seiner Brieftasche und zog ein Foto heraus, das er ständig bei sich trug. Darauf zu sehen war eine Chinesin um die fünfzig. Sie hatte kurzes Haar und trug eine dicke schwarze Sonnenbrille, die ein Stück zu tief auf ihrer Nase saß. Sein Partner Maik und er waren hinter ihr schon seit einer Weile her. Robert schaute auf das Einfamilienhaus vor sich, das genauso gelb angemalt war wie die anderen in der Straße. Sie alle gehörten früher mal zu einer Fabrik, die bereits in den 1980ern Pleite gemacht hatte. Die Mitarbeiter konnten damals günstig dort wohnen und ihr Haus später für kleines Geld kaufen.

Solche Gebäude gab es im Ruhrgebiet zuhauf. Das war nichts Besonderes. Was dieses Haus einzigartig machte, war die Frau

auf dem Foto. Den Recherchen nach gehörten ihr der ganze Block und das chinesische Restaurant um die Ecke. Sie hatte weder Mann noch Familie – zumindest keine, die ordentlich gemeldet war. Dieses Haus, mit dem gepflegten Vorgarten und der diffusen Beleuchtung hinter den Gardinen, war laut Unterlagen, die er und Maik vor ein paar Tagen erhalten hatten, nicht bewohnt. Und das in einer Gegend, in der Wohnungsknappheit herrschte und die Mietkosten von Jahr zu Jahr stiegen. Das war ganz sicher nicht strafbar, aber es war zumindest im gleichen Maße verdächtig, wie Robert unentschlossen war.
Zwei Jahre liefen die Nachforschungen nun schon, und sie hatten noch immer kaum etwas gegen die Frau in der Hand. Und die dreckigen Details, die sie herausgefunden hatten, wurden von höherer Stelle unter den Teppich gekehrt. Es war, als wollte niemand gegen diese Frau ermitteln. Warum sollte sich das ausgerechnet heute ändern?
Er unterdrückte den Impuls weiterzufahren und stieg stattdessen aus. Nur mal schauen. Die Arbeit hatte ihn im Griff, und er hasste sie dafür.
Die Luft war klamm. Das Licht der Straßenlaternen spiegelte sich in den Pfützen und in bunten Öllachen wider. Es roch nach Asphalt. Es roch nach einer überbesiedelten Stadt. Und doch war weit und breit niemand zu sehen. Die Parkplätze, die zum Restaurant gehörten, waren bis auf einen einzelnen Wagen leer.
Ungewöhnlich.
Robert schlenderte am Vorgarten entlang, schaute sich um, als interessierte er sich für die Wohngegend, stieg über den weißen, kniehohen Zaun und ging zur Tür.
Alles war ruhig. Warmes Licht fiel durch die Milchglasscheibe der Tür. Er fasste sich ein Herz und klingelte.
Nichts passierte.

Er drückte erneut den Klingelknopf und klopfte zusätzlich. Niemand sollte ihm vorwerfen können, er hätte nicht alles versucht.
Doch es änderte sich nichts. Das Haus blieb ruhig. Gerade, als sein Magen verärgert knurrte und er sich umdrehen wollte, öffnete jemand einen Spaltbreit die Tür.
»Ja?«
Eine Chinesin schaute unter der vorgelegten Kette hindurch. Ihr Gesicht war hübsch, aber dennoch zu grob für seinen Geschmack. Sie war hochgewachsen und wirkte modern, anders als die Frau auf dem Foto. Robert schätzte sie auf Anfang dreißig, wobei ihm das bei Asiaten immer schwerfiel.
Schnell griff er in die Innentasche seiner Lederjacke und zog die Brieftasche heraus. Er klappte sie auf und zeigte ihr seine Marke.
»Ich bin von der Polizei, entschuldigen Sie die Störung.«
Die Augen der Frau weiteten sich, und Robert meinte zu erkennen, dass ihr Gesicht blasser wurde. Genau genommen war er Kriminalkommissar, doch das behielt er für sich.
Er zog das Foto der Chinesin hervor, zögerte aber, es ihr zu zeigen. Es gehörte zu einem Fall, der keiner war. Maik, sein Partner, hatte vor zwei Jahren einen Mordfall abgeschlossen. Ein durchgeknallter Typ namens Thomas Ried hatte Spaß daran gefunden, Frauen übel zuzurichten.
Die erste Leiche, die man fand, war noch kunstvoll hergerichtet. Bemalt, als wäre sie etwas Besonderes, an das man sich mit morbider Freude erinnern sollte. Danach wurde es schlimmer. Die zweite hatte er vollständig gehäutet. An der letzten Leiche war nichts Menschliches mehr zu erkennen gewesen.
Und dann war plötzlich die Chinesin aufgetaucht. Halbnackt und zitternd. Sie gab an, von Ried gefangen worden zu sein. Sie führte Maik zu ihm, und er konnte sich eine ordentliche Gehaltserhöhung samt Beförderung abholen.

Ried hatte sich nicht gewehrt und war geständig. Im Prozess hatte er allerdings – fast beiläufig – erwähnt, unter welch dubiosen Umständen er die Chinesin kennenlernte. In einem Chatroom suchte er nach Leuten mit ähnlich kranken Vorlieben und stieß dort schließlich auf sie. Im Gericht später behauptete er, sie sei der Kopf einer Gesellschaft, die sich auf Menschenhandel für »Kunden mit Sonderwünschen« spezialisiert hatte. Konkreter wurde er nicht und überließ die Details ihrer Phantasie.
Die Staatsanwaltschaft nahm direkt die Ermittlung gegen sie auf, stellte sie aber schon recht bald wieder ein. Es ließen sich keine Beweise finden, die auf eine solche Organisation hindeuteten, und es gab nichts außer den Aussagen eines Serienmörders, der inzwischen in einer geschlossenen Anstalt saß.
Nur Maik ließ die Sache nicht los. Seit er und Maik Partner waren, kamen sie immer wieder auf das Thema zu sprechen. Die Chinesin, da war sich Maik sicher, versteckte eine Menge Scheiße in ihrem Keller. Inzwischen glaubte sogar Robert, etwas zu wittern.
Er zeigte der Dame in der Tür nun doch das Foto. »Wir sind auf der Suche nach einer vermissten Person. Können Sie mir sagen, ob Sie diese Frau schon einmal gesehen haben? Sie hat uns vor einiger Zeit bei den Untersuchungen zu einem Verbrechen weitergeholfen. Ich hoffe, sie kann es ein weiteres Mal tun.«
Die Frau schaute kurz auf das Bild und dann wieder zu Robert. »Ja, ja. Nein, nein. Nie gesehen.«
»Sind Sie sicher?«
Noch einmal schaute sie das Foto an, und Robert entging nicht, dass sich ihr Atmen beschleunigte. »Ja. Ja, ja. Nie gesehen.«
Robert steckte das Foto zurück in die Brieftasche. »Das ist merkwürdig, denn dieser Frau gehört das Haus, in dem Sie wohnen. Hätten Sie etwas dagegen, wenn ich mich einmal umschaue?«

Eine Weile starrte die Asiatin ihn mit aufgerissenen Augen an. Dann schüttelte sie energisch den Kopf. »Nein. Ist viel zu spät.«
»Ich bin auch ganz schnell. Sie sind mich ruck, zuck los. Versprochen.«
»Nein. Viel zu spät. Kommen Sie morgen wieder.«
Robert seufzte und strich sich mit beiden Händen über den fast kahlen Kopf, so als würde er sich genötigt fühlen, einen Kompromiss einzugehen. »Wir können es so machen«, sagte er in freundlichem Ton. »Ich besorge mir einen richterlichen Durchsuchungsbefehl …« – nicht dass es noch einen anderen geben würde, aber es machte immer Eindruck, einen Richter zu erwähnen – »… und komme gleich mit einer Hundertschaft Polizisten zurück, die Ihre schön aufgeräumte Wohnung in ein unschönes Chaos verwandeln wird. Die anschließende Nacht werden Sie wahrscheinlich im Präsidium damit verbringen, alle möglichen Fragen zu beantworten. Es liegt an Ihnen. Mir ist beides recht.« Das war eine Lüge, aber schließlich suchte er nur Hinweise, keine Beweise. Also ging das in Ordnung. Auf eine unseriöse und unpolizeiliche Art und Weise. Es gab ja auch keine Ermittlung. Zumindest noch nicht.
Jetzt war sich Robert sicher, dass der armen Frau das Blut in die Beine sackte. Sie sah aus, als würde sie jeden Moment zusammenklappen.
Ohne einen Ton schloss sie die Tür, hantierte an der Sicherheitskette und ließ Robert hinein. Sie tat es nicht gerne, so viel konnte er an ihrer Körpersprache sehen. Sie war angespannt, biss die Zähne zusammen, was ihr grobes Gesicht noch unförmiger erscheinen ließ, verschränkte die Arme und blieb an der Tür stehen, während Robert das Haus erkundete.
Etwas fiel ihm sofort ins Auge. Es war sauber hier. Außerordentlich sauber sogar. Nirgends lag etwas herum. An der Garderobe im Flur hing eine einzelne Jacke, darunter stand ein Paar Schuhe.

Im Hintergrund hörte er die Frau mit einem Mal aufgeregt telefonieren. In der Hand hielt sie ein Foto und wedelte damit herum, doch Robert konnte nicht erkennen, was darauf war. Als sie bemerkte, dass er sie beobachtete, steckte sie das Foto schnell ein.

Dabei wurde ihm klar, dass er sie gar nicht nach ihrem Namen gefragt hatte. Er zog einen Notizblock aus der Jacke und ging nach rechts in die Küche, die aussah, als wäre hier noch nie etwas gekocht worden.

Thomas Ried hatte damals von Menschenhandel gesprochen, und Robert hatte insgeheim gehofft, hier einen Hinweis darauf zu finden. Ein paar Chinesen, eingepfercht in einem kleinen Raum mit Schlafnische, wären schon ausreichend gewesen, aber dies hier war etwas anderes, und es bereitete ihm eine Gänsehaut.

Dieses Haus war wie geleckt. Hier lebte niemand. Aber warum wurde es dann bewacht? Das machte keinen Sinn.

Er öffnete den Backofen und schnüffelte. Nichts. Kein Geruch. Er nahm eine gusseiserne Pfanne, die an einem Haken über dem Ofen hing, und wog sie in der Hand. Sie war schwer. Kein Billigscheiß aus dem Supermarkt, sondern eine Pfanne für echte Köche. Nur, dass darin noch nie jemand etwas gebraten hatte.

Wieder knurrte Roberts Magen. Langsam ließ sich das Abendessen nicht mehr aufschieben.

Er ging weiter ins Wohnzimmer, als die Dame des Hauses hinter ihm auftauchte, ihn watschelnd umrundete und sich vor ihm aufbaute. »Sie gehen jetzt. Sie haben keine Berechtigung.«

»Sagen Sie, wohnen Sie tatsächlich hier, oder schauen Sie nur nach dem Rechten?«

»Ich wohne hier. Ja!«, sagte sie und schob ihn rückwärts aus dem Zimmer. »Hier ist frisch renoviert.«

Robert hatte genug gesehen. Viel mehr würde er nicht erfahren, und da ihm langsam flau im Magen wurde, ließ er sich zur Tür bringen. »Vielen Dank, Frau …«, setzte er an.
Sie nuschelte etwas chinesisch Klingendes, was ein Name oder ein unsagbar unanständiger Fluch sein konnte, und warf die Tür ins Schloss.
Wieder nur ein Indiz mehr. Nichts, um die Frau auf dem Foto einer Straftat zu überführen. Was für ein vertaner Abend.
Robert stieg ins Auto und ließ den Motor an, als sein Handy klingelte. Auf dem Display erschien der Name seines Chefs. Werner Zellinger. Robert stellt den Motor ab und ging ran. Es war ungewöhnlich, dass Werner sich so spät noch meldete.
Zunächst verstand Robert die Stimme in der Leitung nicht, bis ihm klarwurde, dass sie nicht mit ihm, sondern mit jemandem im Hintergrund sprach. Wahrscheinlich war Zellinger auf einen falschen Knopf gekommen.
Robert wollte schon auflegen, als die Stimme klarer wurde. »Rob? Zellinger hier. Hör zu. Es tut mir leid, dass ich dich so spät noch störe, aber ich hatte gerade einen Anruf aus der Psychiatrie Ruhrbach. Ich möchte, dass du und Maik morgen direkt in die Klinik fahrt. Kommt nicht erst ins Dezernat. Ich habe Doktor Kramme versprochen, ein Expertenteam zu schicken. Es geht um Thomas Ried, und es wird euch nicht gefallen.«

KAPITEL 4

Genau zwei Jahre waren vergangen seit Lillys Rückkehr aus der Hölle. Zwei Jahre, in denen sie versucht hatte weiterzuleben, als wäre nichts geschehen. Aber natürlich stimmte das nicht.

Damals hatte jemand den Spiegel zerschlagen, durch den sie die gute, die heile Welt beobachtet hatte. Bis dahin hatte sie nie die wirkliche Welt mit all ihren Grausamkeiten gesehen, denn hinter dem Spiegel lagen nur Düsternis, Verrat und Misstrauen. Es war, als wäre sie all die Jahre über blind gewesen.

Jetzt war sie vierzehn, doch sie fühlte sich kein Stück älter als damals. Ihre Psychiaterin hatte einen Ausdruck dafür: Entwicklungsretardierung. Doch Lilly war sich ziemlich sicher, dass man das, was sie erlebt hatte, in keine Schublade stecken konnte und dass es nicht wirklich einen passenden Begriff dafür gab.

Die Erinnerung raubte ihr die Luft zum Atmen. Lilly hatte das Gefühl, dass manche Gedanken mehr waren als nur Bilder im Kopf. Sie waren lebendig, hatten die Eigenschaft, alles Glück und jegliche Freude aufzusaugen. Und waren diese Gedanken erst einmal da, hafteten sie an ihr wie Sekundenkleber.

Ihre Hände zitterten und ließen den Brief, den sie hielt, unruhig knistern. Beim letzten Mal hatte es Wochen gedauert, bis es ihr besserging, und dann kam der Jahrestag – und alles war wie am Anfang. So wie heute.

Eigentlich hatte sie sich einen schönen Tag mit ihrem Papa machen wollen. Nachdem er sie gestern abgeholt hatte, hatten sie sich mit chinesischem Essen eingedeckt und den Abend damit verbracht, alte Filme zu gucken.

Lilly liebte es, Zeit mit ihm zu verbringen, ihn zu beobachten, wenn er in diese angestaubten Detektivgeschichten versank, während sie sich mit Bratnudeln und scharfer Ente vollstopften. Heute hatten sie ausgiebig shoppen gehen wollen. Sie brauchte dringend ein paar neue Klamotten, doch dann war gestern Abend der Anruf gekommen, und das Wochenende war geplatzt.
Nach dem Frühstück hatte er sie wieder zu Hause abgesetzt und war weiter ins Dezernat gefahren, wo er arbeitete. Ja, sein Job war wichtig, aber sie war es doch auch, oder?
Auch wenn sie über diese Entwicklung nicht glücklich war, so gab ihr das immerhin die Gelegenheit, einer anderen Sache nachzugehen.
Sie schaute zum Monitor. Ob er sich heute melden würde?
Ihre Haut kribbelte, und sie fühlte, wie sich ihre Wangen röteten. Im Hintergrund wummerte Technosound. Der Bass massierte ihren Magen.
Sie zappelte, stand vom Bett auf und ging zu ihrem Kleiderschrank. Bisher hatte sie wenig Interesse daran gehabt, ihren Kleiderbestand aufzuhübschen. Doch dann lernte sie Patrick kennen, und alles änderte sich. Jetzt schien der ganze Schrank voll zu sein mit kindischen, hässlichen oder schlechtsitzenden Klamotten.
Sie seufzte. Hässlich war das Stichwort. Das traf so ziemlich auf alles in ihrem Leben zu.
Sie hatte für ihren Geschmack zu kleine Brüste, und sie machte sich wenig Hoffnung, dass sich das ändern würde. Außerdem war sie sitzengeblieben und hatte die meisten ihrer Freundinnen verloren. Wer wollte schon mit jemandem befreundet sein, dessen Stiefvater ein Monster war?
Natürlich, alle waren außerordentlich nett zu ihr gewesen, nachdem sie erfahren hatten, was passiert war. Für eine Weile.

Als dann der Alltag zurückkam und sie merkten, dass Lilly kaum noch Freude an den Dingen um sie herum hatte, nahmen sie Abstand. Ganz allmählich starben ihre Freundschaften aus, bis sie fast allein zurückblieb. Das Schlimmste daran war, dass es ihr nichts ausmachte. Im Gegenteil. Es war anstrengend, ein fröhliches Gesicht zu machen, wenn man doch weinen wollte. Es war ermüdend zu lachen, obwohl einem zum Schreien zumute war. Immer, wenn sie Spaß hatte, kamen die Gedanken zurück und zerfraßen das Glück.
Doch viel schlimmer als das war das verlorene Vertrauen. Sie hatte Tommi, ihren Stiefvater, immer gemocht. Mehr noch. Er war witzig, wusste fast alles und hatte ihr immer das Gefühl von Sicherheit gegeben. Er war nicht ihr Vater, nein, aber er war etwas Besonderes in ihrem Leben gewesen. Er war das gewesen, was ein Vater sein sollte. Bei ihm hatte sie sich geborgen gefühlt. Und plötzlich stellte sich heraus, dass er etwas ganz anderes war.
Damals war sie zwölf. Ohne Vorwarnung stand die Polizei vor der Tür und verhaftete ihn, weil ihr Tommi Frauen umgebracht hatte.
Wie konnte ein so netter Mensch so böse werden? Wie konnte er es so lange verheimlichen?
Schon bei dem Gedanken daran zitterte sie. Wie sollte sie jemals wieder jemandem vertrauen? Lilly starrte auf den Umschlag in ihrer Hand. Jeden Monat, seit zwei Jahren, schrieb er ihr. Sie hatte nie einen Brief geöffnet und würde heute nicht damit anfangen.
Der Name, den er fein säuberlich auf den Umschlag geschrieben hatte, war ihrer, und doch war er es nicht. Lillian. Das war ihr richtiger Name, doch nur er hatte sie so genannt. Immer hatte er ihr das Gefühl gegeben, etwas Besonderes zu sein.
Mit schnellen Bewegungen riss sie den Brief in kleine Fetzen

und ließ sie in ihren Papierkorb rieseln. Es fühlte sich an wie eine kleine Revolution.
Wieder wanderte ihr Blick zum Monitor. Das Chatprogramm war geöffnet, aber es tat sich nichts.
Patrick! Eigentlich kannte sie ihn kaum. Er war zwei Klassen über ihr und hatte sie auf dem Schulhof angesprochen. Sie hatten sich unterhalten, und seitdem chatteten sie jeden Tag.
Das »Pling« des Computers riss sie aus ihren Gedanken. Er war es. Das konnte sie spüren. An der Art, wie es in ihrem Bauch pikste. So wie wenn man zum Zahnarzt musste und darauf wartete, dranzukommen. Nur war es jetzt ein gutes Gefühl. Und gleichzeitig war da etwas in ihrem Hinterkopf, das ihr sagte: Freu dich lieber nicht. Er wird dich wie faules Obst fallen lassen, und du bist wieder allein.
Sie warf die Schranktür zu und setzte sich vor den Rechner. Ihre Hände waren schweißnass. Sie rieb kurz die Fingerspitzen aneinander, dann maximierte sie das Fenster.
Ptrck1996 hatte geschrieben.
Sie atmete durch, um ihr Herz zu beruhigen. Mit mäßigem Erfolg. Sie konzentrierte sich auf den Bildschirm.
»Hey«, schrieb er. »Bevor ich gleich zur Bandprobe fahre, wollte ich mir ein paar nette Worte abholen ;) ich dachte, du wärst bei deinem Vater und hättest kein I_Net? Was machst du Schönes?«
Er wusste nicht, was für ein Tag heute war. Sie hatten nie darüber gesprochen. Und würden es auch nie.
Lilly legte die Finger auf die Tastatur. »Tja, mein Date ist geplatzt.«
Sie schaute auf die Fingernägel, wenn man diese kurzgeknabberten Stümpfe so bezeichnen konnte, und verzog das Gesicht. So konnte das nicht weitergehen. So langsam musste sie mit ihrem alten Leben abschließen und etwas Neues wagen.

Es machte erneut »Pling«.
»Eltern, mach dir nichts draus. Wenn du heute nichts weiter vorhast, könntest du mit ins Lucas kommen. Ein Groupie vor der Bühne würde mir guttun.«
Lillys Brustkorb zog sich zusammen, und ein wohliger Schauer lief über ihren Rücken.
Ihre Fingerspitzen brannten bei jeder Berührung der Tastatur. Sie tippte ein paar Buchstaben, löschte sie und setzte erneut an.
»Als ob du das nötig hättest. Schade, ich würde gerne mitkommen, nur heute ist nicht der richtige Tag dafür :(«
Der Technosound riss ab.
»Lilly?«
Sie zuckte zusammen und fuhr herum. Ihre Mutter war unbemerkt hereingekommen und hatte ihren iPod in der Hand. »Musst du die Musik so laut machen?«
Lilly rollte mit den Augen. »Entschuldige.«
»Ich muss noch einkaufen, möchtest du mit?«
»Mum«, Lilly sagte es so vorwurfsvoll, wie sie konnte. »Ich bin kein Kleinkind. Du musst anklopfen.«
Die Miene ihrer Mutter verwandelte sich in eine Mischung aus Mitleid und Scham. Sie trat an Lilly heran und streichelte ihr über den Kopf. »Du bist so schnell groß geworden. Daran werde ich mich nie gewöhnen. Es tut mir leid. Wir sollten uns heute den Bauch mit ungesundem und fettigem Zeug vollschlagen. Kommst du?«
Lilly nickte, und ihr fiel auf, wie ähnlich sie beide sich waren. Nicht nur äußerlich. Ihre Mutter hatte seit den Ereignissen nicht einmal gejammert. Sie hatte alles ertragen und weitergemacht. Dennoch sah man ihr an, was sie erlebt hatte. Es schimmerte in ihren Augen, zeigte sich in jedem Blick.
»Pling«.
Ihre Mutter hielt inne und zog eine Augenbraue hoch.

»Nein«, sagte Lilly sofort. »Das ist allein meine Sache.«
»Ich habe nichts gesagt«, die Mutter hob beide Hände, »aber ich warte nicht ewig.« Damit drehte sie sich um und verließ das Zimmer.
Lilly schloss die Augen. Manchmal war es anstrengend, wenn ihre Mutter versuchte, ein normales Leben zu führen.
Dann fühlte es sich an wie eine Lüge. Als steckten sie beide in einer schlecht gespielten Soap fest.
Lügen kann man nicht lange aufrechterhalten. Irgendwann bricht die zusammengeschusterte Welt zusammen, und der ganze Mist, den man verbergen wollte, kommt zum Vorschein.
Ihr Stiefvater, der ihr so nahe war, hatte seinen Job hingegen gut gemacht. Er hatte lange mit seinen Lügen durchgehalten und war sehr überzeugend dabei gewesen.
Noch heute quälte Lilly dieselbe Fassungslosigkeit, die sie verspürt hatte, als die Polizei vor der Tür stand, um ihren Stiefvater, einen Serienkiller, abzuholen.
Lilly glaubte zu ertrinken. Ihre Lungen brannten. Aus ihrem Zimmer schien jeglicher Sauerstoff entwichen zu sein. Sie riss den Mund auf und sog sämtliche Luft auf einmal ein.
Warum hatte er ihnen das angetan? Und wann würde sie endlich darüber hinweg sein?
Sie schaute auf den Monitor, und heiße Tränen rollten über ihre Wangen. Sie blinzelte, konnte dennoch kaum lesen, was da stand:
»Hättest du Lust, übermorgen mit mir ins Kino zu gehen? Nur wir zwei? Du darfst dir den Film aussuchen.«
Das war ein Date. Patrick lud sie zu einem Date ein!
Lilly wischte sich über die Augen und antwortete mit zittrigen Fingern:
»Ja.« Mehr war nicht drin. Nicht jetzt. Sie schlotterte am ganzen Körper. Was hätte sie gegeben, wenn er der Grund dafür

gewesen wäre. Aber leider war es dieser verdammte Jahrestag. Wieder machte ihr Tommi alles kaputt. Nein, Tom, korrigierte sie sich, nicht Tommi. Der war vor zwei Jahren mit ihr gestorben. Tommi war ein toller Mensch, dem sie ihr Leben anvertraut hätte. Tom war der Serienkiller.

Das Leben war unfair.

Sie blieb noch einen Moment sitzen, schob die düsteren Gedanken zur Seite und versuchte, sich zu beruhigen. Dann stand sie auf, ging zurück zum Kleiderschrank, öffnete ihn und seufzte.

Im Wohnzimmer klingelte das Telefon, und es schien ewig zu dauern, bis ihre Mutter ranging.

Was sollte sie nur anziehen? In diesem verdammten Kleiderschrank gab es nicht einen Fetzen Stoff, der cool war. In diesen Sachen konnte sie sich unmöglich mit Patrick treffen. Es sei denn, sie hätten ihr erstes Date in einem Müllcontainer oder auf einer Hello-Kitty-Party.

Es polterte im Wohnzimmer, und der gequälte Schrei ihrer Mutter drang erst in Lillys Zimmer und dann schmerzhaft wie ein Messer in ihr Bewusstsein.

KAPITEL 5

Es schienen Stunden vergangen zu sein, seit die Direktorin der Forensischen Psychiatrie aufgelegt hatte. Michelle hob den Telefonhörer vom Boden auf, ohne sich zu erinnern, ihn fallen gelassen zu haben.

Ein Surren in ihrem Kopf blockierte jeden Gedanken. Erst als Lilly in der Tür stand, mit aufgerissenen Augen und einem Blick, als wäre sie knapp einem Autounfall entkommen, stürzte die Realität auf Michelle ein.

Sie riss sich zusammen, legte das Telefon auf den Tisch und setzte sich in einen der Wohnzimmersessel.

Das weiche Polster schmiegte sich an sie wie eine schützende Hand. Nein, das konnte nicht wahr sein. Nicht an diesem Tag. Irgendjemand erlaubte sich einen bitterbösen Scherz mit ihr.

Der Appetit auf Lasagne war ihr vergangen. So ein mieses Schwein. Sie versuchte ein Lächeln und schaute ihre Tochter an. »Guck nicht so. Es ist alles in Ordnung.«

Sie konnte es ihr unmöglich sagen. Lilly hatte genug durchgemacht, verdammt. Sie musste doch die Chance haben, es endlich hinter sich zu lassen. Alles hatte Michelle dafür getan, hatte ihren eigenen Schmerz tief in ihrem Innern versteckt – und dann so etwas.

Lilly hockte sich neben sie, streichelte ihr Knie. »Du kannst mir nichts vormachen, Mama. Was ist passiert?« Ihr Blick bohrte sich in Michelles Gewissen.

Zu viel hatte dieses kleine Mädchen mitgemacht. Zu viel, um angelogen zu werden. Zu viel, um mit falscher Fürsorge überschüttet zu werden.

Michelle senkte den Kopf, wünschte sich für einen kurzen Moment weit weg. Sie nahm die Hand ihrer Tochter und schaute sie eindringlich an.

Lilly neigte den Kopf. »Mama! Du machst mir Angst.«

Michelle zwang sich zu einem Lächeln. »Du brauchst keine Angst zu haben. Im Grunde geht es uns auch nichts an.«

»Wer hat angerufen?«, bohrte Lilly nach.

Michelle rief sich das Gespräch ins Gedächtnis zurück. Obwohl es erst ein paar Minuten her war, fühlte es sich an, als wäre die Erinnerung an die entscheidenden Sätze hinter einem Samtvorhang verborgen.

Was hatte diese Frau Dr. Kramme, die Anstaltsleiterin, gesagt? »Ich möchte nur, dass Sie für alle Fälle Bescheid wissen. Ich möchte, dass Sie wissen, dass ich Sie rein rechtlich nicht hätte anrufen müssen. Aber inzwischen ist sicher, dass sich Ihr Ex-Mann nicht mehr auf dem Gelände aufhält. Die Angelegenheit ist bereits in den Händen der Polizei. Ich muss nur … also für den Fall, dass Thomas Ried tatsächlich ausgebrochen ist … na ja, Sie sollten darauf gefasst sein, dass er eventuell bei Ihnen aufkreuzt. Aber, und das möchte ich ausdrücklich betonen, die Wahrscheinlichkeit, dass er das tut, ist verschwindend gering. Er ist intelligent genug. Er wird versuchen, unterzutauchen, die Zeit für sich arbeiten zu lassen. Sie sollten dennoch vorsichtig sein. Schließen Sie die Wohnung immer ab, lassen Sie die Fenster geschlossen. Öffnen Sie nicht die Tür. Halten Sie sich so viel wie möglich in der Öffentlichkeit auf. Wahrscheinlich wird er sehr schnell wieder gefasst, machen Sie sich also bitte keine allzu großen Sorgen.«

Vielleicht war es besser, die Sache zu ignorieren? Nie wieder würde sie ihr Leben von Tom beeinflussen lassen. Nie wieder würde sie die Kontrolle abgeben. Zu lange kämpfte sie bereits, um wieder ein normales Leben zu führen. Wie viele Rückschläge hatte ihre kleine Familie einstecken müssen? Wie viele Therapiestunden hatten sie hinter sich?

Und dann immer wieder diese Andeutungen, ihr Ex-Mann wäre auf einem guten Weg. Er wäre kein Monster, nur krank. »Ihr Mann wird nicht in ein Gefängnis kommen«, hatte der Richter gesagt, »er wird seine Haftstrafe in einer psychiatrischen Anstalt verbüßen, wo man besser mit ihm umgehen kann.«

Wie konnte so etwas sein? Wie konnten sie ihn so verharmlosen?

Tom war kein Mensch. Ja, er trug die täuschend echte Maske eines Menschen, aber darunter verbarg er das grauenhafte Antlitz eines Dämons.

Wenn es jemand verdient hatte, weggesperrt zu werden, in eine winzige Zelle ohne Licht bei fauligem Wasser und verschimmeltem Brot, dann war er das.

Die Hinterbliebenen seiner Opfer würden ihr restliches Leben gestraft sein, und er bekam drei Mahlzeiten am Tag und konnte sich frei in der Anstalt und im angegliederten Garten bewegen – solange er nur die Therapien mitmachte.

Michelle spürte Lillys Hand auf ihrem Oberschenkel. Der Raum schien plötzlich zu klein zu sein für zwei Personen. Unvermittelt stand sie auf.

»Die Anstalt hat angerufen. Tom war nicht bei seiner letzten Therapiestunde.«

Lillys Augen leuchteten. »Dann hat er gegen seine Auflagen verstoßen, ja? Er wird jetzt richtig eingesperrt?«

Michelles Lippen wurden zu kleinen Streifen. »Er war auch nicht in seiner Zelle.« Michelle wusste, dass er nicht in einer Zelle, sondern in einem Zimmer untergebracht war. Aber es lebte sich einfacher, wenn man sich gewisse Dinge einredete.

Lilly verzog fragend das Gesicht, was sie noch unschuldiger aussehen ließ.

»Im Moment wissen sie nicht, wo er sich aufhält«, führte Michelle weiter aus. »Und es kann durchaus sein, dass er schon seit längerer Zeit nicht mehr in der Klinik ist.« Michelles Stimme wurde zu einem Fauchen. »Diese Kramme ist ebenso unfähig, wie sie arrogant ist.«

In Lillys Augen sammelten sich Tränen. »Was heißt das jetzt? Er ist ausgebrochen?«

Michelle drehte sich um und ging zum Fenster. Sie musste ihre eigenen Tränen mit Gewalt zurückhalten.

Der Himmel war wolkenverhangen. Der Regen, der immer wieder die Straßen flutete, hatte scheinbar jegliche Farben aus den Vorgärten gespült. Alles wirkte grau und trist. Allein der Anblick ließ sie frösteln.

»Wir sollen uns keine Sorgen machen. Die Direktorin meinte, dass er wahrscheinlich die Stadt verlassen hat. Ich denke, er wird versuchen, so weit von hier wegzukommen wie irgend möglich.« Sie glaubte selbst nicht an das, was sie da sagte.

Lilly war an Michelle herangetreten und wirbelte sie unsanft herum. »Das glaubst du? Tom wird da weitermachen, wo er aufgehört hat. Er wird zu uns kommen, und wir werden sterben. So wie die anderen. Dieses Mal wird uns keiner retten. Er wird sich nicht viel Zeit lassen.«

Michelle antwortete nicht gleich. Ihre Tochter war nicht dumm, und niemandem war mit Lügen gedient. Aber die Wahrheit würde ihr Leben wieder um zwei Jahre zurückwerfen.

Zwei Jahre und ein paar Tage. Das durfte nicht passieren.

»Bei jemandem wie Tom wird man die ganze Polizei mobilisieren. Die haben ihn, noch bevor du heute Abend ins Bett gehst«, versicherte sie ihrer Tochter. »Dein Vater hat ihn einmal geschnappt, er wird es auch ein zweites Mal tun.«

»Ich geh nur ins Bett, wenn er heute Abend gefasst ist. Keine Minute vorher, das schwöre ich.«

Michelle nahm Lilly zärtlich in den Arm, spürte ihren pulsierenden Körper und dachte an die Zeit, als ihre Tochter noch ein kleines Kind war. Nun liefen die Tränen unaufhaltsam, brennend wie Salzsäure. »Mach dir keine Sorgen, Lilly. Wären wir in Gefahr, würde die Polizei uns schützen. Wir wurden nur informiert, damit wir nicht das Gefühl haben, übergangen worden zu sein.«

Ihre Tochter löste sich aus der Umarmung, setzte sich aufs Sofa und legte die Beine auf den Tisch. »Wie kann man aus einer solchen Anstalt fliehen? Ich dachte, die wäre so enorm sicher?«

Michelle wischte sich über das Gesicht, schubste im Vorbeigehen Lillys Beine vom Tisch und setzte sich in den Sessel gegenüber. »Jedes Sicherheitssystem kann umgangen werden. Tom ist nicht dumm. Er hatte zwei Jahre lang Zeit, sich alle Sicherheitsvorkehrungen ganz genau anzuschauen. Vielleicht hat einer der Sicherheitsleute einen Fehler gemacht? Tom konnte schon immer gut mit Menschen umgehen. Wahrscheinlich hat er allen gezeigt, was für ein guter Mensch er doch eigentlich ist. Nein«, sie schüttelte energisch den Kopf, »für Leute wie Tom gibt es keine Anlage, die sicher genug ist.«

Lilly zog die Beine bis zum Kinn und schlang die Arme darum. »Und was machen wir jetzt?«

»Wir lassen uns nicht unterkriegen, okay? Wir fahren jetzt einkaufen, und danach lenken wir uns mit ein paar guten Filmen ab. Was meinst du? Lassen wir uns von diesem Scheißkerl den Jahrestag vermiesen?«

Lilly schaute im ersten Augenblick fassungslos. Dann stahl sich ein Grinsen in ihr Gesicht, das zu einem Lachen wurde. »Nein, das tun wir ganz bestimmt nicht. Der kann uns mal.«

Michelle stimmte in das Lachen ein. »Außerdem musst du mir noch ausführlich erzählen, wer der Junge ist, mit dem du da gechattet hast. Sieht er gut aus?«

»Gut? Traumhaft sieht er aus. Und er spielt Gitarre in einer Band. Und das Beste: Alle Mädchen aus meiner Klasse stehen auf ihn.«
»Und es gibt ihn wirklich? Es gab da mal eine Zeit, da hast du dir auch eingebildet, ein Huhn säße auf deinem Kleiderschrank.«
Lilly boxte Michelle sanft gegen die Schulter. »Hey«, sagte sie empört, »da war ich sechs oder so. Für den Kommentar musst du mir bis spätestens Montag etwas zum Anziehen kaufen. Hast du mal in meinen Kleiderschrank geschaut? Es sieht aus, als hättest du noch ein kleines Mädchen versteckt und ihre Kleider heimlich in meinen Schrank gestopft.«
Michelle folgte ihr in den Flur. »Das habe ich nur für den Fall gemacht, dass du mich nervst. Dann kann ich dich ohne weiteres gegen ein liebes kleines Mädchen eintauschen, das sich vorstellt, auf ihrem Schrank säße ein Huhn, das Eier legt.« Dafür kassierte Michelle einen weiteren Klaps, und sie genoss es. Sie würde alles tun, um Lilly einen schönen Tag zu bereiten. Ein Jahrestag mit ausnahmsweise guten Erinnerungen könnte den Bann brechen, den Tom auf sie gelegt hatte. Wenn am Abend der erlösende Anruf kam, würden sie zufrieden wie lange nicht mehr ins Bett fallen.

KAPITEL 6

Robert Bendlin blickte in das leere Zimmer der Forensischen Psychiatrie Ruhrbach. Die Wände weiß gestrichen. Rechts ein Bett, links ein Schrank, beides weiß lackiert. Daneben die Nasszelle. In der Mitte des Raums stand ein Tisch. Darauf ein kunterbunter Blumenstrauß, unter dem sich welke Blütenblätter verteilt hatten. Das Fenster geradeaus war vergittert.

Auf Robert wirkte das Zimmer wie die Kulisse eines Films. Nichts deutete darauf hin, dass hier ein Mensch wohnte. Es gab keine persönlichen Gegenstände, keine Bilder an den Wänden oder Poster. Alles war sauber und ordentlich.

Nur der Blumenstrauß schien sich aus einer anderen Realität hierhergestohlen zu haben.

Robert blickte seinen Polizeikollegen, der neben ihm stand, auffordernd an. »Er war dein Fall, Maik. Sag du was.«

Maik Wegener grunzte, was er immer tat, wenn er eine Situation nicht genau einschätzen konnte.

Er war in die Jahre gekommen, was ihm deutlicher anzusehen war als anderen in seinem Alter. Seine Leibesfülle hätte ihn daran gehindert, einen Flüchtigen zu Fuß zu stellen, und sein Kopf, den er gerne als karges Land bezeichnete, war inzwischen zu einer Ödnis geworden. Tiefe Furchen in seinem Gesicht wurden zum Teil von dichtem Haarwuchs verdeckt. Mit Holzbein und Augenklappe wäre er als waschechter Pirat durchgegangen.

Er war Roberts ranghöherer Partner, ein alter Hase, den man kaum aus der Ruhe bringen konnte. Maik war wie ein Eisbrecher. Langsam, beständig und äußerst effektiv.

Was sich Robert nicht eingestehen wollte, war die Tatsache, dass er selbst wie eine jüngere Ausgabe seines Partners daherkam. Auch er hatte nur noch wenig Haare, und die paar, die ihm geblieben waren, trug er so kurz, dass sie kaum auffielen. Nur auf den Bart verzichtete er.

»Was meinst du«, fragte Robert, »ist jemand wie Thomas Ried fähig, einen Ausbruch zu planen und erfolgreich auszuführen?«

Maik grunzte, wie Piraten das so tun.

Robert klopfte seinem Kollegen auf die Schulter. »Es ist immer wieder eine Herausforderung, mit dir arbeiten zu dürfen.« Er wandte sich an die Direktorin der Anstalt, Doktor Claudia Kramme, die sie in Rieds Zimmer begleitet hatte und nervös neben ihnen ausharrte. »Ich möchte nicht, dass unsere Anwesenheit falsch interpretiert wird«, erklärte er. »Dies hier ist keine Ermittlung. Wir versuchen nur, ein wenig zu helfen. Zuständig für einen Flüchtigen ist die örtliche Polizeidienststelle, und ich bitte Sie, alle Informationen, die Sie haben, an die Kollegen weiterzugeben. Trotzdem versuchen wir, so gut es geht, eine erste Einschätzung zu machen. Immerhin hat mein Partner hier diesen Psychopathen geschnappt.« Ihm entging nicht das nervöse Zucken ihres Mundwinkels. Als Psychiaterin konnte sie offenbar seine äußerst fachkompetente Diagnose nicht teilen. Er ignorierte ihren stillen Protest. »Sie haben uns vorhin erzählt, dass die Tür nicht verschlossen war, als Sie das Zimmer kontrolliert haben?«

Claudia Kramme sah unglücklich aus. Robert fand, sie hatte Ähnlichkeit mit einem Huhn. Ihr Gesicht war schmal und lang, als hätte man es in einer Streckbank bearbeitet. Unterhalb ihres dürren Halses breitete sich ihr Körper tropfenförmig aus, und ihre stelzenartigen Beine wollten so gar nicht zum Rest passen. Offensichtlich war ihr die Situation unangenehm. Sie antwor-

tete zögerlich und so leise, dass beide Polizisten näher an sie heranrückten.
»Die Türen werden mit einem elektronischen Schloss von einem Zentralrechner aus gesichert. Dies hier schließt außerdem automatisch, wenn die Tür ins Schloss fällt. Der Patient muss dann einen der Pfleger rufen, wenn er herauswill. Beim Rundgang des Wachhabenden fiel auf, dass die Tür nur angelehnt war und Herr Ried nicht in seinem Bett lag.«
Maik blätterte in seinen Notizen. »Peter Hasse war am besagten Abend zuständig für die Kontrolle der Patienten. Habe ich das richtig notiert?«
Die Leiterin nickte.
»Und er ist zurzeit nicht erreichbar?«
»Es war sein letzter Arbeitstag vor seinem Urlaub. Er ist im Ausland. Ich könnte versuchen …«
Maik winkte ab. »Nicht nötig. Im Moment ist es für uns nicht wichtig, wie Ried ausgebrochen ist. Darum kümmern sich dann die Kollegen. Wir sind nur hier, weil ich ihn vor zwei Jahren geschnappt habe und unser Chef es für eine gute Idee hielt.«
»Mein Kollege will damit sagen«, sprang Robert ein, »dass wir hoffen, Ried mit unserer Erfahrung schneller zu finden. Der Ausbruch an sich ist nicht strafrelevant und daher eher ein Problem Ihrer Sicherheitseinrichtung.« In solchen Momenten war Robert dankbar für seine Ausbildung, auch wenn sie schon Jahre zurücklag. Sie half ihm, die Gefühle im Zaum zu halten. Wie konnte man einen Mörder wie Thomas Ried entkommen lassen? Und es noch dazu für Tage geheim halten, nur weil man der Meinung war, dass er sich innerhalb der Anstalt versteckte? Diese Hühnerdirektorin wird sich wohl auf ein Verfahren einstellen müssen. Er hatte nie verstanden, warum ein Psychopath wie Ried in eine Anstalt und nicht in ein Gefängnis kam, wo er seiner Meinung nach hingehörte.

Maik nickte vor sich hin und knibbelte an den Lippen.
Frau Kramme sah nervös von einem zum anderen. »Ich stehe Ihnen jederzeit zur Verfügung, falls Sie Informationen benötigen.«
»Da wäre etwas, das uns helfen könnte.« Robert betrachtete wieder das Zimmer. »Hatte er Kontakt zu jemandem von draußen?«
Die Leiterin bekam große Augen und schnappte nach Luft, was Robert zwang wegzuschauen. Jetzt legt sie ein Ei, dachte er und unterdrückte den Zwang, einfach loszuprusten. Ein Hoch auf die Ausbildung.
»Meine Herren«, begann sie die Verteidigung, denn offenbar fühlte sie sich angeklagt, »dies hier ist eine Heilanstalt. Wir haben hier Patienten und keine Gefangenen. Wenn wir es für die Genesung als fördernd erachten, bekommt jeder Patient natürlich Kontakt zur Außenwelt. Wir wollen heilen, nicht die Menschen wegsperren. Isolation ist Gift für einen Heilungsprozess. Dagegen kann das Gespräch mit Angehörigen und Freunden außerordentlich hilfreich sein.«
Robert hob eine Hand. »Schon gut. Ich wollte Ihre Arbeit nicht kritisieren.« Das war glatt gelogen. »Also hatte er Kontakt. Können Sie mir die Namen der Personen aufschreiben, die in den letzten zwei Jahren bei ihm waren?«
Sie schüttelte den Kopf. »Nein.«
»Wie bitte?«
»Nein, Patienten im Maßregelvollzug haben nur Kontakt zu unseren Ärzten, den Therapeuten und zu anderen Patienten. Nur wenn wir es für heilsam erachten, beziehen wir Familienangehörige und Freunde in die Therapie mit ein. Sie sollten mir schon zuhören, Herr, Herr …«
»Bendlin«, half Robert ihr weiter. Er fühlte, wie die Worte seines strengen Ausbilders verblassten. »Haben Sie nicht gera-

de …?« Er klang wütend und rang nach Worten. Versuchte sie, ihn zu verarschen?
»Es geht um das Prinzip«, unterbrach sie ihn. »Jemand, der etwas so Schreckliches tut wie Thomas Ried, gehört für immer weggesperrt, nicht wahr? Wir Psychiater sind Quacksalber, die ständig die falschen Gutachten erstellen und es so Verbrechern ermöglichen, weitere Verbrechen zu begehen, oder? Aber ich sage Ihnen etwas: Thomas Ried war nicht in der Lage, sein Handeln zu beeinflussen. So wie Sie nicht in der Lage wären, einen Hundertmetersprint zu absolvieren mit einem Krampf in den Beinen. Wie würde es Ihnen gefallen, wenn man Sie einfach wegsperren würde, nur weil Sie nicht die Ziellinie erreicht haben? Fänden Sie das fair? Herr Bendlin, in dieser Klinik sorgen wir dafür, dass Sie keinen Krampf mehr bekommen und in Zukunft wieder so laufen können wie alle anderen auch.«
In Roberts Ohren klang das nicht überzeugend und offenbar auch nicht in Maiks, der ihre Ausführung mit einem Grunzen quittierte.
Es ist ein Unterschied, ob man Krämpfe heilt oder nur Bedingungen schafft, in denen sie nicht mehr auftreten können. Aber er war nicht hier, um das System zu ändern.
»Entschuldigen Sie, wenn ich einen falschen Eindruck vermittelt habe«, sagte Robert, und sein Blick blieb am Bett haften. »Wir hätten Thomas Ried nur gerne wieder zurück in seinem Zimmer, bevor er auf die Idee kommt, doch einen Krampf zu kriegen.«
»Ähm, Entschuldigung, Frau Doktor Kramme?«
Sie drehten sich herum. Ein Mann stand vor ihnen auf dem Flur. Er war blass, und seine blonden Haare verdeckten seine Augen, während er auf den Boden schaute. Er hatte eine Staffelei unter den Arm geklemmt und trug ein Bündel Pinsel in der Hand.

»Herr Graf, was … was gibt es?« Claudia Kramme starrte den Mann mit offenem Mund an. Ihr Brustkorb pulsierte, als hätte sie sich erschreckt.
»Nichts, also eigentlich nichts.« Er hob seinen Blick. »Ich wollte nur sagen, ich mache mich jetzt wieder auf den Weg. Ist hier«, er schaute erst Robert an, dann Maik, »ist hier alles in Ordnung? Brauchen Sie Hilfe?«
Der Mann biss auf seiner Unterlippe herum, was Robert nervös machte. Ganz sachte tastete seine Hand nach der Dienstwaffe. »Ist der Herr ein Patient von Ihnen, Frau Kramme?«
Die schüttelte den Kopf. »Nicht direkt. Dies hier«, sie deutete auf den Mann, dessen Blick unruhig an ihnen vorbei in Rieds Zimmer fiel, »ist Sebastian Graf. Er ist Künstler und unterstützt uns bei diversen Therapien. Nicht jeder, der hier herumläuft, Herr Bendlin, ist ein Patient.« Sie wandte sich an den Mann. »Diese Männer sind von der Polizei. Robert Bendlin und Maik Wegener. Sie sind hier, um mich zu beraten. Alles ist in Ordnung, ich komme allein zurecht. Haben Sie einen schönen Abend.«
Er guckte in die Runde, anscheinend unsicher, ob er wirklich gehen sollte. »Maik Wegener? Sie haben Herrn Ried gefasst, nicht wahr?«, fragte er dann.
Maik runzelte die Stirn. »Wir waren damals eine Sonderkommission mit vielen Leuten.«
»Ah«, Sebastian Graf nickte vor sich hin und wischte sich die Haare aus dem Gesicht. »Natürlich. Muss aufregend gewesen sein.« Er starrte Maik noch eine Weile an, Roberts Hand ruhte auf dem Verschluss der Pistole. Schließlich aber wandte sich Graf ab und nickte Claudia Kramme zu. »Gut, wir sehen uns nächste Woche. Wenn noch etwas ist, rufen Sie mich an.« Er drehte sich um und ging.
Roberts Hand fiel erleichtert von der Waffe, und sein Interesse sprang zurück zu Rieds Bett.

Im Grunde war es nur eine winzige Abweichung in diesem ansonsten ordentlichen Zimmer, die seine Aufmerksamkeit erregte.
»Ich hätte darauf gewettet, der Kerl würde hier wohnen«, sagte Maik leise zu ihm. »Ich habe jetzt noch eine Gänsehaut.«
»Hm?«, Robert war mit den Gedanken woanders. Er zog ein Paar Gummihandschuhe aus der Hosentasche und stülpte sie über. Zwar glaubte er nicht, dass die Kollegen von der Spurensicherung Interesse an diesem Fall entwickeln würden, dennoch wollte er nicht das Risiko eingehen und seine Fingerabdrücke im Raum verteilen.
Alles in diesem Zimmer war ordentlich, fast schon steril. Wahrscheinlich hätte man hier eher eine Herztransplantation durchführen können als in einem Krankenhaus.
Durch das durchgängige Weiß wäre ihm das kleine Detail fast nicht aufgefallen.
»Dieser Seb… – ach, ist auch egal. Was tust du?«, brummte Maik hinter ihm.
Robert antwortete nicht. Er trat an das Bett, das eigentlich ordentlich gemacht war. Nur eine Kleinigkeit passte nicht ins Bild und ließ Roberts Alarmglocken, die er sich im Laufe seiner »Karriere« bei der Kriminalpolizei zugelegt hatte, aufgeregt läuten.
Das Kissen war am Rand ein wenig eingedrückt, so als hätte es jemand nach dem Aufschütteln bewegt.
Mit spitzen Fingern hob er es ein Stück an und pfiff durch die Zähne. »Na sieh mal einer an, was wir da haben.« Er griff unter das Kissen und drehte sich dann zu seinem Kollegen um. »Ich würde sagen, damit ist dies hier ein offizieller Tatort. Die Jungs von der Spurensicherung werden sich freuen.«
Maik hob die Augenbrauen, und Claudia Kramme wich einen Schritt zurück.

In Roberts Hand befand sich ein Polaroidfoto.
Innerhalb des für Polaroidabzüge typischen weißen Rahmens war ein Bild zu sehen, das für Frau Dr. Kramme offenbar zu viel war. Sie presste eine Hand auf den Mund, drehte sich um und tippelte in ihren Stöckelschuhen den Gang entlang in Richtung Toiletten.
Maik trat näher heran. »Also nach einer bloßen Flucht sieht mir das nicht aus.«
Robert drehte das glänzende Bild ein wenig, um besser sehen zu können. Die Aufnahme war unscharf und etwas unterbelichtet. Dennoch war das Motiv gut zu erkennen: eine nackte Frau, der man die Haut von Armen und Beinen abgezogen hatte. Unter ihrem Rücken ragten bunte Hautfetzen hervor, ausgebreitet wie Schmetterlingsflügel. Auch der Rumpf war bemalt. Feine Muster wechselten sich ab mit groben Farbklecksen.
Robert drehte das Polaroid ein Stück. »Hm«, murmelte er.
Maik zog sich ebenfalls Handschuhe an und nahm ihm das Bild aus der Hand. »So hat Ried damals sein erstes Opfer hergerichtet.«
»Aber er durfte doch sicher keine Bilder davon mit hierherbringen?«
»Soweit ich weiß, gab es nie Bilder. Die Mordserie, die mit so einem Schmetterling begann, ist inzwischen auch schon gut und gerne zehn Jahre her. Vor zwei Jahren wollte er zwar eine neue beginnen, aber zum Glück konnten wir das verhindern. Was also macht dieses Foto unter seinem Kopfkissen? Gehört das zu einer beschissen kranken Therapie?«
»Wir werden es erfahren, wenn die gute Anstaltsleiterin ausgekotzt hat.« Robert konnte sich ein Grinsen nicht verkneifen.
Maik grunzte. »Für mich sieht es so aus, als hätte Ried bei seinem Hundertmetersprint einen gewaltigen Krampf bekom-

men. Und um uns zu zeigen, was für ein schlaues Bürschchen er ist, hat er uns das Foto hiergelassen.«
Robert nickte und nahm das Polaroid wieder an sich. »Aber warum hat er dem Opfer die Haut abgezogen?« Er hielt es sich dichter vor die Augen.
Arme und Beine waren sorgfältig gehäutet worden. Am Armgelenk zog sich eine glatte Schnittkante entlang, darunter begann eine fleischige Marmorierung. Wie Bandwürmer fraßen sich Venen durch die Muskeln, die zum Teil schwarz gefleckt waren. Die Oberfläche wirkte trocken wie Dörrfleisch.
Robert gab Maik das Bild zurück. »Er flieht, richtet sein Opfer so zu, fotografiert es, kommt zurück, um das Foto in sein Zimmer zu legen, und verschwindet wieder? Klingt nicht sehr einleuchtend.«
»Vielleicht hat er sich die Dame gleich hier zur Brust genommen?«
»Oder er hat einfach nur Spaß an perversen Fotografien. Es ist ein Polaroid. Wer benutzt so was heute noch?« Robert schüttelte den Kopf. »Es ist nicht unser Fall. Wir sollten unser Hirn nicht zermartern. Vielleicht hat es auch gar nichts mit Ried zu tun.« Das sagte er, doch in Wirklichkeit glaubte er nicht daran. Da war etwas in seiner Magengrube, das heftig protestierte. Aber mit einem hatte Maik recht: Wahrscheinlich hatte dieses Bild nichts zu bedeuten. Vielleicht war es einfach nur Rieds nächtliche Wichsvorlage. »Glaubst du, er stattet Michelle einen Besuch ab? Jetzt, wo er frei ist?«
Maik hob die Schultern und zog die Mundwinkel nach unten. »Möglich wäre es, aber unwahrscheinlich. Sie haben sich getrennt, und wenn er gewollt hätte, hätte er ihr damals«, er stockte kurz, »mehr antun können.«
»Und Lilly?«
»Lilly? Nein, er hat sie abgöttisch geliebt. Ich glaube, er wird sich aus dem Staub machen. Er ist nicht doof. Er weiß, dass wir

hinter ihm her sind. Aber ich fahre später bei Michelle und Lilly vorbei und setze sie in Kenntnis. Für alle Fälle.«

Maik tat zwar cool, aber Robert merkte ihm an, dass er in Sorge war. Er wirkte nervös, strich mit dem Daumen über den Zeigefinger, als hoffte er, ein Dschinn käme heraus.

Roberts Partner atmete aus wie ein Walross. »Dann geben wir der Spurensicherung Bescheid und den zuständigen Kollegen. Sollen die sich damit rumärgern. Ich für meinen Teil habe genug von diesem kranken Scheißkerl.«

Robert hob mahnend einen Finger. »Lass das nicht die Frau Doktor hören.«

»Die Frau Doktor«, erklang es beleidigt hinter ihnen, »würde sich freuen, wenn Sie sich um Ihre Arbeit kümmern würden. Dies hier ist kein Vergnügungspark. Die anderen Patienten sind schon völlig durch den Wind.«

»Als wären sie das vorher nicht gewesen«, murmelte Maik so leise, dass nur Robert es hören konnte. Sie drehten sich um.

Frau Dr. Kramme stand vor ihnen und sah mehr denn je aus wie ein Huhn, das versuchte, Körner aus der Luft zu picken.

Maik legte das Foto zurück aufs Bett und folgte Robert auf den Flur.

»Entschuldigen Sie«, sagte Robert, »wir sind hier fertig. Bitte lassen Sie das Zimmer so, wie es ist, bis die Kollegen eintreffen. Sie sollten die anderen Patienten vielleicht vorwarnen oder mit Medikamenten vollpumpen oder machen, was Sie in solchen Fällen so machen. Gleich wird hier die Hölle losbrechen. Ihnen ist ein perverser Killer entkommen. So was hat die Polizei nicht so gern.«

Sie drehte sich wortlos um und wandte sich an einen vorbeikommenden Pfleger.

Im gleichen Augenblick klingelte Roberts Handy. Als er auf den grünen Hörer drückte, hörte er wildes Stimmengewirr. Es knackte und rauschte, dann meldete sich sein Chef.

»Hallo? Rob? Zellinger hier.«
»Werner! Ich bin ganz Ohr.«
»Du hörst, hier ist einiges los. Seid ihr da fertig? Konntet ihr helfen?« Er wartete nicht auf eine Antwort, sondern redete weiter. »Hör zu, fahrt bitte zum Gasometer. Da wartet ein neuer Fall auf euch. Oh, und je länger ihr wartet, desto weniger Freude werdet ihr dort haben.«
»Um was geht es?«
»Ich will euch nicht die Überraschung verderben. Die Spurensicherung ist bereits unterwegs. Wie lange braucht ihr?«
Robert überlegte kurz. »Hm, ich schätze, eine gute halbe Stunde. Wenn du uns etwas Arbeit abnimmst, geht's ein paar Minuten schneller.«
»Was soll ich tun?«
»Wir brauchen hier die Spurensicherung und ein paar Beamte mit guten Augen. Nur für den Fall, dass das Fotomodel noch irgendwo im Haus ist.«
»Wieso Fotomodel? Ich versteh nicht.«
»Oh, ich will dir ebenfalls nicht die Überraschung verderben. Aber lass einen Notarzt mitkommen, für den unwahrscheinlichen Fall, dass die Frau noch leben sollte.«
Werner Zellinger seufzte. »Wie du meinst. Ich erledige alles, aber beeilt euch. Und ich will noch heute Abend euren Bericht.«
Jetzt seufzte Robert. Hätte er damals gewusst, dass Polizeiarbeit eigentlich nur aus Berichteschreiben bestand, wäre er Feuerwehrmann geworden.
Er zog die Handschuhe aus und warf sie beim Hinausgehen in einen Papierkorb. Dabei fragte er sich, ob Ried mit der abgezogenen Haut des Opfers das Gleiche getan hatte.
Sie gingen zur Eingangsschleuse, wo sie der Pförtner mit grimmigem Gesicht erwartete. Sie passierten die Türen und traten hinaus in den Regen.

Im gleichen Moment war der Gedanke an die fehlende Haut schon wieder verschwunden, denn es gab einen neuen Fall, dem er seine ganze Aufmerksamkeit widmen würde. Eine Überraschung, hatte Zellinger gesagt. Das ließ nichts Gutes erwarten.
Sie stiegen in den Wagen und fuhren Richtung Gasometer.

KAPITEL 7

Ohne Blaulicht fuhr Robert den Dienstwagen durch die Stadt. Im Radio lief »Lose My Mind« von The WANTED. *But you're hurting me from inside of my head. I can't take it, I can't take it. I'm gonna lose my mind.*

Ja, das kannte er, aber eher in einem anderen Zusammenhang. Jeden Morgen, wenn er ins Präsidium fuhr, flatterte eine Schar Vögel durch seinen Bauch. Und wenn er sich einem Tatort näherte, wie jetzt, wurde dieses Gefühl übermächtig. Fast als wollten die Vögel durch seine Bauchdecke hindurchbrechen. Er schob den Gedanken beiseite, doch es wurde nicht besser.

Maik saß neben ihm und rieb sich den Oberarm.

»Schmerzen?«, fragte Robert mit kurzem Blick zur Seite.

»Hm«, antwortete Maik mürrisch. »Noch nicht. Ist ein Nikotinpflaster. Ich habe nur das beschissene Gefühl, dass da nicht genug durch die Haut geht.«

»Du hast mit dem Rauchen aufgehört?«

»Was soll ich machen? Die Dinger werden teurer, ich werde älter, und die Frauen werden immer gesünder. So kommen wir nicht auf einen Nenner.«

Robert grinste. »Gibt es nicht bessere Methoden, um an eine Frau zu kommen, als sich den Arm wund zu reiben?«

»Mehr Nikotin in die Pflaster. Das wäre schon mal ein Anfang.« Maik schaute ihn auffordernd an. »Wenn du noch langsamer fährst, sind wir gleich wieder an der Klinik.«

»Komiker!« Robert bog in eine Seitenstraße ein.

Der Gasometer ragte hinter der Stadthalle hervor wie ein Baugerüst, unter dem das Gebäude zusammengestürzt war. Der

Gastank, dessen Kuppel sich beim Befüllen entlang der Führungsstreben hob, war offenbar leer.

Zellingers Stimme hallte noch in Roberts Ohren: Ich will euch nicht die Überraschung verderben.

Maik krempelte den Ärmel hoch und klebte sich ein zweites Pflaster auf den Arm.

Robert verkniff sich einen Kommentar und musterte den wolkenverhangenen Himmel. »Hast du dich eigentlich mal mit deiner Ex-Frau ausgesprochen?«

Maik rutschte unruhig auf dem Sitz hin und her. »Warum fragst du das?«

»Als es hieß, wir sollten mal in der Psychiatrie bei Thomas Ried vorbeischauen, bist du ganz still geworden.«

Maik schaute ihn fragend an.

»Na ja, stiller als sonst. Es liegt was in der Luft. Die einen reden, die anderen schweigen. Ich meine, jedem das Seine, aber ich glaube, dass du noch was für sie übrighast.«

»Natürlich. Sie ist die Mutter meiner Tochter.«

»Und du hättest nichts dagegen, wenn sie dir das Nikotinpflaster vom Arm knabbern würde.«

»Halt die Klappe.«

Das tat er.

Die Sonne nahm noch mal alle Kraft zusammen, arbeitete gegen die Wolkendecke an und durchbrach sie gerade, als Robert mit dem Auto nach rechts in den Hellweg abbog. Er kniff die Augen zusammen, um nicht geblendet zu werden.

Ein Himmel voller Wolkenfetzen. Robert seufzte. Düstere Vorahnungen gehörten zu den weniger angenehmen Aspekten der Polizeiarbeit. Wenn Zellinger von einer Überraschung sprach, konnte es unappetitlich werden.

Das erinnerte Robert wieder daran, dass seine letzte Mahlzeit bereits eine Weile her war.

Links von ihnen schob sich das Gelände der Stadtwerke ins Sichtfeld. Umgeben von einer mannshohen Mauer, vor der sich Auto an Auto reihte.

An der Schranke, die das Betreten des Firmengeländes verhinderte, hielt Robert an.

Ein Polizist kämpfte sich durch eine Traube Reporter. Das Blitzlichtgewitter blendete.

Robert spürte den Impuls, auszusteigen und für Ordnung zu sorgen. Das laute Stimmengewirr machte ihn nervös. Das hier war kein Tatort, sondern eine Irrenanstalt.

Erst als sich Maiks Hand auf seine Schulter legte, beruhigte er sich.

Der Polizist schaute durch das Seitenfenster auf Roberts Ausweis, den dieser ihm entgegenhielt, und schrie gegen die Reporter an: »Fahren Sie bis zu dem Gebäude dort drüben. Da können Sie parken. Die Leiche befindet sich dahinter.«

Robert ließ das Fenster ein Stück weit runter. »Warum ist die Presse schon hier? Konnte jemand nicht stillsitzen?«

»Also eigentlich hat die Presse uns erst hierhergeholt«, der Polizist wandte sich an die Reporter. »Gehen Sie bitte hinter die Absperrung.«

Robert runzelte die Stirn. Auf einen Fall mit erhöhtem Medieninteresse hatte er gerade überhaupt keine Lust.

Er fuhr zu dem Gebäude und parkte.

Polizisten liefen emsig herum. Ihre Gesichtszüge waren wie in Stein gemeißelt. Offenbar herrschte frostige Stimmung.

Robert seufzte. »Das schaut nach einem langen Abend aus.«

Maik sagte nichts. Er rieb sich den Arm und stieg aus.

Sie gingen um das Gebäude herum. Schritt für Schritt kam das Gerüst des Gasometers zum Vorschein, dessen Gebilde aus massiven Metallstangen Ähnlichkeiten mit dem Kolosseum in Rom hatte.

Helle Wolken zerliefen dahinter mit finsterem Schwarz, einer aufkommenden Regenfront und dem Blau des Himmels, als bestünde das Firmament aus dicker Ölfarbe. Der Boden und das grüne Laub der umstehenden Birken pulsierten im Blaulicht der gut ein Dutzend Streifenwagen.

Obwohl Maik und Robert auf betoniertem Untergrund liefen, roch es nach feuchter Erde.

Links vor ihnen, am Fuße des Ständerwerks, sammelten die Kollegen von der Kriminaltechnik ihre Proben. Nirgendwo war eine Leiche zu sehen.

Bis auf die, die auf ihn zugestakst kam. Dünne blonde Haare hingen ihr ins Gesicht. Sie schien geschrumpft zu sein, nachdem man sie in einen Hosenanzug gesteckt hatte. Ihre Augen lagen tief in den Höhlen.

Die fehlte noch zu meinem Glück, dachte Robert und streckte ihr eine Hand entgegen. »Frau Schreyer, nett, dass Sie hier sind.«

Sie nickte ihnen zu. »Meine Herren. Kriminalrat Zellinger bat mich her. Ich fürchte, es sieht nach einer Menge Überstunden aus.«

Maik schnaufte kaum hörbar. Robert runzelte die Stirn. »Und Sie verzichten auf Ihren freien Samstag, um uns das zu sagen? Oder hatten Sie nur mal Lust, einen Toten zu stalken?«

»Ich bin Staatsanwältin und kein Leichenbeschauer. Wenn Sie Ihren Clown runtergeschluckt haben, Herr Bendlin, und wieder in der Lage sind, ernsthaft zu arbeiten, geben Sie mir doch bitte Bescheid.« Sie stolzierte an ihnen vorbei. »Und dann sehen Sie zu, dass Sie Ihre Arbeit machen.« Damit ließ Schreyer sie stehen.

»Einen Moment noch«, rief Robert ihr hinterher. Die Staatsanwältin blieb stehen und drehte sich um. Ihr Gesichtsausdruck verriet, dass sie eigentlich keine Zeit hatte. Sie machte keinen Hehl daraus, es offen zu zeigen. Er beachtete es nicht weiter.

»Zwei Sachen. Erstens, wo ist die Leiche? Und zweitens, nur für den Fall, dass es der Täter auf Publicity abgesehen hat, sollten Sie eine vorläufige Nachrichtensperre verhängen. Ich möchte ihn ungern zu weiteren Taten animieren.«

Sie atmete tief ein und langsam wieder aus, was sie in Roberts Augen wie ein Zombie wirken ließ. Eine lebende Tote, die mit ihm zusammenarbeitete. Eine schaurige Vorstellung.

Sie wandte sich an Maik.

»Herr Wegener, Sie leiten die Ermittlung. Sind Sie der gleichen Meinung?«

»Hm?«

Die Gesichtszüge des Zombies erschlafften ein wenig. »Nachrichtensperre? Sind Sie auch der Ansicht, das wäre eine gute Idee?«

Maik zuckte mit den Schultern. »Schaden wird's nicht.«

»Irrtum«, antwortete sie tonlos. »Es schadet dem Ansehen der Polizei. Man wird uns vorwerfen, etwas zu verbergen. Sollte ich es tun, möchte ich dafür von Ihnen eine ausführliche Analyse aller Zeichnungen und Skizzen der Leiche, die im Übrigen fast über Ihrem Kopf hängt.«

Bevor Robert etwas erwidern konnte, drehte Schreyer sich bereits um und ging davon.

In diesem Moment durchbrachen ein paar Sonnenstrahlen die Wolken. Unwillkürlich schaute Robert nach oben und erstarrte.

Da war sie.

Maik riss die Augen auf.

Roberts Puls schoss unmittelbar in die Höhe.

Verflochten mit dem Gestänge des Gasometers, hing ein riesenhafter Schmetterling. Die letzten Strahlen der Sonne leuchteten durch die bunten Flügel und ließen sie wie Buntglasfenster schimmern. Ein Engelsbildnis der Apokalypse.

Das war das Erste, was Robert sah. Dann aber, als die Sonne den Kampf gegen die düsteren Regenwolken verlor, analysierte sein

Verstand die Details, und das romantische Bild vor ihm zerbröselte. Zwar hatte sich der Künstler reichlich Mühe gegeben, es wie einen Schmetterling aussehen zu lassen, doch es war etwas anderes.

Ein totes Wesen, entmenschlicht, verzerrt. Zwischen den Flügeln aus Haut hing ein nackter Mensch. Die Arme ausgebreitet, das Kinn auf die Brust gesackt.

Die bunten Flügel waren dem Opfer aus dem Rücken geschnitten und mit Draht aufgespannt worden. Unzählige Fliegen schwirrten um den Leichnam herum.

Ein Tropfen fiel herab und zersprang auf Roberts Stirn. Im Glauben, es wäre Blut, wich er einen Schritt zurück und wischte sich mit dem Handrücken durchs Gesicht. Doch es war nur der erste von unzähligen Regentropfen.

Maik löste sich neben ihm aus der Starre. »Warum bekommen wir eigentlich jedes Mal die kranken Fälle?«

Robert antwortete nicht. Er starrte weiter auf dieses unglaubliche Bild, während der Regen immer heftiger auf ihn niederprasselte. Mit der Sonne war auch die skurrile Schönheit des Leichnams verschwunden, als wäre er unbemerkt in ein paralleles, düsteres Universum gewechselt. Zurück blieb nur noch eine graue, faulige Hülle.

Die zum Teil gehäutete Leiche, den Mund zu einem stillen Schrei aufgerissen, schwang sachte im Wind. Ihr Blick aus runzeligen Augäpfeln starr auf den Boden gerichtet.

Robert unterdrückte den Würgereiz und wandte sich ab.

Nachdem die Kriminaltechniker die letzten Spuren vor dem Regen in Sicherheit gebracht hatten, holten sie die Leiche herunter. Robert wollte zumindest kurz einen Blick auf sie werfen. Aus der Nähe.

Das Opfer war eine Frau. Dem Gesicht nach zu urteilen, zwischen sechzig und siebzig Jahre alt. Arme und Beine waren gehäutet worden, während die restlichen Hautpartien übersät waren mit bunten Zeichen und Mustern. Wie auf Rieds Polaroid.

Das musste Schreyer mit Zeichnungen und Skizzen gemeint haben. Doch hier war nicht der richtige Ort für eine ausführliche Leichenschau.

Maik stand neben der Bahre und kraulte seinen Bart. »Da hat sich jemand verdammt viel Mühe gemacht.«

Robert nickte. »Jemand, der verdammt pressegeil ist. Das hier ist doch nur 'ne Show.«

»Da steckt mehr dahinter. All diese Zeichen, die abgezogene Haut. Die Leiche, die wie eine Werbefigur öffentlich präsentiert wird. Für mich sieht es danach aus, als wäre Ried zu seiner alten Gewohnheit zurückgekehrt. Wenn dem so ist, wird es noch vier weitere Leichen geben. Und ihr Anblick wird nicht so«, er hielt inne, als suchte er nach Worten, »ansehnlich sein wie dieser hier.«

Einer der Beamten schloss den Reißverschluss des Sacks und schob die Bahre zum Leichenwagen, wo eine Ärztin wartete. Robert ging zu ihr. »Guten Abend«, sagte er und versuchte, offiziell zu klingen. Sie schaute kurz auf, widmete sich dann wieder einigen Papieren, die sie ausfüllte.

»Sind Sie für die Obduktion verantwortlich?«

Erneut blickte sie auf und hob einen Finger. »Einen Moment, bitte.« Sie füllte den Schein vor sich zu Ende aus, steckte den Kuli ein, blickte auf und lächelte. »Hallo, ich bin Emily Gäter.« Sie streckte ihm eine Hand entgegen, die er schüttelte.

»Führen Sie die Obduktion durch?«, fragte er noch mal.

Gäter schüttelte abwägend den Kopf. »Im Moment bin ich nur für den Totenschein verantwortlich. Wieso fragen Sie?«

»Rufen Sie mich im Büro an. Ich möchte dabei sein«, sagte er knapp und drückte ihr seine Visitenkarte in die Hand. Damit ließ er sie stehen.
Maik war in der Zwischenzeit zu den Presseleuten gegangen und unterhielt sich mit einem von ihnen. Als Robert dazukam, drehte er sich um. »So wie es aussieht, gab es keine Zeugen. Ein paar Jungs der Polizei klappern gerade die Nachbarschaft ab, um das zu bestätigen. Damian Öhl hier, von der Westfalenpresse, war der Erste vor Ort. Er hat auch die Polizei verständigt.«
Öhl nickte stolz und setzte gerade zu einer Frage an, als er von Robert unterbrochen wurde.
»Haben Sie einen Tipp bekommen?«
Der Reporter ließ die Luft raus und schüttelte den Kopf. »Keinen Hinweis. Bin privat unterwegs.« Er lachte. »Die Arbeit holt einen überall ein, nicht wahr? Wissen Sie, wer sie war? Ist ja übel zugerichtet worden, was? Hab mich richtig gegruselt. Dachte erst, da hätte sich jemand einen Scherz erlaubt und eine Puppe ins Gestänge gehängt. Kids machen so was ja gerne. Ist sie dort oben gestorben?«
»Zu laufenden Ermittlungen kann ich zurzeit nichts sagen.«
»Aber ich bekomme doch die Story? Ich meine, als Belohnung? So eine Art Finderlohn?«
Robert antwortete nicht. Reporter waren wie Geier, stürzten sich auf totes Fleisch und labten sich daran. Unersättlich, ohne Mitleid. Er deutete auf Öhls Hand, in der er eine kleine Digitalkamera hielt. »Haben Sie sich verletzt? Sieht aus, als hätten Sie sich geschnitten?«
Der Reporter drehte die Hände und tat überrascht, als er den blutigen Striemen sah. »Das ist wohl beim Klettern auf die Mauer passiert. Ich musste mich mit einer Hand am Stacheldraht festhalten, um mit der anderen zu fotografieren. Da war ich wohl ungeschickt.« Er grinste breit.

Robert nickte langsam. »Offensichtlich.« Er zog seinen Notizblock heraus und ließ sich die Anschrift des Reporters geben. »Oh«, sagte er noch fast beiläufig. »Tun Sie mir den Gefallen, und erwähnen Sie bitte diesen Vorfall nicht in der Zeitung, ja?« Die freundliche Maske auf dem Reportergesicht wich für einen kurzen Moment einer anderen, die Erstaunen zeigte. Dann fiel auch diese, und das echte, verärgerte Gesicht von Damian Öhl kam zum Vorschein.

»Glauben Sie im Ernst, dass ich mir diese Story entgehen lasse? Im Leben nicht.«

Robert lächelte. »Ich bin nicht sehr gläubig. Aber ich weiß, dass Ihnen diese Story entgehen wird.«

Öhl lief rot an. »Sie werden die Pressefreiheit nicht beschneiden. Das hier ist die Story meines Lebens, und die lasse ich mir nicht kaputt machen.«

»Sie werden Ihre Story kriegen«, mischte sich Maik ein. »Nur nicht sofort. Erst machen wir unsere Arbeit, und dann machen Sie Ihre. Einverstanden? Derjenige …«

»Oder diejenige«, unterbrach ihn Robert.

Maik hörte für einen kleinen Moment auf zu atmen, und Robert bereute, ihn unterbrochen zu haben. Es war nicht seine Art, den Klugscheißer zu mimen.

»Oder diejenige«, nahm Maik den Faden wieder auf, »die das hier angerichtet hat, will ganz offensichtlich Aufmerksamkeit. Die sollte er oder sie vorerst nicht bekommen. Können wir uns darauf einigen?«

Damian Öhl kochte. Sein Unterkiefer zitterte, und die Farbe seines Gesichts wurde dunkler. »Die Öffentlichkeit hat ein Recht zu erfahren, dass ein krankes Schwein sein Unwesen treibt. Ich lasse mir meine Arbeit nicht so einfach verbieten. Da müssen Sie mir schon mehr bieten als ein: ›Der Täter soll keine Aufmerksamkeit kriegen.‹«

Robert hob den Zeigefinger. »Oh, warten Sie noch einen winzigen Augenblick.« Er streckte die rechte Hand aus, und die zombiehafte Staatsanwältin mit den dünnen blonden Haaren, die wie aus dem Nichts neben ihm aufgetaucht war, drückte ihm einen Zettel hinein, den er direkt an den Reporter weitergab.
Der starrte fassungslos darauf. »Eine einstweilige Verfügung?«
Maik verdrehte die Augen. »Nur eine vorläufige Nachrichtensperre. Sobald wir mit unserer Arbeit fertig sind, geben wir Ihnen Bescheid. Dann dürfen Sie über all das hier schreiben. Oh, und halten Sie sich zur Verfügung, falls wir noch Fragen haben.«
Robert grinste innerlich. Manchmal waren Zombies doch zu etwas zu gebrauchen.

KAPITEL 8

Es war Montagnachmittag. Das ganze Wochenende hatten sich Michelle und Lilly in der Wohnung eingeschlossen, doch Tom hatte sich nicht blicken lassen.

Dafür war Maik vorbeigekommen. Die Polizei hatte den Personenschutz aus verschiedenen Gründen abgelehnt, und so hatte er das Wochenende über auf sie aufgepasst. Auch er fand die Idee der Anstaltsleiterin, sich möglichst in der Öffentlichkeit aufzuhalten, gar nicht schlecht.

»Passt auf euch auf«, hatte er gesagt. »Ich weiß nicht, was der Schweinehund vorhat, aber er führt garantiert nichts Gutes im Schilde.« Maik hatte sogar vorgeschlagen, er könne Urlaub nehmen und über sie wachen, doch das hatte sie entschieden abgelehnt. Sie kannte Tom besser als er, und wenn es nötig sein sollte, würde sie sich ihm stellen wie eine erwachsene Frau. Sie war kein Kind, auf das man aufpassen musste.

Also hatte Michelle Lilly von der Schule abgeholt und war mit ihr ins Einkaufscenter gefahren. Und nun standen sie einer unmöglichen Aufgabe gegenüber. Immerhin sollte an diesem Abend Lillys erstes großes Date stattfinden.

Bereits im ersten Bekleidungsgeschäft hatte Michelle ihren Ex-Mann Tom vergessen – oder zumindest unter einem Mix aus Freude, Stress und Erschöpfung begraben.

Lilly schien die angespannte Situation vollständig zu verdrängen, etwas, das sie beide in unzähligen Therapiestunden gelernt hatten. Eine traumatische Erfahrung zu verarbeiten bedeutete auch, schlimme Dinge begraben zu können, wenn sie einen lähmten. Zumindest eine kleine Weile. Hierherzufahren war

das einzig Richtige gewesen. Michelles Job am heutigen Tage war es, für Lilly diverse Bekleidungsstücke heranzukarren, während sich ihre Tochter in der Umkleidekabine aus- und anzog. Man merkte Lilly den Spaß an, den sie hatte. Es war schön zu sehen, wie ihre Tochter Zeit und Raum vergaß. Bei einigen Outfits musste Michelle zwar schwer schlucken, aber das konnte ihr nicht die Stimmung verderben. Sie war in Spendierlaune. Im vierten oder fünften Bekleidungsgeschäft ließ ihre Konzentration jedoch stark nach. Lillys Laune war indessen ungebrochen. Zwei große Einkaufstüten hatte sie bereits abgestaubt, und Michelle war sicher, dass noch die ein oder andere hinzukommen würde.
Sie selbst hatte nie großes Interesse an feiner Kleidung gezeigt. Als Kind hatte sie viel Zeit in der Werkstatt ihres Vaters verbracht. Schmiermittel und Dreck waren ihr Spielzeug gewesen. Mit Puppen hatte sie nie etwas anfangen können.
Eigentlich hätte sie Automechanikerin werden sollen, und doch war sie Lehrerin geworden. Man traf eine Entscheidung nach der anderen, und hinterher konnte man nur staunen, wo es einen hingetrieben hatte.
»Mama? Träumst du?«
Sie schreckte auf. »Was? Hast du was gesagt?«
Lilly stand in Unterwäsche vor ihr mit mehreren Kleiderbügeln in der Hand und verzog das Gesicht. »Vielleicht sollten wir eine Pause machen?«
»Das ist eine hervorragende Idee. Ich könnte eine Kleinigkeit vertragen.«
Lilly knabberte an der Unterlippe. »Aber ich darf jetzt nicht durcheinanderkommen. Von dieser und dieser Hose brauche ich noch andere Größen. Hier passe ich ja zweimal rein. So einen fetten Bauch habe ich nicht. Diese T-Shirts gehen wieder weg, und diese Bluse will ich in einer anderen Farbe. Und wir

müssen noch gucken, ob es einen passenden Gürtel gibt. Aber nicht so was Omahaftes. Vielleicht gibt's ja einen mit Strass?!« Sie jonglierte mit ihrem Haufen Stoff, dass Michelle ganz schwindelig wurde.

Ein Kaffee wäre jetzt genau das Richtige.

Lillys Augen glühten auf. »Oh, und können wir danach noch in die Drogerie? Ich brauch noch Rouge und einen dezenten Lippenstift. Vielleicht ein cooles Parfum?«

Ein Kaffee mit einem ordentlichen Schuss Rum. Michelle lächelte bei dem Gedanken.

Aber es dauerte noch eine halbe Stunde, bis Lilly alle Sachen beisammenhatte und sie sich in einem nahen Café an einen Tisch setzten. Der Nachmittag war schon weit vorangeschritten, und sie hatten noch einiges vor sich.

Michelles Füße fühlten sich geschwollen an, und die Erleichterung, nicht mehr auf ihnen stehen zu müssen, breitete sich kribbelnd im ganzen Körper aus.

Mit der Ruhe, wie konnte es anders sein, kehrten auch die Gedanken an Tom zurück. Warum ließ dieser Mistkerl sie einfach nicht los?

Unwillkürlich schaute sie sich um. Das Café war wenig besucht. An einem Stehtisch nahe der Kasse stritt ein älteres Ehepaar aufgeregt miteinander.

Den beiden gegenüber saß eine Gruppe Jugendlicher, jeder Einzelne in sein Smartphone vertieft.

Eine Verkäuferin wischte über die leeren Tische, und ihre Kollegin werkelte im Hinterzimmer, aus dem der Duft von Frischgebackenem zu ihnen herüberwehte.

Michelle zwang sich zur Ruhe. Die Anstaltsleiterin hatte wahrscheinlich recht. Tom würde nicht einfach in die Öffentlichkeit gehen, sie gefügig schlagen und wegschleppen, um noch schlimmere Dinge mit ihnen zu machen.

Warum nennst du die Dinge nicht beim Namen? Sag, was er dir angetan hat. Sag, wie es ihn angemacht hat.
Michelle schob den Gedanken an ihren Ex-Mann beiseite.
Als ihr Kaffee und Lillys Cola kamen, bimmelten die Glöckchen der Eingangstür, und ein paar Jugendliche traten ein. Sie waren so in ihre Gespräche vertieft, dass sie nicht hersahen.
Lilly blickte hoch und grinste. Dann sah sie ihre Mutter an. »Da sind ein paar Leute von meiner Schule. Macht es dir etwas aus, wenn ich zu ihnen rübergehe? Es sind Freunde von Patrick. Endlich Leute, mit denen man quatschen kann.« Sie lächelte.
Michelle ignorierte das egoistische Stechen in ihrer Brust. »Nein, nein, geh ruhig«, sagte sie mit einem Lächeln und einem beleidigten Herz. »Dann kann ich gleich schon mal ein paar von den Tüten ins Auto bringen. Wir müssen die ja nicht die ganze Zeit mit rumschleppen.«
Außerdem, dachte sie, bist du hier in Sicherheit bei deinen Freunden. Nur für den unwahrscheinlichen Fall, dass Tom doch aufkreuzt.
Lilly drückte Michelles Hände, nahm die Cola und setzte sich ein paar Tische weiter zu ihren Freunden, die überrascht aufschrien und sie umarmten.
Michelle nippte an ihrem Kaffee, der irgendwie Geschmack eingebüßt hatte.
Sie freute sich, dass ihre Tochter seit langem wieder einmal unbeschwert sein konnte, aber es zeigte ihr auch, wie schlecht es ihr selbst gelang. Seit die Anstalt angerufen hatte, zuckte sie bei jedem unbekannten Geräusch zusammen wie ein verängstigtes Kind. Hatte Tom letztendlich das aus ihr gemacht? Ein kleines Kind, das sich im Dunkeln fürchtete?
Sie ließ den restlichen Kaffee in der Tasse und stand auf. Lilly war so im Gespräch vertieft, dass sie nicht mal aufschaute. Mi-

chelle schnappte sich die Taschen und machte sich auf den Weg zum Auto.

Vor der Rolltreppe befiel sie zum ersten Mal das Gefühl, beobachtet zu werden. Jemand starrte ihr in den Rücken, doch als sie sich umdrehte, war niemand da. Zumindest niemand, der sich verdächtig machte.

Sie entschloss sich, einen Umweg über die erste Etage zu nehmen. Im Kaufhof gab es ebenfalls eine Rolltreppe für die Tiefgarage. Sollte ihr jemand folgen, würde sie es ihm so schwierig wie möglich machen.

Sie fasste die Tüten fester und marschierte in den Laden, vorbei an Schmuck, Parfum, hin zur Unterwäsche.

Dort blieb sie stehen. Hinter einem Regal, in dem Männershorts sorgfältig gestapelt waren, ein paar Meter seitlich von ihr, kauerte ein Schatten.

Michelle versuchte, unauffällig hinzuschauen, was nicht einfach war. Die Tische mit der Spitzenunterwäsche standen eng, und mit all den Tüten war sie so beweglich wie ein Walross an Land.

Ihr Herz schlug bis zum Hals. Ein Teil von ihr wollte weglaufen, und ein anderer Teil, der wusste, dass Tom genau das genießen würde, wollte sich umdrehen und auf ihn zugehen.

Ihre Zähne malmten, bis der Unterkiefer schmerzte. Es war warm in dem Laden, und das Stimmengewirr begann zu nerven. Der Schatten rührte sich nicht.

Michelle stieß einen scharfen Atemzug aus und ging weiter.

Eine weitere Rolltreppe brachte sie in das zweite Untergeschoss. Ein paar Mal wären ihr die Tüten fast aus den Händen gerutscht, so schwitzten sie. Ihre Finger krampften sich um die Plastikgriffe, und als sie die Tür zur Tiefgarage aufstieß, schmerzten sie so sehr, dass Michelle fast losgelassen hätte.

Doch sie riss sich zusammen.

Waren da Schritte hinter ihr? Ein Grunzen? Die Tür fiel ins Schloss, noch bevor sie näher hinhören konnte.
Die Luft war kühl und roch nach Öl und Benzin.
An der Decke reihte sich Neonröhre an Neonröhre. Nicht jede leuchtete, ein paar flackerten dafür emsig.
Ein Parkhaus war ein Paradies für Schatten. Das wurde Michelle schlagartig klar, und sie spürte eine eiskalte Hand, die sanft ihren Nacken emporstrich.
Ihr Verstand redete auf sie ein, dass hier nichts passieren konnte. Verbrechen, das wusste sie inzwischen, geschahen nicht in dieser klischeehaft düsteren Umgebung, sondern dort, wo man es nicht erwartete.
Doch ihr Verstand scheiterte kläglich.
Die Echos, die ihre Schritte erzeugten, hallten von allen Seiten auf sie ein.
Die langen Autoreihen boten unzählige Verstecke. Überall konnte jemand lauern, plötzlich hervorspringen und sie zwischen zwei parkende Wagen zerren.
Ihren eigenen konnte sie bereits sehen.
Das Schlagen von Türen rollte wie Donner über sie hinweg. War das die Tür, durch die sie reingekommen war?
Ihre Hände würden die Tüten nicht mehr lange fassen können. Sie ging schneller, ignorierte den Krampf in den Fingern.
Nicht umdrehen. Einfach weiterlaufen.
Michelle bekam kaum noch Luft. Immer wieder ermahnte sie sich, nicht hysterisch zu reagieren. Sie war in der Öffentlichkeit. Es war alles nur Einbildung.
Ein ersticktes Seufzen weit weg.
Nicht umdrehen, das Auto war schon ganz nah.
Schritte wurden hinter ihr laut, schwollen zu einem Crescendo an, das von den Wänden widerhallte und alles um sie herum erfüllte.

Panik überflutete ihre Brust, klammerte sich an ihrer Luftröhre fest. Sie konnte nicht mehr atmen.
Alles verschwamm. Begann sich zu drehen.
Dabei musste sie noch dieses gottverdammte Auto aufschließen.
Noch zehn Schritte.
Wie Pfeile bohrten sich die hasserfüllten Blicke in ihren Rücken. Sie konnte den Schweiß riechen, den Tom ausdünstete in seiner lüsternen Gier.
Fünf.
Sie schmeckte Salz auf den Lippen, noch bevor ihr klarwurde, dass es ihre Tränen waren.
Michelle ließ die Tüten fallen.
Drei. Zwei Schritte.
Sie griff in die Hosentasche, zückte den elektrischen Schlüssel und drückte drauf.
Mit einem »Klack« entriegelten die Türen. Sie riss die nächstgelegene auf.
Ein übergroßer Schatten schob sich vor das Licht. Ein Luftzug streifte sie. Michelle schrie auf, wirbelte herum und sah gerade noch einen Mann an sich vorbeihetzen, der verständnislos den Kopf schüttelte.
Sie setzte sich zitternd auf die hintere Sitzbank des Autos, schloss die Tür und verschnaufte. Tränen liefen ungehemmt ihre Wangen hinunter.
Es gab kaum Momente, in denen sie Tom mehr hasste als in diesen. Das musste aufhören. Sie biss sich auf die Lippen. Das würde aufhören.
Es dauerte eine ganze Weile, bis sie sich erholt hatte. Mit weichen Knien sammelte sie die Tüten auf, verstaute sie und machte sich auf den Weg zurück.
Ihr war die Lust aufs Einkaufen vergangen.

Das Klingeln der Glöckchen beim Eintreten in das Café hatte eine unerwartete Wirkung auf Michelle. Das Unwohlsein fiel von ihr ab, und sie fühlte sich schlagartig sicher. Zwar gab es in ihrem Hinterkopf noch eine Kammer voller Gefahrenschilder, die war jedoch verschlossen.

Sie blieb einen Moment in der Tür stehen und beobachtete die Verkäuferin an der Kasse, die einer Mutter und ihrem kleinen Sohn ein paar Berliner verkaufte.

Hier fühlte sich ihre Angst dumm an. Einen kurzen Moment überlegte sie, für sich und Lilly ein Hotelzimmer zu mieten, solange man Tom nicht gefunden hatte. Doch der Gedanke war absurd.

Sie ging an der Kasse und den Stehtischen vorbei zu den Sitznischen. Die handysüchtigen Jugendlichen waren nirgends zu sehen. Michelle ging weiter um eine Palme herum, die bis an die Decke wuchs, und schaute um die Ecke. Auch Lillys Freunde waren nicht mehr da.

Sie drehte sich im Kreis. War Lilly auf der Toilette?

Die Glöckchen bimmelten, als die Mutter und ihr Sohn das Café verließen.

Das sichere Gefühl war ebenfalls gegangen.

Bis auf Michelle und die Verkäuferinnen war niemand mehr im Laden. Schnurstracks ging sie auf die Dame an der Kasse zu. »Entschuldigung, meine Tochter war vorhin mit ein paar Jugendlichen hier. Hat sie Ihnen gesagt, ob sie gleich wiederkommt?«

Die Verkäuferin, eine junge Frau mit dunkel verfärbten Zähnen und kurzen Locken, schaute sie erst an, als ob sie im Stillen die Wörter in eine andere Sprache übersetzen musste, und antwortete dann stakkatoartig:

»Nee. Jugendliche? Da kommen viele. Vorhin erst. Haben bezahlt und sind gegangen. Da hat keiner was gesagt.«

»Wo sind bei Ihnen die Toiletten?«
Die Frau deutete an ihr vorbei. »Dahinten. Wenn Sie mal müssen, brauchen Sie aber 'nen Schlüssel, sonst komm' Sie nich' rein.« Sie schaute Michelle auffordernd an und fragte dann weiter:
»Müssen Se?«
Michelle schüttelte den Kopf, war in Gedanken schon ganz woanders. Warum hatte Lilly nichts gesagt? Sie wandte sich erneut an die Verkäuferin. »Wann sind die Jugendlichen denn gegangen? Meine Tochter war bei ihnen, und eigentlich wollten wir noch einkaufen.«
Die Frau hob die Schultern. »Keine Ahnung. Die sind vorhin weg. Ich kann nicht immer auf die Uhr gucken.«
Michelle nickte. Mehr Informationen würde sie nicht bekommen. Sie bedankte sich und ging noch einmal zu dem Tisch, an dem Lilly gesessen hatte. Vielleicht hatte sie ja eine Nachricht hinterlassen?
Wenn man nicht weiterwusste, klammerte man sich an jeden noch so kleinen Zweig.
Es war bereits spät. Die Sonne war schon hinter den gegenüberliegenden Häusern verschwunden. Das Café versank mehr und mehr im Schatten. Offenbar hielten die Verkäuferinnen es noch nicht für nötig, das Licht einzuschalten.
Michelle schaute auf den Tisch. Ein Aschenbecher stand darauf, obwohl man hier eigentlich nicht rauchen durfte, eine winzige Vase mit einer einzelnen Plastikblume und ein Ständer mit der Getränkekarte. Keine Nachricht.
Sie wollte sich schon umdrehen und das Café verlassen, als sie auf Lillys Stuhl eine Karte sah. Sie hob sie auf und drehte sie in der Hand.
Nein, keine Karte. Ein Polaroid. Und darauf, mit einem Filzschreiber gemalt, ein Wolf und ein Schaf.

KAPITEL 9

Am frühen Nachmittag desselben Tages stand Robert Bendlin am Seziertisch und überlegte, welche Konsequenzen es hätte, würde er sich jetzt an Ort und Stelle übergeben. Er bedauerte es, bei Inge im Imbiss gegessen zu haben, und tat so, als dächte er angestrengt nach.

Durch die Oberfenster der Werkshalle einer ehemaligen Stahlfabrik, die kostengünstig in ein Institut für Rechtsmedizin umgebaut worden war, drang nur wenig Licht. Das lag weniger an dem verdreckten Glas als vielmehr an diesem trüben Morgen.

Zellinger hatte ihm und Maik klargemacht, wie wichtig dieser Fall war. Ein Mörder, der so viel Aufmerksamkeit bekam, würde irgendwann die Presse sprengen. Nachrichtensperre hin oder her.

Robert kaute auf seinen Handknöcheln herum; das linderte zwar den Würgereiz, verbesserte aber nicht wirklich seine Gesamtsituation. Der Anblick von roher Leber und Gedärmen war eine Sache. Der Geruch eine ganz andere.

Maik ging es da besser. Er war ein alter Hase, und eine *Leiche* brachte ihn nicht aus der Fassung.

Es war ungewöhnlich, eine Frau höheren Alters mit so vielen Tätowierungen vor sich zu haben. Jedenfalls in der heutigen Zeit, fügte Robert in Gedanken hinzu. Wenn wir alt sind, wird das sicher nicht mehr so exotisch wirken.

Dr. Emily Gäter hatte mit einem Y-Schnitt, der jeweils von den Schultern zum Brustbein und dann mittig zum Schambein verlief, die Tote geöffnet.

Die Hautlappen ihres Rückens waren ausgetrocknet und brüchig, was Dr. Gäter dazu veranlasst hatte, sie zum Teil abzutren-

nen. Während der ganzen Zeit wuselte eine ältere, dickliche Frau um sie herum und assistierte. Ihren Namen hatte Robert vergessen – zu sehr musste er sich auf seinen Magen konzentrieren.
Einen kurzen Moment lang hatte Robert das Bild des Schmetterlings vor Augen, wie er zwischen dem Gestänge des Gasometers schwebte, durchleuchtet von den Sonnenstrahlen. Diese aufgeschnittene Frau vor ihm hatte mit dem schillernden Bild nichts mehr gemein.
Ihre Identität war eine Überraschung. Sie hieß Dorothea Ried und war Tom Rieds Mutter.
Dr. Gäter sprach in ein Mikrofon, das über Dorothea schwebte. »Ich entnehme der Leiche als Erstes den Darm. Oberflächlich ist keine Perforation zu erkennen. Die Zersetzung ist weit fortgeschritten, was bei dem Zustand der Leiche zu erwarten ist.« Sie griff beherzt in den toten Körper und zog ein Knäuel aus stinkenden Schlangen hervor, die schmatzend über ihre Hände glitten. »Ich muss aufpassen, dass ich den Darm nicht beschädige«, sagte sie zu Maik, der sich interessiert darüberbeugte. »Der heraustretende Kot würde die anderen Organe verdrecken und meine Arbeit unangenehm machen.«
Maiks Augenbrauen sprangen nach oben. »Dann ist sie jetzt noch nicht unangenehm?«
Robert drehte sich um, ging in das kleine Büro nebenan, schloss die Tür und setzte sich an den Schreibtisch. Sein Kopf sank auf die Tischplatte und blieb dort liegen. Langsam atmete er ein, doch der Leichengeruch steckte tief in seiner Nase. Faulige Exkremente waren Dinge, die man vor allem morgens nicht riechen wollte. Daran würde er sich nie gewöhnen.
Schon öfter hatte er gelesen, dass Tote süßlich rochen. Darunter konnte er sich nichts vorstellen. Seine erste Leiche, ein zwölfjähriger Junge, den ein perverser Typ beim Spielen im Wald erdrosselt hatte und der erst nach einem Tag in der pral-

len Sonne gefunden wurde, roch tatsächlich süßlich. Doch das beschrieb es nicht gänzlich.
Der Geruch war schwer. Er verflog nicht einfach. Er schien sich an die Leiche zu klammern und zu reifen. Aufgetautes Rindfleisch roch ähnlich. Am Anfang. Kamen dann die Faulgase hinzu, wurde es unerträglich. Nicht nur der Anblick, wenn sich Teile der Haut aufblähten und sich Risse bildeten.
Robert hatte mal eine Portion Gulasch im Kühlschrank vergessen. Als er nach Wochen neugierig in den Topf schaute, hatte sich nicht nur der Anblick verändert. Die Luft, die ihm ins Gesicht schlug, war faulig, leicht erdig und beißend. Er hatte sich augenblicklich übergeben. Bei dem Jungen war es ähnlich, nur viel schlimmer.
Robert riss den Kopf hoch und versuchte, tief und gleichmäßig zu atmen. Warum dachte man ausgerechnet dann über so etwas nach, wenn einem eh schon schlecht war?
Es half nichts. Mit einem Satz sprang er auf, presste eine Hand vor den Mund, stürzte durch das Labor zur Toilette und schaffte es mit Mühe, sein Mittagessen an das Klo zu übergeben. Sein Magen krampfte sich mehrmals schmerzhaft zusammen.
Erschöpft sackte Robert vor der Toilette zusammen und verschnaufte. Gott, das war so peinlich. Wieder kam dieser Gedanke, dass er als Polizist völlig ungeeignet war. Zumindest in dieser Position.
Besorgt steckte Maik den Kopf durch die Tür. »Na, Roadrunner, alles in Ordnung?«
Robert brachte nur ein Stöhnen zustande.
»Die Frau Doktor hat ein paar unschöne Bemerkungen fallenlassen.«
Dr. Emily Gäter. Die Ärztin vom Tatort. Zynisch, sarkastisch und ausgesprochen hübsch. »Die Frau Doktor kann mich mal.«
Maik grinste. »So? Ich fürchte, das musst du dir abschminken. Du siehst scheiße aus.«

Robert schluckte einen Kloß hinunter und lehnte sich an die Wand. Die kühlen Fliesen im Rücken taten gut. Nach und nach fühlte er sich wieder lebendig. »Da habe ich wohl was Falsches gegessen.«
»Ja, sag ihr das. Das wird sie überzeugen, nicht so hart mit dir ins Gericht zu gehen. Sie ist übrigens fast durch. Nur noch ein paar Routineuntersuchungen, dann können wir ran.«
»Hm«, machte Robert und stemmte sich vorsichtig an der Wand hoch. »Wessen Idee war es überhaupt, bei diesem Teil der Obduktion dabei zu sein? Hätte es nicht gereicht, später vorbeizukommen, wenn die alte Frau Ried wieder zugeknöpft ist?«
»Nein. Junge Leute wie du stürzen sich mit vollem Körpereinsatz in die Arbeit und stecken auch schon mal den Kopf in das verfaulte Fleisch einer alten Dame.«
Robert spürte, wie die Übelkeit zurückzukommen drohte. »Hör bloß auf. Junge Leute wie ich.« Er schleppte sich zum Waschbecken und wusch sich das Gesicht. Dann schluckte er etwas kaltes Wasser.
Als es ihm besserging, nickte er seinem Kollegen zu, unter dessen Bart er ein unglaublich breites Grinsen vermutete. Er verstand es, so was zu verbergen. »Dann lass uns mal weitermachen. Ich kann es kaum erwarten, was die hübsche Frau Doktor Gäter für hässliche Dinge zu sagen hat.«
Maik hielt die Tür auf, ließ Robert vorbei und klopfte ihm kameradschaftlich auf die Schulter. »Das wird schon.«
»Halt einfach die Klappe. Du redest doch sonst nicht so viel.«
Das stimmte. Irgendetwas lag in der Luft, das seinen Kollegen bewegte. So aufgeregt hatte er ihn selten erlebt. Etwas sagte ihm, dass es was mit Maiks Ex-Frau zu tun hatte, und er hatte eine Ahnung, was es war. Maik bot sich hier eine weitere Gelegenheit, den starken Beschützer zu mimen. Er war nie über Mi-

chelle hinweggekommen und klammerte sich an jede Kleinigkeit, die sich ihm bot.
Und hier bot sich ihm mehr als nur eine Kleinigkeit. Das Bangen um die gemeinsame Tochter war eine Situation, die es vermochte, sie wieder zusammenzuschweißen.
Am Obduktionstisch angekommen, zog Dr. Gäter gerade die Gummihandschuhe aus. »Ah, Herr Bendlin, willkommen zurück«, sagte sie und musterte Robert interessiert. »Sie mögen keine älteren Frauen, was?«
Der Geruch war größtenteils verflogen und die Leiche zugenäht. Die Chancen, die restliche Arbeit durchzustehen, standen nicht schlecht. »Ehrlich gesagt, wollte ich mich nur überzeugen, ob ich was gegessen habe. Wenn ich intensiv arbeite, vergesse ich das manchmal.«
Gäter schob die Unterlippe nach vorne und nickte. »Und?«
»Currywurst.« Er betrachtete die Leiche.
»Na, Mahlzeit.« Gäter hatte sich Mühe gegeben, die Zeichnungen auf der Haut nicht zu zerstören. Die geraden Schnitte, die bei Obduktionen üblich sind, waren hier Schlangen- und Zickzacklinien gewichen. Unter dem Rücken quollen die Hautlappen hervor, die gestern noch wie Flügel ausgesehen hatten.
»Was war die Todesursache?« Jedes Mal, wenn er diese Frage stellte, hoffte er, dass der Täter gnädig gewesen war.
Die enthäuteten Arme sahen unecht aus. Wie billiges Make-up. Robert wandte sich ab. Selbst wenn die Leiche wie eine Puppe aussah, sein Verstand flüsterte ihm zu, dass sie ganz und gar real war und dass diese Puppe einmal gelebt hatte.
Emily Gäter sortierte ihr Sezierbesteck. »Sie ist verblutet«, sagte sie trocken. »Man kann den Einstich oberhalb des Brustbeins deutlich erkennen.«
Robert sah nicht hin und nickte. Er musste ja nicht alles sehen. »Wahrscheinlich nutzte der Täter ein Hohlstechmesser und

stach vom Brustbein aus in Richtung Herz. Die Häutungen wurden ihr wahrscheinlich post mortem zugefügt.«

»Ah«, Robert nickte. »Und das wissen Sie, weil …?«

Gäter stützte sich auf den Tisch und schaute ihn eine Weile von unten her an. »Weil ich am Tatort eine Blutprobe genommen habe, von dem bisschen, was übrig war. Ich habe es auf Histamin untersuchen lassen. Die Werte sind nicht erhöht. Den Umständen entsprechend hatte sie wohl einen schnellen Tod.«

Robert zog einen Notizblock aus der Hosentasche und klappte ihn auf. »Diese Zeichen, Schriften und Bilder sind sicher nicht umsonst auf die Dame tätowiert worden. Wie lange braucht man wohl für so eine Arbeit?«

Maik zog sich Gummihandschuhe über und betastete die zugenähten Schnitte. »Meine Schwester hat sich ein Tattoo im Nacken stechen lassen. Das hat etwa ein, zwei Stunden gedauert.«

»Dann sind für ein Körpertattoo bestimmt ein paar Tage nötig. Je nachdem, wie viel Ausdauer der Künstler hat.« Robert schloss die Augen, doch die Bilder verschwanden nicht. Seine Handflächen waren feucht. Er wischte sie an der Hose ab und zog sich ebenfalls Handschuhe an. »Warum wählte er einen Schmetterling?«

Maik blickte hoch. »Hm?«

»Der Täter. Warum ein Schmetterling? Dazu die Farben und tätowierten Linien. Wozu?«

Maik zuckte mit den Schultern. »Wer weiß, vielleicht wollte er sich künstlerisch ausdrücken?«

Robert wandte sich an Dr. Gäter. »Gab es Spermaspuren?«

Sie schob den Wagen mit dem Besteck in einen Nebenraum. »Wenn ihr Täter sich an ihr vergangen haben sollte, dann hat er sich geschützt«, rief sie von nebenan. »Es gibt keine Zeichen einer Vergewaltigung. Keine Würgemale, keine Abwehrspuren. Allerdings gibt es zum Teil tiefe Fesselungsmale. Wahrscheinlich hätte sie sich gar nicht wehren können.«

Robert spürte, wie die Übelkeit erneut einen Platz in der Magengegend einforderte. »Und warum ausgerechnet sie?«, er nickte in Richtung der Leiche.
»Hm?«, machte Maik und ließ von den Nähten ab.
»Ried verschwindet aus der Forensischen Psychiatrie, und am gleichen Abend wird seine Mutter grausam ermordet aufgefunden.«
»Du meinst, er war das? Ein Triebtäter, der mal eben 'nen Abstecher macht und seine Mutter umbringt, bevor er untertaucht?«
»Die vielen Stichwunden passen in sein Schema.«
»Ja, wenn in den Wunden Sperma gewesen wäre. Aber so?«
»Ich stelle mir das so vor: Ried flieht aus der Anstalt. Wohin? Erst mal zu Mutti. Mütter lieben ihre Söhne auch dann noch, wenn sie ihre eigenen Väter umgebracht haben. Nur diese vielleicht nicht. Es kommt zum Streit. Ried ist seit zwei Jahren auf Entzug. Seine Hemmschwelle liegt so tief, dass er jederzeit darüber stolpern könnte und es am Ende auch tut. Er beseitigt seine Mutter und kostet den ersten Mord nach zwei Jahren so richtig aus. Zack. Danach hängt er sie auf und verschwindet auf Nimmerwiedersehen.«
Manchmal waren die einfachsten Gedankengänge die richtigen.
»Hm.«
»Du glaubst, es ist nur ein Zufall, ja?«
»Ja. Zumindest, bis wir einen aussagekräftigen Beweis für das Gegenteil in den Händen halten. Was zum Beispiel soll dieses Kunstgedöns?«
»Entweder soll es hübsch aussehen, oder er will etwas sagen.«
»Hm.«
Dr. Gäter kam mit einem Diktiergerät zurück. »Wenn Sie etwas Geduld haben, bekommen Sie nicht nur meinen Bericht, sondern auch eine Aufstellung der einzelnen Tattoos. Für die Zusammenstellung brauche ich eine Weile.«

»Geduld? Robert?« Maik fuhr mit den Fingern die eintätowierten Linien entlang. »Wir brauchen alle Hautpartien, die noch vorhanden sind.«

Dr. Gäter seufzte. »Soll ich sie in einzelne Stücke schneiden und zusammenheften, oder wie hätten Sie es gerne?«

Maik ging über den Kommentar hinweg. »Fotos reichen völlig.«

Ein paar Schnappschüsse und einen heißgelaufenen Drucker später hatten sie ihre Fotos in der Hand. Nicht sonderlich gut aufgelöst, aber sollte es nötig sein, würde man die Bilder später am PC in besserer Qualität immer noch durchsehen können.

Robert betrachtete jedes Foto und schrieb, was er sah, in seinen Notizblock. Schwarze Linien führten in Spiralen und Schleifen über den ganzen Körper der Frau. Grobe Tupfen, vermutlich aus Ölfarbe – da würde er sich erkundigen müssen –, fügten der Haut bunte Akzente hinzu.

Aus der Nähe betrachtet, sah die Arbeit grob und unvollständig aus. Erst wenn man ein paar Schritte zurücktrat, erkannte man die farbigen Muster, wie Schmetterlinge sie trugen. Schön zwar, aber wenig aufregend. Doch ein paar von den Fotos erregten Roberts Aufmerksamkeit als Ermittler.

Zwischen den geometrischen und abstrakten Ornamenten versteckten sich detaillierte Bilder.

Auf der Brust entwischte ein Lamm einem zähnefletschenden Wolf durch einen Zaun. An anderer Stelle war ein Mädchen abgebildet, das seine besondere Aufmerksamkeit erregte. Es reckte den Kopf in die Höhe, als versuchte es, Luft zu bekommen. Darunter war etwas geschrieben:

1659 = 2; 1555 = 0; 1556 = 1; 9999 = 4; 0000 = 4; 1111 = 0; 1029 = ?

Direkt dahinter war das Abbild eines runden Mondes zu sehen, gefolgt von einer weißen Blüte.
Darüber würde er sich später Gedanken machen. »Ich habe alles«, sagte er und steckte die Fotos samt Notizblock ein. »Vielleicht können wir den Suchradius schon eingrenzen, wenn wir die Analysen der benutzten Farben haben. Würden Sie beim Kriminaltechnischen Institut etwas Druck machen?«
Emily Gäter schob eine Augenbraue nach oben, antwortete jedoch nicht. Robert deutete das mal als ein Ja.
Maik schien sich von der Leiche nicht losreißen zu können. »Die Arbeit ist wirklich gut. Vor allem, wenn man bedenkt, dass sich die Frau, den Fesselspuren nach, stark bewegt haben dürfte.«
Robert nickte Dr. Gäter zum Abschied zu und zog seinen Partner beim Hinausgehen mit sich. »Hat Thomas Ried nicht auch gemalt? Ich lass mir alle Fingernägel ziehen, wenn das nicht zusammenhängt. Vielleicht sollten wir den Fall ›entflohener Patient‹ doch zu unserem machen?«

KAPITEL 10

Michelle drehte das Polaroid in ihrer Hand und betrachtete es von allen Seiten. Es mutete wie ein Bild aus der Vergangenheit an. In einer Welt, in der Fotos digital gemacht wurden, wirkte es merkwürdig deplaziert. Das ließ es noch beängstigender erscheinen.

Hatte diese perverse Scheußlichkeit etwas mit Lillys Verschwinden zu tun? Steckte Tom dahinter? War es nur ein Zufall, dass sie dieses Foto gefunden hatte? War es überhaupt echt oder nur ein Scherz unter Jugendlichen? Das alles ergab keinen Sinn.

Es war keine gute Fotografie, aber darum ging es wohl auch nicht. Die Farben waren blass, und das Motiv war unscharf. Michelle starrte das Polaroid an, als wartete sie darauf, dass die Antwort jeden Moment herausspringen würde.

Das Ding, das darauf zu sehen war, glotzte mit lidlosen Augen zurück. Keine Haut bedeckte das glänzende Fleisch, und eine üble Wunde erstreckte sich vom Kehlkopf bis zum Schambein. Doch fast noch mehr Angst machte ihr die grobe, hastig hingekritzelte Zeichnung. Mitten auf das Polaroid, so als wäre sie wichtiger als das Motiv. Ein Wolf und ein Lamm. Sollte das ein Scherz sein, war es kein guter.

Michelle hatte Lilly noch eine Weile erfolglos gesucht und war anschließend direkt aufs Polizeirevier gefahren. Das mit dem Foto hatte sie allerdings verschwiegen. Ob vor Aufregung oder aus Misstrauen, wusste sie nicht recht. Sie betete, dass die Polizei ihre Tochter finden würde, wo auch immer sie in diesem Moment sein mochte.

Michelle konnte den Blick nicht vom Polaroid abwenden.

Es war wie ein Fenster in eine grausame, dunkle Welt, aus der nichts herauskam, wenn es einmal hineingeraten war.
Ihre Finger zitterten, als sie das Telefon nahm und die nächste Telefonnummer auf ihrer Liste anrief. Sie musste ihre Tochter finden. Die Vorstellung, was Tom ihr antun könnte, fraß sich wie Krebs durch ihr Gehirn.
Als es in der Leitung tutete, schluckte sie den Kloß hinunter, der ihr im Hals steckte. Wahrscheinlich machte sie sich nur unnötig Gedanken. Eltern machten sich immer große Sorgen und malten sich die fürchterlichsten Dinge aus. Überall schienen potenzielle Triebtäter, tödliche Fallen und grausame Mörder zu lauern. Zum Glück steckte in der Regel nichts dahinter. Das wusste sie. Aber gegen solche Gefühle kam der Verstand nicht an. Dabei war ein klarer Verstand das, was sie jetzt brauchte.
Nein, Michelle, du machst dir keine unnötigen Gedanken. Du machst dir unnötige Hoffnungen. Das ist alles.
Es klackte, als am anderen Ende abgenommen wurde. Eine weibliche, leicht genervte Stimme meldete sich. »Ja? Was?« Ein kleines Kind brüllte im Hintergrund.
Michelle räusperte sich, um sich noch einmal zu sammeln. Sie wollte nicht zu hysterisch klingen, aber dennoch mit Nachdruck die Situation erklären. »Guten Abend. Entschuldigen Sie bitte die Störung, mein Name ist Michelle Kettler, ich bin Lillys Mutter. Ihre Tochter war mit ein paar Freundinnen heute in der Stadt.«
»Hören Sie«, unterbrach sie die Frau in der Leitung, »ich weiß nicht, was Sie wollen, aber ich habe im Augenblick keine Zeit.« Das Schreien im Hintergrund schraubte sich in die Höhe, bis ein Mann mit einstimmte und von der Frau in die Schranken gewiesen wurde.
Offenbar hatte Michelle einen schlechten Zeitpunkt erwischt. Sie unterdrückte ein Schluchzen und setzte noch mal an. »Es

tut mir leid, Frau Sanders, wenn ich Sie störe, aber dies hier ist wichtiger als ein unzufriedenes Kind.«
Jetzt klang die Frau ernsthaft verärgert. »Wichtig? Sie sagen mir, was wichtiger ist als mein Kind? Wer in drei Teufels Namen sind Sie, dass Sie sich die Frechheit herausnehmen, mir zu sagen, was wichtig ist und was nicht?«
Michelle spürte Wut, die ihre Kehle emporkrabbelte und die sie nur mit Mühe von ihrer Zunge fernhalten konnte. »Hören Sie mir jetzt sehr genau zu. Meine Tochter ist verschwunden, und Ihre Tochter ist wahrscheinlich die Letzte, die sie gesehen hat. Entweder Sie holen mir Alex augenblicklich ans Telefon, oder ich werde die Polizei zu Ihnen schicken. Oh, und das Jugendamt wird sich dafür interessieren, welchen Umgangston Sie mit Ihren Kindern pflegen. Haben Sie mich verstanden?« Ihr Herz trommelte gegen die Brust.
Aus dem Telefon kam kein Laut. Michelle glaubte schon, die Frau hätte aufgelegt, als es in der Leitung raschelte und sich ein Mädchen meldete. Sie klang verheult und zog ab und an die Nase hoch. »Frau Kettler, hier ist Alex.«
Michelle atmete tief durch. Bitte, Gott, dachte sie, lass sie wissen, wo Lilly ist. »Hallo, Alex«, sagte sie, so sanft es ihr möglich war. »Du warst heute Nachmittag in dem Café mit Lilly.«
»Ja?«
»Hast du … weißt du, wo Lilly danach hingegangen ist? Sie ist nicht nach Hause gekommen. Ich mache mir Sorgen.« Sie drehte das Polaroid in ihrer Hand und warf es mit einem Mal von sich.
Fingerabdrücke.
Verdammt, verdammt, verdammt.
Hitze stieg in ihr auf. Warum hatte sie daran nicht gedacht? Sie hatte völlig unbedacht mögliche Fingerabdrücke auf dem Foto zerstört.

Wen interessieren Fingerabdrücke? Du weißt, von wem das Foto kommt, nicht wahr? Wer sonst sollte dafür verantwortlich sein, wenn nicht er?
Michelle schüttelte den Kopf. Das konnte nicht sein. Das war nicht seine Art. Tom war anders. Aber kannte sie Tom wirklich? Hatte sie sein echtes Gesicht gesehen? Damals? Oder war da noch mehr?
Obwohl ihr heiß war, bekam sie eine Gänsehaut. Aber er hatte Lilly doch geliebt. Sie war seine Lillian. Nie würde er ihr etwas antun. Das würde er nicht.
Tatsächlich? Dann mach dir doch keine Gedanken. Aber wirklich sicher scheinst du dir nicht zu sein, oder?
Alex' Antwort kam zögerlich. »Lilly ist Ihnen nachgelaufen. Kurz nachdem Sie gegangen sind. Vielleicht hat sie es sich noch mal anders überlegt? Sie hat Patrick getroffen und wollte mit ihm vor dem Kino noch ein Eis essen gehen. Sie ist Ihnen hinterher, um Bescheid zu sagen. Vielleicht ist sie aber auch direkt gegangen?«
Nein, dachte Michelle, nicht Lilly. Sie würde nie einfach irgendwohin gehen, ohne etwas zu sagen. Nicht ihre Tochter.
Etwas im Hintergrund knallte, und Alex gab ein unterdrücktes Quietschen von sich.
Michelle ignorierte es. »Hat Patrick einen Nachnamen? Eine Nummer? Irgendetwas, womit ich ihn erreichen kann?«
»Ich kenne ihn nicht so gut. Ich mein, ich häng mit ihm öfter rum und so, aber viel weiß ich nicht über ihn. Das meiste über ihn weiß ich durch Lilly. Ich glaube, sie mag ihn. Tut mir leid, wenn ich Ihnen nicht helfen kann. Hoffentlich meldet sich Lilly noch. Sagen Sie ihr, sie soll mich anrufen, wenn sie wieder da ist?«
Die Stimme von Alex' Mutter klang scharf aus dem Hintergrund. »Setzt du dich jetzt bitte wieder an den Tisch? Es wird alles kalt.«
»Ja, natürlich«, murmelte Michelle beiläufig und legte auf, ohne sich zu verabschieden. Vielleicht war Lilly wirklich bei

diesem Jungen? Ein winziges Körnchen Hoffnung keimte in ihr auf. Doch der Verstand in ihr trampelte es mühelos nieder.
Du weißt genau, dass sie nicht bei diesem Jungen ist. Sie ist dir hinterhergerannt, und auf dem Weg ins Parkhaus hat er sie abgefangen. Und jetzt ist sie bei ihm.
Michelle erinnerte sich an die erstickten Laute, die sie im Parkhaus gehört hatte, und erschauderte.
Was nun? Sie musste der Polizei von dem Polaroid erzählen. Vielleicht verstärkten sie dann die Suche nach ihrer Tochter. Außerdem musste sie diesen Patrick sprechen.
Sie stand auf und ging in Lillys Zimmer. Noch nie war ihr die Wohnung so still und verlassen vorgekommen wie jetzt. Das Gefühl, dass etwas Schlimmes passiert war, brannte in ihrer Brust, machte jeden klaren Gedanken unmöglich.
Der süßliche Geruch eines Kinderparfums lag in der Luft und erinnerte daran, dass Lilly seit damals nicht richtig älter geworden war. Im Innern war sie immer noch zwölf. Sie war ein Mädchen, das sich langsam zurück ins Leben kämpfte, seinen Platz eroberte.
Trotzdem wirkte das Zimmer bis auf das Parfum erwachsen. Es gab keine Plüschtiere, und es standen keine Kinderbücher in den Regalen. Über dem Bett hing ein Veranstaltungsposter der Mayday, auf einem Sideboard lagen Schminkutensilien. Unangetastet. Im Gegensatz zu ihren Klassenkameradinnen hatte Lilly nie angefangen, sich zu schminken. Auf ihrem Schreibtisch herrschte ein Chaos aus Schulbüchern, losen Zetteln und Notizblöcken, unter denen eine Tastatur hindurchschimmerte.
Michelle schaltete den Computer ihrer Tochter ein und wühlte die Tastatur hervor. Vielleicht hatte sie ja Glück.
Schon nach kurzer Zeit war klar, dass sie es nicht hatte. Lillys E-Mail-Verkehr beschränkte sich auf ein paar wenige Mails, in denen es um Hausaufgaben ging. Offenbar hatte sie wenig

Kontakt zu anderen. Auch der Browserverlauf gab nichts her. Amazon, Zalando und eine Seite mit erotischen Geschichten.
Michelle presste die Lippen zusammen. Ihre Kleine versuchte, erwachsen zu werden. Ansonsten hatte sie ihren Computer nicht benutzt. Soweit Michelle es nachvollziehen konnte, war sie in keinem Forum aktiv und tauschte sich auch sonst nicht über das Internet aus. Nirgends gab es einen Hinweis auf diesen Patrick.
Michelle zuckte zusammen, als es an der Haustür klingelte. Ihr Herz raste mit einem Schlag los, so dass das Blut schmerzhaft in ihren Schläfen pochte. Sie hob den Kopf und lauschte. Es rappelte an der Briefklappe.
Lilly!
Sie sprang auf, hastete zur Tür und riss sie auf. Ein kühler Luftzug strich durch ihre Haare und wirbelte sie durcheinander. Es roch nach Regen und nach dem Müll des Nachbarn. Es war dunkel. Die Straßenlaternen warfen lange Schatten, und dicke Regentropfen klatschten auf den Asphalt.
Natürlich war von Lilly nichts zu sehen.
Wie auch? Du weißt doch, wo sie ist. Gesteh es dir endlich ein und tu was. Du schindest Zeit.
Niemand war zu sehen oder zu hören. Es hatte nicht geklingelt. Alles nur Wunschdenken. Michelle schloss die Tür und versenkte das Gesicht in ihre Hände. Sie versuchte, den Impuls zu weinen hinunterzuschlucken, verlor jedoch.
Heiße Tränen liefen über die Handflächen durch ihre Finger. Sie zog ein Taschentuch aus der Hose und schneuzte hinein. Dabei fiel ihr ein Zettel auf, der vor ihr auf dem Boden lag.
Sie rieb sich über die Augen und hob ihn auf. Jemand war hier gewesen. Nur war es nicht Lilly. *Er* war es.
Mit einem Schlag fühlte sie sich wie auf dem Präsentierteller. Alle Wände um sie herum schienen plötzlich Augen zu haben. Toms Augen. Starrende, dunkle Kugeln, die jede ihrer Bewe-

gungen verfolgten. Sie hörte sein hämisches Lachen, das gurgelnde Geräusch, das er dabei machte, und eine Gänsehaut lief über ihren Rücken.
Sie drehte sich um und schloss die Tür ab. Danach ließ sie die Jalousien herunter. Sie sperrte die Welt aus, so gut es ging. Doch das Gefühl, nicht allein zu sein, blieb.
Sie hielt den Atem an und lauschte.
Hatte er einen Weg ins Haus gefunden? Hatte er es jetzt auf sie abgesehen? Bis auf ihr pumpendes Herz war es still in der Wohnung. Aber was bedeutete das schon? Tom würde sich nicht laut singend verstecken. Er würde so leise sein wie eine Spinne, würde warten, bis der richtige Moment kam. Und dann wäre es zu spät für sie.
Wenn er dich holen wollte, hätte er es schon getan, was meinst du?
Michelle harrte noch eine Weile aus, doch irgendwann wurde die Ruhe unerträglich. Sie ging zum Fernseher und schaltete ihn ein.
»... fahndet die Polizei nach Thomas Ried. Frau Dr. Claudia Kramme im Interview: ›Unser Sicherheitssystem ist eines der besten in Deutschland. Allerdings kann es eine hundertprozentige Sicherung nicht geben. Menschen machen Fehler. Leider ist das so. Zurzeit können wir noch nicht sagen, ob eine Sicherheitslücke aufgetreten ist, aber Fälle wie diese geben uns die Möglichkeit, diese Dinge zu verbessern. Jahr für Jahr entweichen, dank modernster Technik, immer weniger Straftäter. Man darf nicht vergessen, es handelt sich bei Herrn Ried um einen Patienten, der Hilfe benötigt. Anschuldigungen der Anstalt gegenüber sind kontraproduktiv. Je intensiver die Bürger mitarbeiten, desto schneller ist der Patient wieder in Gewahrsam.‹ Einwohner zeigten sich besorgt und machten ihrem Ärger bei einer spontanen Demonstration Luft. Der Sprecher der Bürgerinitiative ›Pro Ruhrbach‹ Manuel Wachowski dazu: ›Eine Anstalt mit geistes-

kranken Verbrechern hat mitten in der Stadt nichts zu suchen. Hat der unbescholtene Bürger nicht das Recht …‹«
Michelle schaltete den Fernseher wieder aus. Sie biss die Zähne aufeinander, bis ihr Kiefer schmerzte. Sie wollte sich ihr Leben nicht wieder entreißen lassen. Nicht von ihm. Es gehörte ihr, niemandem sonst. Ihr erster Reflex war es, den Zettel ungelesen zu zerreißen. Wäre sie keine Mutter gewesen, hätte sie es getan, aber so …
Sie faltete ihn auseinander und las.

Liebste Michelle,
verzeih mir, dass ich mich erst jetzt, zu so später Stunde, bei dir melde. Wahrscheinlich erwartest du diese Nachricht schon sehnsüchtig, doch meine Zeit ist äußerst knapp bemessen. Da mir allerdings nichts ferner liegt, als dich weiterhin im Ungewissen zu lassen, möchte ich dich nun in Kenntnis setzen.
Zweifellos weißt du bereits, was heute alles geschehen ist, und ich versichere dir von Herzen, dass es noch nicht vorbei ist.
Es mag für dich im Moment alles verwirrend sein, jedoch wird sich bald der Nebel lichten.
Lillian ist hier, bei mir. Du weißt, wie nahe wir uns standen, daher brauchst du dir um sie keine unnötigen Sorgen zu machen. Zumindest nicht, wenn du mir gibst, was ich verlange.
Dem Wolf ist ein Lamm entkommen. Das kann ich so nicht stehen lassen. Vor allem nicht, weil das Lamm den Jäger auf den Plan gerufen hat. Jetzt, wo der Wolf wieder jagen kann, kann das Unrecht gesühnt werden.
Dir fällt die Aufgabe zu, das Lamm zu fangen und zu mir zu bringen. Wir zwei sind eng miteinander verbunden, da-

her weiß ich, dass du mich nicht enttäuschen wirst. Falls du aber nicht ganz überzeugt bist, möchte ich dir eine winzige Motivation mit an die Hand geben. Eine Art Laterne, damit du in der Dunkelheit auch den rechten Pfad erkennst:

Bringst du mir mein Geschenk nicht, werde ich Lillian in ein wunderschönes Kunstwerk verwandeln, über das noch in Jahrhunderten gestaunt wird.

Du kannst gerne die Polizei einschalten, aber dann wirst du nie erfahren, ob du eine Chance hattest, unsere süße kleine Tochter zu retten. Halte dich an meine Anweisungen.

Es küsst dich

dein Tom

PS: Nur was tot ist, kann lebendig werden.

PPS: Solltest du Maik in diese Sache mit einbeziehen, werde ich es nicht nur Lillian spüren lassen. Diese Sache geht nur uns beide etwas an. Du und ich. Wie früher! Versuch nicht, mich zu hintergehen!

Hornissen brummten durch Michelles Bauch. Erst nach und nach drangen die Worte in ihr Bewusstsein. Das Lamm, das entkommen war. Sie wusste genau, wen er meinte. Diese Chinesin. Sie hatte sich befreien können und Maik auf Toms Fährte gebracht. Durch sie war alles aufgeflogen. Erst jetzt wurde Michelle klar, dass sie sich nie bei ihr bedankt hatte.

Doch wo war sie? Michelle musste mehr herausfinden. Es wurde Zeit, in Toms Vergangenheit herumzuwühlen. Das einzige Problem daran war: Toms Vergangenheit war auch die ihre.

Und das Polaroid?

»Das bringe ich jetzt gleich der Polizei«, sagte Michelle zu sich selbst und hatte dabei das grauenhafte Gefühl, einen fatalen Fehler zu begehen.

KAPITEL 11

Als Lillian am Dienstagmorgen aufwachte, hatte sie das Gefühl, ein Splitter säße in ihrem Kopf. Sie wusste, dass etwas nicht stimmte, doch sie konnte nicht sagen, was es war. Es fühlte sich an, als würde sie das erste Mal in ihrem Leben die Augen öffnen.

Sie war müde. Unglaublich müde. Ihre Sinne waren wie betäubt, was ihr das Denken erschwerte. Mehr noch. Sie glaubte, sich an nichts erinnern zu können. So als ob die Erinnerungen tief in einem dunklen Gewölbe ihres Bewusstseins weggesperrt worden wären und man nur noch das Echo ihrer Schreie vernehmen konnte.

Es dämmerte bereits. Vor das Fenster über dem Bett war ein Vorhang gezogen, so dass kaum etwas von dem dunstigen Morgen in das Zimmer drang. Bald schon würde die Sonne aufgehen, falls es die Wolken zuließen.

Lillian schlug die Decke zur Seite und richtete sich auf. Die Luft strich über ihre Haut und ließ sie frösteln. Sie prustete und rieb sich die Arme warm.

War sie in diesem Zimmer eingeschlafen? Es kam ihr bekannt vor, und dennoch glaubte sie, das erste Mal hier zu sein.

Ihr gegenüber stand eine Kommode, auf der Unterwäsche verteilt lag. Darüber hing das Poster einer Boyband. Auf dem Nachttisch neben ihr befanden sich ein Glas Wasser und eine Packung Kopfschmerztabletten. Erst jetzt spürte sie den pulsierenden Schmerz, der sich vom Hinterkopf über die Schläfen zur Stirn fraß. Übelkeit überkam sie, und sie ließ sich zurück ins Kissen sinken. Alles drehte sich.

Mit zittrigen Fingern langte sie nach den Tabletten und spülte eine von ihnen mit einem ordentlichen Schluck Wasser hinunter. Dann schloss sie wieder die Augen.
Jeder Gedanke war wie ein glühender Pfeil in ihrem Kopf. Besser nicht denken. Nur liegen und warten, bis die Schmerzen nachlassen.
So schlummerte sie wieder ein.
»Lillian, ich brauche deine Hilfe. Ich brauche deine Hilfe! Lillian! Lilly!« Das letzte Wort war der Schrei eines Mannes, und er riss sie aus einem Traum heraus. Sie krallte sich in das Bettlaken und atmete heftig. Ihre Augen suchten nach einem vertrauten Muster. Hatte sie geträumt, oder hatte tatsächlich jemand nach ihr gerufen?
Das letzte Wort war ihr Name gewesen, nicht wahr? Sie erinnerte sich nicht genau. Lillian. Ja, ihr Name war Lillian.
Nein, der Mann hatte noch etwas anderes gerufen! War es ihr Name oder einer, der nur ähnlich klang?
Lillian lauschte, während sie sich langsam beruhigte. Es war still im Haus. Also doch nur ein Traum. Erleichtert atmete sie aus. Die Kopfschmerzen und die Übelkeit waren fort. Die Tablette hatte geholfen, dennoch nahm sie noch eine. Nur zur Sicherheit. Danach stand sie auf und zog die Vorhänge zur Seite. Es war ein trüber Tag voller Wolken.
Sie zog ihren Schlafanzug aus und griff nach einer Bluse, die achtlos über einer Stuhllehne hing.
Sie erinnerte sich nicht, jemals eine rosafarbene Bluse getragen zu haben, und doch schien es ihre zu sein. Sie passte ihr, und der Duft ihres Lieblingsparfums klebte daran.
Sie zog eine Jeans an und ging zur Tür.
War es eine gute Idee hinauszugehen, obwohl sie nicht wusste, wo sie war? Vielleicht war sie krank? Das würde auch erklären, warum sie sich so schlapp fühlte.

Verzweifelt verharrte sie in der Bewegung, unfähig, etwas zu tun. Es gelang ihr nicht, sich zu konzentrieren. Einen Gedanken zu fassen war, wie in einen schwimmenden Apfel zu beißen. In dem Moment, wo man ihn berührte, entglitt er einem.
Sie drückte die Klinke herunter und zog an ihr. Verschlossen. Sie versuchte es noch einmal ohne Erfolg.
Holzdielen knarrten vor der Tür. Jemand atmete direkt auf der anderen Seite.
Sie hörte ihr Blut rauschen. Lauter und lauter.
Wenn nur diese Müdigkeit nicht wäre. Ihre Augenlider ließen sich kaum dazu überreden, offen zu bleiben.
»Lillian!« Wieder die Stimme des Mannes. Aber sie hörte sie nicht. Sie dachte sie nur.
Lillian legte ein Ohr an die Tür und lauschte. War da ein Stöhnen? Sie versuchte, nicht zu atmen, doch das Rauschen in ihren Ohren war zu laut. Sie hörte nichts anderes mehr.
Nach einer Weile ging sie zum Fenster zurück. Sie blickte in den Garten, der in einem Feld mündete. Dahinter rauschte ein Wald. Ein Gefühl beschlich sie, als ob ein Teil von ihr dort draußen wäre. Weinend. Wartend. Vielleicht hatte man sie in zwei Teile geschnitten, und im Wald kauerte der Teil von ihr, der denken konnte?
Die Tür wurde aufgerissen.
Aber sie war doch abgeschlossen?
Lillian zuckte zusammen und wirbelte herum. Ein Mann stand im Zimmer. Er sah alt aus. Seine Augen allerdings waren flink. Wie ein Wiesel schaute er quer durch den Raum, und sein Blick blieb schließlich an ihr hängen.
Eine erste klare Erinnerung quälte sich aus dem trüben Teich ihres Bewusstseins an die Oberfläche. Sie kannte diesen Mann.
Ein Lächeln huschte über sein Gesicht. »Lillian. Meine Süße. Es freut mich, dass du wach bist. Ich hatte mir schon Sorgen ge-

macht.« Er ging zu ihr und streckte eine Hand aus. Unwillkürlich wich sie zurück und stieß an das Fenster hinter ihr. Er roch nach Erde und nach etwas Scharfem. Alkohol? Verdünner? Sie konnte es nicht einordnen, aber es machte ihr Angst.
Seine Hand wuschelte durch ihre Haare, die ohnehin schon zerzaust waren. »Meine kleine Lillian. Du hast lange geschlafen.«
Sie nickte. »Du hast die Tür verschlossen.« Das war keine Frage.
Er zog die Stirn kraus. »War sie das? Mag sein. Nun, du schläfst recht unruhig. Ich möchte nicht, dass deinem zerbrechlichen Körper etwas zustößt.« Er drückte sanft ihre Schulter und sah ihr sorgenvoll in die Augen.
»Solange du mir nichts tust, stößt mir schon nichts zu. Warum bin ich so schrecklich müde? Und wo ist meine Mama?« Unwillkürlich zog sie die Bluse weiter über die Jeans.
»Ich fürchte, du bist ein wenig krank und wirst das Zimmer eine Weile nicht verlassen können. Du kannst froh sein, dass ich mich nun um dich kümmere. Das wird schon wieder. Wenn du deine Tabletten nimmst, geht es dir bald besser, versprochen. Deine Mama kommt bald. Sie weiß, dass du hier bist. Du musst dich ein wenig gedulden.«
»Wo ist sie?«
»Auf dem Weg. Sie ist auf dem Weg. Hab Geduld. Warum legst du dir nicht etwas Lippenstift auf? Mach dich für Mama schick. Das wird sie freuen. Und du hast etwas zu tun, solange du wartest.«
Lillian schaute zur Kommode, wo ein paar Schminkutensilien lagen. Der Lippenstift lag offen neben ihrer Unterwäsche. Hatte er eben schon dort gelegen?
»Du siehst ängstlich aus.« Der Mann beugte sich zu ihr und streichelte zärtlich über ihre Wangen.
»Komm mir nicht zu nahe!« Die Müdigkeit lag wie ein Teppich auf ihr. Lillian konnte die Gefühle, die über sie hereinschwapp-

ten, nicht einordnen. Waren es überhaupt Gefühle? Oder waren es Erinnerungen?
»Das liegt an den Tabletten, die du nimmst. Wieder Kopfschmerzen? Ich kann dir andere besorgen. Bessere. Soll ich dir einen Tee machen? Der entspannt. Weißt du was? Warum legst du dich nicht wieder ins Bett, und ich bring dir einen Tee mit Honig? Und wenn es dir danach bessergeht, mache ich dir Frühstück. Speck und Ei. Was hältst du davon? Du liebst doch Speck und Ei zum Frühstück.« Er strahlte sie an.
Lillian schluckte. Selbst das fiel ihr schwer. Vielleicht war ein Tee jetzt wirklich das Richtige. Wahrscheinlich war sie tatsächlich schwerkrank. Nicht so, wie wenn man eine Grippe hatte. Es war eher wie Fieber ohne erhöhte Temperatur. Eine seltsame Krankheit. Deshalb nickte sie.
Er ging zur Tür, verharrte, drehte sich um und schaute sie an. Die Augen glasig und gehetzt. Auf seiner Stirn standen Schweißtropfen wie Kondenswasser auf einem kalten Glas Cola. Er fuhr sich durchs Haar, kippte den Kopf zur Seite und lächelte. »Lillian, mein Schatz, ich bin froh, dass du hier bist. Ich habe dich so schrecklich vermisst. Bald sind wir alle zusammen. Wart's ab. Dann wirst du dich auch besser fühlen. Auf uns kommt eine wunderbare Zeit zu.«
Lillian ließ sich auf das Bett fallen. Was hatte er gesagt? Die Worte verblassten, noch ehe sie in ihr Bewusstsein drangen.
»Ich zeige dir mein neuestes Projekt«, sein Gesicht verwandelte sich in eine grinsende Fratze. »Glaub mir, du wirst deine Freude daran haben. So wie ich.« Damit verließ er den Raum und schloss hinter sich ab.
Lillian starrte ihm eine ganze Weile hinterher. Etwas stimmte hier nicht, aber vielleicht würde es besser werden, wenn sie nicht mehr so müde war. Dann würde sie sich an alles erinnern, und alles wäre gut.

KAPITEL 12

Michelle hörte nicht auf zu zittern, als wäre etwas in ihr, das ausbrechen wollte. Seit Stunden hatte sie alle Möglichkeiten hin und her gewälzt.
Immer wieder kamen ihr die Entführungsfälle in den Sinn, bei denen die Polizei versagt hatte. Nein, sie musste diese Chinesin allein finden.
Zu häufig hatte sie in den Nachrichten etwas über das Versagen der Polizei gehört. Gerade bei Entführungen. Ohne Routine ging schnell etwas schief, und Kompetenzgerangel gab es genauso häufig wie in anderen Branchen.
Und Maik? Er würde alles tun, um seine Tochter zu retten. Sollte sie das Risiko eingehen und ihn über den Brief informieren, obwohl Tom sie davor gewarnt hatte? Nein, sie würde kein Risiko eingehen und alles machen, was man von ihr verlangte. Nur sie konnte Lilly retten. Das war Michelle absolut klar.
Sie wollte das Leben ihrer Tochter nicht in die Hände anderer geben. Sie war die Mutter. Niemand sonst war so motiviert wie sie. So war die Natur, und in diesem Moment spürte Michelle die enorme Kraft, die in ihr steckte.
Sie hockte inmitten von Toms restlichen Habseligkeiten. Es war, als hätte Michelle all die Sachen für genau diesen Moment aufgehoben. All die Erinnerungen, all die Schmerzen, ihre ganze Vergangenheit – ausgebreitet auf dem gemeinsamen Ehebett.
Obwohl sich Michelle gewünscht hatte, dieses Bett zu entsorgen, in dem sie sich diesem Mann hingegeben hatte, war die Psychologin doch dagegen gewesen.

Die Geschichte, so meinte sie, bewältigte man nicht, indem man sie auf den Sperrmüll warf. Man stellte sich ihr. Man machte sie sich zu eigen. Man baute seine Gegenwart auf ihr auf.
Also hatte Michelle die Matratzen ausgetauscht und das Gestell gestrichen. Es war noch immer das gleiche Bett, und doch war es ein neues. Es roch anders, und es fühlte sich anders an. Insofern hatte die Psychologin recht gehabt. Das war der erste Schritt in ein unabhängiges Leben.
Unabhängig? Sei ehrlich, Michelle, wie unabhängig kann ein Leben sein, nachdem du ihm die besten Jahre deines Lebens geschenkt hast? Nachdem du mit ihm so viele tolle Erinnerungen geschaffen hast? Alles, was dir wichtig war, hast du mit ihm geteilt. Das aufzugeben, seinetwegen, ist nicht wirklich unabhängig, oder? Er ist immer ein Teil von dir. Selbst jetzt noch. Er diktiert dein Handeln. So unabhängig bist du nicht.
Und dann ist da noch das andere. Das, was du immer versteckst. Dieses dunkle Geheimnis.
Michelle schüttelte die Gedanken beiseite. Sie hatte sich arrangiert. Das war alles. Nichts, wovon man viel Aufhebens machen sollte.
Nur jetzt, wo ihre Geschichte in Form von Bildern und Briefen so ausgebreitet und nackt vor ihr lag wie eine lüsterne Hure, kamen die Zweifel. Was hatte sie alles aufgegeben? Und was hatte sie für dieses Opfer bekommen?
Sie betrachtete die Fotos oberflächlich. Aufgenommen in Ägypten. Das war lange, bevor er anders wurde.
Er wurde nicht anders. Offenbart hat er sich. Er war schon immer so, du hast es nur nie bemerkt.
Sie waren viel gereist, hatten sich Ausgrabungsstätten angesehen, über die sie vorher intensiv gelesen hatten. Ihre Urlaube waren immer abenteuerlich gewesen.

Tränen liefen Michelle über das Gesicht. Die Gewissheit, dass all das vorbei war, mehr noch, dass jeder Gedanke daran wie Gift war, das ihren Körper in wilden Krämpfen zerstören wollte, nahm ihr die Kraft.

Tom hatte ihr alles genommen und nichts übrig gelassen bis auf Lilly. Michelle ballte die Hände zu Fäusten.

Lilly.

Sie hatte er nun auch.

Jede Faser ihres Körpers schrie, dass sie etwas tun sollte. Ja, musste!

Der Einstieg in das andere Leben von Thomas Ried befand sich vor ihr auf dem Bett. Er hätte ihr diese Aufgabe nicht gegeben, wenn sie nicht lösbar gewesen wäre.

Rätsel hatte er schon immer gemocht. Es war für ihn ein Ausgleich zu seinem Job. Als Vertreter erlebte man selten etwas Aufregendes. Das holte er in der Freizeit nach. Archäologie, Astronomie, Physik, all die Dinge, die Rätsel aufgaben, hatten ihn fasziniert. Sie beide. »Abenteuer inmitten des Lebens«, hatte er es genannt, und er hatte recht damit. Es war aufregend, ihre Freizeit danach auszurichten. Mysteriöse Orte zu besuchen, um anschließend zu Hause darüber zu reden. Stunden hatten sie hier im Bett gelegen und geredet, und meistens war er danach in sie eingedrungen.

Der bloße Gedanke ließ sie würgen.

Michelles Blick schweifte über die Utensilien, die sie nach den Ermittlungen zurückerhalten und nun auf dem Bett verteilt hatte. Bilder, Notizen, Briefe. Es gehörte ihm. All seine Geheimnisse, die wahrscheinlich welche bleiben sollten.

Nicht einmal, nachdem er in die Anstalt eingewiesen worden war, hatte sie dieses Zeug angefasst. Allein der Gedanke daran verursachte eine tiefe Übelkeit, weshalb sie es einfach auf dem Dachboden verstaut hatte, um es bei einem künftigen Umzug zu vergessen.

Die Polizei suchte damals nach Hinweisen zu Toms Verbrechen. Michelle suchte etwas anderes. Sie seufzte, als ihr bewusst wurde, dass sie den nächsten, unumgänglichen Schritt hinauszögerte. Die Chinesin. Sie war jetzt wichtig. Wer war sie, und wo wohnte sie?

Michelle fischte wahllos einen Brief aus dem Haufen, öffnete ihn und las.

Er kam von einer alten Schulfreundin, die ihn bei einem Zwischenstopp auf einer Geschäftsreise wiedersehen wollte. Offenbar hatte sie sich über ihn erkundigt. Michelle wusste nicht, ob es je zu diesem Treffen gekommen war.

Ohne ihn zusammenzufalten, warf sie ihn in die Kiste zurück, die vor dem Bett stand.

Das Nächste war ein ausgedruckter Chatverlauf. Tom hatte dem Schreibstil nach Kontakt zu einem jugendlichen Mädchen gehabt. Er nannte sich Tommi_17, sie sich CuTee.

Im Grunde wusste Michelle, was sie hier finden würde, aber es direkt vor sich zu haben, ließ sie die Fassung verlieren.

Als wären die Buchstaben mit Gift getränkt, hielt sie die Zettel mit spitzen Fingern vor sich. Tränen liefen über ihr Gesicht und tropften auf die Wörter, die aus dem Text in ihr Bewusstsein sprangen, um dort wie ein Haufen Hooligans zu randalieren.

Wieder war alles wie damals, in dem Moment, in dem ihr klarwurde, was ihr Mann wirklich war.

Na, was war er denn, Michelle? Ein Ehemann, nicht wahr? Und was warst du? Eine Ehefrau? Wohl kaum. Er wusste, was du getan hast. Er hat doch nur darauf reagiert, oder nicht?

Sie ließ die Zettel fallen und rieb sich die Augen. Nein, so war es nicht. Sie trug keine Schuld an dem, was passiert ist. Und selbst wenn, das gab ihm nicht das Recht, Lilly zu bestrafen. Nicht Lilly.

Einen kurzen Moment lang hatte Michelle das unbändige Verlangen, den Haufen vor sich zu zerreißen und anzuzünden. Den Wunsch, die Welt durch ein Meer aus Flammen zu sehen, die süß über ihre Haut leckten, um ihr die Erinnerung zu nehmen – und das Leben, das keines war.
Doch so schnell es gekommen war, so schnell schlug das Verlangen um in Zorn. Büßen würde er. Ihr Leben, das er ihr gestohlen hatte, würde sie sich zurückholen. Es ihm aus seiner dreckigen Brust reißen. Doch dazu musste sie erst einmal wissen, wo er war.
Zettel für Zettel und Notiz für Notiz ging sie durch, doch es gab keine Hinweise auf seine Aktivitäten oder auf seine Opfer.
CuTee war das Außergewöhnlichste, das im Moment auf ihrem Bett lag. Sie wollte schon aufgeben, als ihr Blick auf einen roten Kartonumschlag fiel. Es war das kleine Notizbuch, in dem er die Diensttermine festgehalten hatte.
Ihr Herz schlug höher. Sie spürte, dass sie da etwas hatte. Wie ein Angler, kurz bevor ein Fisch anbiss. Sie klappte den Buchdeckel auf und suchte das passende Datum.
August 2010. In dieser Zeit war Tom viel unterwegs gewesen. Verschiedene Städte, verschiedene Firmen. Jeden Tag woanders. Ihre Finger verkrampften sich. Nirgends ein Hinweis. Keine privaten Treffen. Ein strikt durchorganisierter Terminplan. Er war schon immer sehr akribisch.
Michelle spürte, wie der letzte Strohhalm in ihrer Hand zerbröselte. Sie hatte das Gefühl, in eine endlose Tiefe zu fallen. Ihre Finger umschlossen das Buch, als wäre es Toms Hals, und pressten es mit aller Kraft. Doch es war unnachgiebig. Schließlich zerrte sie daran, riss Seiten heraus, während aus ihrem Mund so etwas wie ein Schluchzen drang.
Immer mehr Seiten flatterten um sie herum, bis nur noch der Buchdeckel übrig war. Sie stutzte. Jemand hatte sorgfältig die

Innenseiten überklebt. Durch ihr Reißen hatte sich der Kleber an einer Ecke gelöst, und jetzt hing dort ein Blatt herunter. Mit einem Ruck riss sie es ab. Ein kleiner Schlüssel fiel auf das Bett. Michelle nahm ihn an sich und betrachtete die echte Innenseite des Büchleins, die nun zum Vorschein gekommen war. Jemand hatte etwas darauf geschrieben. Michelle kannte die Schrift nur zu gut.

Tom hatte dort ein paar Koordinaten notiert.

KAPITEL 13

Die Stimmen aus den anderen Büroräumen des Präsidiums verschmolzen zu einem unverständlichen Summen. Kaum ein Beamter hatte die Tür zum Flur geschlossen.

Robert ging von der kleinen Küchennische mit einer Thermoskanne Kaffee zurück zu seinem Büro, das er sich mit Maik und dem Rest einer einst prächtigen Palme teilte. Ihre Schreibtische standen vor einem Flipchart, an das unzählige Zettelchen geklebt waren. Nachdem Thomas Ried nun der Hauptverdächtige war, hatte Zellinger Maik offiziell den »Polaroidfall« entzogen und diesen Robert übertragen.

»Ich bringe ihn um.« Maik ging mit eiserner Miene im Büro auf und ab. Die Nachricht vom Verschwinden seiner Tochter hatte ihn schwer getroffen. Und nachdem Michelle Kettler gestern Abend auch noch das Polaroid mit der seltsamen Zeichnung darauf abgegeben hatte, schrillten bei ihnen alle Alarmglocken.

»Beruhig dich mal! Zellinger hat recht. Du bist zu nah dran. Ich werde deine Tochter finden. Das ist ein Versprechen.«

Maik blieb stehen und drehte sich ruckartig um. »Du erwartest von mir, dass ich untätig zusehe, wie um mich herum falsche Entscheidungen getroffen werden, während es um meine Tochter geht?«

»Gar nichts erwarte ich. Hör zu. Offiziell machst du die Schreibarbeit, und inoffiziell schaust du mir ein bisschen über die Schultern. Zellinger braucht davon nichts zu erfahren. Ich würde mich auch nicht abhalten lassen.«

»Hm«, grunzte Maik und nickte. »Verdammt, Robert, der Mistkerl hat meine Tochter. Ich konnte mich damals schon

nicht damit abfinden, dass der Kerl Lilly um sich hatte, während ich sie nur alle zwei Wochenenden sehen durfte. Aber das hier …«, er massierte sich die Augen, als sei er müde.
»Ich tu mein Bestes. Versprochen.« Damit war für Robert die Sache beschlossen. Das Kriminaltechnische Institut würde noch eine Weile brauchen, bis die Tatortspuren aus der Anstalt und dem Gasometer ausgewertet waren. Die Gutachten dauerten in der Regel selbst bei Prioritätsfällen ein paar Tage. Leider kannte Robert keinen der Laboranten persönlich, was die Sache nicht gerade beschleunigte.
»Kaffee?« Er hielt seinem Partner einen Becher vor die Nase, den er aus der Thermoskanne abgezapft hatte.
Maik schaute auf. »Hmm«, murmelte er zustimmend, fasste ihn mit beiden Händen und nahm einen Schluck.
Robert ging zu seinem Schreibtisch und setzte sich. Sein Magen war wieder der alte und inzwischen gefüllt mit einem Frühstücks-Burrito vom Mexikaner gegenüber. Seine Augen waren schwer, und die Buchstaben auf dem Monitor verschwammen in regelmäßigen Abständen.
Er stellte die Tasse ab und rieb sich die Augen. Zellinger steckte den Kopf durch die Tür. Mit seinem nach unten hängenden Schnäuzer und der gedrungenen Statur wirkte er wie eine Bulldogge. Als sein Blick auf Maik fiel, verwandelte er sich in einen unschuldigen Welpen. »Warum nimmst du dir nicht einfach ein paar Tage frei? Wir tun alles, um deine Tochter zu finden, Maik. Sobald sich etwas tut, bist du der Erste, den ich informieren werde. Thomas Ried ist jetzt zur Fahndung ausgeschrieben. In der Anstalt wurden keine weiteren Spuren gefunden. Da ist alles sauber. Alle Fingerabdrücke konnten problemlos zugeordnet werden. Wie es aussieht, ist Ried einfach verschwunden.«
»Ohne Alarm auszulösen?«, fragte Robert.
Zellinger nickte. »So sieht es aus.« Er betrat das Büro.

Maik drehte den Kopf zu ihm. »Hat sich die Kramme dazu geäußert, warum sie sein Verschwinden so spät gemeldet hat? Ihr sollte am ehesten bewusst sein, was passieren kann, wenn ein Geistesgestörter auf freiem Fuß ist.«

»Du bearbeitest den Fall nicht, Maik. Ich dachte, ich hätte mich in dieser Beziehung klar ausgedrückt? Staatsanwältin Schreyer wird uns allen die Ohren langziehen, wenn sie auch nur ahnt, dass wir die Vorschriften verletzen.« Dann wandte er sich an Robert:

»Die Kramme hat ausgesagt, dass Ried in letzter Zeit verängstigt wirkte. Seine Therapie ist wohl gut angesprungen, so dass sie seine Gefährlichkeit heruntergestuft hat. Sie dachte, dass seine Angstzustände schlimmer geworden sind und er sich deshalb versteckt hat.«

»Pff«, Maik schaute zu Boden, »ihretwegen hat sich der kranke Scheißer mein Mädchen geschnappt. Der Kerl sollte verdammt stark sein, denn wenn ich ihn in die Finger bekomme, werde ich ihm die stinkenden …«

»Gar nichts wirst du«, fuhr ihm Zellinger über den Mund. »Ich habe dir eine Aufgabe gegeben. Entweder du erledigst sie, oder du nimmst ein paar Tage Urlaub. Sei doch nicht so verdammt stur.« Zellingers Gesicht verformte sich wie ein zerknautschtes Sofakissen. Er griff in seine Hemdtasche und zog ein Foto heraus, das in einer Plastiktüte steckte. »Dies hier hat die Spurensicherung in der Wohnung von Tom Rieds Mutter gefunden.« Er warf es vor Robert auf den Schreibtisch.

»Hm, ein weiteres Polaroid?«

Maik beugte sich zu ihm herunter. Zu sehen war ein vollständig gehäuteter Mensch.

Zellinger schickte sich an zu gehen, verharrte aber noch einmal. »Der Chefredakteur der Westfalenpresse hat übrigens gegen die Nachrichtensperre protestiert. Ich möchte, dass du das klärst. Ich habe keine Lust auf eine Schlammschlacht mit der Zeitung. Du kannst ihm Rieds Foto zum Veröffentlichen geben. Er ist deutschlandweit zur Fahndung ausgeschrieben. Außerdem habe ich noch immer nicht den Bericht der Obduktion. Ich möchte alle Informationen rechtzeitig auf meinem Schreibtisch, falls der Fall größer werden sollte. Und noch etwas. Noch ist nicht raus, ob Lillian wirklich von Ried entführt wurde. Wir sollten für alle Möglichkeiten offen bleiben. Nichtsdestotrotz stelle ich dir Beamte zur Seite, die Rieds ehemalige Nachbarschaft abklappern können. Vielleicht kannte ihn dort jemand so gut, das er eine Ahnung hat, wo er sich aufhält.« Dann wurde seine Stimme sanft wie das Schnurren eines fetten Katers. »Wir tun alles, um deine Tochter zu finden, Maik. Ich habe dich nicht gern von dem Fall abgezogen, aber mir sind leider die Hände gebunden.«

Maik nickte nur und schob seinen Stuhl lauter als nötig zurück, als er sich an seinen Schreibtisch setzte.

Zellinger verließ das Büro ohne ein weiteres Wort.

Falls der Fall größer werden sollte. Robert nahm einen Schluck Kaffee. Damit meinte Zellinger, falls es noch mehr Leichen geben sollte. Doch sah es im Moment danach aus? Er schaute auf das Flipchart, wo sie alle bisherigen Informationen zusammengetragen hatten.

So viele Fragezeichen.

Maik räusperte sich. »Ried hat einen Plan. Das ist mal sicher.« Er warf ein paar der Ausdrucke, die Emily Gäter gemacht hatte, auf Roberts Platz. »Der Schmetterling, den er inszeniert hat, war voll Farbe und Zeichnungen und Schnickschnack, aber nur ein paar Kleinigkeiten waren ihm wirklich wichtig. Die stechen raus.«

Robert seufzte und lehnte sich in seinem Stuhl so weit zurück, dass dieser gefährlich knackte. Er hatte kein gutes Gefühl dabei,

Maik hinter Zellingers Rücken an dem Fall arbeiten zu lassen, und doch hatte er keine Wahl. Irgendwie. Robert schloss die Augen und rief sich das Bild des Schmetterlings ins Gedächtnis zurück.

»Er will sich künstlerisch ausdrücken, und er will etwas Besonderes sein«, sagte er dann. »Deshalb müssen die Fotos, die er macht, außergewöhnlich werden.«

»Hm«, machte Maik. »Polaroids gelten als ästhetisch. Er fühlt sich als Künstler. Er will mit uns spielen, uns zeigen, dass er uns überlegen ist. Er ist ausgebrochen, hat seine Mutter umgebracht, seine Stieftochter entführt, und das alles quasi vor unserer Nase.«

»Er zeigt uns Rätsel, weil er davon ausgeht, dass wir sie nicht lösen werden?«

»Er zeigt uns Rätsel, um uns Angst zu machen. Mit den Polaroids erlaubt er uns einen kleinen Blick in die Zukunft. Und die Rätsel sind kleine Rettungsringe, die er uns zuwirft, damit wir diese Zukunft ändern können.«

»Er glaubt, dass wir versagen werden, nicht? Dass wir uns so auf die Rettungsringe konzentrieren, dass wir ihn nicht mehr bemerken. Und während wir mit unseren Rettungsringen immer weiter abtreiben, vollendet er, was er angefangen hat, und verschwindet.«

Die Fragezeichen wurden immer zahlreicher, und langsam bekam Robert Kopfschmerzen. Dieser Tag war scheiße. Am liebsten wäre er aufgestanden und hätte ein paar Tage Urlaub genommen. Aber er konnte Maik nicht im Stich lassen. Und vor allem nicht dessen Tochter.

Er spürte eine Kette aus Stacheldraht, die sich um sein Herz legte und sich langsam zuzog.

Auch wenn Zellinger sich nicht festlegen wollte, so sprach doch alles dafür, dass Ried Lilly entführt hatte. Das Polaroid, das Michelle Kettler gefunden hatte, war für ihn Beweis genug. Wie viele kranke Typen mit perversen Polaroidfotos liefen da draußen schon herum?

Nein, für ihn würde es keinen Urlaub geben, bis das Mädchen in Sicherheit war.

»Hier ist der erste Teil seiner Hinweise«, Robert legte das Polaroid aus Rieds Anstaltszimmer vor sich. »Der Schmetterling. Für eine ordentliche Portion Aufmerksamkeit zum Einstieg?«

Maik grunzte und rollte mit dem Stuhl an Roberts Schreibtisch heran. »Nicht abwegig.«

»Danach finden wir eine frische Schmetterlingsleiche. Und jetzt kommt ein weiteres Polaroid zu uns.« Er legte das neue Foto dazu. »Eine gehäutete Leiche.«

»Das erwartet uns als Nächstes, schätze ich.«

Robert seufzte. »Gut, hier sind die Bilder von Rieds Mutter.« Robert legte die Ausdrucke, die Gäter von den Tattoos und Zeichnungen gemacht hatte, neben das Polaroid. »Auf der Brust ist das Tattoo eines Wolfes und eines Schafs, das ihm entkommt.«

Maik kraulte seinen Bart und nickte langsam vor sich hin.

»Der Wolf und das Schaf wurden auch auf das Polaroid gekritzelt, das Michelle gefunden hat.« Robert zog es hervor und legte es dazu. »Die Konturen sehen ähnlich aus.«

»Also hat ein und dieselbe Person beide Bilder gemalt.«

»Vielleicht. Aber da ist noch das Mädchen.« Robert suchte das passende Bild heraus. »Diese Zeichnung hat er auf die Seite der Leiche tätowiert.« Er deutete auf das Kind, das aussah, als ertränke es. Sein Gesicht versteinerte, während er auf die Bilder starrte.

Maik wandte sich ab, langte nach der Kaffeetasse auf seinem Schreibtisch und trank sie aus. Mit zitternden Händen stellte er sie zurück.

Robert tat so, als hätte er es nicht bemerkt, und fuhr fort:
»Den Mond, diese Zahlen und die Blüte«, er legte den entsprechenden Ausdruck auf den Haufen, »hat er unterhalb des Mädchens tätowiert. Das wirkt so willkürlich.«
»Nein. Damit gibt er den Zeitpunkt an, wann Lilly sterben wird.«
Robert bewunderte Maik, wie professionell er mit der Situation umging. »Sie wird nicht sterben! Warum denkst du das?«
»Wie viele Hinweise braucht man, um einen ganz bestimmten Zeitpunkt anzugeben?«
»Ich weiß nicht. Einen für die Stunde, einen für …«
»Drei. Einen für den Monat, einen für den Tag und einen für die Uhrzeit. Drei Angaben. Drei Rätsel.«
Das klang logisch, doch wofür war es gut?
Völlig unvermittelt sprang Maik auf. Robert zuckte zusammen.
»Erschreck mich doch nicht so.«
»Ich hole was zu essen. Zum Rätselknacken braucht das Gehirn Zucker«, murmelte Maik und ging hinaus.
Robert starrte ihm nach. An Maiks Stelle würde er auch Luft schnappen wollen. In seiner Situation wäre er bestimmt nicht so ruhig. Aber das war Maik. Kopfschüttelnd nahm Robert sich wieder die Ausdrucke vor. Ein Zahlenrätsel. Das konnte doch nicht so schwierig sein.

1659 = 2
1555 = 0
1556 = 1
9999 = 4
0000 = 4
1111 = 0
1029 = ?

Robert rief sich seine Mathekenntnisse ins Gedächtnis und rechnete. Er bildete Quersummen, addierte die untereinanderstehenden Zahlen, multiplizierte, versuchte, Reihen zu bilden und Abhängigkeiten zu erkennen, doch er kam zu keinem logischen Ergebnis.
Resigniert wandte er sich dem zweiten Rätsel – dem Vollmond – zu, hielt inne und schaute wieder zurück.
Er hatte etwas übersehen: einen Punkt hinter dem Fragezeichen der Lösungszahl. Wenn Maik recht hatte, dachte er, stünde das erste Rätsel für den Tag, das zweite für den Monat und das dritte für die Stunde.
Aber jeder Monat hatte einen gottverdammten Vollmond. Der August in diesem Jahr sogar zwei. Und was sollte die Blüte?
Robert verzog das Gesicht. So kam er nicht weiter. Er schaute sich das andere Bild an. Ein Wolf und ein Schaf.
Vielleicht sollte es nur der Hinweis sein, dass Ried, der Wolf, wieder auf der Jagd war? Zumindest schien es das zentrale Thema zu sein, immerhin fand sich dieses Bild auch auf einem der Polaroids. Täter und Opfer. Wolf und Lamm.
Robert fühlte sich beim Anblick der Bilder fehl am Platz. Die Ermittler in Büchern und im Fernsehen waren im Vergleich zu ihm um so vieles fähiger. Das Schwierigste dabei war, es nicht zu zeigen. Nach außen hin abgeklärt wirken und auf den Zufall hoffen.
Robert zuckte zusammen, als das Telefon schrillte. Er wartete einen Moment, bis sich sein Herz beruhigt hatte, und nahm ab.
»Bendlin.«
Am anderen Ende knisterte es. »Robert?«
»Ja?«
»Gerd hier. Ich habe ein Laborergebnis für dich, das dich interessieren könnte.«

Unruhig rutschte Robert auf seinem Stuhl hin und her. Die nächsten Puzzleteile kamen herein, und er hoffte, sie würden zu einem der anderen passen. »Raus damit.«
»Ja, also das Polaroid wurde auf Fingerabdrücke kontrolliert.«
»Wie hoffentlich alles andere auch?«
»Ja, natürlich, aber es wurden nur die von Thomas Ried gefunden. Was nichts bedeuten muss. Viel interessanter allerdings ist die Tatsache, dass die Polaroids nicht frisch sind.«
Robert schob die Augenbrauen nach oben. »Ach was.«
»Ja«, sprach Gerd weiter, der eigentlich nur zwei Büros entfernt saß. »Die Chemikalien deuten darauf hin, dass sie älter sind. Genaueres kann man noch nicht sagen, aber das Labor schätzt, dass sie vor über zehn Jahren geschossen wurden.«
Verdammt, was hatte das nun wieder zu bedeuten? »Vielen Dank für die Info. Sonst noch etwas?«
»Das war alles. Wenn ich was Neues habe, melde ich mich.«
»Danke dir, Gerd.« Er legte auf. Also hatte Ried damals Fotos von seinen Opfern gemacht und sie bis jetzt versteckt. Und wo er gerade gedanklich bei Ried war: Wie konnte er einfach so spurlos aus einem Hochsicherheitstrakt verschwinden? Es gab so viele Rätsel und Ungereimtheiten, dass er davon Kopfschmerzen bekam. Wo war Kommissar Zufall, wenn man ihn mal brauchte?
»So, Kollege, ich bin zurück.« Maik polterte durch die Tür. Er balancierte einen Pappkarton, blieb vor ihm stehen und fischte einen Donut mit lilafarbener Glasur hervor. »Hier«, er hielt ihn Robert vor die Nase. »Mit Waldfrucht. Einer davon gehört dir. Es geht doch nichts über ordentliche Nahrung, oder?«
Robert blickte durch das Loch im Donut seinen Kollegen an und spürte ein Kribbeln in der Magengrube.
Da war er, der Zufall.

KAPITEL 14

Je näher Michelle ihrem Ziel kam, desto nervöser wurde sie. Sie hatte keinen blassen Schimmer, auf was sie sich einließ. Und anstatt ihrer Tochter näher zu kommen, hatte sie das Gefühl, sich von ihr zu entfernen. Eine Entfernung, die man nicht nur in Kilometern rechnen konnte.

Was hatte Tom an den verzeichneten Koordinaten versteckt? Die Leichen, die von der Polizei nie gefunden worden waren? Das Werkzeug, mit denen er seine Opfer … geschnitten hatte, wenn er unterwegs war?

Nur in einer Sache war sich Michelle absolut sicher: Sie wollte es eigentlich nicht wissen. Am liebsten wäre sie auf der Stelle umgedreht, doch das Gefühl, ihre Tochter vielleicht retten zu können, war stärker. Für Lilly hätte Michelle alles getan.

Sie hatte die Autobahn schon lange verlassen und fuhr bereits eine Weile durch kleinere Ortschaften und einsame Gegenden. Sie war noch nie in Hessen gewesen und überrascht, wie schön es hier war. Nicht so überfüllt wie das Ruhrgebiet, nicht so aufgeladen mit Stress und Hektik. Jedoch vermochte selbst die stille Natur um sie herum nicht die Unruhe aus ihrem Körper zu vertreiben. Die dunklen Gedanken. Die Selbstvorwürfe.

Was geschehen ist, ist geschehen. Du kannst es jetzt nicht mehr rückgängig machen, also konzentrier dich verdammt noch mal auf deine Aufgabe!

Michelle trommelte mit den Fingern auf das Lenkrad und schaute zum Navi. Nur noch ein paar Kilometer, und sie würde wissen, ob sich die Fahrt gelohnt hatte.

Mir machst du nichts vor, Michelle. Ich kann deine Angst riechen. Wenn du in seiner Vergangenheit wühlst, wirst du deine Vergangenheit vielleicht aus einem neuen Blickwinkel sehen. Willst du das wirklich? Willst du das?

Michelle bekam keine Luft mehr, trat auf die Bremse, wartete, bis das Auto stand, und stieg aus. Sie hielt sich an der Tür fest, bis der plötzliche Schwindel vorüber war, und sog die herrlich kalte Luft ein. Es roch nach nassem Asphalt und Kuhmist.

Was zum Teufel tat sie hier? Sie war froh, dass sie mit der Vergangenheit abgeschlossen hatte, und doch tat sie alles, um dorthin zurückzukehren.

Weil du mit gar nichts abgeschlossen hast. Das ist es doch. Du bist hier, weil du es willst. Du witterst eine Chance.

War es so? Sah sie in dieser Recherche die Möglichkeit, die Dinge, die schiefgelaufen waren, zu korrigieren und endlich beiseitezulegen?

Bisher hatte sie ihr eigenes Risiko völlig ausgeblendet. Sie mischte sich hier in Polizeiarbeit ein. Sie hielt Beweise zurück. Und was, wenn sie tatsächlich etwas finden würde? Was käme noch hinzu? Michelle blendete die Frage aus. Eins nach dem anderen.

Wenn du nicht willst, sage ich es dir: Solltest du einen Hinweis auf diese Chinesin finden, kommen Entführung und Beihilfe zum Mord dazu, denn was Tom mit ihr vorhat, ist dir ebenso klar wie die Tatsache, dass du nicht umkehren wirst. Du hast dich nie vor schwierigen Entscheidungen gedrückt, nicht wahr? Na gut, bis auf diese eine, und wie das ausgegangen ist, hast du am eigenen Leib gespürt.

Michelle sperrte die Stimme in den Keller ihres Bewusstseins. Als sie zu frösteln begann, setzte sie sich wieder ans Steuer und fuhr weiter. Wie immer hatte die Stimme recht. Michelle würde nicht umkehren. Sie vertraute der Polizei kein Stück, daran ließ sich nichts ändern, also hatte sie keine andere Wahl, als auf ihre Weise weiterzumachen. Maik würde ebenso handeln, das wusste sie. Nur durfte *er* von alldem hier nichts erfahren. Zumindest noch nicht.

Weihe ihn verdammt noch mal in deine Pläne ein. Immerhin ist er Polizist. Er wird nichts tun, was Lilly gefährdet.

Die Vorstellung war verlockend, aber das Risiko war zu hoch. Wenn Tom auch nur die leiseste Ahnung hätte, dass Maik … nein, sie musste das allein schaffen.

Zwanzig Minuten später hielt sie erneut. Ihr Ziel lag von hier aus ein paar Meter querfeldein. Es war eine Weide, umgeben von flüsternden Wäldern. Hier waren Geheimnisse zu Hause. Die Luft roch danach. Seichter Wind strich über das Gras, und durch eine Wolkenlücke schien die Sonne.

Michelle hielt das Navigationsgerät vor sich, das sie sich von Iris, einer Bekannten, geliehen hatte. Sie spürte den Herzschlag im Hals. Im gleichen Rhythmus pochte ihr Kopf.

Das Gerät war nicht sehr genau, da hatte Iris sie vorgewarnt. Sie würde ein paar Meter im Umkreis des Ziels suchen müssen. Der Zaun, der das Gelände einfasste, machte kaum den Eindruck, große Tiere aufhalten zu können. Die groben Pfosten steckten schief im Boden, und der Stacheldraht spannte sich lustlos dazwischen. Michelle stieg ohne Mühe darüber und sprang über einen kleinen Graben, der von Unkraut überwuchert war.

Sie vergewisserte sich, dass keine Kühe oder womöglich Bullen auf der Weide standen, und marschierte los. Der Untergrund war durch den anhaltenden Regen der letzten Tage sumpfig. Nur das dichte Gras hinderte ihre Füße daran, zu versinken. Dafür quatschte jeder ihrer Schritte.

Es ging einen Hügel hinauf. Das Navi war überzeugt, dass es noch etwa zehn Meter bis zum Ziel waren, und zeigte es mit

einem Richtungspfeil an. Doch Michelle wurde schnell klar, dass sie gar nicht suchen musste.
Hinter dem Hügel, von der Straße aus nicht einsehbar, stand eine Zinkwanne. Einen schrecklichen Augenblick lang sah Michelle eine aufgedunsene Leiche darin, doch der Gedanke war absurd. Hier war etwas anderes versteckt. Etwas viel Schlimmeres als eine Leiche.
Sie schaute sich noch einmal um. Es war niemand zu sehen. Diese Stelle lag fernab der Dörfer, und die Wanne machte nicht den Eindruck, als bekäme sie häufig Besuch. Das Gras wucherte hier unkontrolliert, und Tiere konnten aus einer Aluminiumschale trinken, die nur dann Wasser spendete, wenn man gegen die Druckzunge stieß. Es war nicht nötig, dass sich jemand um sie kümmerte.
War man häufig in dieser Gegend unterwegs, war das Versteck ideal.
Sie trampelte das Gras nieder und umrundete die Tränke. Nichts deutete auf ein Geheimnis hin. Vielleicht hatte Tom sein eigenes Versteck schon lange geplündert? Wer sagte denn, dass die Koordinaten, die er versteckt in das Büchlein gekritzelt hatte, überhaupt von Bedeutung waren?
Jetzt war Michelle sich nicht mal sicher, die Zahlen richtig gelesen zu haben. Verdammt, warum hatte sie dieses blöde Buch nicht mitgenommen? Doch so schnell wollte sie nicht aufgeben. Immerhin war sie gut zwei Stunden unterwegs gewesen.
Der Platz rundherum bot keinerlei Versteckmöglichkeit. Nirgendwo ragte ein Baumstumpf aus dem Gras oder ein Fels. Es gab nur diese Wanne.
Michelle stellte sich vor, wie ihr Ex-Mann heimlich über diese Wiese geschlichen war, um etwas verschwinden zu lassen. Wie er sich dieser Zinkwanne näherte.

Wie zum Teufel konnte jemand, mit dem man eine so schöne Zeit verbracht hatte, so fürchterliche Dinge tun? Sie erinnerte sich an die erste Nacht in der gemeinsamen Wohnung, viele Jahre vor dem Zwischenfall.
Tom hatte früh Feierabend gemacht, um alles herzurichten. Als Michelle durch die Tür ging, tauchte sie in ein Lichtermeer aus Kerzen. Der Esstisch war gedeckt, es roch nach Braten und nach dem Feuer im Kamin. Es war ihr so unglaublich kitschig vorgekommen, aber auch irgendwie süß. Tom hatte sich so viel Mühe gegeben, den Abend zu etwas Unvergesslichem zu machen. Vielleicht hatte er ihren Ex-Mann Maik als Konkurrenten gesehen und sich deshalb so ins Zeug gelegt?
Da war ihr klargeworden, dass sie diesen Mann und keinen anderen heiraten wollte. Damals hatte er noch wild ausgesehen, mit seinen dunklen, verstrubbelten Haaren und seinem fesselnden Blick, der ihr immer einen wohligen Schauer über den Rücken hatte laufen lassen.
Seine Augen hatten nie an Glanz verloren. Selbst als sein Kopf kahler wurde und die Falten tiefer, wirkten sie jung und anziehend.
Michelle schluckte die Übelkeit runter, die ihre Gedanken verursachten.
So ein mieser Scheißkerl!
Aufgewühlt, wie sie war, fasste sie die Zinkwanne und hob sie mit einem Ruck an. Sie bewegte sich ein wenig, hakte und sank zurück.
Wenn dieser Mistkerl etwas versteckt hatte, dann hier. Nur hier. Wahrscheinlich gab es eine Möglichkeit, ganz leicht an das Versteck zu kommen, doch die Zeit, das herauszufinden, hatte sie nicht.
Erneut ertastete sie den nach innen gerollten Metallrand, spürte die Schnittkante, spannte die Arme und riss sie nach oben.

Mit einem lauten Knacks löste sich ein Teil der Verankerung, die am Ablauf befestigt war.
Mit aller Kraft stemmte sie sich gegen die Wanne. Es knackste erneut, und ein Zischen setzte ein, das Michelle zurückschrecken ließ.
Der erste Gedanke, sie könnte ein Gasleck verursacht haben, war natürlich absurd. Dann prasselten kalte Tropfen auf ihr Gesicht, und ihr wurde klar, dass das Wasserrohr eingerissen war. Durch einen gezackten Spalt schoss eine feine Wasserfontäne in ihre Richtung. Die armen Kühe würden eine Weile nasse Füße bekommen.
Doch noch war Michelle nicht fertig. Sie setzte erneut an, atmete tief durch, sammelte Kraft und zog unter lautem Stöhnen die Zinkwanne aus der Verankerung.
Das Rohr riss ab, und ein Wasserstrahl rauschte in die Höhe. Dicke Tropfen prasselten einen Moment lang vom Himmel und tränkten ihre Kleider. Dann verlor der Strahl an Druck, und das Wasser blubberte nur noch hervor.
Michelle hatte Mühe, sich auf dem schlammiger werdenden Untergrund zu halten. Erst jetzt, da ihre Kleidung durchtränkt war und ihr das Haar im Gesicht klebte, bemerkte sie, dass der Wind aufgefrischt hatte. Sie versuchte, die Kälte, so gut es ging, zu ignorieren, und betrachtete die Stelle, die sie freigelegt hatte. Der Sockel, auf dem die Wanne gestanden hatte, lag im Wasser, das gemächlich den Hügel hinabfloss. Er bestand aus losen Waschbetonplatten, die schief auf dem Boden lagen.
Sie fasste die erste und stemmte sie in eine aufrechte Position. Es kam nur Erde zum Vorschein, die augenblicklich überspült wurde. Der zweite Stein lieferte das gleiche Ergebnis. Michelles Arme wurden schwer, und nur die Wut im Bauch trieb sie an. Die Gedanken an Lilly schob sie gänzlich beiseite. Angst lähmte, und das konnte sie jetzt nicht gebrauchen.

Als sie die dritte Platte anhob, sah sie für einen kurzen Moment ein Loch, doch das Wasser füllte es zu schnell, um etwas zu erkennen. Ihr Herz raste.

Hab jetzt keine Angst, keine Zweifel. Heb die gottverdammte vierte Platte hoch und greif hinein. Und egal, was du ertastest, zieh es heraus.

Michelle zögerte. Es gab Entscheidungen, die man sein ganzes Leben lang bereute. Entscheidungen, die im Bruchteil einer Sekunde gefällt wurden.

Sie biss die Zähne zusammen, fasste die nächste Platte, stemmte sie hoch und ließ sie zur anderen Seite kippen. Mit einem Geräusch, als hätte jemand den Deckel eines Sarkophags fallen gelassen, schlug sie auf.

Michelle zögerte. So leicht ließ sich Angst nicht vertreiben. Vielleicht hatte Tom Fallen eingebaut? Sie riss sich zusammen und tauchte die Hand in das Wasser.

Das Loch war tief. Bis zur Schulter verschwand ihr Arm, dann ertastete sie etwas. Schaumiges Wasser spritzte ihr ins Gesicht, und sie schmeckte den Schlamm, der damit vermengt war.

Keuchend vor Kälte reckte sie den Kopf nach oben, um nicht unterzutauchen. Sie griff zu und zog eine blecherne Kiste heraus, nicht viel größer als ein Schuhkarton.

Süßer Triumph machte sich in ihr breit, mit einem bitteren Beigeschmack von Furcht und Ekel.

Die ganzen Jahre über hatte sie nicht einmal geahnt, was in ihrem Mann steckte. Was er trieb. Seltsam, was einem in Situationen wie dieser alles in den Sinn kam. Sie erinnerte sich daran, was sie gespürt hatte, wenn er sanft ihre Brüste streichelte. Wie er ihr in die Augen sah, wenn sie ihm in den Schritt gefasst hatte, um seine wachsende Erregung zu fühlen.

Und dabei war Leid und Tod das Einzige, was ihn wirklich geil gemacht hatte!

Michelle schleppte die Kiste halb kriechend, halb rutschend den schlammigen Hügel hinunter. Sie spürte die Kälte kaum, die immer mehr Besitz von ihr ergriff. All die vergangenen Jahre stürzten mit einem Mal auf sie ein.
Sie stellte die Kiste zwischen ihre Beine und wischte sich durch das schlammbespritzte Gesicht. Rechts und links von ihr floss das Wasser weiter in die Wiese.
Das Vorhängeschloss, das an der Kiste befestigt war, war rostig. Michelle zog den Schlüssel hervor, der in Toms Buch gelegen hatte, steckte ihn ins Schloss und drehte. Tatsächlich, er passte! Es knackte, und das Schloss sprang auf. Sie warf es beiseite und zwang sich, langsam zu atmen.
Vorsichtig hob sie den Deckel.
In der Kiste lag ein aufgerissener Plastikbeutel, der von innen beschmiert war. Auch wenn es nicht mehr danach aussah, wusste Michelle genau, was es war: Blut. In der Tüte hatte etwas Blutiges gelegen. Jemand war hier gewesen und hatte die Kiste geplündert.
Jemand, oder er?
Aber da war noch eine zweite Tüte mit einem Notizbuch darin. Michelle fummelte es heraus und schlug es auf.
Du willst nur etwas über diese Chinesin erfahren, mehr nicht. Merk dir das! Alles andere hat dich nicht zu interessieren!
Sie begann zu lesen. Die Schrift war gleichmäßig und sauber. Tom hatte immer einen Füller benutzt, wenn er etwas Offizielles schreiben musste. Er war stets ein ordentlicher Mensch gewesen.
Bereits bei den ersten Worten kroch die Angst wie dicker Sirup in ihren Körper. Es kam ihr vor, als spräche Tom direkt mit ihr. Seine Worte, die wie Gift jeden Muskel lähmten, flossen aus dem Buch und wurden vor ihren Augen zu Bildern. Zu einem Panoptikum des Grauens, das eine andere Seite ihres eigenen Lebens aufzeigte.

Falls Sie diese Kiste zufällig gefunden haben, packen Sie das Buch, das Sie in der Hand halten, wieder ein, und vergraben Sie alles dort, wo Sie es herhaben. Dies ist nicht für Sie bestimmt!
Die Kiste ist meine persönliche Zeitkapsel. Mit ihr begrabe ich, was ich bin. Meine Vergangenheit soll in der Erde verbleiben, ungesehen von der Welt, die so viel Leid nicht verdient hat. Am Ende werde ich dennoch meine gerechte Strafe bekommen, das ist mir längst klar. Jeder bekommt seine gerechte Strafe, denn niemand ist unschuldig.
Mein Name ist Thomas Ried, ich bin ein Serienmörder, und dies ist mein Geheimnis.

KAPITEL 15

Und der Donut hat dir das gesagt?« Maik starrte Robert fassungslos an, während er das verbliebene Stück zum Mund führte und hineinbiss.

»Es ist eigentlich ganz einfach«, Robert riss einen Zettel aus einem Block, nahm einen Bleistift und kritzelte das Zahlenrätsel darauf.

1659 = 2; 1555 = 0; 1556 = 1; 9999 = 4; 0000 = 4; 1111 = 0; 1029 = ?

Er war aufgeregt wie ein kleines Kind. »Egal, was ich probiert habe, die Zahlen stehen in keinem rechnerischen Zusammenhang. Es gibt keine sinnvolle Reihenfolge, egal was man versucht.« Er malte einen Kringel auf das Blatt. »So. Das ist jetzt ein Donut, nicht?«

Maik grunzte. »Ein bissl dünn für einen Donut.«

Robert ging darüber hinweg. »Also ein Donut hat was? Genau, ein Loch. Zwei Donuts ergeben eine Acht.« Er malte zwei Kringel übereinander. »Und eine Acht hat zwei Löcher. Verstehst du?«

»Kein Stück. Heißt das, du willst zwei Donuts? Ich habe keine mehr.«

Robert hasste es, wenn Maik ihn verarschen wollte, aber er ließ sich den Triumph nicht nehmen. »Wie viel Löcher hat die Zahl 9999?«

»Vier.« Maik schluckte den zerkauten Donutbrei hinunter und pulte mit der Zunge in seinen Zähnen herum.

Robert nickte. »Genau. Und die 1111?«

»Hat keinen Kringel. So einfach soll das sein?« Maik starrte auf die Zahlen. »Dann ist die gesuchte Zahl also eine Zwei mit einem Punkt.«

Robert nickte. »Ja. Der Zweite.« Aber das war noch nicht alles. Er grinste breit. »Jetzt brauchen wir noch den Monat.«

»Jeder Monat hat einen Vollmond. Was für ein Rätsel soll das sein?«

»Richtig, jeder Monat hat einen Vollmond. Der August hat sogar zwei. Aber nur in einem bestimmten Monat in diesem Jahr fällt der Vollmond auf einen Zweiten.« Robert zog ein Bild aus der Schreibtischschublade und legte es seinem Kollegen vor die Nase. »Schau her, ich habe ein wenig im Internet recherchiert. Das hier ist ein Mondkalender.« Auf dem Bild waren Mondphasen zu sehen. Jedem Tag im Jahr war eine Phase zugeordnet. Maik blickte ihn stur an, was Roberts Begeisterung nicht bremste. »Okay, das Tolle daran ist, der Vollmondtag fällt selten auf den gleichen Tag.«

Maik schob eine Augenbraue nach oben, sagte aber noch immer nichts.

»Gut, wie gesagt, ich habe recherchiert, und der einzige Zweite in diesem Jahr, an dem wir Vollmond haben, ist der zweite August.«

»Und was ist mit der Blume?«

Roberts Laune sank dramatisch. Er hatte sich etwas mehr Begeisterung erhofft. Doch Angst hatte oft die unangenehme Nebenwirkung, jegliche Zuversicht schrumpfen zu lassen. Maik hatte jetzt andere Dinge im Kopf. »Da bin ich noch nicht weiter«, sagte Robert deshalb schlicht.

Sein Partner nickte vor sich hin. »Ehrlich gesagt bin ich mir nicht sicher, ob das Rätsel relevant ist. Es gab keinerlei Forderungen vom Entführer. Wenn er etwas beabsichtigt, etwas von uns will, hätte er sich in der Zwischenzeit gemeldet. Vielleicht hat er gar nicht die Absicht, Lilly am Leben zu lassen. In dem Fall bleibt uns nicht viel Zeit, ihn zu schnappen. Die wenigsten Entführungsopfer überleben drei Tage, wenn sich die Entführer nicht melden.« Maiks Stimme brach, und er schluckte.

»Glaubst du, es geht gegen dich? Dass er dir mit Lilly eins auswischen will?«

Maik hob die Schultern. »Weil ich ihn bei seiner letzten Serie erheblich gestört habe? Ich habe keinen Schimmer. Ich will auch gar nicht wissen, was er beabsichtigt. Ich will ihn nur kriegen. Du solltest der Kramme einen Besuch abstatten. Sie hat die letzten Jahre mit Ried verbracht. Vielleicht kann sie uns weiterhelfen. *Dir* weiterhelfen«, verbesserte er sich. »Ich bleibe hier und schreibe irgendwas. Oh, und ich schick mal ein paar der Kollegen los. Vielleicht weiß tatsächlich einer der ehemaligen Nachbarn, wo Ried steckt. Keine Bange, ich sage, du hast es angeordnet. Ich arbeite ja nicht mehr an diesem Fall.«

»Die Idee ist nicht verkehrt. Ich werde mir die Kramme mal vornehmen. Was das Rätsel angeht, sollten wir zumindest das Datum im Hinterkopf behalten. Wenn der Täter es ernst meint, wird er sie übermorgen im Laufe des Tages … na ja, auf jeden Fall haben wir wenig Zeit.«

Maik starrte auf seinen Schreibtisch und sagte nichts.

Eine Dreiviertelstunde später hallten Roberts Schritte klagend von den Flurwänden der psychiatrischen Klinik wider, wo sich Zimmertür an Zimmertür reihte. Er fühlte sich wie in einer riesigen Leichenhalle. Alles war still.

Gut, so hatte er etwas Luft, um in Ruhe nachzudenken. Im Kopf ging er die Fragen durch, die er Claudia Kramme stellen wollte. Die Anstaltsleiterin wusste nichts von seinem Kommen, und das sollte auch so sein. Allerdings glaubte Robert nicht daran, dass der Pförtner stillhalten würde. So wie er geguckt hatte, hatte er wahrscheinlich bereits dem Sicherheitspersonal Bescheid gegeben, das nun auf ihn im Büro der Anstaltsleiterin wartete. Doch das war egal. Robert war nur wichtig, dass sich die Direktorin nicht auf das Gespräch vorbereiten konnte. Etwas stimmte nicht mit ihr. Vielleicht war es nur seine spontan gefasste Abneigung ihr gegenüber, die ihn das glauben ließ, doch wenn da noch mehr war, musste er das herausfinden.

Das Büro von Frau Dr. Kramme lag im zweiten Obergeschoss. Hier gab es keine Wohneinheiten, dafür Therapiezimmer, Behandlungsräume und eine zum Gang offene Küche. Es roch nach Kaffee und Waffeln, zwei Düfte, die Robert nie mit einer Klinik in Verbindung gebracht hätte.

Frau Kramme hatte kein Vorzimmer, daher klopfte er und trat direkt ein. Sie saß an ihrem Schreibtisch und blickte auf. Ihr Gesicht war ausdruckslos. Der Pförtner hatte ihn offenbar angekündigt. Natürlich. Wachpersonal war dennoch nicht zu sehen. Zumindest noch nicht.

»Guten Tag, Frau Doktor Kramme. Ich hoffe, ich störe nicht«, Robert ging direkt auf sie zu, wobei sie sich erhob. »Bitte entschuldigen Sie mein plötzliches Eindringen, aber die Ereignisse überschlagen sich.«

Ihr Mund verzog sich zu einem Lächeln. »Entschuldigung, ich habe ein schlechtes Namensgedächtnis. Sie hießen?«

Robert ignorierte das Stechen im Magen. Er griff ihre Hand und drückte ein wenig fester zu als nötig. »Robert Bendlin.«

Sie hob den Kopf. »Ah ja. Der Kommissar, nicht wahr? Was ist mit Ihrem Chef? Kriminalhauptkommissar Wegener, wenn ich mich recht erinnere? Oh, nehmen Sie doch Platz.«

Da kein Stuhl zur Verfügung stand, zog Robert einen Hocker aus der Ecke und setzte sich darauf. Er war sicher, dass man sehen konnte, wie seine Halsschlagader pulsierte.

Das Büro glich einem Tropenhaus. Auf den Wandregalen rechts standen mehrere Töpfe mit Farnen, auf dem Schreibtisch bunte Schnittblumen. Vor den Fenstern, die von der Decke bis zum Boden reichten, breitete sich ein Spalier aus Palmen aus. Fremdartige Masken und auf Papyrus gemalte Bilder schmückten die Wände, zusammen mit einem dekorativen Tropenhelm. Alles wirkte zusammengewürfelt und recht exotisch.
Kramme, die sich ebenfalls wieder gesetzt hatte, legte die Fingerspitzen zusammen und blickte ihn offen an. »Wie kann ich Ihnen nun behilflich sein?«
Robert sagte nichts, und eine angespannte Ruhe machte sich breit. Er wusste genau, wie man Leute durch Schweigen nervös machen konnte.
Dr. Kramme spreizte auffordernd die Finger nach außen. »Nun?«
»Frau Doktor Kramme, uns liegen inzwischen ein paar Ermittlungsergebnisse vor.«
Sie lehnte sich zurück. »Und Sie möchten jetzt von mir gelobt werden? Hören Sie, meine Zeit wächst nicht auf den Bäumen, kommen Sie zur Sache.«
Robert zog sein Notizbuch aus der Hosentasche, blätterte darin herum und tat, als studierte er die weißen Seiten. »Ich habe mir hier eine Besonderheit notiert, die herausstechend ist. Können Sie sich vorstellen, was ich meine?« Er sah auf.
Unbeeindruckt starrte sie ihn an und schüttelte langsam den Kopf. »Nein, nein, ich habe mich noch nie für Polizeiarbeit interessiert.«
»Tatsächlich nicht? Dabei müsste gerade Sie das im Speziellen interessieren. Sie leiten doch eine Forensische Psychiatrie, oder irre ich mich?«
Ihre Miene verfinsterte sich. Ihr Körper schien ein wenig zu schrumpfen, so sehr verkrampfte sie.

Gut! Das war die richtige Atmosphäre für eine gezielte Gesprächsführung. Sie durfte nicht die Gelegenheit bekommen, über ihre Antworten nachzudenken. Dann würde sich schon herauskristallisieren, ob sie so untadelig war, wie sie sich gab. Die Lippen aufeinandergepresst, zischten die Wörter aus ihrem Mund. Gallig grün. »Wenn Sie etwas zu sagen haben, Herr Bendlin, dann sollten Sie das langsam tun. Ich habe wenig Zeit. Oder wollen Sie lieber Ihren Vorgesetzten reden lassen? Vielleicht gelingt es ihm ja, sich zielführend zu äußern? Was steht da Besonderes in Ihrem Notizbüchlein?«
Robert spürte eine Hitzewelle über sich hinwegschwappen. Am liebsten wäre er aufgesprungen. Stattdessen blätterte er eine Seite um. »Die Spurensicherung hat Thomas Rieds Zimmer auf den Kopf gestellt, und wissen Sie, was sie gefunden haben?«
Claudia Kramme zeigte ihre Zähne, ohne zu lachen. »Ich sage Ihnen was, Herr Bendlin, ich arbeite nicht bei der Spurensicherung. Daher habe ich keinen blassen Schimmer, was sie gefunden haben könnten. Aber ich bin mir sicher, Sie werden mich sogleich informieren.«
Robert setzte sein süffisantestes Lächeln auf, das er auf Lager hatte. »Alles zu seiner Zeit, Frau Kramme, alles zu seiner Zeit. Erst möchte ich noch auf etwas anderes zu sprechen kommen.«
»Da bin ich gespannt.«
»Das dürfen Sie. Wie Sie mitbekommen haben, wurde in seiner Zelle ein Polaroidfoto gefunden. Das ist Ihnen sicherlich im Gedächtnis geblieben, denn Sie haben ja außerordentlich unprofessionell darauf reagiert.« Claudia Kramme legte die Hände wieder zusammen. In der Häufigkeit, wie sie das tat, wirkte es einstudiert, oder es war eine nervöse Gewohnheit. Sie wirkte nicht, als fühlte sie sich in eine Ecke gedrängt, aber sie sah aus, als wäre ihr unwohl. »Natürlich erinnere ich mich. Worauf wollen Sie hinaus?«

»Ist das hier so üblich, dass die Insassen Snuff-Fotos mit sich herumtragen dürfen?«

Kramme schob den Unterkiefer nach vorne und schnappte nach Luft. »Snuff-Fotos?«

»Fotos von Toten. Was haben die in einer Klinik wie der Ihren verloren? Gehört das zu einer Ihrer merkwürdigen Therapien?«

»Selbstverständlich nicht.«

»Woher hatte er dieses Foto dann? Sagten Sie nicht, er hätte keinen Kontakt zu Außenstehenden gehabt?«

»Ja.« Die Anstaltsleiterin verzog nachdenklich das Gesicht.

»Wie sah seine Therapie aus? Ich meine, wie therapiert man einen perversen Serienkiller?«

Sie lehnte sich nach vorne, und ihre Augen verengten sich zu Schlitzen. »Ihr Unterton gefällt mir nicht. Wenn Sie meine Arbeit kritisieren wollen, dann tun Sie das bitte auf dem üblichen Weg. Aber ich werde nicht hier sitzen bleiben und Ihre unterschwelligen Anschuldigungen über mich ergehen lassen.«

»In dem Zusammenhang interessiert mich, warum jemand wie Ried solche Fotos von seinen Opfern macht, die Morde gesteht, aber die Aufnahmen verschweigt? Wissen Sie, Psychologie ist so eine Art Hobby von mir. Solche Details können immer recht interessant sein.«

Kramme schnappte nach Luft. »Ein Hobby?«

»Ja, wenn ich abends abschalten will, dann wühle ich mich durch Fachliteratur.«

»Und Ihnen fällt dazu nichts ein, obwohl Sie doch so belesen sind? Ich vermute, dass Thomas Ried für die Leichen keinerlei Verwendung mehr hatte. Er hat sich an ihnen vergangen und sie geschunden. Damit hatten sie ihre Aufgabe erfüllt. Die Fotos könnten eine persönliche Note haben. Vielleicht sind sie Trophäen.«

»Ried war zwei Jahre bei Ihnen in Behandlung, und Sie können noch immer nicht sagen, welche Bedeutung solche Fotos in seinem Besitz haben könnten? Ich denke, das ist selbst für Sie eine schwache Leistung.«
»Sie sollten jetzt gehen. Wenn Sie mir vorwerfen wollen, dass ich etwas mit Rieds Verschwinden zu tun habe, dann bitte klagen Sie mich an. Aber spielen Sie mir nicht irgendeinen TV-Kommissar vor.«
Robert blieb gelassen. »Keine Sorge. Ich will mir nur ein Bild machen. Wir können auch gerne aufs Präsidium fahren. Ich für meinen Teil ziehe jedoch Ihr Büro vor.« Er ließ seinen Blick schweifen. »Sie haben ein Faible für Exotisches, nicht?«
Sie ignorierte die Frage. »Rieds Therapie war bisher ausgesprochen erfolgreich. Er hat seine Gedankenwelt in Öl gemalt. Er ist sehr konzentriert und unglaublich begabt. Wenn Sie möchten, zeige ich Ihnen gern seine Bilder. Vielleicht hätte er Künstler werden sollen, dann wäre er nicht auf dumme Gedanken gekommen.«
»Dumme Gedanken?«, Roberts Stimme war kratzig und tonlos. »Ich glaube kaum, dass man das, was er getan hat, als dumme Gedanken abtun kann.«
Claudia Kramme zwang sich zu einem Lächeln. »Entschuldigen Sie. Aber die Vorkommnisse zerren an meinen Nerven. Ich bin erschöpft. Wenn das alles war, würde ich mich gerne ein wenig ausruhen. Ich habe gleich noch einen Pressetermin.«
Robert dachte nicht daran, sie ziehen zu lassen. »Frau Kramme, ich bin mir nicht sicher, ob Ihnen klar ist, in welcher Lage Sie sich befinden? Es gibt eine bestialisch zugerichtete Leiche, und Thomas Ried ist unser Hauptverdächtiger. Wenn herauskommt, dass er bei der Flucht aus Ihrer Klinik Helfer hatte, werden Sie sich verantworten müssen. Noch hat Sie niemand angeklagt, aber das wird kommen. Ich empfehle Ihnen dringend, sich einen verdammt guten Anwalt zu besorgen.«

Für einen Moment wich jegliche Regung aus ihrem Gesicht, zusammen mit dem Blut. »Das ist … mein Gott … aber, nein! Nein, nicht Tom. Für den Mord kann er nicht verantwortlich sein.«

»Wieso nicht? Wissen Sie, wo er sich aufhält?«

»Wo er sich … nein, natürlich nicht. Ich meine nur, dass seine Therapie gut angeschlagen hat. Sogar so gut, dass ich sein Sicherheitslevel herunter…«

Auf Roberts Stirn erschienen tiefe Furchen. »Heruntergesetzt habe? Hm, vielleicht war das keine so gute Idee. Das heißt also, er durfte was? Sich frei bewegen?«

Claudia Kramme sank in ihrem Stuhl zu einem kleinen Häufchen zusammen. »Wir haben hier keine Gefangenen. Wer heruntergestuft wird, hat hier und da kleinere Freiheiten. Er darf Besuch empfangen, in den Garten gehen. Solche Dinge. Aber Tom hat seine Taten bereut. Er würde nicht fliehen, um …«

Robert glaubte nicht, was er da hörte. Glaubte sie tatsächlich an diesen Mist? Ein Psychopath, der sich entschuldigt und von da an friedlich unter Menschen lebt? Was für eine gequirlte Scheiße. »Ried hat gerade erst angefangen«, sagte er ruhig mit sonorer Stimme. »Er wird weitermorden. Und seine Opfer werden leiden. Über Tage. Wir müssen wissen, wie er vorgehen wird. Wir müssen wissen, wie er tickt, was er denkt.«

Robert hielt es nicht mehr auf seinem Hocker. Er sprang auf und beugte sich zu ihr. »Wie kann es sein, dass er einfach verschwindet, ohne eine Spur zu hinterlassen? Warum ist dem Pförtner nichts aufgefallen? Warum nichts den Pflegern? Frau Kramme, wir werden uns alle Überwachungsvideos genauestens anschauen. Warum zum Teufel haben Sie so lange gewartet, bis Sie der Polizei Bescheid gegeben haben?«

Die Anstaltsleiterin stand ebenfalls auf. Ihr Gesicht war kantig, so sehr biss sie die Zähne aufeinander. Ihr Oberkörper vibrierte.

Sie öffnete den Mund, atmete tief ein und sprach langsam. »Die Gründe für meine verzögerte Nachricht an die Polizei habe ich bereits dargelegt. Das können Sie gerne nachlesen. Für den Fall, dass Ihnen das zu viel Arbeit ist, bin ich gerne bereit, es für Sie zu wiederholen. Wenn ich jedes Mal, wenn einer der Patienten nicht rechtzeitig im Zimmer ist, die Polizei alarmieren würde, könnte sie gleich bei uns im Garten campieren. Wer Sicherheitseinrichtungen wie die unseren hat, der muss sich auch darauf verlassen, sonst brauchte er sie nicht. Es kommt äußerst selten vor, dass ein Patient die Möglichkeit hat zu entkommen. Daher sind mein Team und ich nicht von einer Gefahr für die Bevölkerung ausgegangen.«

Robert schnaufte. »Natürlich nicht. Aber Sie und Ihr Team haben sich offensichtlich geirrt. Ihretwegen läuft ein Serienmörder frei herum. Und ich sage Ihnen was: Sollte Lilly Wegener, dem vierzehnjährigen Mädchen, das in seiner Gewalt ist, etwas zustoßen, werde ich Sie dafür verantwortlich machen, das verspreche ich Ihnen.«

»Hinterher, Herr Kommissar, ist man immer schlauer. Ich tue mein Möglichstes, Ihnen zu helfen. Bis jetzt weiß ich nicht, was passiert ist. Aber ich werde mir weiterhin Gedanken machen und Ihnen Bescheid geben, wenn ich eine Idee habe. Und jetzt nehmen Sie mich fest, oder verlassen Sie das Büro. Ich bin wirklich erschöpft, und der Tag ist noch lang. Und falls es Sie beruhigt«, sie blitzte ihm verachtend in die Augen, »noch heute habe ich eine Sitzung mit einigen Sicherheitsexperten, damit so etwas nicht noch einmal passiert.«

Robert spürte seinen Puls in den Schläfen. »Wissen Sie was? Ich hätte wirklich Lust, Ihnen ein paar Ohrfeigen zu verpassen. Sollten wir Ried zu fassen kriegen, könnte ich dafür sorgen, dass Sie zwei zusammen ein paar intime Stunden in einem Zimmer verbringen können. Vielleicht erkennen Sie, was für eine Scheiße Sie verzapft haben, während Sie unter seinem lustvollen Gestöhne ausbluten?«

Zwischen Claudia Krammes Augenbrauen bildete sich eine Furche. »Drohen Sie mir, Herr Bendlin? In dem Fall sollte ich besser weghören, sonst könnte es sein, dass dem Polizeipräsidenten ein psychologisches Gutachten zugehen wird, in dem Sie in keinem guten Licht stehen werden.«

Robert lachte spöttisch. »Tun Sie sich keinen Zwang an. Sie sollten sich aber damit beeilen, denn lange werden Sie diese Klinik nicht mehr leiten, das verspreche ich Ihnen.«

Kramme setzte sich und lächelte. In ihrem Gesicht breitete sich eine selbstgefällige Entspannung aus. »Da müssten schon andere Geschütze aufgefahren werden als ein popeliger Polizist. Und jetzt verlassen Sie mein Büro, oder ich werde eine Beschwerde einreichen und Sie wegen Hausfriedensbruch belangen. Auf Wiedersehen, Herr Bendlin.«

»Vielen Dank für Ihre Kooperation, Frau Doktor Kramme«, sagte Robert, als hätten sie gerade ein völlig entspanntes Gespräch geführt. Er griff in sein Portemonnaie und zog eine Visitenkarte heraus, die er ihr reichte. »Und bitte rufen Sie mich an, wenn Ihnen etwas einfällt, was Sie mir noch unbedingt beichten möchten. Lieber mir als der Staatsanwältin.« Damit verließ er ihr Büro.

»An Ihrer Stelle würde ich mich lieber nicht so aufspielen«, sagte sie noch, bevor die Tür zufiel. Diese Frau hatte Dreck am Stecken. Selten war sich Robert so sicher gewesen.

Aber ihm war auch klar, dass dieses Gespräch ein Nachspiel haben würde.

KAPITEL 16

Michelle vergaß das Wasser, das um sie herum in den Boden sickerte, vergaß das Auto, das ihr Schutz hätte bieten können, und nach einer Weile spürte sie nicht einmal mehr die eisige Hand der Witterung, die ihr jegliche Wärme aus dem Körper zu pressen versuchte.

Der Wind frischte auf, und ein neuer Wolkenhaufen türmte sich über ihr auf.

Doch je mehr sie in Toms Gedankenwelt eintauchte, desto weniger dachte sie über das Hier und Jetzt nach. Es zählten nur noch – ein letztes Mal – Toms Worte und die Suche nach der Chinesin, die sie für ihn finden musste.

Ich packe meinen Koffer und packe ein: meine Vergangenheit, die Werkzeuge, die ich benutzt habe, und das Ritual, das mich befreit hat.

Es klingt ganz einfach, und doch ist es der schwerste Schritt, den ich je gemacht habe. Aber nur so funktioniert es.

Sobald diese Kiste unter der Erde ist, werde ich ein anderer Mensch sein und ein besseres Leben führen. Ich kann endlich der sein, der ich sein möchte.

Jetzt sitze ich da und überlege, wie alles angefangen hat. Wo der Fehler lag. Und vor mir ist nichts als eine schwarze Wand.

Wahrscheinlich ist das eine Sache, welche die Nachwelt selbst entscheiden muss, auch wenn das wenig befriedigend sein mag.

Obwohl gerade Befriedigung etwas ist, das ich stets angestrebt habe. Ich schreibe dies, weil ich an all den schlimmen Dingen, die passiert sind, keine Schuld trage. Und es ist so einfach, wie ich es sage: Es ist nicht meine Schuld. Eine Pflanze wird nur dann prächtig und stark, wenn die Samen gut sind und die Keime gepflegt werden.
Ich muss es wissen, denn ich bin auf einem Bauernhof aufgewachsen. Und das war schon der erste Fehler. So ein Hof ist eine eigene Welt mit eigenen Regeln, aber es war nie die meine.
Meine Mutter war, soweit ich mich erinnere, immer die große Königin. Streng und ohne Gnade. Wenn sie glaubte, etwas liefe nicht in ihrem Sinn, hatte sie ihre eigene Vorstellung davon, die Dinge ins rechte Lot zu rücken. Sie war geradlinig in ihrem Denken und im Handeln. Keine Ahnung, woher sie es hatte und was mein Vater an ihr fand.
Er hatte den Hof geerbt und war wahrscheinlich froh, dass er mit ihr jemanden hatte, der mit anpacken konnte. Auf einem Bauernhof gibt es immer viel zu tun.
In unserem Hofstaat war mein Vater allerdings nicht mehr als ein Bediensteter. Ein Sklave, der den Schweinestall auszumisten hatte. Zumindest wirkte es so auf einen zwölfjährigen Jungen, der ich damals war.
Ob es früher mal anders war? Ich weiß es nicht. Wenn es so war, so erinnere ich mich nicht mehr daran. Viele Dinge sind wahrscheinlich in Wirklichkeit anders gelaufen als in meiner Erinnerung. Aber selbst wenn, so würde es nichts ändern. Meine Mutter war ein Miststück, und ihr habe ich es zu verdanken, dass meine Entwicklung eine falsche Richtung einschlug.
Trotz des giftigen Umfelds hatte die Königin so viel Glück, dass ihr der Diener ein paar Jungen zeugte. Alles fleißige

Helferchen, die ihren Staat in Ordnung hielten. Einer dieser Helfer war ich.
Eine Königin für die Ewigkeit. Das war meine Mutter, und ihre Hand sorgte dafür, dass meine Brüder und ich nicht wagten, etwas anderes zu denken.
Meine Zeit kam abends in meinen Träumen. Da konnte ich die Fesseln ablegen, die ich tagsüber zu erdulden hatte. Ein Kind sollte solche Sachen nicht träumen. Und doch war es für mich eine Erlösung. Ich war der Held, der das Königreich befreite. Ich kann mich kaum erinnern, wie viele Tode meine Mutter gestorben ist. Ich habe mich nie dafür geschämt, aber ich habe es nie jemandem erzählt. Meine Kindheit bestand aus Rachegelüsten, weil ich zu feige und zu schwach war, ihr in der Realität gegenüberzutreten.
Als Kind nimmt man die Dinge als gegeben hin. Man hinterfragt nicht. Heute weiß ich, dass der Widerstand in meinem Unterbewusstsein weitergewuchert ist wie ein Krebsgeschwür – und dass er ebenso tödlich war.

Michelle ließ das Buch sinken. Es war schwer, das Gelesene mit ihrem Ex-Mann in Verbindung zu bringen. Er hatte ihr nie davon erzählt.
Ja, seine Mutter war nicht das, was man eine nette Schwiegermutter nennen würde. Und Tom hatte es sicherlich nicht leicht gehabt in der Kindheit, aber das hier war doch wohl eher der launische Tagebucheintrag eines beleidigten Kindes. Das Geschilderte war so weit weg von dem, was sich Michelle vorstellen konnte, dass sie nicht in der Lage war, es realistisch zu bewerten. Und wenn sie ehrlich zu sich war, wollte sie es auch nicht. Michelle blätterte weiter. Noch stand da nichts über eine Chinesin. Sie musste sich beeilen. Lilly war schon so viele Stunden in

seinen Händen. Gott, welche Todesängste sie wohl auszustehen hatte? War sie in einem Zimmer? In einem Verlies, oder Schlimmeres? Sie mochte es sich nicht vorstellen. Würde sie es zulassen – das war ihr vollkommen klar –, würde es sie innerlich zerreißen. Niemand sollte so etwas durchmachen müssen. Sie nahm sich zusammen, um nicht laut loszuschreien, und las weiter.

Im Grunde war es nur eine Frage der Zeit, bis Vater so gebrochen war, dass ihm die Familie egal wurde. Er litt jeden Tag mehr und redete selten.
Ich selbst war zu jung, um zu begreifen, was auf unserem Hof passierte. Was ich weiß, weiß ich von meinen Brüdern.
Meine Mutter war eine hübsche Frau, und ein paar unserer Arbeiter waren über Ablenkung nicht böse. Während mein Vater auf dem Feld arbeitete, ließ sie sich von ihnen bedienen. Sie gab sich nicht mal mehr die Mühe, es vor Vater geheim zu halten.
Eine Scheidung kam für beide nicht in Frage. Viel zu katholisch war der Ort, und viel zu abhängig waren beide von der Gemeinde.
Als mein Vater dann die erste Diagnose bekam, war an Scheidung sowieso nicht mehr zu denken. Doch obwohl es eine Chance für meine Mutter war, alles wiedergutzumachen, kapselte sie sich noch mehr ab.
Wenn einer meiner Brüder oder ich mit ihr darüber sprechen wollten, rastete sie regelmäßig aus.
So eine Atmosphäre war ein prächtiger Nährboden für meine Wut. Mit 15 reichte wenig aus, um mich richtig wütend zu machen. Ich glaube, zu dieser Zeit hatte ich meine ersten echten Mordgelüste. Die Vorstellung, der Königin die Luft abzudrehen, ihr das Leid vor Augen zu führen, das sie

der Familie antat, war erregend. Damit meine ich richtig erregend.
Klassische Konditionierung. So funktioniert der Mensch. Es ist ein Prozess. Etwas, das man nicht steuern kann. Etwas, das man nicht vorhersehen kann. Man kann es nicht an einem Ereignis festmachen, und letztendlich kann ich nicht einmal meiner Mutter die Schuld dafür geben.
Ihre Schuld lag woanders. Sie war einfach nur eine schlechte Ehefrau, die ihre eigenen Gelüste über das Wohl der Familie stellte.
Irgendwann konnte mein Vater nicht mehr arbeiten. Er hatte oft Schmerzen, blutete manchmal stark. Vielleicht war das bereits der Anfang vom Ende.
Für meine Mutter war das nur ein Grund, mich und meine Brüder weiter anzutreiben. Uns mehr arbeiten zu lassen. Uns einzureden, welche Schuld wir ihr gegenüber hatten. Nächtelang habe ich oft wach gelegen und zugehört, wie mein Vater vor Schmerzen geschrien hat. Manchmal war die Königin einfach zu beschäftigt.
Irgendwann hatte der Krebs seinen Körper vollständig zerfressen. Nicht einmal mehr Morphium half, und seine grauenhaften Schreie höre ich auch heute noch, wenn ich die Augen schließe. Er verfaulte bei lebendigem Leib, und meine Mutter vögelte ihre kleinen Stalljungen in der Scheune.

Michelle presste eine Hand vor den Mund und unterdrückte den Würgereflex. Tom hatte ihr die Ereignisse damals weniger dramatisch beschrieben.
Sie blätterte weiter, fand aber den Anschluss nicht. Die Unterlagen schienen völlig durcheinandergeraten zu sein. Sie blätterte zurück und wieder vor, sie überflog eine Seite und stoppte, als sie ihren Namen entdeckte.

Michelle war meine große Liebe. Mein Trieb war damals kaum zu kontrollieren, aber als ich sie kennenlernte, war er weg. Ganz plötzlich, als hätte es ihn nie gegeben. Es war unbeschreiblich. Michelle war so einfühlsam und aufopfernd. Sie war die Erste, bei der ich mich wirklich sicher fühlte. Mit ihr teilte ich alles. Nun ja, fast alles. Die Sterbenden waren dank ihr aus meinem Leben verschwunden. Dieses Gefühl, das ich damals hatte, wird niemand nachvollziehen können. Die Freiheit, die ich gespürt habe, das Glück. Ich verdankte Michelle so unglaublich viel. Gott, wie ich sie dafür geliebt habe.

Fast hatte ich meine dunkle Seite vergessen, wenn da nicht dieser Unfall gewesen wäre. Es gibt Ereignisse, die etwas in Gang setzen, was man nicht aus eigener Kraft stoppen kann. Im Winter 2001 war das. Ich war damals vierunddreißig, und wir waren seit gut einem halben Jahr zusammen. Michelle und ich waren unterwegs, ich weiß gar nicht mehr, wohin.

Ein Auto überholte uns auf der Autobahn, kam auf der verschneiten Bahn ins Schleudern, und wir kollidierten.

Michelle erinnerte sich noch genau an den Unfall. Es war schlimm. Das erste Mal, dass sie jemandem beim Sterben zusah. Tom hatte sich rührend um die Sterbende gekümmert, ihre Hand gehalten, sie gestreichelt. In dem Moment wurde ihr klar, dass er ein besonderer Mensch war. Intelligent, einfühlsam. Der Unfall war grauenhaft, aber Tom sorgte dafür, dass er für Michelle erträglich wurde.

Am Tag darauf hatte er Michelle einen Heiratsantrag gemacht. Hätte er nicht um ihre Hand angehalten, hätte sie es an seiner Stelle getan. Er war der Mann in ihrem Leben. Dieser Unfall änderte alles.

Ich zog das Mädchen aus dem Wrack. Sie war mit Wunden übersät. Das Blut floss aus ihr heraus, als hätte man Löcher in einen Wasserballon gestochen.
Ich weiß nicht, ob das Mädchen noch etwas mitbekam. Sie schrie nicht, fixierte mich nur mit ihren blauen Augen. In eines davon war Blut gelaufen.
Ich kniete mich zu ihr und hielt sie im Arm. Ich hatte das Gefühl, bei ihr bleiben zu müssen. Ihre ruhigen Atemzüge wurden nur unterbrochen, wenn sie Blut hustete, das ihr schaumig am Mund kleben blieb.
Ich weiß nicht, was Michelle in dieser Zeit tat. In diesem Moment war es mir auch egal. Es gab nur mich und dieses sterbende Mädchen. Ich saß da und wartete, während das Leben aus ihr herausfloss.
Der Geruch des Blutes, das sich klebrig auf mir verteilte, der zuckende Leib unter mir, all das war … ich weiß nicht, wie ich es einem gesunden Menschen erklären kann.
Alles kam wieder zurück. Ein halbes Jahr lang hatte ich nicht mehr dieses Bedürfnis, und plötzlich kam es mit einer Wucht wieder, die mich von den Füßen riss.
In diesem Augenblick, dort an der Unfallstelle, spürte ich die Erregung am ganzen Körper. Gott, ich hatte eine Latte, die so hart war wie noch nie in meinem Leben.
Es war etwas, das mir keine Frau geben konnte. Zumindest keine lebende.

Michelle wurde schwindelig. Wie hatte sie das nur übersehen können? Der Impuls, sich übergeben zu müssen, kam so plötzlich, dass sie keine Zeit mehr hatte zu reagieren. Sie würgte und erbrach sich ins hohe Gras.
Schwer atmend wartete sie, bis der Reiz vorbei war, und griff wieder nach dem Buch.

So wollte ich nicht weiterleben. Das konnte ich Michelle nicht antun. Also habe ich mir etwas ausgedacht. Durch den Unfall war mir klar, dass ein kalter Entzug niemals funktionieren würde. Also habe ich ein Ritual entworfen, das mich in einen anderen Menschen verwandeln sollte. Was soll ich sagen? Es hat funktioniert.

Michelle starrte vor sich hin und erinnerte sich an den Gerichtsprozess, der gezeigt hatte, dass Tom falschlag. Ihr gemeinsames Leben wurde in dem Saal Stück für Stück auseinandergenommen und stürzte schließlich vollends ein.
Sie und Tom hatten ein Bett geteilt, nur Stunden, nachdem er Frauen zerschnitten und ihre sterbenden Körper vergewaltigt hatte. Und sie hatte nichts davon mitbekommen. Nicht einmal geahnt.
Michelle klappte das Buch zu. Jetzt erst spürte sie die Kälte, die nach und nach in ihren Körper gekrochen war. Noch immer sickerte Wasser um sie herum in die Wiese, und einen beträchtlichen Teil davon hatte ihre Kleidung aufgesaugt.
Sie ließ alles so liegen, wie es war, packte nur das Notizbuch ein und machte sich auf den Heimweg. Sie konnte nicht das ganze Buch lesen auf der Suche nach einem winzigen Hinweis.
Sie beschloss, mit dieser Frau Dr. Kramme zu sprechen. Aber nicht alleine. Sie wollte Maik einweihen. Zumindest ein klein wenig.

KAPITEL 17

Acht Beine hielt Lillian in der Hand, von denen eines noch zuckte. Vor ihr auf der Fensterbank lag etwas, das einem Kiesel glich, aber der Rest eines Weberknechts war.

Wer hatte diesem armen Tier das angetan, und wieso? Das war so grausam.

Das Denken fiel ihr inzwischen ein wenig leichter. Nach und nach verzog sich der Nebel aus ihrem Kopf, gab den Blick frei auf die düsteren Gedanken, die sie zu überschwemmen drohten, und auf Gefühle, so intensiv wie ein Sprung aus großer Höhe.

Ihr Herz raste, obwohl sie ruhig dastand. Ihre Handflächen kribbelten. Irgendetwas passierte hier, aber noch konnte sie nicht sagen, was es war. Nur bei einem war sie sich sicher: Es hatte etwas mit ihr zu tun.

Und mit Tommi. Er brauchte sie, das hatte sie deutlich gespürt, als er das letzte Mal hier im Zimmer war. Das und seine Zuneigung zu ihr. Eine Zuneigung, die anders war als die zu einer Stieftochter. Nicht liebevoll. Eher wie die Liebe eines Kindes seinem Spielzeug gegenüber. Lillians Nackenhaare stellten sich auf bei dem Gedanken.

Zunächst hatte sie Tommi gar nicht erkannt. Er war ihr wie ein Fremder vorgekommen, der sich nur langsam in ihren Stiefvater verwandelt hatte. Und selbst jetzt fühlte sich all das um sie herum nicht real an.

Sie schaute auf die feinen Beinchen, die wie ausgerupfte Haare auf der Fensterbank lagen, neben dem Kiesel, der keinerlei Leben zeigte, und es trieb ihr Tränen in die Augen.

Der Tag war weit vorangeschritten.
Bis vor einer halben Stunde hatte sie tief geschlafen. Sie hatte nicht einmal mitbekommen, dass Tommi ihr eine Tasse Tee ans Bett gestellt hatte.
Ansonsten war alles wie vorher. Lediglich das Zimmer kam ihr vertrauter vor. Und die Sachen, die sie trug, fühlten sich nicht mehr so fremd an.
Eine Zeitlang hatte sie fliehen wollen, die Tür eintreten oder das Fensterglas, aber dann kam es ihr verrückt vor. Sie hatte keine Angst. Hier war sie zu Hause. Hier, wo er war. Sie hasste ihn, doch brachte sie es nicht über sich, ihn einfach zu verlassen. Es gab einen Grund, warum sie hier war, und den wollte sie herausfinden. Er war ihr Stiefvater. Sogar mehr als das. Sie kannte ihn ihr ganzes Leben lang, und auch wenn sie wusste, dass sie ihn hasste, so schaffte sie es nicht, die Liebe, die sie einmal empfunden hatte, so einfach auszuknipsen.
Sie erinnerte sich einfach nicht an den Grund, warum sie ihn so hasste. Da waren nur wirre Gefühle. Alles andere lag im Nebel verborgen.
Sie betrachtete den Körper des Weberknechts. Wie lange würde das Tier wohl ohne Beine überleben?
Lillian kam sich vor wie diese pulsierende Kugel, unfähig, an ihrer Lage etwas zu ändern. Sie war so klein, und alles um sie herum schien so übermächtig.
Ihre Mutter war noch immer nicht aufgetaucht, obwohl Tommi es ihr versprochen hatte.
Versprochen! Man versprach doch nicht einfach etwas, um sich dann nicht daran zu halten.
Mit ein paar unsicheren Schritten setzte sie sich aufs Bett. Die Kopfschmerzen hämmerten wieder hinter ihrer Stirn, und die Tabletten, die neben der Tasse Tee standen, waren so unglaublich verlockend. Lillian massierte die Schläfen, doch das schien

nur das Gegenteil zu bewirken. Mit jeder Minute wurde der Schmerz bohrender, legte sich wie ein Nagelbrett um ihr Gehirn. Kein klarer Gedanke war imstande, es zu durchdringen.
Ein kühler Hauch strich über ihren Körper, und sie musste sich unwillkürlich schütteln. Als stünde sie in einem elektrischen Feld, wie bei dem Versuch im Physikunterricht, stellten sich ihr alle Haare auf.
»Lillian, Kleines, du bist wach. Ein ausgezeichneter Zeitpunkt.«
Ohne dass sie sein Hereinkommen bemerkt hatte, stand Tommi vor ihr. Die blonden Haare gescheitelt, mit knolliger Nase in einem Gesicht, das sein Übergewicht widerspiegelte.
Sie wollte aufstehen, aber ein Stechen in ihrem Hinterkopf ließ sie stöhnend zurücksacken.
Auch Tommi hielt sich für einen kurzen Moment den Kopf. Er verzog das Gesicht und starrte konzentriert auf einen Fleck am Boden. Dann fasste er sich und setzte sich neben sie.
»Mama ist noch nicht da.« Der Vorwurf in ihrer Stimme war deutlich zu hören. Lillian fühlte die Tränen hinter den Augen, doch sie unterdrückte sie mit aller Kraft. In diesem Zimmer war kein Platz für Schwäche.
Tommi fuhr sich durch das Haar und schloss einen Moment die Augen, als müsse er sich sammeln. »Sie kommt. Mach dir keine Sorgen. Ich habe alles arrangiert. Geht es dir besser?«
Lillian antwortete nicht gleich. Sie starrte ihren Stiefvater an, die Falten in seinem Gesicht. Aus seinem Kinn sprossen Bartstoppeln, die ihn wirr aussehen ließen. Seine Hände und Unterarme waren mit Farbe beschmiert, und auch auf den Wangen waren ein paar Kleckse. Er wirkte wie ein Mensch, der keine dunklen Geheimnisse hatte. Wie ein Vater, der einen fröhlichen Tag mit seiner Tochter verbringen wollte. Doch so war es nicht – und diese Gewissheit war grausamer als dieser verdammte Schmerz.

Sie wurde das Gefühl nicht los, dass der Mann vor ihr etwas verbarg. Ein zweites Gesicht, das unscharf hinter der freundlichen Maske lauerte.

Er erwartete eine Antwort, also schüttelte sie widerwillig den Kopf. Sie würde mitspielen, solange sie es musste.

Lillian langte nach den Tabletten.

»Es wird dir bald bessergehen. Versprochen. Die Tabletten sind gut. Sie helfen gegen die Schmerzen.«

»Und sie machen, dass ich nicht denken kann.«

Er lächelte. »Gibt es denn etwas, über das du nachdenken musst?«

Lillian fröstelte. Gerne hätte sie sich unter die Bettdecke verkrochen, doch sie ließ sich nichts anmerken. Sie war stark. »Vielleicht«, antwortete sie zögerlich. »Ich habe das Gefühl, dass hier etwas nicht in Ordnung ist. Ich weiß nur nicht, was. Ich weiß nur, dass du böse bist.« Ihre Lippen bebten. »Und dass du uns weh getan hast«, schluchzte sie. »Aber ich weiß nicht mehr, was passiert ist.«

Er schnaufte belustigt. »Zermartere dir nicht den Kopf, Kleines«, er tätschelte sanft ihre Beine. »Ich übernehme das Denken für dich. Bald wird diese Phase vorüber sein, und dann wird alles klarer.« Er reichte ihr die Tasse mit kaltem Tee. »Er ist nicht mehr heiß, schmeckt aber sicherlich immer noch. Spül sie runter.« Er deutete auf die Tablette in ihrer Hand.

Ihr ganzer Körper zog sich sträubend zusammen. Etwas in Lillian raunte ihr zu, die Tablette nicht zu nehmen. Sie benötigte einen klaren Verstand. Doch die Kopfschmerzen erstickten die Stimmen, bevor sie zu laut werden konnten. Nur noch diese eine. Danach war sie sicherlich so erholt, dass sie keine mehr brauchte. Nur noch diese.

Lillian nahm den Tee. Pfefferminze. Der Beutel hing noch in der Tasse. Das Wasser war fast schwarz.

Tommi erhob sich. »Ich habe dir Badewasser eingelassen. Ein heißes Bad wird dir guttun.«
»Ja«, murmelte sie, ohne zu überlegen, legte die Tablette auf die Zunge und spülte sie runter. »Ein Bad wäre schön.«
Eine knappe Viertelstunde später stand sie nackt im Dunst des heißen Wassers. Sie erinnerte sich nicht daran, sich ausgezogen zu haben. Die Realität war wie das Badezimmer in dichten Nebel getaucht. Sie schlang die Arme um ihre Brüste und drehte sich von ihm weg. Der Schmerz pochte dumpf in den Tiefen ihres Bewusstseins, ebenso wie all ihre Fragen und Befürchtungen.
Die Tablette hatte die Welt ein Stückchen leichter gemacht.
Der Geruch von Tannennadeln umgab sie, und zusammen mit der erdigen Note, die Tommi verströmte, hatte sie für einen winzigen Augenblick das Gefühl, lebendig begraben zu sein.
Er schloss die Tür und deutete mit hochgekrempelten Hemdsärmeln auf die Wanne. Seine Arme waren sogar bis weit oberhalb der Ellbogen mit Farbe beschmiert.
Dicker Schaum quoll über den Rand der Wanne, und aus dem Hahn quälten sich ein paar letzte Tropfen Wasser.
»Ist die Temperatur angenehm?«
Lillian ging zur Wanne, strich mit einer Hand durch das Wasser und nickte. »Danke. Du kannst mich jetzt alleine lassen. Bitte!«
»Die Wärme wird dir guttun.« Er setzte sich auf die Toilette und ignorierte, was sie sagte.
Die Wirkung der Tablette schwemmte jeglichen Widerstand in ihr fort. Sie stieg in das Wasser, ohne die Kraft zu haben, sich gegen seine Blicke zu wehren.
Die Hitze drang durch jede Pore ihres Körpers wie Wasser in die Lungen eines Ertrinkenden. Lillian entspannte sich, dachte nicht an Tommi, der neben ihr saß und die Augen nicht von ihr lassen konnte. Sie dachte auch nicht an das Vergangene oder an das, was

noch kommen würde. Die Schmerzen waren fort, die Kälte war fort, und die Ungewissheit, die sie in den letzten Stunden immerzu begleitet hatte, wurde bedeutungslos. Sie wünschte sich weit, weit weg und war doch froh, genau hier zu sein. Das war so absurd. Sie spürte Tommis Blicke, der neben ihr saß und keinen Laut von sich gab. Sie konnte ihn atmen hören.

Ihr dunkles Haar fiel über die Schultern. Und obwohl es ihr offenbar nicht gutging, sah sie hübsch aus. Die roten Lippen umgeben von blasser Haut. Am liebsten wäre Tommi aufgesprungen und hätte seine Leinwand geholt, um diese jugendliche Schönheit einzufangen. Doch er wusste, dass dieser Moment nur flüchtig war. Daher blieb er sitzen und beobachtete sie weiter.

Lillian hatte die Augen geschlossen. Bewegte sich nicht. Schwebte im Wasser und versuchte, sich zu konzentrieren, sich ihrer Situation bewusst zu werden. Doch es gelang ihr nicht. Nur ihr Herz raste nach wie vor, als wollte es vor etwas davonlaufen.

Ihr Körper schien im Wasser Gewicht zu verlieren, schien sich aufzulösen.

Tommi sah auf den nackten Körper, der nur mit Badeschaum bedeckt war, als ein stechender Schmerz ihn aufstöhnen ließ. Er fasste sich mit beiden Händen an den Kopf, der zu platzen drohte, und presste gegen den Schmerz an.

Tief einatmen. Weit ausatmen. Schmerzen kamen und gingen. So war es immer. Ein flüchtiger Schleier legte sich vor seine Augen, trübte ihm die Sicht und löste sich schließlich zusammen mit dem Schmerz auf.

So intensiv war es schon lange nicht mehr gewesen. Für ein paar Sekunden fühlte er sich verletzlich wie ein Kind.

Lillian öffnete aus einem Reflex heraus die Augen. Ihr Herz schien ein paar Schläge ausgesetzt zu haben. Ihr Atem war flach

und kam nur stoßweise aus ihr hervor. Badewasser schwappte über den Rand, an dem sie sich verzweifelt festkrallte.
Ich ertrinke.
Sie setzte sich ruckartig auf. Stöhnend und mit weit aufgerissenem Mund schaute sie sich um, als ihr Blick auf ihre Arme fiel. Bis zu den Schultern waren sie mit Farbe beschmiert. Auf dem Badewasser, das zwischen den Schaumbergen wie grüne Bergseen hervorlugte, schwammen bunte Pfützen.
Mit einem Schrei, der mehr ein Krächzen war, versuchte sie, die Farbe abzuwaschen. Sie rieb mit den Händen über ihre Arme, die ölige Paste verschmierte mehr und mehr zu einem braunen Belag, der ihre weiße Haut faulig aussehen ließ.
Wie konnte das sein? Tommis Arme waren voller Farbe gewesen, nicht ihre.
Wieder stieg das Gefühl, lebendig begraben zu sein, in ihr hoch, schnürte ihr die Kehle zu und ließ sie japsen.
Mit den Fingernägeln kratzte sie die Farbe ab, bis ihre Arme voll roter Striemen waren.
Schluchzend stemmte sie sich über den Wannenrand, griff ein Handtuch und rubbelte sich auf dem Weg in ihr Zimmer damit ab. Dort angekommen, verkroch sie sich unter die Bettdecke.
Woher stammte die Farbe? Die Antwort darauf lag so nahe, und doch konnte Lillian sie nicht erkennen.
Die Tablette, dachte sie, diese verdammte Tablette.
Die Tür wurde aufgerissen und schlug gegen die Wand.
Lillian zuckte nicht einmal, rollte sich ein, biss sich auf die Unterlippe, schmeckte salzige Tränen.
Tommi setzte sich auf die Bettkante.
Sie spürte seine Hand unter die Decke kriechen, ihren nackten Oberschenkel berühren. Aber Lillian war so weit weg. Dämmerte immer mehr in den Schlaf. War es wirklich seine Hand? Oder war es ihre? Gab es überhaupt einen Unterschied?

Er fühlte die Gänsehaut, die sich auf ihr ausbreitete. Das arme Ding, so verängstigt. Er streichelte sanft ihren zitternden Körper und sprach flüsternd auf sie ein. »Du bist durch die Krankheit verwirrt. Dein Kopf zeigt dir Dinge, die nicht da sind. Aber alles ist in Ordnung. Das Schlimmste hast du überstanden. Ich bin bei dir und passe auf, dass dir nichts geschieht. Auf mich kannst du dich verlassen.«

Lillian schluchzte. »Lass mich. Geh weg.«

Tommi lächelte. »Das willst du nicht. Ich weiß genau, was du willst, und sobald du dich ausgeruht hast, fangen wir zwei damit an. In Ordnung?«

Sie lugte unter der Bettdecke hervor und funkelte ihn an. »Lass mich in Ruhe, ich will zu Mama.«

Er hörte nicht auf, sie zu streicheln. Kinder konnten nicht immer alles überblicken. Sie waren schwach und benötigten Führung. Er und sie gehörten zusammen. Sie waren eins. Und er würde sie nicht gehen lassen, nicht, nachdem sie ihm so nahe war. Seine Finger strichen über die Wölbung ihrer Wirbelsäule hinab zu ihrem Po. Sie war seine Stieftochter, und sie würde machen, was er wollte.

KAPITEL 18

Der Pförtner der Forensischen Psychiatrie Ruhrbach, ein etwa zwanzigjähriger Mann mit hoher Stirn und Brille, blickte von Michelle zu Maik und wieder zurück und schüttelte dann den Kopf. »Sie können mir erzählen, was Sie wollen. Frau Doktor Kramme hat keine Sprechstunde.« Ohne weiter auf sie zu achten, verschwand sein Kopf hinter einer Zeitung.

Michelle war nervös. Sie konnte ihre Hände kaum ruhig halten, während sie in dem kleinen Zwischenraum der Besucherschleuse auf und ab lief. Ein Aushilfsjobber, der sich ganz stark fühlte, hatte ihr heute noch gefehlt. Sie stand kurz davor, Maiks Dienstpistole zu nehmen und die Zeitung des Pförtnerjungen zu durchlöchern.

Maik kraulte seinen Bart und lehnte sich gegen die große Glasscheibe, hinter der sich der Pförtner offenbar sicher fühlte. »Also schön, Sie wollen doch ganz bestimmt diesen Job noch eine Weile machen, oder?«

Der Pförtner knickte eine Ecke der Zeitung um und schaute darüber hinweg.

»Sehen Sie, das dachte ich mir. Ich bin von der Kriminalpolizei und muss Frau Doktor Kramme ein paar Fragen stellen. Wenn Sie mir den Eintritt verwehren, bin ich berechtigt, mir mit Gewalt Zugang zu verschaffen. Ich glaube, dass die Klinikleitung über einen Einbruch der Polizei nicht erfreut wäre, vor allem, wenn sie das in der Presse lesen würden. Für Außenstehende sähe das so aus, als wollte die Klinikleitung etwas verbergen, und wessen Schuld wäre das? Genau. Ihre.« Maik hob desinter-

essiert die Schultern. »Ihre Entscheidung. Nur sollten Sie sich beeilen. Ich bin kein geduldiger Mensch.«
Zehn Minuten später saßen sie mit der Anstaltsleiterin in einem der Behandlungsräume. Michelle fühlte sich unwohl, immerhin hatten sie sich mit einer Lüge Eintritt verschafft. Maik riskierte für sie seinen Job.
Maik war dicht an sie herangerutscht, was sie noch nervöser machte. »Wenn Sie durch die Informationen das Leben eines vierzehnjährigen Mädchens retten können, unterliegen Sie nicht der Schweigepflicht. Langsam machen Sie mich wirklich wütend, Frau Kramme.«
»Doktor Kramme.« Ihr Kopf zuckte, als hätte sie einen Tic. Man sah ihr an, dass sie sich überrumpelt fühlte.
Maik erhob sich, beugte sich über sie, und seine Hand prallte hart neben ihr gegen die Stuhllehne, so dass sie aufschrie. »Es reicht mir. Ich will Rieds Unterlagen. Sie haben ihn doch interviewt. Ich will diesen Serienkiller verstehen. Wie wurde er zu so einem Monster? Was war der Auslöser? Was treibt ihn an? Warum ist er so brutal zu seinen Opfern?« Seine Stimme schwoll an. »Holen Sie die verdammten Unterlagen her!«
»Das wird ein Nachspiel haben, Herr Wegener.«
»Die Unterlagen, Frau Kramme«, sagte er mit Nachdruck.
Michelle entging nicht, wie nah die ganze Sache auch ihm ging.
Krammes Lippen wurden zu zwei dünnen Linien. »Ich hole die Unterlagen«, presste sie hervor, stand auf und ging.
Ein paar Minuten später kam sie mit einem Pappkarton wieder. Noch eine Kiste, in der Toms und ihre Vergangenheit vermoderte.
Kramme stellte den Karton auf den Tisch, öffnete ihn und zog nach kurzer Suche ein Videotape heraus. Im Raum stand ein fahrbares Regal mit einem Fernseher und einem Videorekorder. Dorthinein schob sie die Kassette.

Der Bildschirm schaltete sich automatisch ein, und langsam baute sich ein verrauschtes Bild auf.
»Bei dieser Sitzung erzählt Herr Ried etwas über seine Kindheit. Aus verhaltenspsychologischer Sicht wird hier deutlich, wo seine Störung ihren Ursprung hat.«
Das Rauschen verschwand, und es war der Raum zu sehen, in dem sie sich gerade befanden. Dr. Kramme saß dort, wo sie jetzt auch saß; Tom Ried hatte auf Michelles Stuhl Platz genommen. Unwillkürlich stand sie auf.
Doktor Kramme war in ein Klemmbrett vertieft, das sie in der Hand hielt. Ihre Stimme war abgeklärt und – für Michelles Geschmack – zu arrogant. *»Herr Ried. In der letzten Sitzung haben wir über Ihr Leben als Junggeselle gesprochen. Heute möchte ich weiter in die Vergangenheit gehen. Erinnern Sie sich an etwas Schönes, das Sie erlebt haben?«*
Tom starrte geradeaus, als liefe dort ein besonders guter Film, nur dass damals kein Fernseher im Raum stand. Seine Stimme war leise. *»Wissen Sie eigentlich, dass Schweine fürchterlich schreien können? Ja, sie können schreien wie Kinder. Besonders wenn sie spüren, dass der Tod nah ist. Auf einem Bauernhof gehört der Tod zum Alltag. Allerdings waren meine Eltern der Ansicht, dass die Jüngeren von den Schlachtungen nichts mitbekommen sollten, weshalb sie an den entsprechenden Tagen zu Verwandten in die Stadt gebracht wurden. Doch die Schonzeit war irgendwann vorbei. Ich war zwölf, als ich das Schreien das erste Mal hörte. Schlaftrunken glaubte ich, einer meiner Brüder wäre in den Drechsler gefallen, doch der Schrei breitete sich aus, teilte sich und erklang schließlich aus gut einem Dutzend Mäulern. Die Schweine waren in Aufruhr. Natürlich war meine Neugier geweckt. Mit einem Satz war ich am Fenster und zog die Gardine zur Seite. Es war noch früh. Die Sonne erwachte gerade erst.*

Meine Mutter kam ins Zimmer. Sie trug ein Tablett mit sich, auf dem mehrere Schnapsgläser standen, und eine Flasche Korn. Sie drückte mir beides in die Hand. ›Bring ihm das.‹ Mehr sagte sie nicht.
Ich wollte mich anziehen, doch sie machte mir klar, dass dafür keine Zeit war.«
Die Kramme in dem Video schaute über ihr Klemmbrett hinweg. »*Sie hat Sie geschlagen?*«
Tom antwortete nicht. Ob er nicht wollte oder ob er die Frage nicht gehört hatte, konnte Michelle nicht erkennen. »*Ich kann mich noch gut an das Gefühl erinnern, als ich mit nackten Füßen den Hof betrat. Als würde sich der kalte Stein durch meine Fußsohlen brennen. Mein dampfender Atem stieg in die Luft, die mindestens ebenso kalt war wie der Boden. Der Wind plusterte meinen Schlafanzug auf, kratzte mit langen Krallen über meine Haut, und es fühlte sich an, als wäre ich vollkommen nackt.*
Hin und wieder machte mein Vater Blutwurst, und ich half ihm oft. Der Geruch, der mir an diesem kalten Morgen in die Nase stieg, war ganz ähnlich, nur lag noch etwas anderes darin. Der schwere und leicht süßliche Gestank nach Gülle.
Ich ging über den Hof zum Stall. Als ich dort ankam, spürte ich meine Füße kaum noch, und meinen Pobacken ging es nicht besser. Der Stall hatte einen Seiteneingang, durch den ich hindurchschlüpfte.
Drinnen war es mollig warm. Mein ganzer Körper kribbelte, als die Wärme hineinkroch. Selbst der Schweinegestank störte mich nicht wie sonst. Nur das panische Kreischen der Schweine wurde immer lauter.
Das Stalltor stand zur Hälfte auf. Ich musste nicht hinausgehen, um meine Brüder, ein paar Männer und meinen Vater zu sehen.

Sie standen vor einer Wanne, aus der eine Leiter ragte. Daran hing ein Schwein mit dem Kopf nach unten. Etwas steckte in seinem Hals, und dickes Blut tropfte daraus hervor. Die Augen waren verdreht, und auf der Stirn klaffte ein Loch.

Wie hypnotisiert ging ich auf die Szene zu und merkte plötzlich, wie feucht und klebrig sich meine Füße anfühlten. Ich sah mich um. Neben mir hingen an Haken ein paar Schweinehälften. In Wannen daneben lagen ihre Innereien. Der Gestank nach Scheiße wurde mit einem Mal so heftig, dass ich kaum wagte zu atmen. Als ich hinunterblickte, setzte mein Herz für einen Moment aus.

Ich stand inmitten von Blut. Eine riesige Lache hatte sich gebildet, tränkte das Stroh und die Holzbalken, auf denen ich lief. Eine Wanne war umgestürzt, und das kostbare Blut, das wir zum Verwursten benötigten, versickerte im Boden.

Mein Vater schlug mit einem Beil immer wieder auf das Schwein ein, bis es in zwei Hälften klappte. Er schien in das Schwein hineinkriechen zu wollen, nur um ihm die Innereien herauszureißen.«

Dr. Kramme legte ihre Notizen zur Seite. »*Danke, das genügt. Lassen Sie uns ein anderes Kapitel betrachten.*«

Doch Tom ignorierte sie. Er schaute nicht einmal auf. »*Die warme Luft, die sich von hinten aus dem Stall an meinen Körper schmiegte, vertrieb die Eiseskälte, die mir ins Gesicht stach. Sie hüllte mich in eine wohlige Decke und nahm die Spannung. Es waren so viele Eindrücke, die auf mich einprasselten, dass mein Körper völlig überfordert war und mit Hormonen überschwemmt wurde. Ich war ja erst zwölf. Es kribbelte zwischen meinen Beinen. Ich habe es nicht gewollt. Es ist einfach passiert. Ich spürte, wie mein Penis anschwoll. Sie hätten Ihre Freude daran gehabt.*« Auch wenn er seinen Blick zu Boden richtete, sein Grinsen war unübersehbar. »*Es war das erste Mal, dass ich mir meiner Männlichkeit in jeglicher Beziehung bewusst wurde. Es dauerte, bis die Erektion nachließ, und immer, wenn ich an diesen Tag und an das Blut dachte, kam sie zurück. Zu diesem Zeitpunkt hatte ich keinen Schimmer, was das bedeutete. Ich stand gerade am Anfang der Pubertät. Aber es war ein Vorzeichen für das, was folgen sollte.«*

Maik ging zum Rekorder und stoppte ihn. »Das ist es also. Er tötet seine Opfer und geilt sich daran auf.«

Mit ihren Händen fischte Dr. Kramme im Karton herum und holte einen Schnellhefter heraus. Sie schlug eine Seite auf und reichte ihn Maik. »Thomas Ried hat versucht, sich selbst zu therapieren. Er wollte für seine Frau ein anderer Mensch werden. Für ihn begann alles mit einer Schlachtung, und damit sollte es auch enden. Er tötete fünf Frauen, lebte an ihnen seine Triebe aus, führte sein Ritual durch – eine stilisierte Schlachtung in fünf Schritten –, und das war es dann. Die Fotos dienten ihm als Mahnmal. Wie die letzte Zigarettenschachtel, die man aufbewahrt, um nie wieder damit anzufangen.«

»Hm«, brummte Maik. »Aber er hat wieder angefangen. Was also ist schiefgelaufen?«

Kramme schaute Michelle an. »Lesen Sie die Unterlagen.« Ein Grinsen stahl sich in ihr Gesicht, dass es Michelle kalt den Rücken runterlief. Jeder in diesem Irrenhaus schien Gefallen daran zu haben, andere Menschen zu quälen.

Maik überflog ein paar Seiten, blätterte zurück und las dann vor:

»Es hätte vorbei sein können. So viele Jahre, und ich habe keinen Menschen mehr angefasst. Die Polaroids genügten mir. Sie allein haben meine Welt zusammengehalten. Der Ritus hatte mich verwandelt, hatte einen anderen Menschen aus mir gemacht, und plötzlich befand ich mich im freien Fall. Michelle hatte mir den Boden unter den Füßen weggezogen.

Alles stand wieder auf Anfang. Können Sie sich vorstellen, wie so was ist? In einem Moment liegt das Leben in all seiner Schönheit vor einem. Zum ersten Mal, seit ich denken kann. Ich meine, ich habe seine Tochter aufgezogen, als wäre sie meine eigene. Noch nie habe ich so viel Liebe empfunden, und im nächsten Moment sieht man seine Frau, wie sie dieses Leben mit einer Axt kurz und klein schlägt. Und sie treibt es ausgerechnet mit ihrem Ex-Mann.

Ja, bevor Sie fragen, unsere Ehe hat darunter gelitten. Allein ihr Anblick löste Ekel in mir aus. Ich hätte ihr gerne das Herz aus der Brust gerissen, so wie sie es bei mir getan hat, und dabei hätte ich nicht mal Lust empfunden. Diese Frau, die so perfekt war, dass sie Rosen geschissen hat, war eine elende Schlampe.«

Michelle schlug eine Hand vor den Mund, während sich die Worte langsam in ihren Kopf bohrten.

Es war nur ein gottverdammter Ausrutscher gewesen. Nicht ein Tag war seitdem vergangen, an dem sie es nicht bereut hatte.

Und deshalb hast du dich entschlossen, es ihm zu beichten? Weil er ja ein so liebender Ehemann war? Weil er das Recht hatte, die Wahrheit zu erfahren?

Michelle schüttelte den Kopf.

Nein, natürlich nicht. Es ging nur um dich, nicht wahr? Du hattest ein schlechtes Gewissen und konntest es nicht ertragen. Du musstest es loswerden, dass du mit dem Vater deines Kindes fremdgegangen bist. Und das nur, weil du es mal wieder besorgt haben wolltest.

Aber wenigstens weißt du jetzt, warum es Tom im Bett nicht mehr gebracht hat. Er steht auf andere Dinge. Wahrscheinlich hat er sich jedes Mal einen runtergeholt, nachdem er dich verprügelt hat. Wahrscheinlich hat er es genossen, dich zu bestra-

fen – und weißt du, was das Schönste daran ist? Du hast es verdient, verprügelt zu werden.
Tom hatte es geschafft, seinen Dämon zu beerdigen, und ausgerechnet sie hatte ihn wieder ausgegraben. Der Dämon war stinksauer. Und jetzt war er frei und wütend.
Es war alles ihre Schuld. Die Erkenntnis schlug so grausam hart in Michelles Bewusstsein, dass sie vom Stuhl rutschte und weinend am Boden zusammenbrach. Maik brach das Gespräch ab. Er fuhr sie nach Hause und brachte sie zur Tür. Er redete auf sie ein, doch davon bekam sie nichts mit.

Erst als Michelle in ihrer Wohnung war und sich die Tür hinter ihr schloss, klärte sich ihr Verstand. Durch den Besuch in der Klinik hatte sie nur kostbare Zeit verloren. Darüber hinaus hatte die Wahrheit über Toms Rückfall sie so aufgewühlt, dass sie sogar vergessen hatte, mit Maik über Toms Brief zu reden.
Vergessen? Ach komm, Michelle, in Wahrheit bist du dir doch immer noch nicht sicher, ob es eine gute Idee ist, Maik hinzuzuziehen. Dein Kopf sagt dir, du solltest es tun, aber dein Bauch warnt dich davor. Soll ich dir ein Geheimnis verraten? Beide haben recht!
Sie schleppte sich ins Wohnzimmer und ließ sich auf die Couch fallen. Mit zittrigen Fingern zog sie das Buch ihres Ex-Mannes aus der Hosentasche. Diese verdammte Chinesin. Irgendwo hier musste doch ein Hinweis sein. Es durfte kein Vielleicht geben.
Michelle blätterte in dem Notizbuch herum und stieß auf eine Stelle, wo zwei Seiten aneinanderklebten. Beim ersten Mal war sie zu aufgeregt gewesen, um es zu bemerken. Vorsichtig löste sie die Seiten voneinander und überflog die Zeilen, während sich ein Kloß in ihrem Hals bildete.
Offenbar hatte Tom Kontakt aufgenommen zu einer Organisation, die sich auf ausgefallene Wünsche spezialisiert hatte.

Es gab Menschen, die für ihre Lustbefriedigung nicht einfach ins Bordell gehen konnten. Sie wollten etwas anderes. Dinge, die kostspielig und schwer zu beschaffen waren. Manchmal Kinder, manchmal ein Opfer, das sie nach Herzenslust foltern durften. Was immer sie begehrten, diese Organisation sorgte dafür, dass sie es bekamen. Sie stellte die Räumlichkeiten zur Verfügung und putzte hinter ihren Klienten her, falls es nötig war.

Hier lernte Tom sein letztes Opfer kennen. Die Chinesin, die fliehen konnte und ihn verraten hatte: Ya-Long P'an.

Michelle zögerte keine Sekunde, griff nach dem Telefon und wählte die verzeichnete Nummer.

KAPITEL 19

Während über ihm ein Glöckchen bimmelte, betrat Robert einen Laden für Künstlerbedarf. Eigentlich hatte er Feierabend, doch er wollte einer Frage nachgehen, die ihm keine Ruhe ließ.

Kaum hatte sich die Tür hinter ihm geschlossen, wurde sie wieder aufgerissen, und Maik kam herein. »Danke, dass du mich angerufen hast. Wenn jemand fragt, ich bin rein privat hier.«

Robert nickte ihm zu und klopfte ihm freundschaftlich auf die Schulter.

Sie hatten noch immer keinen Beweis, dass Ried der Täter war. Und obwohl alles danach aussah, brauchten sie Gewissheit, wenn sie Lilly retten wollten. Zeitgleich gingen ihre Kollegen jedem Hinweis nach, den sie aus Rieds ehemaliger Nachbarschaft bekommen hatten. Auch seinen früheren Arbeitgeber hatte man kontaktiert, doch Ried war beruflich viel unterwegs gewesen. Theoretisch konnte er überall sein. Vielleicht aber bekamen sie hier im Laden den entscheidenden Schubs in die richtige Richtung.

Der Raum war vollgestellt mit Regalen, in denen allerlei Zeug kunterbunt durcheinandergewürfelt war. Pinsel standen dort neben buntem Karton und Bücher zwischen unzähligen Farbtöpfchen und Wollknäueln. Viel Sinn für Ordnung schienen Künstler nicht zu haben. Auf dem Boden lag ein durchgelaufener Teppich, der wohl schon alt gewesen war, als man ihn hierhin gelegt hatte. Die viel zu warme Luft roch nach Staub und Feuchtigkeit.

Dieser Laden war in der Stadt *die* Adresse, wenn es um Malerei ging.

In einer Ecke, von der Eingangstür aus nicht sichtbar, stand ein älterer Herr an einer Staffelei. Die Brille war ihm auf die Nasenspitze gerutscht, und sein rechtes Ohr war farbig pigmentiert. Robert ging auf ihn zu, während Maik im Hintergrund blieb und in einem Buch blätterte. Der Mann blickte auf und schob die Brille nach oben, was seiner Schläfe einen Farbtupfer verpasste. »Kann ich Ihnen helfen?«, fragte er und legte den Pinsel zur Seite. »Suchen Sie etwas?« Er hob abwehrend beide Hände. »Halt, sagen Sie es nicht, ich sag es Ihnen.« Seine Zunge fuhr über die Lippen und hinterließ einen feuchten Film. »Sie bauen Modelle, nicht wahr? Sie machen auf mich einen ordentlichen Eindruck wie ein Modellbauer, der akribisch Teilchen für Teilchen zusammensetzt. Ich habe ein paar wundervolle und seltene Stücke in der Ecke dort drüben«, er deutete auf ein Regal, in dem sich Kartons über Kartons stapelten.

Robert schmunzelte. »Fast richtig. Aber, ehrlich gesagt, habe ich am Teilchenzusammensetzen immer weniger Spaß. Ich überlege sogar, ganz damit aufzuhören.«

»Und jetzt möchten Sie Ihre künstlerische Ader anders ausleben?«

»Quasi.« Robert nahm einen Becher mit Acrylfarbe aus einem der Regale. Die Töpfchen waren nicht sortiert. Wer hier eine bestimmte Farbe haben wollte, würde lange suchen müssen. »Vielleicht fange ich mit dem Malen an?«

Der Mann nickte wissend. »Als Modellbauer haben Sie sicher einige Erfahrung im Umgang mit Pinseln und Farben, aber eines sage ich Ihnen, es ist nicht das Gleiche.«

»Weil man größere Flächen bemalt?«

»Das Malen ist ein Vorgang, bei dem man seine Seele offenbaren kann. Es ist etwas sehr Persönliches. Es ist heilsam. Wussten Sie das?«

»Was?«

Der Mann zuckte empört zurück. »Nun, dass man psychisches Leiden durch Malen heilen kann. In psychiatrischen Einrichtungen wird das oft so gemacht. Das steckt in unseren Genen. Die Leinwand ist ein Spiegel, und die Farbe formt die Welt, die wir darin sehen wollen. Einer meiner Kunden arbeitet ehrenamtlich in der hiesigen Psychiatrie.«

Robert nickte. Er hatte eine Ahnung, wer dieser Kunde war. Sebastian Graf. Vielleicht sollte er sich mit ihm einmal unterhalten, aber deshalb war er nicht hier.

»Was glauben Sie«, sprach der Mann weiter, »warum die Bilder von bedeutenden Künstlern so besonders sind? Weil sie malen konnten? Wohl kaum.« Er ging zu seiner Staffelei und deutete Robert an, mitzukommen. Das Bild war etwa zur Hälfte fertiggestellt. Robert erahnte, was dort einmal zu sehen sein würde. Der Mann malte seinen eigenen Laden, doch er wich etwas von der Realität ab.

Robert schaute sich um und betrachtete dann wieder das Bild. Es war das Licht. Auf dem Gemälde war es auf subtile Art anders. Gleißender. In den Lichtstrahlen schwebten glitzernde Staubpartikel.

»Sehen Sie?« Der Mann deutete auf sein Bild. »Ich habe exakt das gemalt, was ich vor mir gesehen habe. Sie sehen einen Laden, der alt und verstaubt ist. Aber für mich ist dies hier das Leben. Ich sehe Gemütlichkeit, ich sehe ein Zuhause. Ich male, was ich fühle. Das macht den Unterschied.«

»Was denken Sie, wenn zwei Künstler ein und dieselbe Sache malen, könnte man ihre Stile voneinander unterscheiden?«

Der Mann schaute irritiert. »Sie meinen, wenn man einen Picasso neben einen Monet stellen würde? Jeder große Maler entwickelt seinen eigenen Stil, daher …«

»Nein, Entschuldigung, ich meine eher, wenn zwei Maler einen Stil verwenden. Hätten Picasso und van Gogh Sonnenblumen gemalt, und beide hätten rumgetupft, würde man hinterher trotzdem sagen können, wer welches Bild gemalt hat? Ist es beim Malen wie beim Schreiben, wo man anhand der Schriften Personen voneinander unterscheiden kann?«

Der Mann rüttelte an seiner Brille und schaute unsicher in Maiks Richtung, der sie beobachtete. »Also äh … ich bin mir nicht … sind Sie von der Polizei?«

Robert spürte Hitze in sich aufsteigen. Er hatte nicht vor, offiziell tätig zu werden. Viele Informationen, selbst harmlose, bekam man nur, wenn man kein Polizist war. Also war er im Moment lieber keiner. Er spürte den mahnenden Blick von Maik, ignorierte ihn aber. »Ich interessiere mich einfach für solche Dinge.«

Der Ladenbesitzer wischte sich über die Stirn. »Puh, Sie fragen vielleicht Sachen. Ich verkaufe Pinsel und bin nicht Leiter eines Kunstmuseums, aber Sie haben Glück. Zwei Regale weiter steht ein guter Kunde von mir. Damian Öhl. Er malt sehr viel, wissen Sie? Vielleicht kennt er sich mit solchen Fragestellungen aus?«

Robert stutzte. Der Reporter der Westfalenpresse war Maler? Er ging zwei Regale weiter um die Ecke. »Herr Öhl, welch eine Überraschung.«

Damian Öhl schaute auf. Sein Gesicht war versteinert. Die Sache mit der Nachrichtensperre nahm er ihm wohl immer noch übel.

Der Ladenbesitzer ging auf ihn zu und klopfte ihm freundschaftlich auf den Rücken. »Fündig geworden?«

Damian lächelte verlegen. »Ich schau noch, danke.«

»Ähm, der Herr hier hat mir gerade eine interessante Frage gestellt, aber vielleicht können Sie die besser beantworten als ich.«

Öhl stellte das Tintenglas zurück, das er gerade betrachtete. »Ach, tatsächlich?« Er warf Robert einen flüchtigen Blick zu.

»So sieht man sich wieder«, Robert ging einen Schritt auf ihn zu. »Guten Abend, Herr Öhl, ich habe mich gefragt, ob der Pinselstrich eines Künstlers so unverwechselbar ist wie seine Handschrift?«

Öhl antwortete nicht gleich, und Roberts Ungeduld wuchs. »Nachtigall, ick hör dir trapsen. Erst vermasseln Sie mir die Story meines Lebens, und jetzt soll ich Ihnen helfen?«

Maik trat zwischen den Regalen hervor und baute sich vor dem Reporter auf. In einem kleinen Laden wie diesem wirkte er noch bedrohlicher. »Ganz genau, Sie sollen uns helfen. Und weil es Ihre Bürgerpflicht ist, werden Sie es gerne und freiwillig tun, nicht wahr?«

»Die Männer sind von der Polizei«, sagte Öhl zum Ladenbesitzer, in dessen Gesicht sich eine Röte stahl, die den entsprechenden Acrylfarben in nichts nachstand. »Lassen Sie sich nicht täuschen. Ich glaube, einem Polizisten ist es nicht gestattet, in dieser Hinsicht zu lügen, oder irre ich mich?«

Der Ladenbesitzer zappelte zwischen ihnen herum. »Ach, die Herren kennen sich?«

Robert schaute wieder zu Öhl. Ein merkwürdiger Kerl. Er wirkte immer, als hätte er etwas zu verbergen. Vielleicht hatte er einfach nur das Bedürfnis, Aufmerksamkeit zu bekommen. »Offenbar«, sagte Robert und richtete danach das Wort an den Reporter. »Und? Hätten Sie dazu eine Theorie? Es würde uns enorm weiterhelfen, und wir könnten die Nachrichtensperre schneller lockern. Das Bild von Thomas Ried haben Sie ja schon.«

Öhl grummelte vor sich hin, als glaubte er ihm nicht. Dennoch antwortete er. »Ich weiß nicht, ob man jemals versucht hat, anhand eines Pinselstrichs einen Künstler zu erkennen, aber im Prinzip ist es natürlich möglich. Zum Beispiel ergibt sich durch die Art, wie man den Pinsel führt, wie man ihn hält, eine recht individuelle Linienführung. Es gibt Künstler, die zeichnen ohne Hilfsmittel einen perfekten Kreis. Bei anderen sähe so ein Versuch eher kläglich aus. Schaut man sich dann die Farbmischung an, oder die jeweils eigene Sichtweise, könnte man ein Bild einem Künstler zuordnen. Allerdings, und da bin ich mir sicher, braucht man dazu einen Expertenblick. Warum interessiert Sie das?«

»Schon vergessen? Wir sind Polizisten und dürfen über eine laufende Ermittlung nicht sprechen.«

Öhl zog eine Brieftasche aus der Jacke und kramte darin herum, als suchte er nach Geldscheinen. Er schien sich unwohl zu fühlen, und sein ohnehin schon blasses Gesicht hatte noch mehr an Farbe verloren. »Ich kenne da einen Künstler, der recht bekannt ist. Wenn Sie etwas Konkretes haben, könnte ich es ihm zeigen.« Er zog eine Karte hervor und reichte sie ihm. »Sein Name ist Sebastian Graf. Wenn Sie einen Experten suchen, sollten Sie sich an ihn wenden. Und wenn Sie einen Künstler suchen, wird er Ihnen auch weiterhelfen können.«

Schon wieder dieser Graf. Vielleicht wurde es Zeit, ihm tatsächlich mal einen Besuch abzustatten. Es mochte sogar gut sein, dass ihm Sebastian Graf einen tieferen Einblick in das Klinikleben geben konnte als die Kramme. »Er kennt also alle Künstler der Stadt?«

»Na ja, die Kunstszene ist klein. Jeder Maler, der etwas auf sich hält, versucht, sich in Sebastians Licht zu suhlen, wenn Sie wissen, was ich meine.«

Maik grunzte. »Ja, Künstler sind sehr speziell.«

»Oh ja, das sind sie, und für Graf gilt das im Besonderen.«

Maik hob die Augenbrauen. »Sie meinen, er ist besonders speziell?«

»Na ja, Sebastian Graf ist halt ein Sonderling. Man sagt, er führe sogar in der Öffentlichkeit Selbstgespräche. So zum Beispiel erst kürzlich bei einer Vernissage. Der anschließende Zeitungsbericht war, nun, wie sage ich es, nicht gerade wohlwollend. Wenn Sie mögen, sage ich ihm, dass Sie beide sich mit ihm in Verbindung setzen. Ich wollte morgen eh zu ihm.«

»Hm«, machte Maik. »Was haben Sie mit ihm zu schaffen?«

»Herr Polizist«, Öhl schnalzte mit der Zunge, »ich bin, trotz Nachrichtensperre, immer noch Journalist. Ich interessiere mich für ihn genauso wie Sie.«

Robert biss sich auf die Zunge. Es war immer eine schlechte Idee, mit einem Journalisten zu sprechen. »Nein, sagen Sie ihm nichts. Wir wollen ihn überraschen.«

Öhl nickte. »Ganz wie Sie wünschen. Aber jetzt muss ich los. Heute habe ich leider nichts gefunden«, sagte er zum Ladenbesitzer und verließ, ohne sich noch einmal umzuschauen, das Geschäft.

Auch Maik verabschiedete sich. »Ich melde mich morgen früh bei dir«, sagte er zu Robert und klopfte ihm auf die Schulter. »Sieh zu, dass du dich etwas ausruhst. Wir haben noch zwei anstrengende Tage vor uns.«

Robert nickte ihm zu. »Mach dir nicht zu viele Gedanken. Alles wird gut.« Er zog seinen Notizblock heraus und legte die Karte von Sebastian Graf hinein. Schön wäre es gewesen, wenn er seinen eigenen Worten hätte glauben können. Wieder ging ein Tag zu Ende, ohne dass es eine Spur von Lilly gab. Zellinger hatte versprochen anzurufen, wenn sich in dieser Richtung etwas tun sollte, doch nach einem kurzen Check seines Handys war klar, dass sich nichts Neues ergeben hatte.

Und offenbar blieb auch Thomas Ried wie vom Erdboden verschluckt. Es war erschreckend, dass zwei Personen so einfach verschwinden konnten.

Bei diesen Gedanken wurden Roberts Hände schwitzig. Er brauchte eine verdammte Spur. Etwas, woran er sich hängen

konnte, und im Augenblick stand er, wie so häufig, vor einer Wand. Würde ihm nicht bald etwas einfallen, hatte das junge Mädchen keine Überlebenschance. Bei Entführungen zählte jede Stunde. Das war ihm klar. Und gab es nicht unmittelbar eine Lösegeldforderung, hatte der Täter in der Regel nicht die Absicht, das Opfer am Leben zu lassen. Bedachte man außerdem die Tatsache, dass ein perverser Kerl wie Ried die Hände im Spiel hatte, so konnte man am Ende nur sagen, dass dies ein Scheißtag war. Der erste Tag nach der Entführung war fast vorüber, und sie hatten noch nichts erreicht.
Und als Roberts Handy klingelte und er abnahm, war klar, dass dieser Tag noch beschissener enden würde.

KAPITEL 20

Lillians Augen funkelten vor Wut.

Draußen war es bereits dunkel, und sie erinnerte sich nicht daran, wie der Tag so schnell an ihr vorbeiziehen konnte. Hatte sie etwas gegessen? Getrunken? Zumindest knurrte ihr Magen nicht.

Obwohl sie nach dem Bad ins Bett gegangen war, fühlte sie sich noch immer schläfrig. Sie stand in ihrem Zimmer, den Blick auf das Fenster gerichtet, das durch die Schwärze des Abends wie ein Spiegel wirkte.

Hinter ihr saß Tommi auf der Kommode. Die Schminkutensilien hatte er beiseitegeschoben und benutzte ihre Bluse als Sitzkissen. Sie spürte seine Blicke im Nacken.

In den kurzen Momenten, in denen sie wach war, hatte er sich bemüht, väterlich zu sein. Er hatte ihr Medikamente gegen die Kopfschmerzen gebracht und Kleidung für sie herausgelegt. Doch durch Kleinigkeiten zeigte er ihr, dass sie unbequem für ihn war. Wie ein liebgewonnener Turnschuh, in den sich eine Stecknadel verirrt hatte. Die Bluse, auf der er saß, war ein Beispiel. Man setzte sich doch nicht auf die frischen Kleidungsstücke eines anderen.

Das war es aber nicht, was Lillian so in Rage brachte.

Sie verengte die Augen und versuchte, vor dem Fenster Konturen auszumachen, gab es aber schließlich auf. Mehr als den Waldrand hätte sie eh nicht sehen können. Doch genau um ihn ging es.

Sie drehte sich zu Tommi um. »Zweimal schon habe ich dich draußen gesehen. Was ist in dem Wald? Was suchst du da ständig?«

Tommi starrte auf seine baumelnden Füße und antwortete nicht. »Wem bringst du was zu essen? Hast du da ein Tier versteckt?«
Wie er so dasaß, wirkte er nicht mehr übergroß und viel weniger kräftig. Er sah aus wie ein Kind, das man beim Stibitzen von Süßigkeiten erwischt hatte.
Sie ging auf ihn zu und blieb eine halbe Armlänge vor ihm stehen. »Du redest kaum mit mir. Was hast du vor? Was machst du hier?« Ihre Stimme schwoll an, ohne dass sie etwas dagegen hätte tun können.
Sie spürte, wie heiße Tränen von hinten gegen ihre Augäpfel drückten. »Du machst mir Angst, weißt du das?« Lillian wandte sich ab. Sie wollte nicht, dass er sie weinen sah. »Du sagst, ich bin krank und muss Medikamente nehmen, du sagst, Mama wäre bald hier, aber ich weiß nicht, ob ich dir glauben soll. Du antwortest nicht auf meine Fragen, stattdessen schließt du mich ein.« Ihre Stimme zitterte, und die Tränen brachen aus ihr heraus. Sie redete nicht weiter.
Tommis Beine schlugen gegen die hölzernen Schubladen. Dumpf und unheilvoll wie Dschungeltrommeln dröhnte es in Lillians Ohren.
Vor ihm sollte man keine Angst haben. Schon gar nicht, wenn er so mickrig auf der Kommode hockte. Doch von ihm ging etwas aus. Etwas, vor dem sie flüchten wollte.
Es war ihr unangenehm, mit ihm in einem Raum zu sein. Und das machte sie umso wütender.
Als das Trommeln abriss, wischte sie sich mit dem Ärmel über die Wangen und drehte sich um. »Ich gehe jetzt. Ich habe die Nase voll. Versuch ja nicht, mich aufzuhalten.« Sie ging in Richtung Tür. Dieses mickrige Kerlchen auf der Kommode würde sie doch nicht aufhalten können. Von ihrem Stiefvater, so viel konnte sie inzwischen sagen, war in ihm nicht mehr viel übrig. Hier gehörte sie nicht hin.

Mit einem Satz sprang Tommi auf die Füße und richtete sich vor ihr auf wie ein Heißluftballon, der gefüllt wurde. Je größer er wurde, desto mehr Licht schien er zu verschlucken, desto mehr verschwand Lillian im Schatten.

In seinem Gesicht lag eine Spannung, die Panik in ihr hochsteigen ließ. Sachte schob sie einen Fuß nach hinten.

»Der Wald«, sprach er leise, fast zischend wie eine Schlange, »ist nicht *deine* Sache. Das ist *mein* Part. Dafür bin *ich* zuständig. Frag nicht noch einmal.« Er kam einen Schritt auf sie zu. »Ich bin dein Stiefvater. Du tust, was ich dir sage.«

»Wo ist Mama?«, fragte Lillian schwach. Es war das Einzige, was ihr einfiel. Jegliche Kraft schien mit den Tränen aus ihrem Körper zu fließen. »Wo ist sie?«

Tommi machte noch einen Schritt auf sie zu und nahm ihre Wange in die Hand. Ganz sanft, als wäre sie aus Seide. Er spürte ihre Wärme, und er bildete sich ein, ihre Angst zu riechen.

Ja, wo war Michelle? War die Chinesin bereits in ihrer Hand? Er zweifelte nicht daran, dass sie es tun würde. Eine Mutter lässt das eigene Kind nie im Stich.

Und er sorgte dafür, dass ihre Aufgaben nicht leichter wurden. Michelle hatte ihn verurteilt. Ihn fallenlassen, ihn verraten. Dafür würde sie büßen. Von jetzt an und für immer.

Sein Herz schlug schneller vor Erregung.

Sein Rückfall war ihre Schuld. Den Spieß umzudrehen, Michelle von einem Opfer zu einem Täter zu machen, war stimulierend. Es gab ihm Kraft, diese chaotischen Zeiten durchzustehen. Jetzt machte er aus ihr ein Monster, von dem sie sich nicht so einfach abwenden konnte.

Er grinste und näherte sich Lillians Gesicht. »Deine Mama hat noch das ein oder andere zu tun, aber ich verspreche dir, sie wird kommen. In der Zwischenzeit könnten wir zwei doch mal in den Keller gehen, oder? Es gibt da ein Projekt, bei dem

du mir helfen könntest. Was sagst du? Würde dir das gefallen?«
Lillian stand mit aufgerissenen Augen vor ihm. Sie war so durcheinander. Wütend und verängstigt. Im ersten Moment wollte sie ihm weh tun, doch dann sackte sie in sich zusammen und nickte. Alles war besser, als hier im Zimmer eingeschlossen zu sein. Und gegen ihn würde sie eh nicht ankommen. Sie brauchte Kraft und nahm sich vor, sie zu sammeln, alles zu tun, um stark zu werden.
Tommi atmete tief durch und führte sie an der Hand nach draußen. Vorbei an zwei Zimmern, von denen eines das Badezimmer war, gingen sie die Treppe hinunter.
Im Flur roch es nach Staub und nach alten Leuten. Eine Gänsehaut lief Lillian den Rücken hinunter, so dass sie sich schütteln musste. Es roch wie in einem Altenheim. Nach Tod, nach verstopfter Toilette und nach Desinfektionsmittel. »Es stinkt hier«, sagte sie und verzog angeekelt das Gesicht. »Du könntest mal lüften.«
Tommi lächelte und drückte leicht ihre Hand. »Hinterher. An den Geruch solltest du dich gewöhnen, der gehört dazu.«
»Wozu?«
»Geduld, mein Schatz.«
Sie gingen durch den Flur, der von einer Reihe Wandlampen beleuchtet war, über den ausgelatschten roten Teppich die Kellertreppe hinab. Unten zog Tommi an der Strippe einer nackt baumelnden Glühbirne, die nur wenig Licht spendete.
Der Keller war niedrig. Hätte Lillian die Arme ausgestreckt, hätte sie die Decke berühren können. Rechts war der Waschkeller. Nur wenig Licht fiel vom Gang in den Raum, doch es reichte, um genügend zu erkennen. Auf einer lieblos gespannten Leine hingen Laken mit dunklen Flecken. Lillian schaute weg, um nicht darüber nachdenken zu müssen.

Er führte sie in einen Raum mit Regalen. Es roch nach feuchtem Papier, und der Gestank nach Altenheim war hier noch deutlicher. Auch ein Raumspray hätte hier nichts ausrichten können.
Lillian blieb stehen. Sie wollte keinen Schritt weiter. Ihr Kopf schmerzte, ihr Herz hämmerte. Schwindel machte sich breit. Alles in ihr sträubte sich, weiterzugehen. Zwar sah sie nur ein paar Zeitschriften und alte Kartons in den Regalen, dennoch machte ihr der Ort Angst. »Ich will hier raus!«, sagte sie mit schwacher Stimme. Dieser Ort schien ihr sogar noch die letzte Kraft zu rauben.
Tommi drehte sich um und drückte ihre Hand fester. »Du wirst sehen, dass es nicht anders geht. Es ist nötig. Hilf mir mal.« Er fasste die Strebe eines der Regale und zog daran.
Widerwillig ging sie ihm zur Hand, obwohl sie ganz bestimmt keine Hilfe sein würde. Auf dem Metall hatte sich ein Wasserfilm gebildet, der das Regal noch kälter machte. Ein eisiger Schmerz krabbelte durch ihre Finger in die Hand. Doch sie ließ nicht los.
Das Regal klappte nach oben, wie eine Kofferraumtür, und Tommi schob Lillian durch die Öffnung.
Im ersten Moment stand sie in stickiger Dunkelheit, dann zuckten ein paar Energiesparlampen auf, und allmählich wurde es heller, wie bei einem schnell vorgespulten Sonnenaufgang.
Übelkeit drückte mit plötzlicher Wucht gegen ihre Kehle. Sie hielt eine Hand vor den Mund und wandte sich ab. Eigentlich hatte sie nichts Schlimmes gesehen. Karge Wände, notdürftig mit grauem Putz überzogen, Farbeimer und Töpfe, einen Apparat, den sie nicht einordnen konnte, und ein Holzgestell, das mit buntem Papier bespannt war.
Das alles war okay. Wie das Zimmer eines Künstlers. Es war etwas anderes, das ihr Angst einflößte. Die Luft, die ihr den

Magen umdrehte, war feucht und schwer und roch nach allen möglichen Ausscheidungen.

Hinter der Stellwand gab jemand Laute von sich.

Etwas.

Lillian konnte es nicht genau sagen. Die Geräusche waren unmenschlich. Hier unten hauste ein Tier. Ihr Stiefvater hielt irgendeine wilde Bestie gefangen.

Sie drehte sich vollends um und rang nach Luft. Hinter ihr war es kühler, aber keineswegs besser. Ihr wurde schwindelig.

Gerade als sie sich nicht mehr halten konnte, packte Tommi sie mit starken Händen und schob sie weiter in den Raum hinein. Sie versuchte, nicht durch die Papierwand zu spähen. Was immer dahinter war, sie wollte damit nicht in Berührung kommen.

An einer hölzernen Werkbank blieb sie stehen. Ohne erkennbare Ordnung standen Farbtöpfchen, Tintenfässer und Behälter mit Verdünner darauf, zwischen Messern, Scheren, einem Lötkolben und anderen Dingen.

Wieder gab das fremde Wesen Laute von sich. Für Lillian hörte es sich an, als versuchte jemand, durch einen Stofffetzen zu reden.

Die Kopfschmerzen kamen zurück. Das hier war nicht richtig. Es fühlte sich so unwirklich an.

Der Ellbogen ihres Stiefvaters traf unsanft ihre Rippen. »Nun steh nicht so rum. Meine Hände müssen gleich filigrane Arbeiten durchführen. Ich will sie nicht unnötig belasten. Neben der Werkbank liegt eine Plastikfolie. Nimm dir eine Schere und schneide mir ein paar Stücke zurecht, die du dann abkochst.«

Lillian fixierte die Folie. Ihr wurde kalt. Was immer in diesem Raum passierte, es war nicht gut. Sie drehte sich auf dem Absatz um. »Ich will das nicht. Lass mich raus hier.«

Tommi hielt sie fest. »Sachte, sachte, kleines Fräulein. Du sollst mir nur ein wenig zur Hand gehen. Es wird dir guttun. Schon, um dich an dies hier«, er breitete die Arme aus, als zeigte er ihr sein weites Land, »zu gewöhnen. Schneid die Folie und koch sie ab. Danach kannst du nach oben gehen.«

Sie schüttelte den Kopf. »Lass mich in Ruhe«, schrie sie, doch ihre Stimme war viel zu dünn. Damit konnte sie niemanden beeindrucken. Sie schlug seine Hand weg, die er ihr auf die Schulter legen wollte. »Ich will nach Hause!«

Tommi lächelte, als hätte sie etwas Amüsantes gesagt. »Dein Zuhause ist jetzt hier. Versuch nur zu schreien – niemand wird dich hören! Versuch zu fliehen, und du wirst sehen, dass jeder Versuch zwecklos ist. Und sollte ich bemerken, dass du gegen mich bist, nun«, er deutete auf die Papierwand, »in dem Fall muss ich dich dem Mann dort vorstellen.«

Lillian zögerte. Die stickige Luft nahm ihr jeglichen klaren Gedanken. Der Gestank benebelte sie. Die Atmosphäre in diesem Raum schien die gleiche Wirkung wie die Tabletten zu haben. Sie drängte Lillian in den Hintergrund. Machte sie klein und unbedeutend.

Welche Wahl hatte sie?

Irgendwo in Tommi, daran glaubte sie ganz fest, war noch etwas Gutes. Ein kleiner Garten, den sie nur finden und pflegen musste, damit er anfing zu blühen. Aber sie brauchte Zeit. Oder war schon alles verloren? Wenn sie doch nur klar denken könnte!

Ohne ein weiteres Wort öffnete sie den Schrank, neben dem sie stand – ganz, als ob sie das schon öfter gemacht hätte –, und holte nacheinander eine Kochplatte und einen großen Topf heraus. Beides stellte sie auf die Werkbank. Dann nahm sie eine Schere und begann, die schwere Plane nach Tommis Anweisungen zu zerschneiden.

Er wirkte ungeduldig, schaute ihr auf die Finger, während sie schnitt, und ließ sie nicht aus den Augen. Schon nach zwei

Streifen tat ihr die Hand weh, so dass sie immer wieder gezwungen war, eine Pause einzulegen. Die Zeit nutzte er, um Farben zu mischen.
Lillian schluckte hart. Es kostete sie unsagbar viel Kraft, nicht einfach umzukippen. Alles um sie herum war verschwommen. Einzig die Folie schien real zu sein. Die Gedanken, die nicht benebelt waren, drehten sich um ihre Mama. Warum beeilte sie sich nicht? Was hielt sie so lange auf?
Wie viel Zeit vergangen war, konnte sie nicht abschätzen, aber irgendwann kochte das Wasser, und sie stopfte die Plastikstreifen hinein, als wären es Nudeln.
An einem Lederriemen schärfte Tommi eine Rasierklinge. Das Geräusch bereitete Lillian eine Gänsehaut, und das Ding hinter der Papierwand erwachte zu neuem Leben. Jetzt waren die Laute, die es ausstieß, viel höher als noch vorhin.
Tommi hielt inne und betrachtete zufrieden die Schneide. Dann legte er sie zur Seite. Er rieb sich die Hand. Genoss den Augenblick, den Triumph über das Fleisch und über die Sinne. Doch den Rest musste er allein machen. Der war nicht für sie bestimmt. »Geh auf dein Zimmer. Für das, was jetzt kommt, bist du noch nicht bereit.«
»Hör auf mit dem, was du hier unten machst«, flehte Lillian und atmete schwer.
Er schüttelte langsam den Kopf. »Davon verstehst du nichts. Aber das wirst du, mach dir keinen Kopf.«
Ihre Stimme schwoll an, und es lag Panik darin. »Hör auf damit! Bitte! Hör auf!« Mit einer Handbewegung stieß sie den Topf von der Herdplatte. Das kochende Wasser und die Plastikstreifen, die darin schwammen, klatschten auf den Boden.
Feine Tröpfchen regneten auf seine Hose und verbrühten ihm die Haut. Es fühlte sich an wie unzählige Nadelstiche. Er ignorierte sie. »Du hältst mich davon nicht ab. Ich muss das hier

tun. Das weißt du. Für uns. Es ist wichtig, damit wir unser neues Leben leben können.« Er schloss die Augen.
»Damit *du* dein Leben leben kannst, meinst du wohl.« Sie schrie und weinte dabei. »Das hier ist krank. Eklig und krank.«
Tommi seufzte, die Augen noch immer geschlossen. Noch war die Verwandlung nicht abgeschlossen. Das spürte er, wie er es immer gespürt hatte. Ein Ritual war dafür da, durchgeführt und vor allem beendet zu werden. Jede Verwandlung hatte ihr eigenes Ritual.
»Ich weiß, dass dies schwer für dich ist«, sprach er weiter, in ruhigem Ton, mit geschlossenen Augen. »Aber es wird leichter werden, und jetzt geh. Was ich jetzt tun muss, ist nicht für dich bestimmt, Kleines.« Als er die Augen öffnete und um sich blickte, war Lillian fort, als hätte es sie nie gegeben.
Tommi nahm die Schere, mit der sie die Folie zerschnitten hatte, und trat hinter den Paravent.
Dort lag er auf der Liege. Angstschweiß auf der Stirn. Panik in den Augen.
Tommi zog ihm den Lappen aus dem Mund. »Einmal will ich noch deine Stimme hören. Sie hat mir viel bedeutet, weißt du das?«
»Was machst du mit mir?«, der Mann schnappte nach Luft und keuchte. »Lass mich frei! Du wirst dich nicht besser fühlen, wenn du mich umbringst. Glaub mir, da kenne ich mich aus. Mach die Fesseln los!«
»Das kann ich nicht tun. Es ist nur Platz für einen von uns.« Tommi kniff ihm in den Oberarm, zog die Haut nach oben und ließ sie zurückschnellen. »Ausgezeichnete Spannkraft. Du trinkst offenbar gut. Das macht es mir leichter. Eigentlich ist es eine Schande, dass du meine Arbeit verschlafen wirst. Aber einen kleinen Einblick werde ich dir gewähren. Quasi als Belohnung für das, was du getan hast.« Er nahm eine Spritze, die er

mit einem starken Betäubungsmittel vorbereitet hatte, und stach dem Mann damit in eine Vene des Oberarms. Psychisch krank zu sein bedeutete, dass man an so manche Medikamente herankam. Was für ein Glück.
Er legte die Spritze zur Seite, streichelte kurz über die Einstichstelle, zog dann ein Stück Haut, so hoch es ging, und schnitt hinein. Augenblicklich schoss Blut aus der Wunde und floss über die Liege.
Das Quieken des Mannes schwoll zu einem Kreischen an und wurde erst gedämpft, als Tommi ihm den feuchten Lappen zurück in den Mund stopfte und der Medikamentencocktail wirkte.
Würde er die Prozedur überleben? Nun, auf alles gab es eine Antwort.
Tommi schob die Spitze der Schere tief in die Wunde und schnitt weiter, als würde er einen dicken, glitschigen Ledermantel zerschneiden.
Er zwinkerte nicht. Er wollte alles sehen. Jeden Schritt, den er tun musste, in sich aufnehmen. Dies hier war aufwendig, aber es würde sich lohnen. Für Lillian.
Die Verwandlung ging voran. Unaufhörlich und erregend.

KAPITEL 21

Beurlaubt? Das ist nicht dein Ernst?« Robert Bendlin stand im Flur des Dezernats Werner Zellinger gegenüber und starrte seinen Chef fassungslos an.

Nur aus wenigen Büros fiel Licht auf den Flur, der außer ihnen leer war.

»Alles Weitere in meinem Büro!«, sagte Zellinger schroff und deutete Robert mit einem Kopfnicken die Richtung an. Dann folgte er ihm und schloss die Tür.

»Werner, ich«, begann Robert, wurde aber harsch unterbrochen.

»Setz dich!« Zellinger selbst nahm hinter seinem Schreibtisch Platz.

Roberts Chef sah nicht so aus, als würde er einen Widerspruch akzeptieren. Robert presste die Lippen zusammen und setzte sich. Zellinger mahlte mit dem Unterkiefer und starrte ihn an, machte aber keine Anstalten, etwas zu sagen.

Der Raum schien sich aufzuheizen. Im Takt einer stummen Melodie tippten Roberts Füße abwechselnd auf den Teppichboden. Er schwitzte. Am liebsten hätte er eine große, teure Vase zerschlagen. Er wollte sich nicht vorstellen, dass der Zwangsurlaub etwas anderes war als ein Witz. Doch leider deutete der strenge Ausdruck im Gesicht seines Chefs das Gegenteil an. So kannte er ihn nicht. Zellinger war eigentlich ein gutmütiger Mensch, durch nichts aus der Ruhe zu bringen. Wenn er zu solch einer Maßnahme griff, musste etwas Schlimmes passiert sein. Aber was?

Als Zellinger immer noch keine Anstalten machte zu sprechen, ergriff Robert das Wort. »Du kannst mich nicht beurlauben.«

Der Satz hing viel zu dünn im Raum und schien unter Zellingers Blick zu zerbröseln.
Der hob eine Augenbraue und drehte den Kopf ein Stück zur Seite. »Nicht?«
»Wir sind mitten in den Ermittlungen. Wir machen Fortschritte, wir …«
»Ihr«, nahm Zellinger den Faden auf, »seid zu weit gegangen. Ich habe jetzt nicht nur die Presse am Hals, mit der du übrigens noch immer nicht telefoniert hast, nein, ich habe hier auch eine Beschwerde der leitenden Direktorin der Forensischen Psychiatrie Ruhrbach, die ich an die Dienstaufsicht weiterleiten muss. Verdammt, Rob, ich habe keine zusätzlichen Ermittler, die ich für diesen Fall abstellen kann.«
»Dann zieh mich nicht von dem Fall ab.«
Zellinger ging nicht darauf ein. »Ich habe keinen Schimmer, was dich veranlasst hat, Frau Doktor Kramme gegenüber so ausfallend zu werden. Herrgott, du bist ein Staatsbeamter, du müsstest es besser wissen.«
»Das war …«
»Selbst wenn es nur war, um sie aus der Reserve zu locken, solltest du genügend Menschenkenntnis haben, um zu wissen, wie man einer Person in ihrer Stellung gegenübertritt. Und dir sollte klar sein, dass sich solche Personen ungern ans Bein pinkeln lassen.«
Robert sprang auf. »Verdammt, jetzt mach aber mal 'nen Punkt. Ich habe nicht …«
»Setz dich«, sagte Zellinger trocken, »ich bin noch nicht fertig.«
Robert fühlte sich wie ein zu straff aufgeblasener Luftballon. Ein kleiner Pikser nur, und er würde platzen, und heraus käme nichts als Luft, denn natürlich hatte Zellinger recht. Er war ausfallend geworden, hatte sich hinreißen lassen. Selbst wenn

Kramme etwas zu verheimlichen hatte, war das kein Grund, ihr so zuzusetzen. Aber dass sie gleich Beschwerde einreichte, zeigte eines deutlich: Sie hatte Angst. Sie wollte ihn aus dem Spiel nehmen, und offenbar hatte sie es geschafft. Aber war das nicht genau der Grund, warum er weitermachen sollte?

Zellinger stützte sich mit den Händen ab und lehnte sich über den Schreibtisch. Seine Augen zuckten, während er sprach. »Ich weiß durchaus, dass sich das in deiner Akte nicht gut machen wird, völlig egal, was die Untersuchung ergibt. So wie ich das sehe, dürfte dabei eine ordentliche Suspendierung herausspringen.

Dieser Fall hätte für dich ein Karriereschub sein können. Ich hatte gehofft, dass du an Maiks Seite aufblühen würdest. Dass du mal zeigst, was in dir steckt. Bis jetzt war ich der Ansicht, dass du eine Menge Potenzial hast. So aber …« Er zuckte mit den Achseln. »Ich denke, es ist das Beste, dich von dem Fall abzuziehen. Für Maik gilt übrigens das Gleiche. Ihn habe ich ebenfalls nach Hause geschickt. Auch er hat sich nicht mit Ruhm bekleckert.«

Robert war verwirrt. »Maik? Wieso? Er hat sich doch aus dem Fall herausgehalten.« Zumindest offiziell, fügte er in Gedanken hinzu.

»Oh, hat er es nicht mit dir abgesprochen? Er war mit seiner Ex-Frau ebenfalls bei Kramme. Der Besuch endete mit einem Nervenzusammenbruch. Ihn habe ich bereits informiert. Dabei kam noch eine andere«, Zellinger machte eine kleine Pause, ehe er weitersprach, »Kleinigkeit ans Tageslicht.«

»Die da wäre?«

»Du weißt es nicht?«

Robert verzog das Gesicht und schüttelte den Kopf. »Ich habe keine Ahnung.«

»Du enttäuschst mich. Wenigstens jetzt hättest du ehrlich sein können. Ihr habt doch die ganze Zeit hinter meinem Rücken gegen mich gearbeitet. Aber ich sage es dir trotzdem: Maik hatte eine Affäre mit seiner Ex-Frau. Die psychiatrischen Akten liegen dank euch jetzt ganz offiziell bei Schreyer auf dem Schreibtisch.« Seine Stimme wurde lauter. »Wie habt ihr euch das vorgestellt? Dadurch könnte es sein, dass der ganze Fall Thomas Ried neu aufgerollt werden muss. Maik hätte damals nicht weiter an diesem Fall arbeiten dürfen.«
»Meine Güte, Werner. Maik wusste damals nicht, dass Ried der Gesuchte war. Wie auch?«
»Du verstehst das nicht, oder? Es ist völlig irrelevant. Die gegnerischen Anwälte werden sich nun auf die Akten stürzen und jede Kleinigkeit hervorzerren. Eure Polizeiarbeit macht mir meinen Job unmöglich.« Sein Gesicht bekam eine ungesunde Farbe.
Robert seufzte. »Uns ging es um das Mädchen. Sie hat Priorität vor allem anderen.«
»Wir sind die Polizei, Herrgott!«, schrie Zellinger mit hochrotem Kopf. »Wir haben uns an Vorschriften zu halten. Hier kann nicht jeder tun und lassen, was er will. Wer mir unterstellt ist, hat den Dienstweg einzuhalten. Martin Gröne wird den Fall mit seinem Team übernehmen. Für dich ist hier Schluss. Hol aus deinem Büro, was du brauchst, und schließ deine Waffe im Spind ein. Die Angelegenheit nimmt ab jetzt den offiziellen Weg.«
»Das bedeutet?«
»Das bedeutet? Das bedeutet, dass ich nicht garantieren kann, welchen Job du in Zukunft machen wirst. Ich bin mir nicht mal mehr sicher, ob die Polizei der richtige Ort für dich ist.«
Die letzten Worte waren für Robert nicht mehr wichtig. Martin Gröne, der Frischling. Ausgerechnet. Für Robert hätte es nicht schlimmer kommen können.

»Und du glaubst allen Ernstes, dass es für den Fall am besten ist, wenn ich nicht mehr ermittle? Die Zeit sitzt uns im Nacken. Es geht wieder ein Tag zu Ende, und wir haben noch immer keine Ahnung, wo Ried sich aufhält. Bis wir allen Hinweisen nachgegangen sind, die wir bisher aus seinem Umfeld gesammelt haben, könnte Lilly tot sein. Jeder, der den Fall übernimmt, muss sich erst einarbeiten. Und dann Gröne? Ich bitte dich. Es geht immerhin um das Leben eines jungen Mädchens.«
»Du denkst, du wärst der Einzige, der erfolgreich ermitteln kann? Komm von deinem hohen Ross runter. Gröne hat eine hervorragende Ausbildung genossen. Außerdem hat er einen Abschluss in Rechtspsychologie. Er wird seinen Weg machen. Und ehrlich gesagt, wenn ich mir eure Methoden angucke, glaube ich, dass Gröne gute Chancen hat, den Fall kurzfristig abzuschließen.«
Darauf wusste Robert nichts mehr zu sagen. Wahrscheinlich war es auch besser so. Aus seinem Mund wäre nichts gekommen, was man im Büro seines Chefs äußern sollte.
»Die Anstaltsleiterin«, führte Zellinger weiter aus, »kann mächtig für Ärger sorgen. Thomas Ried ist aus ihrer Obhut entkommen. Sie wird alles tun, um ihren Kopf aus der Schlinge zu ziehen. Gröne ist ambitioniert. Er schafft das allein, und jeder ist ersetzbar.«
Robert erhob sich langsam. Seine Aufregung war verpufft. »Danke«, sagte er matt, drehte sich um und verließ das Büro.
Der Flur wirkte verwaister als sonst. Vereinzelt war das Klappern einer Tastatur zu hören. Vor den Fenstern, die er durch die offenstehenden Bürotüren sah, dehnte sich eine schwarze Leere, in der ein paar Lichtpunkte darauf hindeuteten, dass sich da draußen eine Welt befand.
Und darin stiefelte ein Irrer umher, mit einem Kind in seiner Gewalt. Und er, Robert, konnte nichts dagegen tun. Jetzt nicht

mehr. Dieses Gefühl war noch dunkler als die Nacht vor den Fenstern. Eine Weile glaubte ein Teil von ihm, dass Zellinger hinter ihm herstürzen würde, um die Angelegenheit zurückzunehmen. Doch das war natürlich absurd.

Robert ging in sein Büro, schaltete das Licht ein, schloss die Tür und lehnte sich dagegen. Er hatte den Job nie gemocht, was also war sein Problem? Andererseits hätte eine Beförderung die Arbeit attraktiver gemacht. Außerdem – und das war das Ausschlaggebende – drängte ihn jede Faser, Ried zu finden und Maiks Mädchen zu retten. Welche Chance hatte sie, wenn ein Frischling wie Gröne diesen Fall übernahm?

Sein Blick fiel auf den Schreibtisch und das Flipchart dahinter. Alle ihre Informationen liefen hier zusammen.

Ein Blitz fuhr durch seinen Körper. Für einen winzigen Moment lag alles glasklar vor ihm. Er musste weitermachen. Es gab keine Alternative. Jemand, der den Fall jetzt übernehmen würde, müsste sich erst einarbeiten. Lilly hatte diese Zeit nicht. Seinen Job war Robert doch eh so gut wie los. Was hatte er also zu verlieren?

Er schaltete den PC an, um die letzten E-Mails abzurufen. Auf seinem Schreibtisch lagen die drei Polaroids, die sie bisher hatten, in der vorgesehenen Reihenfolge. Der Schmetterling, die Gehäutete und die Aufgeschlitzte. Daneben die Ausdrucke, die Emily Gäter von Rieds Mutter gemacht hatte. Das ertrinkende Mädchen, der Wolf, das Schaf, die Zahlen, der Mond und die Blüte. Die Rätsel würden früher oder später zu Lilly führen. Das war klar. Aber es musste eine Möglichkeit geben, Ried vorher aufzuspüren. Robert starrte eine Weile auf all die Bilder. Für ihn ergab es keinen Sinn, dass dies hier etwas mit einem Triebtäter zu tun haben sollte. Viel zu überlegt war das Ganze.

Doch hier und jetzt war nicht der Moment, um darüber nachzudenken. Er holte sein Handy aus der Jackentasche und mach-

te Fotos von ihren bisherigen Ergebnissen. Als er die Blüte im Display sah, stutzte er.
Er übertrug das Bild mit der Blüte auf den PC.
Mit einem Klick öffnete er Google, ging auf die Bildersuche und zog anschließend das Foto in die Suchleiste.
Es dauerte nicht lange, da spuckte ihm Google ein paar alternative Bilder aus.
Er positionierte den Mauszeiger über den gefundenen Link und klickte drauf. Es war eine Botanikseite. Roberts Herz klopfte anerkennend in seiner Brust. Das war die Lösung.
Die Blüte gehörte zu einer Staude, die man auch Gute-Nacht-Blume nannte und die bei einsetzender Dämmerung blühte.
Damit würde Lillys Zeit am Donnerstag, den 2. August, mit Einsetzen der Dämmerung ablaufen. Also übermorgen!
Nachdem Robert noch sein Postfach geöffnet und gesehen hatte, dass keine Mails für ihn gekommen waren, löschte er das Bild vom Computer, fuhr ihn runter und steckte das Handy ein. Danach verließ er das Büro und das Gebäude.
Als er im Auto saß, holte er das Handy wieder hervor. Er starrte es eine Weile an und wählte dann die Nummer von Dr. Emily Gäter. Es klingelte ein paar Mal in der Leitung, und gerade als er auflegen wollte, knackte es.
»Ja, Gäter?«
»Frau Gäter, hallo. Hier ist Kriminalkommissar Bendlin. Es tut mir leid, dass ich Sie so spät noch störe. Ich hätte eine kleine Bitte an Sie.«
Gäter schnalzte mit der Zunge und gähnte. »Ja?«
»Sollte in nächster Zeit eine weitere Leiche bei Ihnen eintreffen, die etwas mit den Polaroidfällen zu tun hat, würden Sie mich auf meinem Privathandy anrufen? Mein Diensthandy muss ausgetauscht werden, und wir können uns keine Verzögerungen leisten. Uns läuft die Zeit davon.«

»Jaja, meinetwegen.« Sie murmelte noch etwas Unverständliches und war dann weg.

Robert grinste. Jetzt konnten seine privaten Ermittlungen beginnen. Wenn er schon seinen Job verlieren sollte, dann wenigstens mit einer wirklich guten Begründung.

KAPITEL 22

Nieselregen vernebelte Michelles Sicht auf das chinesische Restaurant, das sie aus ihrem Auto heraus beobachtete. Wie einen Vorhang trieb der Wind den Regenschleier gegen die Fassade, die im schummrigen Licht der Straßenlaternen glitzerte. Die steinernen Löwen, rechts und links vom Eingang, blickten unbeeindruckt zu ihr herüber, als warteten sie darauf, dass sie ausstieg.

Immer wieder fuhren Autos vorbei, aber nur wenige hielten an. In der einen Stunde, die Michelle bereits wartete, war nur ein Auto zum Parken in die Seitenstraße gefahren. Der Fahrer hatte etwa eine halbe Stunde im Wagen gewartet und war dann im Restaurant verschwunden.

Immer wieder hatte sie versucht, Maik anzurufen, um ihn zu bitten herzukommen. Das schien ihr trotz des Risikos vernünftig. Doch Maik ging nicht ans Telefon, was sie noch nervöser machte, als sie ohnehin schon war.

Sie sah auf die Uhr. Halb neun. Einen guten Ruf schien der Laden nicht zu haben. Andere waren um diese Zeit in der Regel gut gefüllt.

Ihre Finger trommelten gegen das Lenkrad. Ihr Körper hatte den Drang, sich zu bewegen. Am liebsten wäre sie ausgestiegen, um ein paar Mal um das Auto zu rennen. Jetzt, wo sie hier war, hielt sie es nicht mehr für eine gute Idee, reinzugehen. Der Mann am Telefon hatte ihr ein Codewort genannt und ein paar Summen. Wirklich unglaubliche Summen.

Immer wieder fragte sie sich, ob Tom für die Chinesin bezahlt hatte, und falls es so war: Wo hatte er das Geld hergehabt?

2000 Euro, nur um seinen Wunsch zu äußern. 15000 für die Umsetzung, 5000 für die Reinigung. Über die Beseitigung wollte man nicht am Telefon sprechen. Michelle konnte sich vorstellen, in welche Höhen die Beträge rauschen würden, sollte der Wunsch ein Menschenleben kosten.
Hätte ihr jemand anders von so einer Organisation erzählt, hätte sie ihn für verrückt erklärt. Die Vorstellung war so unglaublich weit weg von ihrem eigenen Leben, dass sie dort nicht hineinpassen wollte. Doch dachte man genauer darüber nach, wie viele Menschen jedes Jahr europaweit spurlos verschwanden, so rückte diese eigentlich absurde Vorstellung wieder in den Bereich des Möglichen.
Michelle war schlecht, und ihre Haut kribbelte. Würde das alles irgendwann vorbei sein?
Glaub mir, irgendwann ist einfach alles vorbei. Die Frage sollte vielmehr lauten: Werde ich bis dahin leiden müssen? Und ich wage zu behaupten, ja! Das wirst du!
Michelle wischte die üblen Gedanken beiseite und konzentrierte sich auf den gegenüberliegenden Eingang. Ein roter Torbogen, umgeben von gelbem Putz, rahmte die Flügeltüren ein, die mit chinesischen Schriftzeichen verziert waren. Darüber leuchtete das Schild mit dem Restaurantnamen: Zum roten Schloss. Das Gebäude war so auffällig wie jedes exotische Gebäude, das umgeben war von tristen Mehrfamilienhäusern und Pommesbuden. Es versuchte gar nicht erst, sich zu verstecken. Das machte sie stutzig. Für das, was da drinnen anscheinend abging, war es quasi ein Leuchtfeuer inmitten von Dunkelheit.
Es nutzte nichts. Entweder ging sie jetzt rein und zog das Ding durch, oder sie fuhr nach Hause und überließ der Polizei die Arbeit.
Der Polizei, die solche Situationen immer im Griff hat? Wie in diesem Entführungsfall Bögerl zum Beispiel? Wie war das

gleich noch mal ausgegangen? Das Entführungsopfer hat es nicht geschafft, nicht wahr? Eine einfache Lösegeldübergabe, und die Polizei deponiert das Geld viel zu spät. Weil die Bank, von der das Geld kam, Mittagspause hatte. Soll ich noch weitere Fälle auflisten? Wenn man dem Entführer nicht das gibt, was er haben will, zu dem Zeitpunkt, an dem er es haben will, wird er nervös, und du willst doch nicht, dass Tom nervös wird, oder? Gib ihm, was er verlangt. Nur so hat Lilly eine Chance!

Sie schaute in die Handtasche und vergewisserte sich, dass alles darin war, was sie benötigte. Dann öffnete sie die Tür. Kühle Luft ließ sie augenblicklich frösteln, und der feine Regen legte sich wie ein Leichentuch auf ihr Gesicht. Sie drückte die Fernbedienung des Autoschlüssels – der Wagen fiepte und blinkte ein paar Mal vor sich hin, dann überquerte sie die Straße und betrat das »Rote Schloss«.

Der Geruch im Innern war ein wenig muffig, als wäre eine Weile nicht gelüftet worden, aber die Note der chinesischen Speisen trat deutlich hervor. Dominiert von Sojasauce und Reis. Es gab keine Deckenbeleuchtung, nur indirektes Licht von den Wänden, die mit verzierten Holzvertäfelungen bedeckt waren.

Michelle ging durch einen Holzbogen, der wie eine Schlange mit Drachenkopf geschnitzt war. Rechts plätscherte ein kleiner Brunnen vor sich hin, und in einem winzigen Teich schwammen drei weiße Kois.

Gegenüber stand die Theke, aus rustikalem Olivenholz, mit einer Kasse darauf vor einem Regal mit Spirituosen.

Niemand schien im Raum zu sein. Weder ein Gast noch eine Bedienung. Selbst der Mann, der vorhin das Restaurant betreten hatte, war nirgends zu sehen. Vorbei an der Theke reihten sich Sitznischen, umgeben von hölzernen Gitterwänden. Auch sie waren prunkvoll verziert mit geometrischen Figuren, Blumen und Fischen. Zwischen den Nischen standen auf Fensterbänken künstliche Pflanzen und Statuen. Einschläfernde Musik kam aus winzigen Boxen, die hier und da von der Decke hingen. Alles wirkte wie in etlichen anderen Chinarestaurants, die Michelle in ihrem Leben besucht hatte.

»'n Abend.«

Michelle zuckte zusammen und fuhr herum. Hinter ihr stand eine kleine, breit grinsende Chinesin, die ihr zunickte.

»Oh, guten Abend.«

Die Chinesin lachte. »Habe ich Sie erschreckt? Das tut mir leid.«

»Nicht so wild.«

Wieder lachte die Chinesin. Es klang seltsam gekünstelt, aber auch das hatte Michelle schon in anderen Restaurants erlebt.

»Vom Buffet?«

Michelle nickte. »Ja, bitte. Wo kann ich mich hinsetzen? Irgendwo?«

Die Chinesin nickte kurz mit eingefrorenem Lächeln. »Ja, irgendwo.«

Michelle suchte sich einen Platz, vom dem aus sie die Theke und vor allem die dahinterliegende Tür beobachten konnte. Von dort aus schien man in die Privaträume zu gelangen.

Das Codewort geisterte kontinuierlich durch ihren Kopf. Es drängte sich mehr und mehr in den Vordergrund, aber im Moment wollte sie nur die Lage checken.

Seit die Chinesin aufgetaucht war, hörte ihr Herz nicht mehr auf zu trommeln. Sie gehörte nicht zu Toms Opfern, da war Michelle sicher, auch wenn die Verhandlungen, in denen Ya-Long ausgesagt hatte, über zwei Jahre zurücklagen.

Die Chinesin, die sie suchte, war schlank und hochgewachsen, mit feinen, harten Gesichtszügen. Diese hier wirkte eher gedrungen.

»Was trinken?«
Es brauchte nur diese Frage, damit Michelle sich fühlte, als kochte sie in einem Kessel voller Öl. Sie spürte, wie ihr ein Schweißtropfen den Arm hinunterlief. Würde sie jetzt mit »Champagner« antworten, würde es losgehen. Offenbar wurde in chinesischen Restaurants selten Champagner bestellt.
Die Chinesin wartete geduldig. In ihren Augen stand völlige Gleichgültigkeit. Sie wirkte nicht angespannt, nur wie eine Bedienung, die auf eine Antwort wartete.
Sie wartet auf das Codewort, Michelle. Hast du dir schon Gedanken gemacht, wie diese Leute mit dir umgehen werden, wenn sie auch nur ahnen, was du vorhast? Geh lieber wieder nach Hause. Gib den Brief der Polizei und fange an, zu beten. Vielleicht hilft's!
Michelle schüttelte den Kopf, stellte ihre Handtasche, die sie über den Stuhl gehängt hatte, auf den Schoß, öffnete sie und griff hinein.
Zwischen ihrem Portemonnaie, einer Parfumflasche und einigem Kleinkram lag der Taser, den sie sich zugelegt hatte, nachdem Tom verhaftet wurde. Ganz sachte schlossen sich ihre Finger darum. Man wusste nie, was passieren würde.
»Nicht trinken?«, fragte die Bedienung erstaunt.
Michelle versuchte, freundlich zu schauen. »Doch, natürlich. Entschuldigung. Erst mal ein Wasser, danke schön.«
Die Chinesin watschelte davon. Michelle sank im Stuhl zusammen und ließ den Taser los. Sie rutschte hin und her, fand keine bequeme Position und wäre am liebsten aufgestanden und gegangen, doch das konnte sie sich nicht leisten. Sie hatte eine Mission, und bisher saß sie lediglich in einem Restaurant. Es gab keinen Hinweis auf eine Untergrundorganisation, keinen auf Toms Chinesin. Doch es musste ihn geben. Irgendwo versteckt zwischen all dem Kitsch und billigen Prunk.

Das Buffet war im Raum nebenan. Michelle hätte sich lieber übergeben, statt etwas zu essen, aber sie wollte sich zumindest alles ansehen. Noch bevor ihr Wasser kam – was ungewöhnlich lange dauerte –, stand sie auf und ging in den Nebenraum.
Die Speisen dampften in Metallschalen, die rings um eine Mittelkonsole aufgereiht waren. Auch hier war niemand zu sehen. Sie schnappte sich einen Teller und legte sich ein wenig Rindfleisch und gebratene Nudeln darauf. Schon der Duft des Essens reizte ihren Magen. Sie versuchte, es zu ignorieren, und ging zurück zu ihrem Tisch, auf dem inzwischen das Glas Wasser stand. Sie setzte sich und nahm einen kräftigen Schluck. Herrliche Kälte flutete ihren Magen, und einen Moment lang ging es ihr besser.
Willst du bis in alle Ewigkeit hier sitzen bleiben? Entweder tust du, weshalb du hier bist, oder du gehst zurück zum Auto.
Dunkle Sauce lief über die mundgerechten Rindfleischstückchen und vermischte sich mit den Nudeln. Das schummrige Licht verlieh dem Essen einen künstlichen Glanz, als wäre es mit Wachs überzogen.
Michelle hielt es nicht mehr auf dem Stuhl. Sie schnappte sich die Handtasche und sprang auf. »Hallo?«
Niemand antwortete. Sie ging zur Kasse und spähte durch die Tür dahinter, doch ein Samtvorhang versperrte ihr die Sicht. »Hallo?«
Der Vorhang schwang ein klein wenig zur Seite, und die pummelige Bedienung erschien. »Ah«, sagte sie, gespielt freundlich, »noch ein' Wunsch?«
Michelle atmete so unauffällig wie möglich durch, um ihrer Stimme eine feste Grundlage zu geben. »Ja«, sagte sie, viel unsicherer als beabsichtigt. »Ich hätte gern Champagner.«
Das Codewort, das ihr der Mann am Telefon genannt hatte. Das Wort, das ihr gesamtes Erspartes verbrauchen würde.

Die Chinesin verharrte in ihrer Bewegung, nur die Augenbrauen wanderten deutlich nach oben. »Champagner?«
Michelle nickte und zog ihre Handtasche zur Brust. Sollte etwas schieflaufen, würde sie sich zu wehren wissen.
Natürlich, weil die wirklich bösen Menschen vor einem Elektroschocker erzittern. Manchmal glaube ich, du bist einfach nur dumm.
Die Chinesin ging zur Kasse, drückte auf einen Knopf, und mit schrillem Gebimmel raste die Geldschublade heraus. »Champagner rechnen wir sofort ab. Sie kennen den Preis?«
Wieder nickte Michelle, öffnete die Tasche und zog die Summe, die ihr der Mann am Telefon genannt hatte, aus ihrem Portemonnaie.
Die Chinesin zählte nach, steckte die Scheine in die Schublade und schob sie zurück in die Verriegelung. Dann blickte sie Michelle – das erste Mal an diesem Abend – offen in die Augen. »Einen Moment, ja?« Damit verschwand sie hinter dem Vorhang.
Michelle atmete tief ein. Ihr Herz schlug so heftig, dass es in der Brust schmerzte.
Es dauerte eine gefühlte Ewigkeit, bis sich der Vorhang erneut teilte und eine Frau an die Theke trat. Sie war schlank und hochgewachsen. Sie trug Jeans und ein Hemd, das sie am Bauch verknotet hatte. Offensichtlich gehörte sie nicht zum Restaurantpersonal. In ihr Gesicht stahl sich ein breites Lächeln. »Eine Frau, wie ungewöhnlich. Sie sind also an unseren Champagnerleistungen interessiert? Für das Vorgespräch haben Sie bezahlt. Sollte es zu einer Einigung kommen, wird ein weiterer Betrag fällig, der von Ihren Wünschen abhängig ist.«
Der Gerichtsprozess war schon so lange her. Michelle versuchte, sich an Details zu erinnern. Könnte dies hier Ya-Long sein? Zumindest die Statur war ähnlich. Bevor sie etwas Dummes tat, musste sie sicher sein.

»Ja, das sagte mir der nette Herr am Telefon schon. Werde ich das Gespräch mit Ya-Long führen?«
Das Lächeln der Dame wurde noch breiter. »Ja«, sagte sie schlicht und deutete an, ihr zu folgen. »Mein Name ist Rain. Alle Absprachen laufen über mich oder über Ya-Long. Sie sprechen mit niemand anderem. Bei jeder Transaktion geben Sie meinen Namen an.«
»Rain?«
Rain blieb stehen und drehte sich um. »Ja, Chinesen lieben englische Namen.« Dann verschwand sie in den Privaträumen.
Michelle folgte ihr durch den Samtvorhang in eine Welt, von der sie noch letzte Woche gedacht hätte, dass so etwas niemals existieren könnte.
Über einen roten Teppich, der ihr das Gefühl gab, in den Rachen einer Bestie zu steigen, führte der Gang zu einer gewöhnlichen Holztür.
Sie gingen hindurch, und Rain verschloss sie sorgfältig. Nun würden auch tausend Elektroschocker Michelle nicht mehr befreien können. Die Musikbeschallung hier ließ sich, im Gegensatz zu der im Restaurant, nicht mehr in den Hintergrund schieben. Die hellen Klänge chinesischer Instrumente schnitten wie peitschende Stahlsaiten in ihre Trommelfelle. Das rastlose Stakkato trieb Michelles Puls weiter an. Jeder Ton signalisierte Gefahr. Schrie: Sei auf der Hut!
Die Luft wurde feucht, und der Kitsch blieb hinter ihnen zurück. An den weißen Wänden reihten sich schlichte Wandlampen aus Stahl. Die Türen, an denen sie vorbeikamen, rosteten vor sich hin. Überall platzte Farbe ab.
Michelle lauschte. Wenn hier unten so gefährliche Dinge passierten, musste man doch etwas davon hören. Doch außer ihren eigenen Schritten, die wie Donnerschläge durch den Flur schallten, war es völlig ruhig.

An einer Stahltür stoppten sie.
Rain trat an eine Gegensprechanlage heran und senkte ihren Kopf ein Stück. Sie drehte sich zu Michelle und lächelte, so dass es fast entschuldigend wirkte. »Champagner, bitte«, sagte sie laut. Ohne eine Antwort abzuwarten, richtete sie sich wieder auf und ging an Michelle vorbei. »Nach dem Gespräch hole ich Sie hier wieder ab.« Sie zwinkerte ihr zu und ging.
Es dauerte nur einen Moment, bis die Tür mit einem leisen Summen aufschwang.
Der schwere Geruch von Sandelholz schlug Michelle aus undurchdringlicher Schwärze entgegen. Nur schemenhaft waren die Umrisse einer Person zu erkennen, die langsam ins Licht trat.
»Einen wunderschönen guten Abend, Frau Kettler. Haben Sie schon etwas von Lilly gehört?« Die Person hielt Michelle eine Hand aus Alabaster entgegen. »Mein Name ist Ya-Long P'an. Es freut mich, dass Sie hergefunden haben.«
Michelle nahm die Hand, die kühl war, und schüttelte sie. Für ein paar Schläge setzte ihr Herz aus. Sie hatte die Chinesin gefunden.
Die Frau trug einen Kimono in Schattierungen von Rot, verziert mit goldenen Phönixen. Ihr schwarzes Haar lugte wirr und kurz unter einem Zylinder hervor. Eine dicke Sonnenbrille lenkte von ihrem faltigen Gesicht ab. Nicht dass das nötig gewesen wäre. Trotz der Furchen und Grübchen sah sie gut aus. Ya-Long wirkte wie eine Geschäftsfrau mit außerordentlichem Sinn für Stil.
Erst nach und nach wurde Michelle klar, was Ya-Long sie gefragt hatte. Ein kalter Speer durchdrang ihre Brust und ihren Kehlkopf, nahm ihr den Atem. Sie hatte Mühe, sich zusammenzureißen. »Sie wissen von meiner Tochter?«
Ya-Long musterte sie mit einem amüsierten Lächeln. »Selbstverständlich. Ich würde doch meine Aufgabe ganz und gar un-

zulänglich erfüllen, wüsste ich so etwas nicht, nicht wahr? Sie können sich bestimmt vorstellen, dass wir in diesem Etablissement eine Menge perniziöser Gäste begrüßen. Unsere beste Versicherung ist das Wissen, das wir über unsere Kunden erlangen. Doch sollten wir nicht auf dem Gang über derlei Dinge sprechen. Dafür gibt es passendere Räume. Folgen Sie mir.« Damit drehte sie sich um und schritt davon.

Als Michelle ihr in die Dunkelheit folgte, ließ sich ihr Puls nicht mehr beruhigen.

KAPITEL 23

Ya-Long P'an führte Michelle in einen lichtdurchfluteten Innenhof, den ein aufwendiges Glasdach vor Regen und Wind schützte. Der Hof war großzügig, maß vielleicht vierzig Quadratmeter, und es war warm wie in einem Treibhaus.

In der Mitte stand ein Felsen, der aus Spalten und Löchern Wasser in ein Natursteinbecken spuckte. Ringsherum waren Beete mit überbordender Blütenpracht angelegt. Eine Berieselungsanlage legte einen feinen Dunstschleier auf die Pflanzen.

Ya-Long ging zu dem Becken und setzte sich auf den Rand. »Willkommen in meinem Arboretum. Ich war überrascht, als ich Ihren Namen auf meiner Liste gelesen habe.« Sie fasste die Sonnenbrille am Bügel und zog sie ein Stück herunter, um darüber hinwegzuschauen.

Michelle zwang sich, dem stechenden Blick standzuhalten.

»Mir war gar nicht bewusst, dass ich ihn am Telefon genannt hatte.«

Ein Lächeln huschte über Ya-Longs Gesicht. »Das war auch gar nicht nötig. Der Mensch ist doch so gläsern. Eine Telefonnummer, zum Beispiel, ist ein guter Anfang und dann ein Bild. Welche Informationen kann uns ein einzelnes Bild geben? Menschen sind so mitteilsam. Manche Bilder enthalten sogar Koordinaten, kann man das fassen?« Die Chinesin lachte spitz. »Nur ein Bild, und ich bekomme einen Namen, eine Adresse, die Namen der Freunde, Verwandten. Was glauben Sie, Michelle, erfährt man, wenn man sich richtig anstrengt? Informationen sind mein Geschäft. Manche beschaffe ich, andere lasse ich verschwinden.«

Darüber wollte Michelle gar nicht so genau nachdenken.
»Bei Ihnen war es einfacher. Ich habe mich an Ihr Gesicht erinnert. Warum sind Sie hier? In meinem Restaurant?«
Michelle setzte gerade zum Reden an, doch ihr Mund war so trocken, trotz der Feuchte ringsum, dass sie husten musste.
Ja, nun sag es ihr. Ich bin ja so glücklich, dass Sie die Verhaftung von Tom möglich gemacht haben. So war doch der Plan. Los, sag es.
Michelle schluckte, leckte über ihre Lippen.
Sie merkt, dass du Zeit schindest.
Michelles Gesicht wurde heiß, und während auch das letzte bisschen Selbstbewusstsein aus ihren Poren verdunstete, packte sie eine kalte Gewissheit mit eisigen Klauen. Ihr Plan würde nicht aufgehen. Etwas stimmte nicht daran. Etwas, das diese Frau, die wie ein Marmorengel vor ihr saß, durchschauen würde. Michelle musste umdenken. Schnell. Sofort.
»Ich möchte Sie warnen«, sagte sie daher.
»Das überrascht mich.«
»Es war nicht leicht, Sie zu finden, das können Sie mir glauben.«
»Oh, ich bin durchaus in der Lage abzuschätzen, wie leicht ich zu finden bin. Wovor möchten Sie mich denn warnen?« Ya-Longs Gesichtsausdruck war unverändert.
Michelles Beine wurden schwer, doch sie wagte nicht, sich zu setzen. Ihr Hals fühlte sich an, als bekäme sie eine Erkältung.
»Nun, jetzt, wo ich weiß, wer Sie sind, macht mein Vorhaben vielleicht wenig Sinn.«
Ya-Long lachte auf. »Sie kennen meinen Namen, aber Sie wissen nicht, wer ich bin. Und das sollte Sie beruhigen.«
Michelle tat sich schwer, den Ausführungen der Frau zu folgen.
»Sie waren diejenige, die meinen Ex-Mann ins Gefängnis gebracht hat. Das reicht.«

»Ein Versehen, mehr nicht.«
»Ein Versehen?« Michelles Kopf leerte sich schlagartig. Jeder Gedanke entglitt ihr.
»Ihr Ex-Mann, Michelle Kettler«, die Chinesin beugte sich nach vorne, »ist, sagen wir, anders als andere. Ich habe hier mit vielen Männern zu tun. Extremen Männern mitunter. Doch Ihr Mann ist ein ganz besonderes Exemplar. Es wundert mich, dass er die Angebote meiner Organisation nicht beansprucht hat. Er stand genau dort, wo Sie jetzt stehen«, sie deutete auf den Bruchsteinboden. »Er wirkte allerdings weniger nervös, und er hat mir seine Phantasien ausführlich beschrieben. Exzessive Phantasien, wenn ich so sagen darf. Hat er sie mit Ihnen geteilt?«
Michelles Fingerspitzen schmerzten. Erst jetzt bemerkte sie, wie sie ihre Finger krampfhaft zu einer Faust ballte. »Sie haben ihn genauso gehasst wie ich, oder?«, stieß sie hervor.
»Merkwürdig«, Ya-Long lehnte sich zurück. »Sie haben nicht gefragt, welchen Ihrer Ex-Ehemänner ich gemeint habe.«
»Maik hat mit der Sache nichts zu tun.«
Ya-Long leckte sich die Lippen und setzte sich aufrecht hin. »Doch, das hat er. Mehr, als Sie ahnen. Aber Sie haben recht. Im Augenblick geht es um Tom. Ob ich ihn gehasst habe? Zumindest kann ich behaupten, dass ich ihn nicht geliebt habe. Dass ich nicht das Bett mit ihm geteilt habe. Hat er Sie glücklich gemacht, Michelle? Im Bett?«
Michelle ging über die Frage hinweg. »Er wollte Sie umbringen. Ich dachte, Sie würden sich rächen wollen?«
»Erst Hass, jetzt Rache? Michelle, Sie wollten etwas von mir. Was ist es?«
»Ich will Sie warnen. Tom ist aus der Forensischen Psychiatrie geflohen. Er wird Sie suchen. Er wird Sie finden, und er wird Sie töten. Ich wollte, dass Sie das wissen, das bin ich Ihnen schuldig.«

Ya-Long legte die Fingerspitzen zusammen. »Hass, Rache, Schuld. So viel Dramatik! Aber für ein echtes Drama fehlt die richtige Kulisse. Dafür ist dieser Raum ungeeignet. Wie gesagt, es gibt für jede Gelegenheit den passenden Raum.« Sie stand auf, schob die Sonnenbrille nach oben und deutete auf eine Tür. »Bitte sehr, ich zeige Ihnen das Theater, wo sich die wirklichen Dramen abspielen.«

Zögernd folgte ihr Michelle über eine Treppe in den Keller.

Von einem Raum ging es in den nächsten. Der großräumige Keller war ein Labyrinth. Michelle schätzte, dass sogar die Kellerflächen der Häuser rings um das Restaurant genutzt wurden. Ya-Long P'ans Organisation hatte Geld und Macht, und was Michelle hier tat, war ganz und gar dämlich.

Doch nun gab es kein Zurück mehr.

Für jede Gelegenheit einen passenden Raum. Ya-Long hatte das wörtlich gemeint. Das Kellerkonstrukt, durch das sie gingen, unterlag einer bestimmten Ordnung, die sich Michelle jedoch nicht erschloss. Es schien keinen Hauptkorridor zu geben. Man hatte einfach die Mauern zwischen den Kellern durchbrochen.

Die Decken waren niedrig, die Wände bestanden aus feuchtem Sandstein. In Bodennähe war die weiße Farbe oft schwarz gesprenkelt, und an vielen Stellen mischten sich Stockflecken mit bloßem Stein. Hier unten sparte man sich das Renovieren. Ein Gefühl von Lebendig-begraben-Sein hüllte Michelle ein und fraß ihre Zuversicht bis auf die blanken Knochen.

Die meisten Zimmer, an denen sie vorbeikamen, waren geschlossen; nur ein paar standen offen. Michelle sah nicht viel, aber es reichte, um ihre Phantasie anzuregen. Eines der Zimmer war kunterbunt eingerichtet. Der Boden war mit abwaschbaren Matten ausgelegt, in einer Ecke stand eine Popcornmaschine neben einer Schaukel und einer Rutsche. Seile baumelten von der Decke, und auf einem riesigen Bildschirm liefen Trickfilme.

Ein anderes Zimmer war dagegen deutlich spartanischer. Rostige Metallstreben an den Wänden ließen es wie einen Kerker erscheinen. Ein Holzstuhl mit dunkelbraunen Flecken stand in der Mitte, fest am Boden verschraubt. Der Geruch, der aus dem Zimmer drang, erinnerte Michelle an das Altenheim, in dem ihre Mutter die letzten Monate ihres Lebens verbracht hatte.

Ein weiteres Zimmer hätte Michelle gefallen, wenn sie nicht gewusst hätte, für was es gebucht wurde. Ein Himmelbett stand in der Mitte. An den Wänden hingen schwere Vorhänge. Von der Decke baumelte ein Kronleuchter.

Ya-Long ließ sich nicht beirren und führte sie tiefer in die Katakomben. Vorbei an einem weiteren Raum, gingen sie über einen Flur in einen Saal.

Vor einer Bühne mit heruntergelassenem Theatervorhang standen zwei Reihen Stühle. Die Wände waren mit rotem Teppich verkleidet, und Kronleuchter sorgten für schummriges Licht. Es sah aus wie die Miniaturausgabe eines Staatstheaters.

»Da sind wir«, sagte Ya-Long, hörbar vergnügt. »Das Theater. Hier spielen sich die wirklich spannenden Szenen ab.«

Michelle klammerte sich an ihre Tasche. Sie traute sich nicht, den Verschluss zu öffnen, denn ein kleiner Funke Hoffnung flüsterte ihr zu, dass alles gut ausgehen würde, auch wenn es im Augenblick ganz und gar nicht danach aussah. Es lag eine Bedrohung in der Luft, die sie nicht zu fassen bekam.

Ya-Long drehte sich zu ihr. Wie ein Zauberer hielt sie plötzlich etwas in ihrer Hand, das Michelle bekannt vorkam. »Diese Räume, Michelle, sehen eigentlich nur die zahlenden Kunden.«

»Ich habe bezahlt.«

Ya-Long lächelte. »Zweitausend Euro? Nein, wer hierherkommt, zahlt ein Vielfaches dessen. Und nur wer bar zahlt, darf diese Räume aufrecht verlassen.«
Die Chinesin ging um Michelle herum. »Der Mensch ist ein Tier.« Sie bot ihr mit einer Handbewegung einen Platz an, und erst als sie beide saßen, redete sie weiter. »Einen Tiger kann man nicht zähmen. Die wilde Natur kommt immer zum Vorschein. Was ich hier in diesen Räumen biete, ist die Möglichkeit, die Fesseln zu lösen und der Bestie eine Weile die Freiheit wiederzugeben. Was, glauben Sie, würde passieren, wenn sich diese Bestien nicht ab und zu austoben würden? Ich bewahre viele Frauen und Kinder davor, in die Fänge dieser wilden ungezähmten Menschen zu geraten. Betrachtet man dieses Geschäft mit Abstand, dann erkennt man die Vorteile.
Hätte Tom meine Dienste in Anspruch genommen, würden Sie, liebe Michelle, wahrscheinlich heute noch glücklich mit ihm verheiratet sein. Und die liebreizende Lilly wäre in Freiheit.«
Ya-Long drehte sich zur Bühne und legte ihre Arme rechts und links über die Rückenlehnen der Stühle.
Dann hob sie eine Hand, und kurz darauf glitt der Bühnenvorhang in die Höhe. »Dies habe ich arrangieren lassen, als ich von der Flucht Ihres Ex-Mannes hörte. Es ist quasi die Requisite einer Inszenierung, die ich bis ins Detail geplant habe.«
Michelle ließ ihren Blick über die Bühne schweifen. Für vieles, was dort stand, hatte sie keinen Namen, und doch bestand kein Zweifel, wofür es gedacht war.
Im Hintergrund stand ein Gemälde, das bis zur Decke reichte. Dargestellt waren Dämonen in einer Melange aus Feuer und Schlangen. Wie ein Fächer aus unzähligen Schwertern durchschnitt göttliches Licht aufsteigenden Rauch.
Rechts stand eine Wand, die vollgepackt war mit Werkzeugen und Peitschen. Fleischerhaken baumelten von der Decke, und

der Boden war übersät mit Metalldornen, alle nicht größer als Fingernägel.
Doch all das war nur der Rahmen für das Prachtstück in der Mitte. Aus massivem und geschliffenem Holz stand dort eine Art Pranger. Eine Holzscheibe, bei der man mittig ein rechteckiges Loch gelassen hatte, bildete das Kernstück. Sie war groß genug, um einen Mann mit eisernen Hand- und Fußfesseln anzuketten.
Vor Michelle entfaltete sich ein Panoptikum des Grauens, das den Sprung aus den wirren Gedanken eines Psychopathen in die Realität gewagt hatte.
Ya-Long seufzte. »Ist das nicht herrlich? Ein Laboratorium der Superlative. Sie sprachen von Rache, Michelle. Dies hier dient nicht der Rache. Aber Ihr Ex-Mann kam auf mich zu. Als Kunde. Und dann hat er durch sein unbedarftes Handeln meine Integrität in Frage gestellt. Dies hier war für ihn gedacht.« Sie zeigte Michelle, was sie die ganze Zeit in der Hand gehalten hatte.
Es war ein Polaroid. Nur war dieses verstörender als das, welches Michelle bekommen hatte. Die gehäutete Frau darauf war von oben bis unten aufgeschlitzt, und ihre Gedärme waren herausgerissen. »Man hat mir eine Warnung zukommen lassen und will mich hiermit in Angst versetzen.« Als Michelle das Foto nicht in die Hand nahm, steckte Ya-Long es wieder ein. Sie richtete einen Zeigefinger auf die Bühne. »Dort wird derjenige spüren, wie heiß Läuterung sein kann. Ich verstehe mein Geschäft und weiß, wie man mit Männern umzugehen hat. Vielen Dank für die Warnung, Michelle, aber Sie sehen, die habe ich nicht nötig.«
Ya-Long zog ein Etui aus ihrem Kimono, nahm eine Zigarette heraus und steckte sie sich an. Mit ihren schmalen Lippen umklammerte sie den Filter. Ihre Wangen wölbten sich nach innen,

und beim Aufglimmen des Tabaks stachen die Konturen in ihrem Gesicht mehr denn je hervor.
Michelle erhob sich. Sie hatte kaum Kraft in den Beinen. Sie musste hier raus, und sie würde diese Chinesin mitnehmen, koste es, was es wolle. Alle Skrupel waren verflogen. Diese Frau neben ihr hatte verdammt noch mal den Tod verdient. Einen Moment lang bedauerte sie, dass Tom sein Werk damals nicht zu Ende bringen konnte. Doch den Gedanken schob sie schnell beiseite.
»Michelle.« Auch die Chinesin erhob sich und nahm die Sonnenbrille ab, legte die Bügel zusammen und steckte sie ein. »Ich bin Geschäftsfrau. Meine Waren mögen, nun ja, außergewöhnlich sein, aber im Grunde geht es hier doch nur ums Geld.« Sie fasste Michelle an der Schulter und schaute ihr in die Augen. »Ich bin durchaus in der Lage, meine Rachegelüste zurückzustellen, aber Sie? Was zum Teufel muss in Ihnen vorgehen? Er hat Ihr ganzes Leben zerstört – und das Ihres Kindes. Wünschen Sie sich nicht, ihn sterben zu sehen?«
Michelles Finger krallten sich schmerzhaft in ihre Handtasche. »Doch, das wünsche ich. Das wünsche ich mir jeden gottverdammten Tag. Sobald ich die Augen öffne, nach einer Nacht, in der ich nicht schlafen konnte. Oder wenn ich meine Tochter ansehe und weiß, dass sie nie mehr in der Lage sein wird, an das Gute im Menschen zu glauben. Und doch habe ich Angst, am Ende nicht anders zu sein als er. Eine Bestie, die ihr Opfer zerfleischen möchte, weil sie nicht anders kann.«
Ya-Long nickte und ließ sie los. »Für jedes Problem gibt es eine Lösung. Das Theater hier ist für genau solche Dinge gebaut worden. Fernab der Gesellschaft. Fernab jeglicher Sanktionen. Dies hier, Michelle Kettler, ist die Hölle.«
Ya-Long nahm einen tiefen Zug von der Zigarette und neigte den Kopf zur Seite. »Ich möchte Ihnen etwas Einmaliges anbie-

ten. Was würden Sie sagen, wenn ich all Ihre Probleme lösen könnte?«

Das Bühnenbild brannte sich in Michelles Bewusstsein. Ja, dies hier war die Hölle. Sie stützte sich auf einen der Stühle, um nicht das Gleichgewicht zu verlieren. Wie sollte sie hier die Chinesin überwältigen und herausschleppen? Es schien unmöglich.

Ya-Longs Angebot war verlockend. Alle Probleme, hatte sie gesagt? Es könnte hier und jetzt vorbei sein? »Wie hoch ist der Preis?«

»Nun, die Höhe ist aus meiner Sicht durchaus angemessen. Ich will Sie!«

Das Theater begann, sich um Michelle zu drehen. »Mich?«

»Ja, Michelle. Sie. Die Mädchen, die hierherkommen, sind – gelinde ausgedrückt – widerspenstig. Eine Frau, die ich auf freiwilliger Basis verkaufen kann, ist unbezahlbar. Ich bringe Ihnen Tom und Lilly, und Sie sterben für mich auf dieser Bühne hier. Und Sie tun es freiwillig mit einem Lächeln auf dem Gesicht.« Ihr Mund schmunzelte. Die Augen taten es nicht.

Michelle war entsetzt. Diese Frau hatte den Tod mehr als verdient. »Nun«, sagte sie und schob langsam eine Hand in die Tasche. »Das Polaroid, das Sie erhalten haben, ist nicht der wahre Grund, warum ich hier bin. Tom hat mich geschickt.«

Ya-Long nickte langsam. »Ich verstehe. Und Sie sollen mich töten?«

»Nein, den Part will er sich wohl nicht nehmen lassen.«

»Ah, jetzt verstehe ich wirklich.«

KAPITEL 24

Eigentlich hatte Robert direkt nach Hause fahren wollen, doch auf dem Weg hatte er es sich anders überlegt. Er wollte noch schnell einen Abstecher aufs Land machen.

Das Haus von Sebastian Graf sah anders aus, als Robert erwartet hatte. Bieder war das Wort, das ihm als Erstes einfiel, weiß ohne viel Schnörkel.

Künstlerisch war höchstens die Menge Unkraut, die im Vorgarten wuchs. Der Maler schien nicht viel von Gartenarbeit zu halten.

Kaum hatte Robert die Klingel gedrückt, öffnete Graf die Tür. Seine blonden Haare hingen ihm feucht und strähnig ins Gesicht, seine blasse Haut war rot gefleckt. Er verströmte den Duft von Badeschaum, seine Augen sprangen hin und her, als erwartete er, weitere Besucher zu sehen. Offenbar hatte Robert ihn gestört.

»Guten Abend, Robert Bendlin, ich arbeite für die Polizei. Es tut mir leid, dass ich Sie so spät noch belästige. Herr Graf, wir kennen uns bereits. Wir sind uns in der psychiatrischen Klinik Ruhrbach begegnet, erinnern Sie sich?«

Der Mann stutzte, und Robert fiel auf, dass er schwer atmete.

»Ähm«, der Mann schüttelte den Kopf, »tut mir leid. Nein, ich … oh doch, natürlich. Natürlich erinnere ich mich. Geht es um etwas Bestimmtes?«

Robert runzelte die Stirn. »Ist alles in Ordnung mit Ihnen? Sie wirken etwas neben der Spur.«

»Tut mir leid. Ich habe gerade ein Bad genommen und bin zu schnell aufgestanden. Mein Kreislauf ist völlig runter. Und ich

fühl mich nicht sehr wohl in der Nähe von Polizisten.« Er lächelte gequält.
»Was das angeht, brauchen Sie sich keine Sorgen zu machen, Herr Graf, denn ich bin hier, um Sie zu einem Hilfssheriff zu machen.«
Graf hielt sich am Türrahmen fest. Es ging ihm wirklich nicht gut. »Einem was?«
»Lassen Sie uns reingehen, dann können Sie sich setzen. Sie sehen nicht gut aus.«
Sebastian Graf schaute kurz nach hinten, als wollte er sich vergewissern, dass nichts Peinliches herumlag, dann trat er zur Seite. »Sitzen ist eine gute Idee. Nächstes Mal bleibe ich in der Badewanne sitzen.«
Sie gingen ins Wohnzimmer. Graf stellte zwei Gläser Wasser auf den Couchtisch, von denen er seines in einem Zug leerte, und beide nahmen Platz.
»Sie sind also Künstler?«, begann Robert das Gespräch.
Sebastian Graf nickte vorsichtig. Er sah schon deutlich besser aus. Die Flecken in seinem Gesicht waren wieder der ungesunden Blässe gewichen. »Ja, ich male.«
»Zusammen mit Irren? Entschuldigung, ich meine, Sie arbeiten in der Psychiatrie?«
Graf strich sich die Haare aus dem Gesicht. »Manchmal. Warum sind Sie hier, Herr Bendlin?«
»Ich war im hiesigen Künstlerbedarfsladen von Herrn Bäumer. Dort wurde ich auf Ihre Spur gebracht.«
»Ein guter Laden. Dort bekommt man sogar Farben, die wegen ihres Bleigehalts längst verboten … oh«, er sackte in sich zusammen, »das sollte ich vor einem Polizisten wohl besser verschweigen?«
Robert grinste. »Keine Sorge, Farben interessieren mich nicht. Auf jeden Fall hätte ich gerne Ihre Expertenmeinung zu einem aktuellen Fall.«

Sebastian Graf atmete tief ein. »Um was geht es?« Seine Stimme hatte die naive Schüchternheit verloren.
»Nun, ich möchte offen mit Ihnen sprechen. Ich benötige Ihre Hilfe, Herr Graf. Sie könnten Informationen haben, die mich in einem aktuellen Mordfall einen entscheidenden Schritt nach vorne bringen könnten.«
»Ich könnte Informationen haben? Woher das?«
»Sie sind Künstler.« Robert holte sein Handy heraus. »Ich möchte Ihnen jetzt zwei Bilder zeigen. Sollten Sie Probleme mit Leichen haben, haben Sie keine Scheu, mir das zu sagen. Mir geht es um die Zeichnungen, die sich auf den Leichen befinden.«
»Leichen? Hören Sie, woher soll ich das wissen? Die einzigen Leichen, mit denen ich zu tun habe, sind die toten Fliegen auf meinem Küchentisch. Und das sage ich auch nur, um witzig zu sein. In meiner Küche sind überhaupt keine Fliegen. Allerdings ist mir noch immer nicht klar, was ich für Sie tun könnte.«
»Das sage ich Ihnen gleich. Schauen Sie sich erst einmal diese Bilder an.« Robert zeigte ihm das Bild von Tom Rieds Mutter auf dem Seziertisch und das der Schmetterlingsleiche von vor zehn Jahren. »Sehen Sie die Zeichnungen auf den Leichen?«
Sebastian nutzte die Zoomfunktion, um sich Details anzuschauen. Wenn er sich vor den toten Körpern ekelte, ließ er sich nichts anmerken. »Tätowiert und gemalt«, murmelte er, »schöne Arbeit, wenn auch etwas überhastet. Sehen Sie hier, diese Kreise? Kein einziger Strich ist gerade ausgeführt. Hier schließt sich der Kreis nicht einmal. Die Tätowierungen sind unsauber gestochen. Hier zu tief, dort nicht tief genug.«
»Was mich interessiert, Herr Graf: Sind beide Leichen von ein und derselben Person bearbeitet worden?«
Sebastian Graf hob die Augenbrauen und schaute Robert ungläubig an. »Bitte, was?«

»Nun ja, ich hatte gehofft, ehrlich gesagt, dass Sie vielleicht anhand der Pinselführung oder so sehen können, ob …«
Graf schaute genauer hin. »Das kann ich unmöglich anhand der Fotos bestimmen. Vielleicht wenn ich die echten Leichen sehen könnte …?«
»Tut mir leid, nein, das geht leider nicht.«
»Also ich kann nur sagen, dass sich die beiden Arbeiten ähneln. Wenn sie nicht von einer Person stammen, dann hat sich die zweite ordentlich bemüht, die erste zu kopieren. Alles andere wäre Spekulation.«
»Was ist mit Pinselführung? Farbauswahl? Irgendetwas, das einer Unterschrift gleichkommt?«
»Dazu müsste man viele Arbeiten miteinander vergleichen, und anhand von Fotos ist da nichts zu machen.«
»Schade, das hilft mir leider nicht weiter.«
»Herr Bendlin, muss ich Angst haben? Also wegen Ried?«
»Herr Graf, wir werden Thomas Ried finden.«
»Auch wenn ich Ihnen nicht geholfen habe?«
»Auch dann, ja.«
»Sehen Sie, ich kann wegen meiner Ängste kaum noch arbeiten. Meine Kunst leidet darunter. Ein Psychopath, der frei in unserer Stadt herumläuft? Das muss man sich mal vorstellen. Solange er in der Klinik unter Kontrolle stand, kein Problem, aber so? Ich gehe seitdem nicht mehr aus dem Haus.« Er lachte trocken. »Aber irgendwann muss man ja einkaufen, nicht wahr?«
Robert hatte das Gefühl, seine Zeit zu verplempern. »Ehrlich gesagt, glaube ich nicht, dass er noch in dieser Stadt ist. Die Polizei ist mit Hundertschaften hinter ihm her. Wäre er noch hier, hätten wir ihn bereits gefasst. Außerdem sind Sie wahrscheinlich nicht sein Typ.« Das sagte er zwar, glaubte aber selbst nicht daran. Ried hatte sein Beuteschema geändert, und nie-

mand konnte sagen, wer nun in den Kreis der Begehrten aufgenommen wurde.

Beruhige den Bürger. Noch etwas, das ihm sein Ausbilder damals eingetrichtert hatte.

Sebastian Graf nickte. »Ich hätte Ihnen wirklich gern geholfen.«

Robert stand auf. »Danke dennoch. Ich will Sie auch nicht weiter aufhalten.«

»Rufen Sie mich an, wenn Sie noch einmal meine Hilfe benötigen. Ich schlafe nicht sonderlich gut zurzeit. Und ich brauche doch meinen Schlaf.«

Den hatte auch Robert dringend nötig. Er verabschiedete sich und fuhr nach Hause. Dieser Fall war großer stinkender Mist. Warum sah im Fernsehen immer alles so einfach aus?

KAPITEL 25

Michelle blickte in die starren Augen eines Drachen, und das Herz schlug ihr bis zum Hals.
Ya-Long nahm die Zigarette aus dem Mund. »Was soll denn das? Glauben Sie, Sie könnten einfach eine Waffe ziehen?« Sie lachte.
Michelles Arm kribbelte, als hätte sie den Taser schon betätigt. »Nein, natürlich nicht, ich …«
Ya-Long lächelte und beugte sich zu ihr hinüber. »Sie können sie nicht sehen, aber hier überall, für blinde Augen unsichtbar, lauern meine Söldner. Jeder Einzelne wartet nur darauf, endlich für das Geld, das ich ihm gebe, etwas zu tun. Egal, was Sie veranlasst hat, diese Hand«, sie deutete auf Michelle, »in Ihre Tasche zu stecken, Sie sollten sie dort ruhen lassen.« Sie hob abwehrend ihre Arme. »Es ist nicht so, dass ich Ihnen misstrauen würde, Michelle, aber chinesische Söldner sind äußerst loyal, wenn sie bezahlt wurden, und die Ehre gebietet es ihnen, sich – um es in Ihrem Slang zu sagen – voll ins Zeug zu legen. Ihrem Ehrenkodex gemäß wird Versagen mit dem Tod bestraft, und, das sehen Sie sicher ein, diese Söldner hängen unglaublich stark an ihrem Leben. Ja, selbst diejenigen, deren Leben ein Konglomerat aus Enttäuschungen, Verschmähungen und Entbehrungen ist. Wenn es nach mir ginge, würde ich ihnen ja erlauben, nach meinem Tod weiterzuleben, aber«, sie zuckte mit den Achseln, »Chinesen sind da eigen. Ich muss es wissen.« Sie schaute Michelle scharf an. »Wenn ich Sie jetzt also bitten dürfte, mit der Hand in der Tasche zur Bühne zu gehen und sie dort abzustellen?« Sie deutete ihr mit einer ausladenden Geste

den Weg. »Es ist bedauerlich, dass Sie mein Angebot nicht annehmen wollen.«

»Ach, scheiß drauf!« In einer fließenden Bewegung, die sie nie für möglich gehalten hätte, zog Michelle den Taser aus der Tasche, drückte auf den Knopf und presste der verdutzten Chinesin den knisternden Blitz ins Gesicht.

Ya-Long zuckte wild mit weit aufgerissenen Augen, die Zigarette fiel ihr aus der Hand, und mit einem röchelnden Gurgeln kippte sie nach hinten um. Sie krachte ungebremst zwischen die Stühle und blieb, von ein paar Zuckungen abgesehen, reglos liegen.

Einen Moment lang stand Michelle einfach nur da.

Dann schien die Luft zu explodieren, als Pistolenkugeln in Wände und Türen schlugen. Holzspäne und Putz stoben in alle Richtungen. Sechs oder sieben Männer tauchten auf der Bühne auf und schrien in einer beängstigenden, brutalen Sprache.

Ohne zu überlegen, tauchte Michelle in das Kellerlabyrinth ein. In dem chaotischen System aus Räumen und Gängen versuchte sie, einen Ausgang zu finden und dabei ihren Häschern zu entkommen. Doch ihre Stimmen hallten permanent durch die Katakomben. Schließlich gelangte Michelle in eine geräumige Kammer, die über und über mit Spiegeln behangen war.

Sie stürzte hinein, und mit einem Mal standen unzählige Michelles vor ihr, blickten sie gehetzt an, mit Schweißperlen auf der Stirn. Die Haare klebten strähnig in ihren Gesichtern, und Dutzende Augen waren weit aufgerissen. Michelle erkannte sich in keinem von diesen Gesichtern wieder. Die Frauen vor ihr wirkten schwach und verloren. Sie alle verschnauften kurz, blickten sich in verschiedene Richtungen um und rannten dann wild durcheinander. Einige wenige schlüpften durch die nächste Tür in den nächsten Gang.

Wieder allein, hielt Michelle sich rechts.

Es roch nach Urin, nach Kloake und verbrannten Haaren.
Schüsse fielen.
Sie hetzte weiter, wieder durch eine Tür in den nächsten Raum, der eine Sackgasse war.
Verdammt!
Michelle drehte sich um, wollte gerade wieder raus, als das Grauen ihr Bewusstsein flutete.
Du hast keine Zeit! Lauf weiter! Das geht dich nichts an!
Doch Michelle konnte nicht ignorieren, was sie sah.
Auf einer Liege vor ihr lag eine nackte Frau. Höchstens zwanzig Jahre alt und allem Anschein nach Asiatin.
Unzählige Fäden ragten aus ihrem weit geöffneten Mund und verschwanden in einem Kasten unter der Decke. Auf dem Boden vor der Liege lagen ebenfalls Fäden, an deren Enden Murmeln befestigt waren. Es dauerte einen Moment, bis Michelle die Mechanik begriff.
Sie erinnerte sich an ein Spiel, das sie mit ein paar Freundinnen in ihrer Kindheit gespielt hatte. Jede von ihnen hatte einen Faden geschluckt, und das Ende aus dem Mund baumeln lassen. Dann hatten sie ihn langsam, Stück für Stück wieder herausgezogen. Die mit dem längsten Faden hatte gewonnen.
Hätte man Kugeln an die Enden gebunden und viele Fäden benutzt und sie mit einem gewaltigen Ruck herausgezogen …
Michelle würgte. Welches kranke Hirn dachte sich solche Scheußlichkeiten aus? Und was würde den Mechanismus auslösen, der sich offensichtlich im Kasten über der Liege befand?
Sie schob den Gedanken beiseite und konzentrierte sich auf die Frau. Ihre Lippen waren ausgetrocknet und aufgeplatzt, die Haut war mit Blutergüssen und Narben übersät.
Tränen traten Michelle ins Gesicht. Die Verfolger waren so nah. Die Frau auf der Liege gab keinen Ton von sich, nur ihre Augen flehten.

Vor der Tür wurde eine Stimme laut. Jemand brüllte Befehle.
Michelle schaute sich um. Sie brauchte eine Barrikade und etwas, das sie als Waffe benutzen konnte. Erst kam ihr der Taser in den Sinn, doch der hatte sein Potenzial verspielt. In einer dunklen Ecke stand ein Stuhl. Sie stürzte darauf zu und klemmte ihn unter die Klinke der Tür, die sie laut krachend ins Schloss geworfen hatte.
Kurz darauf schlug jemand dagegen und schrie etwas in einer Sprache, die sie nicht verstand. Es klang wütend. Der Mann warf sich gegen das Holz, so dass der Stuhl erzitterte.
Michelle war kaum noch in der Lage, klar zu denken. Ihre Beine fühlten sich ebenso kraftlos an wie die Arme und Hände. Dennoch stürzte sie zur Konsole und riss die Schubladen auf. Irgendetwas Nützliches musste es hier doch geben. Sie wühlte sich durch rostiges Werkzeug, bis ihr ein altes Schweizer Taschenmesser in die Hände fiel.
Sie klappte eine winzige Schere heraus und ging zu der Frau. »Schhhh!«, machte sie. »Ich werde jetzt versuchen, Sie zu befreien. Bitte halten Sie still.«
Der Anblick war so bizarr wie in einer Geisterbahn.
Michelle fasste einen der Fäden, die aus dem Mund der Asiatin ragten, und schnitt ihn ab. Es ging leicht, aber es lagen noch so viele vor ihr.
Wieder krachte die Tür, und der Stuhl knarzte gefährlich. Die Frau röchelte.
»Ja, doch.« Ein Faden nach dem anderen fiel der Schere zum Opfer.
Ein Schuss fiel, und Teile der Tür splitterten. In Michelles Ohren bohrte sich ein hohes Fiepen.
Sie musste schneller arbeiten. Hoffentlich reagierte der Kasten über ihr nicht auf Erschütterungen.
Noch mehr Schüsse peitschten durch die Tür. Michelle hörte sie dicht an ihrem Ohr durch die Luft zischen und in die gegen-

überliegende Wand einschlagen. Putz prasselte auf das Linoleum. Immer wieder schnitt sie mit der viel zu kleinen Schere, die unsicher in ihrer Hand lag, an den Fäden vorbei.
Die Frau blickte sie starr an. Jeglicher Verstand schien aus ihr gewichen zu sein. Jeder Atemzug war ein klägliches Jammern.
Plötzlich explodierte die Welt. Mit einem lauten Krachen zerbrach der Stuhl, die Tür flog auf und zersprang dabei in mehrere Teile. Michelle wirbelte herum.
Ein Mann kletterte über die Trümmer ins Zimmer. Als er sicheren Boden unter den Füßen hatte, schaute er sich kurz um, hielt die Pistole in Michelles Richtung und feuerte. Doch nicht sie war das Ziel. Die Kugel zischte an ihr vorbei und schlug über ihr in den Kasten. Der Mechanismus im Innern ratterte los. Die Fäden spannten sich.
Die Frau auf der Liege heulte auf.
Michelle griff reflexartig nach den sich spannenden Fäden und hängte sich daran.
Sie spürte, wie ein Gewicht mit einem Ruck daran zog. Ein letzter Schnitt befreite die Frau, die sich seitlich von der Liege rollte.
Der Mann richtete die Waffe nun direkt auf Michelle. Mit einem starken chinesischen Akzent schrie er sie an:
»Nicht bewegen. Lass Messer fallen. Sofort!«
Sie klammerte sich an das Schweizer Taschenmesser, als hielte es eine Funktion bereit, die so allmächtig war, dass sie Michelle aus dieser Lage befreien konnte.
»Messer fallen lassen!«, wiederholte der Mann und fuchtelte wild mit der Pistole.
Michelle wurde klar, dass dieser Mann sie nicht erschießen wollte. Wahrscheinlich hatte er den Befehl, sie lebend zu fangen. Ya-Long P'an hatte noch Pläne mit ihr.
Ein dumpfes Knurren ließ beide herumwirbeln. Niemand hatte an die Frau gedacht, die aus ihrer Starre erwacht war. Ihre Au-

gen starrten blutrot, ihr sehniger, nackter Körper war angespannt, dreckig und blutverkrustet. Sie hatte nichts Menschliches mehr an sich, glich eher einem Raubtier. Ein paar Fäden hingen ihr noch aus dem Mund.

Ihr Blick ließ keine Zweifel, auf wen sie es abgesehen hatte.

Der Chinese hatte nicht mehr die Zeit, die Pistole auf das neue Ziel auszurichten. Die Frau sprang ihm entgegen und bohrte ihre dürren Finger in seinen Hals, als wollte sie ihm die Kehle herausreißen.

Aus der Pistole lösten sich ein paar Schüsse, die in den Boden gingen. Der Chinese taumelte zurück, schrie, sein Gesicht schmerzverzerrt. Blut färbte seinen Kragen rot.

Die Frau schlang ihre Beine um seine Hüfte. Seine Knie gaben nach, und beide fielen auf das Linoleum.

Michelle klappte die Schere ein und steckte das Messer in ihre Tasche. Im ersten Moment wollte sie dazwischengehen und der Frau helfen. Doch das, was sich vor ihr auf dem Boden wälzte, war der Realität so entrückt, dass keine Hilfe möglich war.

Die Frau, die sich mehr und mehr in einen Dämon zu verwandeln schien, biss ihrem Opfer ins Gesicht. Ihre Zähne bohrten sich tief in die Wangen, und Blut sprudelte hervor. Das trockene Gurgeln, das aus ihrer Kehle kam, blähte sich zu einem Schrei auf.

Der Mann warf sich hin und her, versuchte vergeblich, sie abzuwerfen, schlug verzweifelt auf ihren Rücken, doch sie schien es nicht einmal zu bemerken. Es sah aus, als hätte sie auf der Liege für genau diesen Moment Energie gesammelt, um sie in einem unmenschlichen Akt der Zerfleischung freizulassen.

Der Mann schob die Pistole unter den Körper der Asiatin und feuerte die letzten Kugeln ab, die noch im Magazin waren.

Als die Frau leblos zur Seite kippte, war von seinem Gesicht kaum noch etwas übrig. Er versuchte in einem letzten Kraftakt aufzustehen, eine Hand nach Michelle ausgestreckt. Fiel dann jedoch zurück auf den Boden und blieb reglos liegen.

Michelle wandte sich ab und stieg über die Trümmer der Tür. Sie hatte keine Zeit für Trauer oder Ekel oder sonstige Eitelkeiten. Nicht einmal für Menschlichkeit. Sie musste aus diesem unwirklichen Labyrinth des Schreckens entkommen.

Nach nur wenigen Metern versperrte ihr eine weitere Tür den Weg.

Hinter ihr wurden Stimmen laut. Schreie hallten durch die Flure. In den Reihen ihrer Verfolger schien Panik ausgebrochen zu sein.

Sie griff die Verriegelung, die aus einem einzelnen Hebel bestand. Er sah nicht abgegriffen aus. Der rote Lack glänzte, als wäre er erst gestern aufgetragen worden.

Der Hebel senkte sich ganz langsam.

Viel zu langsam.

Michelle konnte hören, wie die Männer hinter ihr ausschwärmten. Wie sie nach ihr riefen.

Sie hängte sich mit ihrem ganzen Körper an den Hebel und zog, so fest sie konnte.

Bitte, bitte, bitte …

Als der Hebel einrastete, musste sie ein Jauchzen unterdrücken. Die Tür schwang auf, und die eben noch surreale Welt verwandelte sich in spießige Banalität.

Ohne zu zögern, trat sie in das gutbürgerliche Wohnzimmer eines konservativen Häkelfetischisten und ließ die Tür hinter sich mit einem metallischen Donnern ins Schloss fallen.

Sie fasste das braune Cordsofa mit beiden Händen und zog es vor die Tür. Das würde ihre Verfolger nur kurz aufhalten. Sie musste sich beeilen.

Aus dem vorderen Teil der Wohnung hörte sie Schritte. Nein, nein, nein! Sie schaute nach rechts und links, riss den Eichen-

schrank auf, doch der Platz reichte nicht aus, um sich darin zu verstecken.
Michelle schlich in die angrenzende Küche, die so steril wirkte, als wäre sie noch nie benutzt worden. Eine Waffe, sie brauchte eine Waffe!
Eine schwere gusseiserne Pfanne erregte ihre Aufmerksamkeit. Sie nahm sie von der Wandhalterung und wog sie in der Hand. Viel zu schwer. Damit wäre nur ein grober Schlag möglich, aber kein Kampf.
Im Flur knarzten die Dielen.
Michelle hängte die Pfanne zurück. Sie brauchte ein Messer. Schnell.
Doch sie bekam keine Gelegenheit mehr, danach zu suchen. Ein Schrei ging durch die Küche, und Rain kam auf sie zu wie ein überdrehtes Spielzeug.
Michelle riss die Pfanne samt Halterung von der Wand und schlug zu.
Manche Geräusche hatten die unangenehme Eigenschaft, wie zähes Öl am Trommelfell kleben zu bleiben. Die Pfanne traf das Gesicht der Chinesin mit voller Wucht. Gleichzeitig knackte und knirschte es, als Nase und Zähne der Frau brachen. Dazu kam das matschende Geräusch von Blut, das aus den Wunden schoss und gegen die weißen Wände spritzte. Den Abschluss bildete das dumpfe Aufklatschen auf den Fliesen, als die Frau ungebremst zu Boden ging.
Michelle ließ erschrocken die Pfanne fallen. Mit dieser Wucht hatte sie nicht gerechnet.
Unter ihr bildete sich eine Blutlache. Rains ehemals hübsches Gesicht war nicht mehr zu erkennen. Es war blutüberströmt und leicht schief, als wäre ein Erdbeben hindurchgegangen.
Ein Kribbeln breitete sich in Michelle aus. Das war ihre Chance, die Situation doch noch zu retten. Sie schnappte sich die Chine-

sin, die kraftlos um sich schlug, und zerrte sie zur Tür. Michelle schickte ein Stoßgebet in den Himmel und trat hinaus in den Regen.

Gott, fühlte sich das gut an. Das Wasser kühlte ihre fiebrige Haut, und die Luft füllte ihre Lungen mit Sauerstoff. Wenn man der Hölle entkommen war, konnten Regen und Kälte himmlisch sein.

Weiter! Sie musste weiter. Ihr Wagen stand vor dem Restaurant. Ohne zu zögern, lief sie zum Auto, stieg ein und fuhr vor die Haustür.

Vorsichtig betrat sie wieder die Wohnung. Rain stöhnte. Ihre Hände schienen nach etwas zu suchen, griffen jedoch ins Leere. Von ihr ging keine Gefahr mehr aus.

Im Wohnzimmer polterte es. Holz brach, und die Rufe der Männer drangen laut an ihr Ohr.

Michelle sammelte alle Kräfte und zerrte die Chinesin zum Auto. Sie öffnete den Kofferraum, hievte den Körper hinein und fuhr los.

Die Lieferadresse hatte Tom ihr mit in den Briefumschlag gelegt. Dorthin fuhr sie jetzt.

Am Ziel angekommen, stieg sie aus. Sie ging zu einer Laterne, kramte aus der Handtasche ihr Handy hervor und schickte Tom eine SMS.

Das Paket wurde geliefert.

Sie legte Rain am Bordstein ab und fuhr um die Ecke. Dort wartete sie. Wenn Tom bemerkte, dass er Rain und nicht Ya-Long bekommen hatte, würde er sofort umdrehen und Lilly töten. Das durfte nicht passieren.

Michelle wartete, mit dem entladenen Taser in der Hand, in der Hoffnung, dass Tom sich dadurch bedrohen lassen würde.

KAPITEL 26

Es war noch früh am Morgen, als Lillian die Gardine des Küchenfensters ein Stück zur Seite schob und versuchte, in den Fenstern des gegenüberliegenden Hauses etwas zu erkennen.

»Was siehst du?«, fragte Tommi und hielt sich dicht neben ihr.

Das Haus war zu weit weg, um Details zu erkennen. Außerdem versperrten Büsche die Sicht auf das Grundstück. Sie schüttelte den Kopf. »Gar nichts.«

Ihr Stiefvater seufzte enttäuscht. »Ich bin mir sicher, dass die alte Lammert Besuch hat.«

Lillian verstand nicht, warum ihn das so aufregte; das war aber nicht verwunderlich, denn das Nachdenken fiel ihr noch immer schwer. »Darf sie keinen Besuch bekommen?«

»Bisher hatte sie ganz einfach noch keinen. Sie lässt niemanden in ihr Haus, seit ihr Mann verstorben ist. Ich habe das ungute Gefühl, beobachtet zu werden.«

Lillian zuckte mit den Achseln. »Na und?«

Tommi schaute weiter durch das Fenster und wechselte dann das Thema. »Was essen?«

»Nein, bin müde. Ich leg mich etwas ins Bett. Bis Mama da ist. Und wehe, du kommst in mein Zimmer.«

Plötzlich zuckte Tommi zusammen und riss die Gardine herunter. »Verdammt, da sitzt jemand und beobachtet uns.«

Lillian sah eine Bewegung am Fenster gegenüber. Das Haus dort war annähernd hundert Meter entfernt. Zu weit weg, um wirklich etwas erkennen zu können. Die Bewegung hätte auch von einer Katze kommen können oder vom Wind.

Tommi lief durch die Küche, riss Schubladen auf und wühlte darin herum. »Wo sind die beschissenen Messer, verdammt?« Ein Besteckkasten fiel scheppernd zu Boden. Lillian sprang zur Seite und wich zurück. »Was hast du vor?«, fragte sie vorsichtig, und ein Zittern ging durch ihren Körper.

»Das geht dich nichts an. Geh auf dein Zimmer. Ah, da ist es ja.« Er zog ein Fleischermesser aus der Schublade und drehte es in der Hand. Lichtreflexe blitzten durch den Raum und blendeten Lillian.

»Was hast du vor?«, wiederholte sie unsicher. Sie traute sich nicht näher an ihn heran. Sie wusste, wozu er fähig war. Deshalb musste sie ihn besänftigen. Irgendwie.

»Ich sage es kein zweites Mal«, er drehte sich zu ihr und starrte sie mit zusammengepressten Lippen an. Seine Augen flimmerten.

Lillians Knie wurden weich, und das Zimmer begann sich zu drehen. Sie war noch viel zu schwach für so viel Aufregung. Sie tastete nach der Zarge und hielt sich daran fest. »Leg einfach das Messer weg, okay?«, sagte sie leise.

»Auf dein Zimmer!«, schrie er und drängte sich an ihr vorbei.

Sie sackte im Türrahmen zusammen. Tränen flossen über ihre Wangen. »Geh nicht. Bleib bei mir, okay? Ich mach, was du willst, aber geh nicht da rüber.«

Tommi war in Rage. Er schrie auf, drehte sich auf dem Absatz um und bückte sich zu ihr. Die Messerspitze hielt er dicht an ihre Kehle, so dass sie kaum wagte zu atmen. Blut lief ihm an einem Finger herunter, wo er sich offenbar beim Durchwühlen der Schubladen geschnitten hatte. »Du kleine Schlampe machst sowieso, was ich will. Und wenn ich sage, dass du auf dein Zimmer gehen sollst, dann tust du das. Hast du mich verstanden?«

Lillian nickte schluchzend. Immer öfter wurde er ausfallend und brutal. Es war kaum zu ertragen. Sie schlug die Hände vors

Gesicht. Es fühlte sich feucht an und klebrig. Erschrocken betrachtete sie ihre Handflächen. Offenbar hatte Tommi sie mit dem Messer verletzt. Etwas Blut quoll aus einer Wunde an ihrem rechten Zeigefinger. Sie ballte die Hände zur Faust.

Noch immer deutete die Messerspitze auf ihren Kehlkopf.

»Schön, ich werde die alte Frau Lammert in Ruhe lassen, aber dich will ich vorerst nicht mehr sehen. Hast du mich verstanden?« Tommis Stimme schwoll an. »Ich will dich nicht mehr sehen! Und versuch gar nicht erst, dein Zimmer zu verlassen, sonst hole ich dich, und du landest im Keller.«

Damit stand er auf, ließ Lillian im Küchendurchgang sitzen und ging in den Flur.

Ein mieses Gefühl nistete sich in Tommi ein. War ihm jemand auf die Schliche gekommen? Hatte man ihn beobachtet, als er die Chinesin ins Auto geladen hatte? Das war unmöglich. Nachdem Michelle nach einer gefühlten Ewigkeit weggefahren war, hatte er die Gegend doch sehr genau im Auge behalten.

Nein, er war vorsichtig gewesen. Er war immer vorsichtig.

Eine Gefühlswelle überkam ihn, die alles überschwemmte, die seine Gedanken ertränkte und durch die er die Welt anders sah. Es war großartig.

Er spürte das wohlige Kribbeln im Bauch, das sich über seinen Rücken ausbreitete. Er genoss die neue Art der Freiheit. Aber das Problem mit der Nachbarin bestand nach wie vor, und dessen musste er sich annehmen. Doch da war noch etwas anderes. Er nahm eine Jacke vom Kleiderhaken, zog sie über, ging in die Küche und schnappte sich die vorbereitete Plastiktüte. Es gab so viele Aufgaben zu bewältigen. Es war gut, dass er Michelle eine kleine Pause gönnte. Für sie hatte er jetzt wahrlich keine Zeit. Und wenn er die Waldsache erledigt hatte und das Problem mit der Nachbarin, würde er sich um Lillian kümmern, die inzwischen wahrscheinlich wieder in ihrem Zimmer war. Sie war ein gutes Mädchen, doch manchmal brauchten auch gute Mädchen einen kleinen Schubs. Ein kleiner Schubs für ein kleines Mädchen.

Als er durch die Terrassentür nach draußen trat, wirbelte ihm der Wind Regen ins Gesicht. Es war kalt und erfrischend. Der Wald hinter seinem Grundstück erhob sich dunkel und duftete intensiv nach Erde und Harz.

Es roch nach Leben, und es roch nach Tod.

»Und so komme ich nur noch dieses Mal und dann nimmermehr.« Er lächelte.

Die Wiese bis zum Grundstückszaun war matschig. Erst als Tommi den Wald erreicht hatte, wurde der Untergrund fester. Der Weg führte über Wurzeln und Findlinge immer tiefer ins Dunkel. Die Buchen und Fichten, die älter wurden, je weiter er ging, verliehen diesem Ort etwas Märchenhaftes.

Umgestürzte Bäume, häufig von Glimmertintlingen überwuchert, säumten den Pfad. Der Wind frischte auf und jagte fauchend durch die Baumkronen, die sich rauschend von einer Seite auf die andere neigten. Nebelschwaden schoben sich durch das Unterholz, das spärlich den Waldboden bedeckte, wie Horden von Geistern, die rastlos umherirrten.

Diesen Wald hatte er schon als Kind geliebt und durchstreift. Zusammen mit dem nahe gelegenen See hatte dies seine Kindheit ausgemacht.

Er stockte. Seine Kindheit? Es war verwirrend, wie schnell ihn Kleinigkeiten wie Gerüche aus der Fassung brachten. Natürlich war es nicht *seine* Kindheit gewesen, denn jetzt führte er ein anderes Leben. Zumindest war er auf einem guten Weg dahin. Es war die Kindheit seines früheren Ichs.

Die Unterbrechung ärgerte ihn. Er war wie ein Schauspieler, der aus seiner Rolle fiel. Doch das würde ein Ende haben. Sobald Michelle in seiner Gewalt und alles andere erledigt war.

Er setzte seinen Weg fort, bis er bei einer Hütte ankam. Eigentlich glich sie mehr einem Bretterverschlag. Das Holz war löchrig und verpilzt, in den Fenstern flatterten zerrissene Planen, die als Glasersatz gedient hatten, und aus dem Dach wuchs eine junge Birke. Früher hatte die Hütte den Förstern als Unterschlupf gedient, doch schon seit Jahren kam niemand mehr her. Tommi ging an ihr vorbei zu einer Eiche, die sich alt und knorrig zum Himmel streckte.

Hier vernahm er das Wimmern, das der Wind bisher übertönt hatte.

Er umrundete den Baum, und als er den hohlen Klang der Bohlen unter seinen Füßen hörte, trat er zur Seite. Vor ihm lag, mit Blättern und Ästen getarnt, der Zugang zu einem Versteck.

Tommi entriegelte den Deckel, hob ihn an und warf die Tüte, die er bei sich trug und in der eine Packung Salzstangen lag, in das Loch, das er vor wenigen Tagen ausgehoben und mit Plastikplanen ausgekleidet hatte.

Das, was dort unten lag, halb verdurstet, entlockte ihm kein Mitgefühl. Er ignorierte das sich krümmende Fleisch und das Jammern und Winseln.

Der Köder in der Falle war dem Jäger gleichgültig.

Nachdem er den Zugang zum Loch wieder verriegelt hatte, machte er sich auf den Weg zu Frau Lammert. Mal schauen, ob sie besser sehen als hören konnte.

Die Regentropfen wurden dicker und zahlreicher. Der Wind peitschte Tommi das Wasser ins Gesicht, was ihm die Sicht nahm. Dennoch verlor er sein Ziel nicht aus den Augen. Sie alle würden büßen müssen. Sie alle, die mit dem Finger auf andere zeigten, ohne zu erkennen, dass sie nicht anders waren.

Wenn seine Verwandlung erst einmal vollzogen war, würde er der Racheengel sein, der die Gerechtigkeit zurück in die Welt brachte. Er würde allen zeigen, dass niemand ohne Schuld ist.

Erst kam die Kunst, dann die Aufmerksamkeit und am Ende die Erkenntnis. Er spürte, wie die Erregung in jede Faser seines Körpers kroch.

Es fühlte sich ja so gut an!

Er verließ den Wald und ging um sein Grundstück herum, an einem Bach entlang bis zur Straße.

Auf keinen Fall durfte es Zeugen geben, sonst wäre sein Feldzug vorbei, bevor er angefangen hatte. Frau Lammert hatte ihre Chance gehabt. Sie hätte sich raushalten sollen. Warum steckte sie überhaupt ihre Nase in Dinge, die sie nichts angingen?

Er schlug mit der Faust gegen seinen Oberschenkel.

Sie war ein Risiko, aber auch ihre Leiche würde eines sein. Er spürte die Wut, die sein Blut erhitzte.

Diese dämliche Frau machte alles kaputt!

»Tommi!«

Er blieb mitten auf der Straße stehen und blickte sich um. Hinter ihm stand Lillian. Ihre Arme hingen kraftlos an ihrem Körper herab, als würde sie jeden Moment zusammensacken.

Hatte er nicht alle Türen und Fenster verriegelt? Es war unmöglich, dass sie nach draußen hatte gelangen können.

»Geh ins Haus!«, schrie er und sah sich panisch um. Wenn jemand sie sah, wäre es ebenfalls vorbei. Er marschierte mit langen Schritten auf sie zu.

Lillian sah ihn mit großen Augen an, ohne sich zu rühren. Der Regen schien ihr nichts anzuhaben. Ihr Haar fiel in Wellen über die Schultern, und ihre Haut sah samtig aus. Unwirklich, wie ein Engel, stand sie da und wartete, bis er sie erreicht hatte. Für einen Moment befürchtete Tommi, durch sie hindurchzugreifen, doch seine Wut war stärker als seine Befürchtungen.

Er packte sie an den Schultern und schüttelte sie. »Was zum Teufel machst du hier? Bist du … du machst mich wirklich wütend.«

»Komm wieder rein«, flehte sie. »Das hier bist du nicht. Was willst du denn tun? Deine Nachbarin hat vielleicht gar nichts getan. Willst du sie umbringen, nur wegen einer Vermutung? Damit machst du es doch nur noch schlimmer. Komm ins Haus. Bitte!«

Tommi ließ sie los und senkte die Arme. So standen sie sich gegenüber, starrten sich in die Augen wie bei einem Wettbewerb. Wer würde den Blick zuerst abwenden?

»Das hier willst du doch gar nicht wirklich. Das kann ich spüren.«

»Woher willst du wissen, was ich will und was nicht? Geh zurück.«

Lillian schüttelte langsam den Kopf. »Nur wenn du mitkommst.«

»Ich habe etwas zu erledigen, und wenn ich damit fertig bin, kümmere ich mich um dich.«

»Kannst du damit nicht warten, bis Mama da ist?«

»Deine Mutter hat auch noch etwas zu erledigen. Sie wird noch eine Weile brauchen.« Er wischte sich das feuchte Haar aus dem Gesicht.

»Trotzdem«, Lillian schluchzte, fasste seine Hände und zog daran.

Mit einem Ruck befreite er sich aus dem Griff. »Du tust, was ich sage, und nicht umgekehrt, verstehst du mich? Ich will, dass du jetzt ins Haus gehst und dort bleibst.«

»Komm mit! Bitte!«, flehte sie weiter und ging dabei in die Knie.

»Herrgott«, schrie er, und seine Gesichtsmuskeln spannten sich. »Du gehst verflucht noch mal ins Haus, verstanden?« Er packte sie unsanft, so dass sie aufheulte, drehte sie um und schob sie über die Straße zurück zur Haustür. »Geh auf dein Zimmer! Auf dein Zimmer, sofort!«

Lillian schlich über den staubigen Teppich zur Treppe. Dort drehte sie sich noch einmal zu ihm um. »Bleib hier, okay? Wenn du willst, setze ich mich ans Fenster und beobachte das Nachbarhaus. Aber bitte geh nicht rüber. Du willst niemandem etwas tun.«

»Nichts beobachtest du. Geh jetzt hoch!« Tommi stürmte ins Haus und schlug die Tür hinter sich zu. Wasser tropfte an ihm herab und bildete um seine Schuhe herum eine Pfütze, in der sich Schlamm ausbreitete. »Verdammt, Lillian, du hast die Füße nicht abgeputzt und schleppst den Dreck bis nach …« Er stockte. Nein, sie hatte ihre Füße offenbar doch abgeputzt. Der Teppich war weder nass noch schlammig. Nur er hatte Dreck ins Haus gebracht.

Unwillkürlich musste er an seinen Keller denken, den er eigentlich vorbereiten wollte. Auch dort befand sich Dreck, der weggewischt werden sollte. Außerdem musste er noch einen Brief an Michelle schreiben. So viele unerledigte Dinge. Vielleicht konnte Frau Lammert tatsächlich warten. Ja, in der Tat gab es jetzt Wichtigeres. Lillian hatte recht. Eigentlich wollte er der alten Dame nichts antun. Aber er würde sie im Auge behalten, und ihren Besuch ebenfalls.

Gerade zog er sich die Schuhe aus, als es an der Tür klingelte. Durch das Fenster sah er eine recht große Gestalt, die ungeduldig hin und her wippte und schließlich laut gegen die Tür polterte. »Hallo? Mein Name ist Damian Öhl, bitte machen Sie auf. Der Regen ist verteufelt nass, und ungemütlich ist es auch!«

KAPITEL 27

Der Mittwochmorgen war regnerisch wie lange nicht mehr und trübte Roberts Gedanken. Maik war nicht ans Telefon zu bekommen, und die Zeit drängte. Ihm war nichts anderes übriggeblieben, als alleine in die Rechtsmedizin zu fahren. Die letzte unglückliche Obduktion vor Augen, hatte er sich dieses Mal allerdings vorbereitet.

Sein Magen war gefüllt mit leichter Kost. Unter seiner Nase klebte ein dicker Brocken Minzpaste, und sein Blick ging dezent an der Leiche vorbei. So sollte es funktionieren.

Das Grinsen in Dr. Emily Gäters Augen war unübersehbar. Ihr Mundwinkel jedoch zuckte nicht einmal. Als die Leiche bei ihr eingetroffen war, hatte sie ihn prompt angerufen und keine Fragen gestellt. Zum Glück gab es keine Suchlisten von beurlaubten Polizisten.

Die letzte Leiche hatte schon übel gerochen. Doch was jetzt auf dem Tisch vor ihm lag, war kaum zu beschreiben. Ein bestialischer Gestank ging davon aus. Die Leiche war fast vollständig gehäutet worden. Jeder Muskelstrang trat deutlich hervor, wenn er nicht gerade von Fett umgeben war. Die Oberfläche war angetrocknet und runzelig, als ob sich eine zweite Haut gebildet hätte.

Robert war hin- und hergerissen. Sollte er durch die Nase oder durch den Mund atmen? Beides erschien ihm nicht erstrebenswert.

Nur zwei Körperstellen hatte der Mörder nicht angerührt: zum einen die Augenpartie. Die stehengelassene Haut wirkte wie eine Maske und machte eines deutlich: Es handelte sich um eine Chinesin. Das restliche Gesicht war als solches nicht zu erkennen. Die Nase war gebrochen, der Kiefer und die Wangenknochen waren zertrümmert. Knochensplitter hatten sich in das umliegende Gewebe gedrückt, und da es nicht mehr durch Haut geschützt war, konnte Robert jede Kleinigkeit erkennen.

In der Stirn prangte ein Loch wie bei Rieds Mutter, und im Kehlkopfbereich konnte man eine Einstichstelle ausmachen.

Außerdem hatte der Täter die Haut des rechten Beins verschont. Darauf tätowiert war ein detaillierter Stern. Der Hinweis auf das nächste Opfer.

Robert wurde das Gefühl nicht los, dass Gäter jeden Schnitt genoss. Sie zeigte ihm jedes Detail, und er betete, dass Maik ihn endlich zurückrufen würde. Doch der tat ihm den Gefallen nicht.

Die Frau auf dem Seziertisch hatte in ihrem Leben eine Menge Frakturen erlitten. Mehrmals, in unterschiedlichen Jahren, hatte sie sich ihre Arme und Handgelenke gebrochen.

Es gab mehrere Hämatome auf dem Rücken, die sich in unterschiedlichen Heilungsstadien befanden. In den Augen der Frau waren Äderchen geplatzt, was darauf hindeutete, dass sie gewürgt worden war. Oder an Verstopfung litt, fügte Robert in Gedanken hinzu. So genau konnte man das nie wissen. »Da war der Mörder wohl verdammt wütend«, stieß er hervor und versuchte, dabei professionell zu wirken.

Gäters Augenbrauen zuckten. »Nein, der Mörder war überrascht.«

»Er war überrascht? Und hat diese Frau *versehentlich* totgeprügelt?«

»Sind Sie nicht Polizist? Sollten Sie sich nicht mit Indizien auskennen und sie logisch zusammensetzen?«

Mit einer Handbewegung forderte er sie auf weiterzureden.

»All die Frakturen sind bereits geheilt. Die meisten davon allerdings schlecht. Wahrscheinlich wurden sie lediglich grob geschient. Ein Arzt hat sich die auf keinen Fall angesehen. Die Hämatome sind mindestens ein paar Tage alt. Die Bruchverläufe deuten auf Abwehrhaltungen hin.«
»Sie wurde also über einen längeren Zeitraum misshandelt. Vielleicht sogar eingesperrt?«
»Ja, das denke ich. Die Todesursache war allerdings eine andere.«
Robert horchte auf und vergaß sogar kurzzeitig die Übelkeit. »Nämlich?«
»Sie hat einen massiven Schlag gegen den Kopf bekommen, und zwar mit einem flachen Gegenstand. Mit einer schweren Pfanne, würde ich annehmen. Das hat ihr das Nasenbein, das Jochbein und den Oberkieferknochen zertrümmert, was zu starken Einblutungen geführt hat. Getötet hat sie das allerdings nicht. Der Tod trat, wie bei Thomas Rieds Mutter auch, durch Ausbluten ein. Die Einstichstelle mit dem Hohlstechmesser ist deutlich zu sehen.«
»Sie hätte nach dem Schlag gerettet werden können?«
Dr. Gäter hob die Schultern. »Vermutlich. Schön hätte diese Frau allerdings nie wieder ausgesehen. Der Täter hat sein Opfer mit einem Bolzenschussgerät betäubt und nach einem Stich durch das Brustbein, schräg nach oben in die Herzgefäße, ausbluten lassen.«
»Er hat die Frau geschlachtet?«
»War das nicht Rieds Masche?«
»Ja, das war sie. Nur dass dieses Mal die Opfer nicht zu seiner sexuellen Befriedigung ihr Leben aushauchen mussten. Und er hat sie mit einem Bolzenschussgerät betäubt? Ich bin bis jetzt davon ausgegangen, dass man damit tötet?«
Gäter schaute auf. »Nun, ich bin kein Schlachter, aber viele Tiere haben eine dicke Schädelplatte, so dass der Bolzen nur wenig

oder gar nicht in den Kopf eindringt. Wie dem auch sei, in diesem Fall kann man wohl davon ausgehen, dass das Bolzenschussgerät verändert wurde. Die Schädelplatte weist Frakturen auf, aber der Bolzen hat sie nicht durchschlagen. Das deutet darauf hin, dass das Opfer lediglich betäubt wurde. Falls es nötig war, denn wahrscheinlich war das Opfer ohnehin ohne Bewusstsein. Vielleicht gehört die Prozedur auch lediglich zum Ritual.«

»Gibt es irgendwelche Anhaltspunkte, um wen es sich bei der Leiche handelt?«, fragte Robert, während Gäter den Magen der Chinesin wog und anschließend aufschnitt.

»Nein. Den Bericht der Kollegen, was den Fundort angeht, bekommen Sie schnellstmöglich auf Ihren Schreibtisch. Fingerabdrücke können nicht mehr genommen werden, die DNA-Analyse ist beantragt. Falls sich nicht noch irgendein Zeuge meldet, bleibt die Dame vorerst unerkannt.«

Etwas kam Robert in den Sinn, und er ärgerte sich, dass er nicht gleich darauf gekommen war. »Ich glaube, ich weiß, wer sie ist.«

»So, Mr. Sherlock Holmes? Wer ist sie denn?«

»Ihr Name ist vermutlich Ya-Long P'an. Erinnern Sie sich an das große Bild auf der Brust von Tom Rieds Mutter?«

»Der Wolf und das Lamm?«

»Es war mehr als das. Dargestellt war ein Lamm oder ein Schaf, das dem Wolf durch einen Zaun entwischt ist. Ya-Long P'an war das Schaf, das Ried entwischt war. Jetzt«, er nickte in Richtung Leiche, »hat er sie sich noch einmal geholt. Er macht dort weiter, wo er damals unterbrochen wurde.«

»Und wen holt er sich als Nächstes?« Sie deutete auf den tätowierten Stern.

»Darüber werde ich mir noch Gedanken machen.« Er beschloss, gleich im Anschluss für eine Lagebesprechung zu Maik zu fahren. Wenn sie schon beide beurlaubt waren, konnten sie sich auch beide um diese Sache kümmern.

»Hey«, Emily Gäter pfiff durch die Zähne. »Was haben wir denn hier?« Sie drehte sich um und nahm eine Pinzette vom Besteckwagen. Mit ihr zog sie ein kleines Päckchen aus dem geöffneten Magen der Leiche und betrachtete es von allen Seiten.

Robert versuchte, den sauren Geruch des Mageninhalts zu ignorieren, und beugte sich zu ihr. »Was ist das?«

»Etwas, das nicht da reingehört, würde ich sagen.«

Das Päckchen hatte nur die Länge von etwa einem Zentimeter und war flach. Ein Kunststoffbeutel schützte den Inhalt.

»Hat sicher keinen Spaß gemacht, das zu schlucken.«

Gäter blickte ihn vorwurfsvoll an, sagte aber nichts.

»Ich muss sehen, was darin ist.« Robert langte nach ein paar Gummihandschuhen, zog sie über und nahm das Päckchen an sich. Es glitt in seinen Fingern hin und her. Vorsichtig riss er den Kunststoff auf und öffnete es.

Zum Vorschein kam eine Speicherkarte. Dieses Mal pfiff Robert. »Ich glaube, da will uns der Mörder etwas mitteilen. Darf ich Ihren Computer benutzen?«

»Natürlich.«

»Sind wir hier dann fertig?«, fragte Robert betont beiläufig und steckte seinen Notizblock ein. Gott, bitte sag ja!

Gäter legte die Pinzette auf den Besteckwagen. »Ich bin es nicht. Aber falls Ihre Frage darauf abzielt, ob ich noch neue Erkenntnisse für Sie haben werde, so lautet die Antwort: nein. Alle weiteren Ergebnisse kommen aus dem Labor.«

»Gut, dann schaue ich, was hier drauf ist, und mache mich dann auf den Weg.« Danke, danke, danke! »Vielen Dank für Ihre Hilfe.«

»Dafür bin ich da.«

»Rufen Sie mich wieder auf meinem privaten Handy an, falls noch eine Leiche, die zu unserem Fall passt, hier auftaucht?«

»Die Leichen tauchen hier in der Regel nicht einfach auf. Sie werden angemeldet und angeliefert.«

»Ich danke Ihnen«, er warf ihr eine Kusshand und ein, wie er hoffte, charmantes Lächeln zu und ging in das Büro nebenan. Dort schob er die Speicherkarte in den Leseschlitz des Laptops, der auf dem Schreibtisch stand. Seine Handflächen wurden feucht. War hier der Hinweis, der ihn zu Lilly führte?

Bei den angegebenen Wechselmedien auf dem Computer tauchte ein neuer Ordner auf. *Für die Polizei* war dort zu lesen. Roberts Puls beschleunigte sich, als er den Ordner öffnete. Ein Fenster ging auf und zeigte eine einzelne Datei. Ein Video. Er klickte drauf.

Das Bild war verrauscht und dunkel. Offenbar mit einem Handy gefilmt. Ein paar Sekunden lang war nur eine Straßenlaterne zu erkennen. Dann schob sich ein Auto ins Bild. Eine Frau stieg aus, blickte sich um, tat so, als suchte sie etwas in ihrer Handtasche. Dann ging sie zum Kofferraum, fasste hinein und zerrte einen Sack heraus.

Offenbar war er schwer.

Nein, Robert beugte sich näher zum Bildschirm, das war kein Sack. Es war ein Mensch. Die Frau ließ die Person zu Boden gleiten und hinter dem Auto liegen. Dann stieg sie wieder ein und fuhr davon. Nach ein paar weiteren Sekunden endete das Video.

Robert klickte auf den Button der Suchleiste und zog ihn ein Stück zurück.

Die Frau stieg aus dem Auto und suchte im Schein der Laterne in ihrer Handtasche herum. Dann blickte sie auf.

Robert drückte auf Pause. Er kannte das Gesicht. Maik hatte ihm ein Foto von ihr gezeigt. Es war Michelle. War sie die Mörderin? Machte sie vielleicht gemeinsame Sache mit Thomas Ried? Aber was sollte dann das Video in der Leiche bezwecken?

Vielleicht ein Streit unter Liebenden? Dann hatte sie von Anfang an gewusst, wo Lilly war?
Robert nahm die Speicherkarte aus dem Laptop und steckte sie ein. Es gab einen Grund, warum Ried dieses Video in die Leiche gesteckt hatte. Wenn Michelle verhaftet würde, hätte Robert keine Chance mehr, sie zur Rede zu stellen.
Bis dahin durfte niemand von diesem Video wissen.
Robert stand auf. Durch die Glasscheibe konnte er in die Sezierhalle schauen, wo Gäters Assistentin den Müll entsorgte. Warum nur war diese zierliche Frau so viel stärker als er? Er winkte ihr zu, verließ das Institut und machte sich auf den Weg zu Maik. Sie mussten herausfinden, wen sich Ried als Nächstes schnappen würde.
Wenn das gelänge, war die Jagd vorbei.

KAPITEL 28

Maik wohnte am Stadtrand, in einer Sackgasse, die direkt an einen Park grenzte. Es war ein ruhiges Wohngebiet, und die Grundstücke boten genug Abstand zu den Nachbarn, so dass es auch mal etwas lauter werden durfte. Robert stellte den Wagen ab und ging zum Haus. Ihm gefiel die Gegend. In den Vorgärten blühten Schmetterlingsflieder und Weigelien, die er besonders mochte. Es roch nach frisch gemähtem Rasen und nach Blumen.

In dieser Jahreszeit nutzten die Leute normalerweise jede Gelegenheit, um ihren Garten zu pflegen. Der ungewöhnlich häufige Regen bot dieses Jahr allerdings nicht viele davon.

Das Auto von Maik stand in der Einfahrt. Er war also zu Hause. Wahrscheinlich hatte er sich am Abend nach Zellingers Nachricht die Kante gegeben und lag noch im Bett.

Als Robert klingeln wollte, sah er einen offenen Spalt. Die Tür war nur angelehnt. Sein Puls schoss nach oben.

Eine leise Stimme in seinem Kopf mahnte zur Ruhe. Nur weil eine Tür offen steht, muss das nichts bedeuten. Er schluckte, und seine Hand tastete automatisch nach der Dienstwaffe.

Die er nicht mehr besaß.

So ein Mist. Stattdessen zog er eine Dose Pfefferspray aus der Jacke. Das Zeug war manchmal wirksamer als eine Pistole. Zum Glück war er ein so vorsichtiger Mensch, dass er immer etwas dabeihatte.

Mit der anderen Hand zog er sein Handy hervor und drückte auf die Kurzwahltaste.

Vielleicht war es nur falscher Alarm, aber wenn nicht?

Mit der Dose schob er die Tür weiter auf. Im Flur war nichts Ungewöhnliches zu sehen.
Im Handy meldete sich eine Frauenstimme. Robert forderte Verstärkung an und konzentrierte sich wieder auf Maiks Wohnung.
Er machte einen Schritt hinein und lauschte.
Nichts.
Er fasste die Dose mit der zweiten Hand, hielt sie wie eine Waffe vor sich und ging langsam weiter. Rechts war die Küche. Ein kleiner Raum von ein paar Quadratmetern. Zwei Tassen standen auf dem Tisch. Ein Handtuch war achtlos über das Spülbecken geworfen.
Links das Bad. Die Tür stand offen. Ein paar Kleidungsstücke lagen herum, eine Hose – in die Maik niemals hineinpassen würde – hing ordentlich zusammengelegt über dem Badewannenrand. Sie war offenbar von Lillys letztem Besuch liegen geblieben.
Robert tastete sich weiter vor. Bei jedem Schritt klackten die Schuhe auf dem gefliesten Boden.
Vorsichtig, ermahnte er sich, langsam. Jeder Laut könnte dich verraten.
Rechts tauchte das Arbeitszimmer auf. Robert drückte die Klinke runter und stemmte sich gegen die Tür. Sie rührte sich nicht. Von abgeschlossenen Türen ging vorerst keine Gefahr aus.
Also weiter.
Zwei Räume noch. Links das Wohnzimmer und gegenüber das Schlafzimmer. Er schlich darauf zu. Beide konnte er nicht gleichzeitig sichern, aber deshalb auf Verstärkung warten? Manchmal entschieden Sekunden über Leben und Tod.
Er stoppte, zwang sich, tief durchzuatmen, zählte bis drei und drehte sich in einer fließenden Bewegung zuerst nach links – niemand zu sehen –, dann nach rechts.
Blut.

Auf dem Boden.
Natürlich. Im Grunde hatte er nichts anderes erwartet. Er war einfach schon zu lange bei der Polizei.
Aber auch das muss nichts bedeuten, versuchte er sich einzureden. Vielleicht hatte Maik etwas zu viel getrunken, sich verletzt und war ins Krankenhaus gefahren?
Aber ohne Auto? Unwahrscheinlich.
Vielleicht hatte er sich ein Taxi gerufen?
Robert ließ den Blick durch das Schlafzimmer schweifen. Durch die Jalousie fielen ein paar Lichtstrahlen auf das nicht gemachte Bett.
Die Wohnung war leer. Was immer hier passiert war, war vorbei.
Vor dem Haus wurden Türen geschlagen. Die Verstärkung war da. Robert achtete nicht auf die Stimmen. Er begutachtete den Blutfleck. Seine Fähigkeiten, solche Spuren zu interpretieren, waren begrenzt, aber es sah für ihn nicht danach aus, als ob Maik sich geschnitten hätte.
Der Blutfleck war handtellergroß und zum Rand hin ausgefranst, mit weiten Spritzern zu einer Seite. Die andere Seite war verwischt.
Doch all das verblasste gegen das, was daneben säuberlich in der Ritze des Laminats steckte.
Robert achtete darauf, nichts anzufassen, und krabbelte um den Blutfleck herum.
Es war ein Polaroid. Beim Anblick des Motivs wandte sich Robert ab. Die Leiche darauf war säuberlich zerteilt und aufgeschichtet. Robert rutschte das Pfefferspray aus der Hand. Seine Arme gaben nach, so dass er sich setzen musste. Der tätowierte Stern auf dem Bein der Chinesin war ein Polizeistern.
Ried hatte Maik geholt. Er war der Nächste. Maik, der Ried damals verhaftet hatte.

Das war das gesuchte Muster! Die Verbindung. Das Motiv. Ried war auf einem Rachefeldzug.

Roberts Blick fiel auf das Nachttischchen und auf die Bilderrahmen darauf. Die Gesichter, die ihm entgegenlächelten, kannte er. Das schelmische Grinsen gehörte Maiks Tochter Lilly. Das andere Bild zeigte Michelle, Maiks Ex-Frau, mit einer blutigen Wunde auf der Wange.

Nein – Robert kroch darauf zu, um besser sehen zu können –, das war keine Wunde. Das war …

»Auf den Boden! Nehmen Sie die Hände über den Kopf!« Die Stimme war scharf und laut, und doch hörte Robert sie kaum. Welche Chance hatte er jetzt noch, Ried ohne Maik zu finden? Hände packten ihn, drehten ihm die Arme auf den Rücken und drückten ihn zu Boden.

Er hatte nicht die Kraft, sich zu wehren oder zu sagen, wer er war. Sein Verstand arbeitete auf Hochtouren, sein Körper wurde unbedeutend.

Erst als man ihn auf die Wiese vor dem Hof verfrachtet hatte, nahm er wieder bewusst wahr, was um ihn herum passierte.

Ein paar Polizisten suchten die nähere Umgebung ab, während sie darauf warteten, dass die Leute von der Spurensicherung eintrafen. Robert reichte, was er gesehen hatte. Michelle hatte keine Wunde gehabt auf dem Foto. Jemand hatte es in die Hand genommen und beim Betrachten einen schmierigen Blutfleck hinterlassen.

Ried hatte sich Michelles Foto angesehen. Er hatte etwas mit ihr vor, da war sich Robert sicher.

Plötzlich stand Martin Gröne vor ihm. Die schwarzen Haare perfekt gescheitelt und den Dreitagebart korrekt gestutzt. »Was zum Kuckuck tust du hier?«, fragte Gröne und dirigierte gleichzeitig ein paar Polizisten mit einem Fingerwink herum. »Wenn man mich richtig informiert hat, bist du nicht mehr im Dienst.«

Wie in Trance wippte Roberts Kopf auf und ab, doch er antwortete nicht.

»Verdammt, Robert, weißt du, in was für eine Lage du mich hier bringst? Frau Doktor Gäter hat im Präsidium angerufen. Du warst bei ihr. Herrgott noch mal, du kannst in deiner Freizeit nicht einfach Räuber und Gendarm spielen. Dir ist hoffentlich bewusst, dass ich dich melden muss? Zellinger wird ausrasten.«

Robert schaute auf. Manchmal musste man keine Entscheidungen treffen, manchmal regelte sich alles von allein. »Ich muss Leute schützen, die es selbst nicht können. Ja, ich bin beurlaubt und bald wahrscheinlich suspendiert. Ich denke jedoch, in Anbetracht der Lage ist das zweitrangig, oder nicht?«

»Du warst unerlaubt in einem öffentlichen Institut mit beschränktem Zugangsrecht. Das mag nicht dramatisch sein, aber ich versichere dir, solltest du dich weiterhin in die laufenden Ermittlungen einmischen, werde ich dich verhaften lassen. Haben wir uns verstanden?«

Gäter hatte das Verschwinden der Speicherkarte also noch nicht bemerkt, oder jedenfalls hatte sie es nicht gemeldet. Vielleicht war doch nicht alles aus.

Er musste zu Michelle, ohne dass die Polizei etwas davon mitbekam.

»Entschuldige, Martin«, er stand auf, »dieser Fall geht mir nahe. Ich konnte ihn nicht so einfach hinschmeißen.«

Martin Gröne seufzte und legte ihm eine Hand auf die Schulter. »Das ist mir bewusst«, sagte er fast freundschaftlich. »Aber wenn ich auf dich aufpassen muss wie auf einen kleinen, bockigen Jungen, kann ich meinen Job nicht machen.«

Der Unterkiefer von Robert zitterte. »Bockiger Junge?« Seine Stimme schwoll an, und er spürte, dass er sich bald nicht mehr unter Kontrolle hatte. »Hast du verstanden, um was es bei diesem Fall geht? Wer so grün hinter den Ohren ist wie du, sollte den Mund nicht zu voll nehmen. Solltest du noch so eine Bemerkung fallenlassen, werde ich dir hier vor deinen Leuten deinen nackten Hintern versohlen. Haben wir uns verstanden?«

Gröne hob beschwichtigend die Arme. »Hey, kein Grund, ausfallend zu werden.«

»Ein junges Mädchen ist entführt worden. Von einem Psychopathen, der Schmetterlinge aus seinen Opfern macht, der sie häutet und zerstückelt. Erzähl Zellinger, was du willst, aber komm von deinem hohen Ross runter.«

In den Augen von Gröne flackerte es. Er hatte die Hände zu Fäusten geballt und trat nervös auf der Stelle. Das war für Robert ein deutliches Zeichen, dass er zu weit gegangen war, auch wenn er recht hatte. Er kniff die Lippen zusammen und schloss einen Moment die Augen. »Tut mir leid. Das alles wächst mir über den Kopf.«

»Wir haben alles im Griff, Robert. Wir suchen fieberhaft nach dem Mädchen. Früher oder später kriegen wir ihn, und dann kommt er nicht mehr mit einem Klinikaufenthalt davon.«

»Dieses Später ist es, was mir Kopfzerbrechen macht. Ried weicht von seinem Schema ab. Bisher hat er keines seiner Opfer missbraucht. Er ist auf Rache aus. Das heißt, er handelt überlegt, ist uns immer voraus. Er spielt mit uns, legt Fährten aus, damit er in Ruhe seinen Plan durchziehen kann. Es bleibt uns nur noch bis morgen Zeit, um das Mädchen zu retten. Und was mit Maik ist, daran mag ich gar nicht denken.«

»Lass uns unsere Arbeit machen. Wir finden Maik, und wir retten auch das Mädchen, solange du uns nicht dazwischenfunkst.«

Was für ein Sturkopf. Am liebsten hätte Robert ihn ordentlich durchgeschüttelt. Ohne ein weiteres Wort drehte er sich um und ging zu seinem Auto.

Er hatte nur zwei Anlaufstellen. Zuerst musste er Michelle aus der Schusslinie holen, und dann würde er sich noch einmal diese Psychiaterin vornehmen. Frau Dr. Kramme wusste etwas, und jetzt, wo er quasi kein Polizist mehr war, konnte er sie in die Mangel nehmen.

Er stieg ein und fuhr los.

Die Zeit ließ sich nicht verlangsamen. Es blieb ihm nur, herauszuholen, was ging. Und das würde er.

KAPITEL 29

»Ich habe sie nicht getötet.« Michelle saß am Küchentisch und sagte diesen Satz immer wieder vor sich hin, doch deshalb klang er nicht glaubhafter. »Ich habe sie nicht getötet.«

Das glaubst du doch nicht wirklich? Hast du gehört, wie ihr Gesicht geknirscht hat? Ihr Kopf ist geplatzt wie eine Nuss.

Nein, ich habe nicht fest zugeschlagen. Sie hat nur das Bewusstsein verloren. Das ist alles. Sie hat noch gelebt, als ich sie auf dem Bordstein abgelegt habe.

Vor ihr standen eine Flasche Wild Turkey und ein leeres Wasserglas. Sie hatte keine Ahnung, wie spät es war. Die Jalousien im Haus waren heruntergelassen. Die Luft roch muffig. Seit Tagen hatte sie nicht mehr gelüftet.

Und selbst wenn, du hast sie ihm ausgeliefert. So oder so, deinetwegen ist sie jetzt tot.

Nur die Lampe der Dunstabzugshaube leuchtete, so dass ein Großteil des Raums im Dunkeln verschwand. Dorthin würde sie ihren Verstand heute auch noch verbannen.

Fast automatisch griff ihre Hand nach der Flasche und goss etwas in das Glas, das schon eine Weile darauf wartete, benutzt zu werden. Sie führte es zum Mund und stellte es nach kurzem Zögern wieder zurück auf den Tisch.

Würde Tom merken, dass er die falsche Person bekommen hatte?

Nun, am Gesicht zumindest wird er sie nicht erkennen.

Aber vielleicht an anderen Dingen? Wenn Tom klarwurde, dass Michelle ihn betrogen hatte, würde er Lilly töten.

Na komm, trink endlich. Das ist der gute Rare Breed. 54 Prozent pures Vergessen. Steck den Kopf in den Sand und gib auf.

Du hattest eh nie eine Chance. Du warst damals ein Opfer und bist es noch heute. Das wird sich nicht ändern.
Michelle schüttelte den Kopf und schob das Glas von sich.
Nein, sie war kein Opfer. Nie wieder würde sie ein Opfer sein.
Diese Chinesin, diese Rain, hatte es verdient, getötet zu werden.
Und Tom auch.
So lange hatte sie in ihrem Versteck gewartet. Darauf, dass er seine Chinesin abholte, dass sie ihn von hinten mit ihrem Taser überraschen konnte, aber er war nicht gekommen.
Es wäre auch zu einfach gewesen. Nur wie sollte sie jetzt an ihn herankommen?
Sie griff nach dem Umschlag aus dem Briefkasten, der vor ihr auf dem Tisch lag. Sie riss ihn auf und zog den Zettel heraus. Mit trockener Zunge leckte sie sich über die Lippen. Die Finger gehorchten ihr kaum, als sie den Zettel auseinanderfaltete. Sie überflog die Seiten kurz und las dann genauer.

Liebste Michelle,
wahrscheinlich verfluchst du mich gerade. Das ist okay, ein Lehrer muss kein Freund sein. Das Wichtigste ist die Lektion.
Ich bete dafür, dass du begreifst. Aber keine Sorge, es ist ja noch nicht vorbei. Natürlich sollte dir klar sein, dass das Leid, das dir widerfährt, mit meinem nicht zu vergleichen ist. Aber es muss genügen.
Ich nehme viel auf mich, um dir das richtige Einfühlungsvermögen beizubringen. Empathie ist etwas, das hart erarbeitet werden muss. Aber es zahlt sich aus.
Übrigens schreit Lilly immer wieder nach dir. Ich kann sie von hier aus hören. Sie bettelt. Sie bettelt, nach Hause zu dürfen. Schade, dass du so weit weg bist. Aber keine Sor-

ge, ich kümmere mich gut um sie. Immerhin ist sie doch so etwas wie meine Tochter, nicht wahr?

Mit dem nächsten Schritt wirst du ihr näherkommen, das verspreche ich, denn es geht hier um dich und nicht um sie.

Im Briefumschlag ist noch ein kleiner Zettel. Bitte komm doch zu der dort angegebenen Lagerhalle. Da wartet eine Überraschung auf dich.

Hach, ich würde es so gerne verraten, aber … nein, das mache ich nicht. Sonst geht doch der ganze Spaß verloren.

Komm dorthin. Alles Weitere erfährst du da.

Oh, und bring ein Taschentuch mit!

In Liebe,

Tom

PS: Beim nächsten Mal, wenn du dich versteckst, nehme ich dich mit ;)

Kein Wort davon, dass er die falsche Chinesin bekommen hatte. Halb erleichtert atmete Michelle aus, griff zum Umschlag und fischte mit dem Zeigefinger einen kleinen Zettel heraus. Darauf stand eine Adresse am Stadtrand im Industriegebiet.

Fast automatisch zog sie ihr Handy aus der Tasche und wählte Maiks Nummer. Sie ließ es klingeln, bis die Mailbox ranging. Dann wählte sie erneut. Doch auch beim fünften Mal nahm Maik nicht ab. Was zum Teufel war da los?

Sie las den Brief abermals. Gab es einen versteckten Hinweis? Irgendetwas, das sie auf das Kommende vorbereitete?

Sosehr sie auch suchte, der Brief war nur ein wirrer Text von einem geflohenen Serienmörder. Sie steckte den Zettel ein und ging auf den Flur zur Garderobe, wo ihre Handtasche hing. Ihr Kopf fühlte sich schwammig an, und das lag nicht nur am Alkohol. In der Tasche steckte der wieder aufgeladene Taser. Den durfte sie nicht vergessen. Was immer in der Lagerhalle auf sie wartete, sie würde ihre Chance nutzen, sobald Tom auftauchte. Sie zog einen Mantel über und ging zur Tür. In diesem Moment verdunkelte ein Schatten die Glasscheibe. Erschrocken taumelte sie zurück. Es klingelte. Michelle erstarrte und zählte bis fünf. Der Mann ging nicht weg. Er legte die Hände an den Kopf, um seine Augen abzudunkeln, und versuchte, durch die Scheibe zu gucken. Dann klingelte er noch mal. Michelle riss sich zusammen, kramte den Rest Selbstsicherheit hervor und ging zur Tür.

Ihre Hand schob sich fast automatisch in die Handtasche und umschloss den Elektroschocker. Mit ihm war es leichter, die Tür zu öffnen.

Vor ihr stand ein Mann mittleren Alters, auch wenn ihn die Glatze wahrscheinlich älter machte. Er wirkte sportlich, allerdings auch ausgezehrt. Sein Gesicht zeigte eine gewisse Reife mit tiefen Grübchen.

Michelle registrierte all das in einem Bruchteil einer Sekunde. Zuschlagen oder den Taser stecken lassen?

»Hallo, tun Sie mir nichts«, der Mann hob abwehrend die Hände und lächelte mit Blick auf die Handtasche, die Michelle in Brusthöhe hielt, mit einer Hand darin. »Ich weiß, Sie haben viel durchgemacht und allen Grund, misstrauisch zu sein. Doch ich bitte Sie, mir zuzuhören.«

»Äh«, Michelle schüttelte den Kopf und zog die Hand aus der Tasche. »Tut mir leid, kenne ich Sie?«

»Mein Name ist Robert Bendlin. Ich arbeite mit Maik zusammen.«

Jetzt dämmerte es Michelle. Das Gesicht kannte sie. Maik hatte ihr irgendwann mal Fotos gezeigt. Allerdings von einer jüngeren Version dieses Mannes.

»Ja, und?«

Robert Bendlin schaute sich um, als erwartete er einen Angriff aus dem Hinterhalt. »Darf ich reinkommen? Ich denke, es ist dringend.«

Michelle stellte sich in die Tür. »Das ist gerade schlecht. Ich wollte eben das Haus verlassen.«

»Ich schätze, dafür sollten Sie sich etwas Zeit nehmen.«

Zögernd blieb Michelle in der Tür stehen. Gern hätte sie jemandem vertraut. Aber es ging hier um ihre Tochter. Jedes noch so geringe Risiko war zu viel. »Wenn Sie ein Partner von Maik sind«, sagte sie, jetzt gar nicht mehr so sicher, ob er wirklich der Mann vom Foto war, »können Sie mir sicher Ihre Polizeimarke zeigen?«

Bendlin schaute sie einen Augenblick lang verwirrt an. Dann schüttelte er den Kopf. »Ich bin nicht dienstlich hier.«

Michelle trat einen Schritt zurück und schickte sich an, die Tür zu schließen. »Dann tut es mir leid.«

Der Mann presste die Lippen aufeinander und stöhnte genervt. Seine Arme schossen nach vorne und drückten die Tür auf. »Für so einen Quatsch ist keine Zeit. Gehen Sie rein.«

Michelle unterdrückte einen Schrei. Sie versuchte, in die Tasche zu greifen, fasste jedoch daneben. Der Gurt rutschte von ihrer Schulter, und die Tasche landete scheppernd auf dem Boden.

Bendlin schob Michelle in die Wohnung zurück und schloss die Tür. Sie war wie betäubt.

»Hören Sie, Frau Kettler. Wahrscheinlich bin ich zurzeit Ihr einziger Freund. Vor der Tür ist nicht der Ort, um über das zu sprechen, weshalb ich hier bin. Beruhigen Sie sich bitte.«

»Was zum Teufel wollen Sie von mir? Hat Tom Sie geschickt?«

»Ganz sicher nicht. Ich bin ein Freund von Maik. Ich möchte Ihnen helfen. Können wir uns irgendwo setzen?«

Michelle zögerte, deutete ihm aber schließlich den Weg zur Küche. Sie setzte sich ihm gegenüber an den Tisch. So fühlte sie sich ein Stück weit sicherer.
Bendlin atmete tief ein, und sein Blick fiel auf die Whiskeyflasche. »Alkohol löst keine Probleme! Darf ich?«
Sie nickte. Bendlin erhob sich ein Stück, langte hinter sich nach einem leeren Glas, das neben der Spüle stand, schenkte sich ein und trank einen Schluck. Dann schloss er die Augen und sank entspannt in den Stuhl zurück. »Huh, der hat aber ein paar ordentliche Umdrehungen, was?« Er richtete sich wieder auf, stellte die Flasche zur Seite und fixierte Michelle. »Ich möchte ehrlich zu Ihnen sein. Ich bin beurlaubt worden. Deshalb habe ich keine Marke. Tun Sie mir jetzt bitte den Gefallen, und laufen Sie nicht weg. Und versuchen Sie auch nicht, mir etwas über den Kopf zu ziehen. Okay?«
Sie nickte, und ein ungutes Gefühl machte sich in ihr breit. Es erfasste ihre Brust, ihre Arme und Beine. Ihr ganzer Körper war angespannt wie ein Ballon, in den zu viel Luft gepumpt wurde. Zum Platzen bereit.
»Also schön. Ich weiß, was Sie mit der Chinesin gemacht haben. Und ich glaube, dadurch sind Sie in größerer Gefahr, als Sie ahnen.«
»Was wissen Sie?« Michelle glaubte, in ein Loch zu fallen.
Sein Blick war väterlich, seine Stimme dunkel und rauh.
Am liebsten hätte Michelle geweint, doch sie hielt sich zurück.
»Würden wir in dieses Musterhaus von Ya-Long P'an fahren, was fänden wir dort vor? Blut? Eine gusseiserne Pfanne? Was ist wirklich passiert?«
»Was wollen Sie? Geld?«
»Bitte?« Bendlin beugte sich zu ihr über den Tisch. »Hören Sie …«
»Hey!« Michelle sprang auf. »Wenn Sie mir hier etwas andichten wollen, sollten Sie besser zur Polizei gehen.«

»Ich *bin* die Polizei.«

»Nein, im Moment sind Sie ein Fremder, der unerlaubt in mein Haus eingedrungen ist. Soll ich die Polizei anrufen? Dann lässt sich sehr schnell feststellen, ob Sie dazugehören oder nicht.«

»Ich habe ein Video, auf dem man Sie sieht, wie Sie die Chinesin auf die Straße legen.«

Michelle schlug eine Hand vor den Mund. »Was?«, hauchte sie und rutschte zurück auf den Stuhl. »Es gibt Beweise? Tom hat mich gefilmt?«

»Möchten Sie gerne wissen, wie tief Sie im Dreck stecken?«

»Alles, was ich will, ist meine Tochter zurück.«

Bendlin lachte auf, starrte einen Moment auf den Whiskey und nahm noch einen Schluck. Danach stand er auf und stellte die Flasche und das Glas neben die Spüle. Er drehte sich um und lehnte sich gegen die Arbeitsplatte. »Wenn Sie so weitermachen, werden Sie Ihre Tochter nicht retten können. Im Moment sieht es für mich so aus, als ob Sie selbst knietief in der Sache drinstecken. Seien Sie offen zu mir, aber unternehmen Sie keine weiteren Schritte.«

»Sie ist mein Kind. Niemand würde so weit für sie gehen wie ich.«

Robert Bendlin schüttelte den Kopf. »Ich kann Sie nicht einfach so weitermachen lassen. Sie haben ein Verbrechen begangen. Zumindest Beihilfe zum Mord wird man Ihnen anlasten können.«

»Ich hatte keine Wahl.«

Bendlin schnaufte. »Die hat nie jemand. Lassen Sie die Polizei die Arbeit machen. Wir kriegen den Kerl schon.«

Michelle konnte ihre Wut kaum noch zurückhalten. Nur eine falsche Bewegung, ein falsches Wort … »Das kann ich nicht«, presste sie hervor. »Nur durch mich bleibt Lilly am Leben. Ich bin die Einzige, die ihr helfen kann.«

»Durch Sie wird sie gefährdet. Ich bin nicht hergekommen, um Sie zu bitten. Ich bin hier, um Sie aus dem Spiel zu nehmen.«
»Begehen Sie nicht den Fehler, mir zu drohen.«
Mit zwei Schritten umrundete er den Tisch. Er packte sie an der Schulter und drehte sie zu sich. »Sie wissen gar nicht, was eine Drohung ist. Die Leute, mit denen Sie sich eingelassen haben, spaßen nicht.« Bendlin ging auf den Flur und kam mit ihrer Handtasche zurück. »Los, wir gehen.«
Michelle schüttelte den Kopf. »Das werde ich nicht.« Sie riss ihm die Tasche aus der Hand. »Wie wollen Sie Lilly denn finden? Sie haben gar nichts.«
»Doch«, er griff in seine Hosentasche und zog ein Paar Handschellen heraus. »Ich habe die Absicht, Ihnen zu helfen.«
Michelles Augen weiteten sich. »Aber nicht so!« Ohne weiter nachzudenken, zog sie den Taser aus der Tasche und drückte dem überraschten Bendlin die Elektroden in den Nacken.
Es knatterte ein paar Mal, sein Gesicht verzog sich zu einer Grimasse, und er ging zuckend mit einem gurgelnden Laut zu Boden. Scheppernd fielen die Handschellen neben ihn.
Als Michelle das Haus verließ, krümmte er sich noch unkontrolliert, dann fiel die Tür ins Schloss.

KAPITEL 30

Funkelnde Sterne flimmerten um Lillian herum. Ein buntes Universum aus Partikeln. Die Welt bestand aus Sternchen. Und aus Schmerz.

»Widersetzt du dich mir noch einmal«, mit erhobener Hand stand Tommi vor ihr, »fängst du dir noch eine. Klar?«

Sie rieb sich die Wange und nickte kurz. Ihr Kopf dröhnte, und der Blick war verschwommen. Sie wollte weinen, tat es aber nicht. Seinetwegen. Nie wieder würde sie weinen. Nicht vor ihm.

Vor ihr lagen Fotos verstreut, gesprenkelt mit roten Tupfen.

Ein Baseballschläger schob sich in ihr Blickfeld. Tommi grinste. Seine linke Wange schien zu glühen, so rot war sie. »Und jetzt, mein Schatz, wärst du so nett und würdest das hier für mich säubern? Bitte!«

Lillian schluckte. Auch der Baseballschläger war gesprenkelt. Nur war er nicht ausschließlich rot. Eine zähe Masse klebte daran und Splitter, spitz wie Glas.

Doch es war etwas anderes, das wusste sie. Zögernd nahm sie den Schläger, stand auf und ging ins Bad.

Tommi folgte ihr, achtete darauf, dass sie mit dem Schläger nirgendwo anstieß. Nicht noch mehr Dreck. Er öffnete den Wasserhahn, und sie hielt das Holz darunter. Als er sicher war, dass sie ihre Arbeit ordentlich machte, ging er zurück ins Wohnzimmer, wo diese Fotos auf dem Boden lagen.

Fotos von seinem Kunstwerk.

Seinem Schmetterling.

Daneben, als hätte er die Szene eigenhändig inszeniert, lag dieser Reporter.

Was bildete sich dieser Mistkerl ein? Kam hierher und stellte Fragen.
Tommi bückte sich und hob eines der Fotos auf, die Öhl ihm gezeigt hatte. Der Blickwinkel war etwas ungünstig. Es war zu viel vom Gestänge des Gasometers zu sehen. Offenbar durften Reporter nicht nahe genug an einen Tatort heran. Dennoch war das Foto bezaubernd.
Sein Schmetterling.
So schön.
Die Flügel ausgestreckt, als wollte er fliegen. Die Farben glühten im Licht der Sonne. So lebendig wirkte er.
Sobald das Ritual beendet war, würde es richtig losgehen. Tommi spürte ein Kribbeln auf der Haut. Er spürte, wie das Leben in ihn hineinkroch, jede Zelle ausfüllte, jede Synapse elektrisierte.
Nur was tot ist, kann lebendig werden.
Er lächelte. Alles lief so gut. Bald war es geschafft.
»Tommi?«, rief Lillian. »Was machst du jetzt mit ihm?« Sie stand in der Tür und blickte ihn mit einer unschuldigen Miene an.
Ihr T-Shirt war blutverschmiert und feucht. Was für ein hübsches Mädchen, dachte Tommi, und sein Herz schlug schneller.
»Was denkst du denn, was ich mit ihm machen soll?«
»Hm«, machte sie, stellte sich neben die Leiche und massierte ihr Kinn. Ihr Blick verriet, dass ihr nicht wohl in der Haut war. Sie spielte ihm etwas vor. »Hier ist nicht der Ort für so was da.« Sie deutete runter. »Du solltest ihn wegbringen. Von einer Autobahnbrücke werfen. Dann glaubt jeder, es war ein Unfall.«
Ein Lächeln huschte über Tommis Gesicht. Sie war so unschuldig, die Kleine.
Und so gerissen. Dennoch war sie ein Kind, das noch viel lernen musste.
»Von einer Autobahnbrücke, ja?«
Sie nickte.

»Und wenn mich jemand sieht?«
»Bisher hat dich auch niemand gesehen.«
»Ja, weil ich vorsichtig bin.«
»Du kannst wieder vorsichtig sein.«
»Wenn ich ihn von der Brücke stürze, wird das nichts ändern.«
»Warum nicht?«
»Weil man feststellen wird, dass er schon tot war.«
Tommi musterte die toten Augen. »Was, glaubst du, hat er gedacht, als ich …«
»Gar nichts«, unterbrach sie ihn. »Du hast ihn überrascht.«
Die Augen der Leiche waren halb geöffnet. Es sah aus, als schaute er sie an. Lillian bekam eine Gänsehaut. Sie durfte Tommi nicht wütend machen. Sie dachte an ihre Wange, die noch immer brannte. Sonst würde er das da aus ihr machen. Ein Ding mit vertrockneten Augen. Sie musste das liebe Mädchen spielen. Ganz gleich, was passierte.
»Weißt du was, lass ihn einfach hier. Lass ihn hier, und wir fahren weg. Ganz weit. Irgendwohin, wo es schön ist. Und warm. Nach Italien vielleicht oder nach Frankreich. Ich mag Frankreich.«
Tommis Miene verfinsterte sich.
Ein schlechtes Zeichen, dennoch musste sie es probieren. Fliehen war zwecklos. Sie hatte nur eine Möglichkeit, hier heil herauszukommen: Sie musste ihn dazu bringen, aufzuhören. Dieses Ritual, von dem er immer sprach, sie musste es unterbrechen. »Ich möchte das Meer sehen. Ich möchte am Strand liegen, die Sonne auf meiner Haut spüren.« Langsam schüttelte sie den Kopf. »Das hier will ich nicht.«
Tommi packte sie am Arm und zog sie unsanft zu sich heran. »Du wirst dich daran gewöhnen. Entweder das, oder ich muss mir etwas anderes ausdenken.«
In der Küche klingelte die Eieruhr. »Geh jetzt auf dein Zimmer. Es ist Zeit für deine Medizin.«

»Ich will die nicht mehr nehmen.«
»Was du willst, ist mir egal, hörst du? Entweder du nimmst deine Medizin, oder du gehst mit mir in den Keller.«
Schlagartig wurden Lillians Beine weich, und es fühlte sich an, als säße sie in der Achterbahn auf dem Weg nach unten. »Nein«, hauchte sie und ging auf die Knie. »Nicht in den Keller. Bitte! Ich will nicht zu dem Monster.« Tränen schossen ihr in die Augen, und sie hasste sich dafür. »Nicht in den Keller«, wiederholte sie und klammerte sich an sein Hosenbein.
Väterlich streichelte er ihren Kopf. »Dann weißt du, was du zu tun hast.« Er griff in seine Tasche und holte einen zerschnittenen Blister heraus. Den gab er ihr. Unsicher entnahm sie eine Tablette, steckte sie sich in den Mund, sammelte etwas Spucke und schluckte.
»Geh bitte auch nicht da runter«, flehte sie. »Bitte! Lass uns wegfahren von hier. Es muss ja nicht weit sein. Nur ein Stück.«
Tommi stieß sie weg. Sie fiel über die Leiche und stieß mit dem Hinterkopf gegen die Wand. Ihr Schädel dröhnte, und sie biss sich auf die Lippen, um nicht laut aufzuschreien.
»Lillian, ich habe keine Wahl! Dafür ist das, was ich hier mache, viel zu groß.«
Ich werde aber nicht aufgeben, dachte sie und strich mit einer Hand über den pochenden Hinterkopf. »Was ist mit Mama?«
Auf Tommis Stirn bildeten sich Furchen, und er schob die Augenbrauen zusammen. »Was soll mit ihr sein?«
»Du hast gesagt, sie wär auf dem Weg hierher.«
Tommi lachte auf. »Ja, und das ist sie. Aber sie hat noch eine Kleinigkeit zu tun. Wenn sie damit fertig ist, kommt sie.«
»Ich will zu ihr.«
Er reichte ihr eine Hand und zog sie auf die Beine. »Ich weiß. Aber bis dahin sorge ich für dich. Habe ich das nicht immer getan? Bin ich nicht immer dein Papa gewesen?«

Sie nickte.
»Siehst du. Und ich werde es auch weiterhin tun. Du bist mein Mädchen.«
»Und warum sperrst du mich ein?«
Er nahm sie in den Arm und drückte sie. »Weißt du, mein Schatz«, sagte er, »es liegt an den Medikamenten. Solange du die nehmen musst, darfst du nirgendwohin. Außerdem sind wir doch eine Familie. Du gehörst zu mir. Untrennbar. Wir zwei«, er streichelte ihr über den Kopf, ließ ihre Haarsträhnen durch die Finger gleiten, »sind eins.«
Lillian schluckte. Seine Worte machten ihr Angst. Sie musste sich etwas einfallen lassen, ihn umzustimmen. Er musste das Ritual abbrechen und wieder der Alte werden. Irgendwie.
Sie löste sich von ihm. Die Tabletten begannen zu wirken. Alles drehte sich, und ein seidener Schleier legte sich vor ihre Augen. Tommi hielt sie an den Schultern fest, um ihr Halt zu geben.
»Es wird Zeit. Geh ins Bett«, sagte er sanft und schob sie aus dem Zimmer. Sie war so unbeholfen in diesem Zustand. Sie wirkte noch zerbrechlicher, noch hilfloser.
Sein Blick fiel auf die Wohnzimmeruhr. Ja, es war Zeit. Der nächste Schritt wollte getan werden. Als er sich umdrehte, um in den Keller zu gehen, war Lillian bereits verschwunden.
Auf dem Weg in die Kellerräume begleitete ihn stets ein wohliges Kribbeln. Es war, als hinge er an einem Gummiband, und mit jedem Schritt erhöhte sich die Spannung. Ein Teil von ihm versuchte, ihn zurückzureißen, doch der stärkere drängte vorwärts. Hin zu einer neuen Welt, in der die Schuldigen gerichtet wurden und nur die Unschuld überlebte.
Rache. Das war es, was ihn antrieb. Rache und dieses Kribbeln auf der Haut.
Er öffnete die Geheimtür und sog den Geruch auf, der ihm entgegenströmte. Scharf war er, und schwer. Ein Geruch nach

Mensch, wie er menschlicher nicht sein konnte. Für einen Moment schloss Tommi die Augen.
Hinter dem Paravent rührte sich etwas. Das Monster, wie Lillian es nannte, war erwacht. Es wollte gefüttert und getränkt werden. Tommi grinste. Ein Monster, das Lillys einzige Rettung war. Das war so – inspirierend. Damit hatte er etwas ganz Besonderes vor. Ein Kunstwerk, das Leben retten konnte, musste auf besondere Art inszeniert werden.

KAPITEL 31

Michelle hatte das Gefühl, in einer Abwärtsspirale gefangen zu sein. Mit jeder Stunde, die verging, wurde sie tiefer hineingezogen in einen Sumpf aus Schuld, Verzweiflung und Angst. Wie sollte sie da jemals wieder rauskommen? Wenn es zu tief runterging, das war ihr bewusst, fehlte einem die Kraft, wieder nach oben zu kriechen.

Und selbst wenn. Was würde sie erwarten? Sie würde Lilly retten, nur um sie dann für viele Jahre zu verlieren. Denn ins Gefängnis würde sie gehen, daran war nun nichts mehr zu ändern. Was würde als Nächstes kommen? Tom wollte sie leiden sehen. Was also hatte er sich ausgedacht in seinem kranken Hirn?

Sie bog nach rechts in die Industriestraße ein. Hier reihten sich hohe Lagerhallen aneinander, zwischen denen immer wieder kleinere Backsteingebäude mit Büroräumen standen. Egal, was sie erwartete, der Zeitpunkt war gut gewählt. Wochentags um diese Uhrzeit traf man hier selten jemanden an. In der Regel wurde in den vielen kleinen Firmen, die hier angesiedelt waren, um 16 Uhr die Arbeit niedergelegt.

Michelle bog nach links in eine Sackgasse ein, fuhr an einer eingezäunten Lagerfläche für Pflastersteine vorbei bis zu einer Halle, vor der sie schließlich den Wagen abstellte.

Eine grüne Metalltür war der einzige Eingang, den sie entdeckte. Sie lief darauf zu, fasste die Klinke und verharrte, um sich zu sammeln. Sie atmete dreimal tief durch und trat ein.

Im ersten Moment war alles schwarz. Durch die Oberlichter fiel nur wenig Licht in die Halle. Sie tastete nach einem Lichtschalter, fand jedoch keinen.

Es blieb ihr nichts anderes übrig, als auszuharren, bis sich ihre Augen an die Dunkelheit gewöhnt hatten.
Hinter ihr knallte die Tür mit einem Paukenschlag ins Schloss. Aufgeschreckte Tauben, die sich im Gestänge unter dem Dach eingenistet hatten, flatterten auf, und ein paar Federn segelten zu Boden, wo sie in der Schwärze verschwanden.
Nach einer Weile wurde die Sicht besser, und Michelle traute sich, weiterzugehen. Ganz langsam. Lauschend. Jedes fremde Geräusch konnte etwas Böses bedeuten. Inzwischen traute sie Tom alles zu. Unvorstellbar, dass sie diesen Mann einmal geliebt hatte.
Mehrere Reihen Stahlsäulen bewahrten das Dach vor einem Einsturz und boten gleichzeitig einem eventuellen Angreifer gute Verstecke.
Links von ihr standen leere Hochregale aus Metall. Der letzte Regen hatte Pfützen auf dem Boden hinterlassen. Offenbar wurde diese Halle schon seit Jahren nicht mehr benutzt oder instand gehalten.
Ihre Schritte und das Flattern und Gurren der Tauben waren alles, was sie hörte. In Michelles Kopf dröhnte der Puls. Am liebsten hätte sie laut geschrien, nur um die Anspannung zu lösen.
Schritt für Schritt ging sie voran.
Ein paar letzte Sonnenstrahlen kämpften sich durch die dreckverkrusteten Scheiben der Oberlichter. An einigen Stellen war das Glas gesprungen oder zerborsten, so dass für einen kleinen Augenblick genügend Licht in die Halle fiel, um sich einen Überblick zu verschaffen.
Hier und da lagen Säcke auf dem Boden. In einer Ecke stapelten sich Holzpaletten. Nichts Ungewöhnliches.
Dann war die Sonne weg, und alles verschwand wieder im Dunkeln. Michelle wartete, bis sich ihre Augen an das fehlende Licht gewöhnt hatten. Sie ärgerte sich, dass sie keine Taschen-

lampe mitgenommen hatte, und während sie darüber nachdachte, fiel ihr das Handy ein.
Sie kramte es aus ihrer Handtasche hervor und schaltete die Fotolampe ein. Es wurde nur unwesentlich heller, doch es reichte aus, um sich weiter vorwärts zu wagen.
Die Halle machte am Ende einen Knick nach links. Als Michelle um die Ecke bog, erstarrte sie. Ein paar Meter entfernt baumelte ein Boxsack von der Decke. Sie ging ein paar Schritte darauf zu.
Oh Gott, nein. Es war kein Sack, sondern ein Mensch, der kopfüber an einem Querbalken aufgehängt war.
Lilly?
Nein, dafür war die Gestalt zu groß.
Als Michelle sicher war, dass sie niemand hinterrücks anfallen würde, ging sie auf den Hängenden zu, der gut zwei Meter über ihr leicht hin- und herbaumelte.
Der Lichtkegel des Handys verharrte über einer Blutlache.
Michelle hatte Mühe, ihre Hand ruhig zu halten. Hing hier ein Toter? Oder etwas, das schon sehr bald tot war? »Hallo?«, rief sie dumpf.
Keine Reaktion.
Sie trat näher heran und schaute nach oben. Schwarzes Blut tropfte an ihr vorbei, sammelte sich in der Lache zu ihren Füßen.
Es war ein Mann, so viel konnte sie sagen. Eine Kette war um seine Füße geschlungen und links an einem der Pfeiler festgemacht.
So schnell es ihre Hände zuließen, löste sie die Kette. Das plötzliche Gewicht jedoch riss sie ihr aus der Hand.
Der Hängende stürzte dem Beton entgegen. Michelle spürte jedes einzelne Kettenglied durch ihre Hände gleiten. Winzige Metallgrate schnitten ihr in die Haut. Sie packte fester zu, und mit einem Ruck, der sie fast von den Füßen riss, bremste sie den Fall des Mannes.

Ihre Muskeln ächzten, als sie ihn Stück für Stück zu Boden gleiten ließ.

Dann gab es erneut einen Ruck. Michelle zerrte an der Kette, rüttelte an ihr, doch es half nichts. Die Kette saß fest.

Der Mann baumelte noch immer ein paar Zentimeter über dem Boden.

Sie kniete sich zu ihm, drehte ihn herum und schrak zurück.

Das Gesicht. Es war – nein! Das war unmöglich.

Sie presste eine Hand vor den Mund. Der Schrei, der durch ihre Kehle wollte, erstickte kläglich. Was blieb, war ein Gurgeln. Verzweifelt und unmenschlich.

Maik! Es war Maik.

Auf seiner Stirn war eine Platzwunde, die schlimm aussah. Sein Kopf war dunkelrot und leicht geschwollen.

Michelle hielt ihr Ohr an seinen Mund. Erleichterung durchflutete sie.

Er lebte.

Seine Atmung war schwach, aber sie war da. Das war das Wichtigste. Offenbar war sie schneller hier gewesen, als Tom gedacht hatte.

Maik öffnete die Augen. »Michelle.« Er versuchte ein Lächeln, was schrecklich misslang.

Sie tastete nach seiner Hand und drückte sie. Hätte sie das hier verhindern können, wenn sie rechtzeitig der Polizei Bescheid gegeben hätte? Ihre Schuld wuchs und wuchs. Ihr entglitt die Kontrolle, falls sie sie jemals gehabt hatte.

»Michelle!«

»Sch! Nicht sprechen. Ich werde Hilfe holen.«

»Schon gut«, hauchte er schwach, »mir geht's gut. Ich habe nur fürchterliche Kopfschmerzen. Versuch einfach, die Ketten zu lösen.«

Michelle nickte und stand auf. Sie hantierte an den Ketten herum, die um seine Füße geschlungen waren. Mehrere Bügel-

schlösser sorgten dafür, dass sich an der Situation nichts änderte.
Michelle kniete sich wieder hin. »Nichts zu machen, sie sitzen bombenfest.«
»Kein Problem. Das sind nur Ketten. Die bekommen wir schon gelöst. Wie hast du mich gefunden?«
Michelle biss die Zähne zusammen und versuchte, Maiks Kopf ein wenig hoch zu halten. »Das kann ich dir nicht sagen.«
Aber es würde jetzt ein Ende haben. Sie musste diese Sache der Polizei überlassen. Es wuchs ihr über den Kopf. »Wie hat Tom dich so überraschen können?«
Maik grunzte. »Ich habe geschlafen, als ich gepackt wurde. Es war zu dunkel, um etwas zu sehen. Es ging so schnell, ich habe mich gewehrt, bin gestürzt und hier aufgewacht. Verdammt, Michelle«, er streckte seinen Nacken und sah sie an. »Es tut mir so leid. Ich habe mich überrumpeln lassen. Vielleicht war das die beste Chance, um Lilly lebend zu finden. Such, such nach Werkzeugen. Hier muss doch irgendwo etwas rumliegen.«
Selten hatte Michelle ihn so aufgebracht gesehen, und so verzweifelt.
Ihr Handy klingelte.
»Ich bekomme dich hier schon raus. Mach dir keine Sorgen. Du bist in Sicherheit.« Sie ging ran.
»Hallo, Michelle.« Die Stimme kam aus einem anderen Universum. Einer schrecklichen, irrealen Dimension. Und doch war sie so nah.
Verrauscht, leise. Aber nah.
Michelle klammerte sich an das Handy, um es nicht zu verlieren, und lauschte. Hörte es sich nach Tom an? Es musste Tom sein.
»Hallo, Michelle, mein Schatz«, wiederholte die Stimme. »Wie gefällt dir meine Überraschung?«

Michelles Lippen zitterten. »Tom«, hauchte sie, »ich … ich habe die Warnung verstanden. Danke, dass du Maik nichts angetan hast. Ich weiß, du bist im Innern ein guter Mensch.« Es fiel ihr nicht leicht, das zu sagen. »Ich habe getan, was du verlangt hast. Also, wo ist Lilly? Wo ist meine Tochter? Ich will sie zurück! Bitte!«
»Ja, das willst du. Und ja, ich habe Maik nichts getan, obwohl ich allen Grund dazu gehabt hätte.«
»Wo ist Lilly, Tom?«
»Oh, eins nach dem anderen.«
»Bitte, ich möchte sie sehen. Ich habe alles getan, was du gesagt hast. Tom, bitte! Ich will wissen, dass es ihr gutgeht.«
»Nun«, er machte eine Pause, als dächte er nach, »was Lilly angeht, sie ist gerade unpässlich. Aber wenn du weiterhin so brav bist wie bisher und tust, was ich sage, wirst du sie schon bald sehen. Noch geht es ihr gut. Den Umständen entsprechend. Eine Sache aber steht noch aus. Davon habe ich dir noch nichts erzählt. Ich wollte die Spannung nicht verderben, mein Schatz.«
Michelle schluchzte. Sie war kaum noch in der Lage, das Telefon zu halten. Die Ketten, die Maiks Füße fesselten, schienen sich auch um Michelles Herz zu legen. »Verdammt, Tom, was hast du vor? Du willst dich an mir rächen, aber warum Lilly? Sie hat dir nie etwas getan. Im Gegenteil, sie hat dich gemocht. Du warst immer ihr Papa. Warum?«
»Das wirst du bald schon wissen. Lernen ist häufig schwere Arbeit.« Er lachte.
»Es tut mir leid, was passiert ist. Der Ausrutscher mit Maik war ein Versehen. Es wird nie wieder vorkommen, aber gib mir bitte meine Tochter zurück. Nur meine Tochter.« Tränen liefen ihr heiß über die Wange.
»Ja, das stimmt, Michelle. Es kommt nicht wieder vor. Was das angeht, sollten wir nun weitermachen. Ich möchte nicht riskie-

ren, dass dein Handy vorher den Geist aufgibt, nicht wahr? Obwohl es auch dafür eine Lösung gibt. Also hör mir jetzt sehr genau zu und rede von nun an nur noch mit mir. Hast du mich verstanden?«

Michelle schaute auf Maik, der fragend zurückschaute. Dann nickte sie. »Ja. Ja, ich habe verstanden.«

»Sehr schön«, er atmete tief ein und aus. »Dann schau dich doch mal um. Irgendwo in der Nähe müsste ein kleines Schächtelchen liegen. So eins aus Holz.«

Michelle stand auf und schaute sich um. Es war noch immer dunkel, aber inzwischen hatten sich ihre Augen daran gewöhnt. Am Fuß eines Pfeilers sah sie die Schachtel. Sie war aus Holz und für Zigarren gedacht. »Ja, ich habe sie. Und weiter?«

»Nur nicht ungeduldig werden, kleine Michelle. Im Innern findest du zwei Apparaturen. Die sind toll. Sie werden dir gefallen, vertrau mir. Hol sie raus.« Seine Stimme klang aufgeregt, wie die eines Kindes, wenn es ein Geschenk auspackt.

Vorsichtig hob sie den Deckel Stück für Stück und schaute hinein.

In der Schachtel lagen zwei – nun, Michelle konnte nicht sagen, was es war, für sie sahen sie aus wie etwas, das eigentlich in einen Kirschentkerner gehörte. Sie nahm eine der Apparaturen heraus.

»Ja, ja, was ist es nur? Mit diesen überdimensionierten Kugelschreibern hat eine ganze Berufsgruppe früher viel Spaß gehabt. Sie funktionieren sogar so ähnlich wie Kugelschreiber. Heute werden sie nicht mehr so häufig eingesetzt, weil Tierschützer sich aufgeregt haben. Aber«, er lachte auf, »Maik ist ja zum Glück kein Tier, nicht wahr? Nicht im eigentlichen Sinne, meine ich. Es sind Bolzenschussgeräte, liebe Michelle. Hübsche Spielzeuge für hässliche Aufgaben.«

Michelles Beine gaben nach. Sie sackte zu Boden. Nein. Nicht das.

»Sei bitte vorsichtig damit, die Bolzen sind bereits gespannt, für den Fall, dass du nicht kräftig genug sein solltest. Jetzt sperr deine süßen Lauscherchen ganz weit auf, damit du keine Fehler machst. Es sind zwar keine Tierschützer in der Nähe, aber Maik soll ja dennoch nicht allzu sehr leiden, nicht wahr?
Das Gerät hält man dem Schlachtvieh an die Stirn. Auf Knopfdruck schießt der Bolzen heraus und penetriert das Hirn. Das ist ein netterer Ausdruck für: Er durchschlägt die Stirn und zerfetzt die Grütze, die bei den meisten Menschen zwischen den Ohren herumwabert. Das Schlachtvieh ist betäubt. Ja, ganz recht, es ist betäubt. Das hört sich jetzt zugegebenermaßen etwas irreführend an. Denn das Vieh ist zwar noch am Leben, aber aufwachen wird es nicht mehr. Deshalb sollte man es noch ausbluten lassen. Nur um sicherzugehen. Bei großen Rindviechern schlägt der Bolzen nur gegen die Schädelplatte. Dann hat das Tier nach dem Erwachen lediglich starke Kopfschmerzen. Meinst du, Maik ist ein Rindvieh? Aber darum musst du dich nicht kümmern.«
In Michelles Ohren rauschte es. Das konnte unmöglich sein Ernst sein.
»Gut, jetzt, nachdem du weißt, wie es funktioniert, kommen wir zu deinem Part. Halte bitte diesem sündigen Polizisten eines der beiden Bolzenschussgeräte zwischen die Augen – da solltest du präzise sein, und du solltest es gut anpressen, damit es gleich beim ersten Mal funktioniert. Und dann tu mir den Gefallen und drücke ab. Wärst du so gut?«
Michelle starrte vor sich hin. Das konnte er nicht verlangen.
»Oh«, fügte er noch hinzu, »nur für den Fall, dass du zögern oder gar meine Anweisungen vollständig ignorieren solltest, möchte ich eines klarstellen: So angenehm wie Maik wird es deinem Mädchen nicht ergehen. Und falls du mich reinlegen willst, diese Halle wird videoüberwacht. Ich sehe dich, Liebling. Wink doch mal.«

»Warum tust du das?«, hauchte Michelle ins Telefon. Sie bekam kaum genug Luft, um zu sprechen. »Du kannst uns doch unmöglich so sehr hassen?«
In der Leitung wurde es still. Dann, nach einer Weile, meldete er sich wieder. »Es geht nicht um Hass. Es geht darum, dass du etwas lernst. Du hast jederzeit die freie Wahl, nicht wahr? Geh zur Polizei, und du bist raus aus dem Spiel. Dann allerdings kannst du das Ende nicht mehr beeinflussen. Und das willst du doch?«
Michelle dachte an den Moment, als sie ihr Baby das erste Mal im Arm gewiegt hatte. An die klaren blauen Augen, die so hilflos zu ihr aufschauten. An die zarte Haut und das kleine Händchen, das Michelles Finger hielt. Lilly war alles, was zählte. Ihr durfte nichts passieren. Ohne sie gab es auf dieser Welt nichts mehr, was von Bedeutung war.
Michelle spürte ihren Körper kaum noch. Es war, als sähe sie sich von außen. Ihre Finger packten das Bolzenschussgerät, und ihre Füße brachten sie zurück zu Maik. Sie ging in die Knie.
Maik starrte auf das Werkzeug in Michelles Hand. »Was zum Teufel ist das? Wer war das am Telefon? Was hast du vor?«
Wie sollte sie auf diese Fragen antworten?
»Michelle, beeile dich bitte«, quäkte es aus dem Handy.
»Verdammt, was machst du? Michelle!« Maik warf sich hin und her, drehte sich, bis sie ihn packte. »Michelle, nein!«, flehte er. Seine Augen waren weit aufgerissen. »Michelle, ich liebe dich noch immer. Ich wünschte, Lilly, du und ich würden noch eine Chance bekommen. Von vorn anfangen. Ich vermisse euch so. Und ich habe so versagt. In allem.«
Michelle dachte an den Tag, als er Lilly abgeholt hatte. Daran, wie glücklich ihre Tochter gewesen war. Wie würde sie ihr jemals wieder in die Augen sehen können?
Oh Gott, vergib mir. Rette mich aus dieser Situation. Gib mir ein Wunder. Nur dieses eine Mal. Bitte! Wenn jetzt die Polizei

käme, könnte Tom mir das nicht ankreiden. Dann könnte er es nicht an Lilly auslassen. Oh Gott, bitte!

Doch es kam kein Wunder, und tief in ihrem Verstand, der sich weiter und weiter zurückzog, wusste Michelle, dass auch keins kommen würde.

»Michelle, wir kriegen diesen Kerl. Mach jetzt keine Dummheiten, hörst du? Leg das Bolzengerät bitte auf den Boden. Er wird Lilly nichts antun. Sie ist seine Stieftochter, Herrgott. Er war ihr mehr ein Vater als ich. Tu nicht, was er sagt.«

Michelle hielt Maiks Kopf fest in ihrem Schoß und drückte ihm das Bolzenschussgerät an die Stirn.

»Nein! Nein, Michelle!«

»Ich gebe dir noch genau fünf Sekunden.« Die Stimme aus dem Handy hörte Michelle kaum noch. Alles war so unwirklich.

»Fünf.«

Was sollte sie zu Maik sagen?

»Vier.«

Wie gern würde sie die Zeit zurückdrehen, alles anders machen.

»Drei.«

»Michelle, bitte«, flehte Maik. Seine Augen füllten sich mit Tränen.

»Zwei.«

»Ich liebe dich, Maik. Es tut mir alles so leid.«

»Eins.«

Michelle drückte auf den Knopf, und sie spürte, wie sich der Bolzen löste. Für einen Moment hörte die Welt auf, sich zu drehen. Alles verharrte in einer grauenhaften Starre.

Das Nächste, an das sie sich erinnerte, war die lachende, quäkende Stimme aus dem Handy. »Braves Mädchen. Damit hast du deinem Mädchen ein paar Stunden verschafft. Und jetzt nimm bitte das zweite Bolzenschussgerät.«

Michelle war nicht mehr in der Lage, nachzudenken. Heulend und mit schlurfenden Schritten ging sie zu der Zigarrenschachtel und nahm das zweite Gerät heraus.
Es fühlte sich eiskalt an, und der Bolzen war gespannt.
»Kannst du die immense Kraft spüren, die diesem Werkzeug innewohnt? Leben und Tod. Man hat beides zugleich in der Hand. Huuu, da bekomme ich glatt eine Gänsehaut.«
Michelles Blick ruhte auf dem Schatten, der vor ihr hin und her pendelte. Unter ihm war kein Blut zu sehen.
»Was jetzt kommt, Michelle, hast du dir sicher schon gedacht. Dieses Mal musst du dir nicht die Mühe machen und mir meine Beute bringen. Ich werde sie abholen. Damit du nicht in die Verlegenheit kommst, mir dazwischenzufunken, werden wir uns etwas für dich ausdenken müssen.«
Langsam schüttelte sie den Kopf, der sich heiß anfühlte. Sie hatte keine Tränen mehr, und dennoch weinte sie weiter. »Nein, bitte«, flehte sie, »das kann ich nicht.«
»Doch, doch, das wird ein Spaß, glaub mir. Also, setz doch bitte den Bolzen an deiner Stirn an, ja? Sei so gut.«
Ihr Atem war rasselnd und kam nur noch stoßweise. Sie fasste das Gerät mit beiden Händen, um das Zittern zu unterdrücken. »Ich will nicht mehr.«
»Du hast es ja gleich geschafft. Wenn du so weit bist, musst du nur noch abdrücken. Ganz einfach. Nur auf den Knopf drücken. Klack.«
Michelles Kehle schnürte sich immer weiter zu. Ihre Mundhöhle fühlte sich schleimig an, ihr Kopf schien platzen zu wollen, und jeder Muskel schmerzte vor Anspannung. Aus ihrem Mund kamen unmenschliche Laute der Furcht. Ein kehliges Schluchzen, ohne Substanz.
»Jetzt!«, schrie er.

KAPITEL 32

Mit der Zeit ließ die Betäubung in den Muskeln nach. Nur das Brennen und die Hitze blieben noch eine Weile. Solche Schmerzen hatte Robert noch nie gespürt. Es war, als hätte ihm jemand Arme und Beine zerschmettert und mit heißem Wasser übergossen.

Vorsichtig zog er sich an einem Küchenstuhl hoch und setzte sich. Seine Finger zitterten, sein Mund war trocken. Alles in allem war er in einem fürchterlichen Zustand.

Es ärgerte ihn, dass er Michelle hatte entwischen lassen. Zusammen hätten sie vielleicht eine Chance gehabt, Tom zu schnappen. Wer wusste, wo sie gerade war?

Er könnte nach ihrem Auto fahnden lassen, aber dann wüsste Zellinger, dass Robert auf seine Anweisungen pfiff. Das war also keine Option. Michelle war weg. Daran war nichts mehr zu ändern. Lilly war jetzt wichtiger. Viel Zeit hatte sie nicht mehr. Was also konnte der nächste Schritt sein? Das Denken fiel ihm schwer. Seine Kopfhaut fühlte sich taub an.

Er konnte nicht allein weitermachen, so viel stand fest. Er gestand sich ein, ein Jammerlappen zu sein. Er war nicht der große Held. Er brauchte Hilfe, und ihm fiel nur eine Person ein, die in Frage kam. Es war nicht einfach, die Tasten seines Handys zu treffen. Seine Feinmotorik schien noch nicht gänzlich zu funktionieren. Er meisterte die Hürde dennoch und wartete, bis am anderen Ende abgenommen wurde.

»Gäter.«

»Bendlin. Frau Gäter, gut, dass ich Sie erreiche. Ich brauche Ihre Hilfe.«

»Sie? Na, Sie haben ja Nerven. Ich habe mit Ihrer Abteilung gesprochen. Dort war man gar nicht glücklich, dass Sie in meinem Institut waren.«

»Ja, das. Das tut mir leid. Man hat mir leider keine Wahl gelassen.«

Gäter schnaubte. »Eine Wahl, Herr Bendlin, hat man immer. Nur sind manchmal die Konsequenzen unbequem. Warum hat man Ihnen verboten, zu mir zu kommen?«

»Sagen wir, ich habe kurzfristig Urlaub genommen.«

»Ah ja, und natürlich haben Sie in Ihrem Urlaub nichts Besseres zu tun, als einer Obduktion beizusitzen?«

»Vielleicht mache ich Bildungsurlaub?«

Sie stöhnte. »Was kann ich für Sie tun, Herr Bendlin?«

»Ich brauche einen Spitzel.«

Für eine Weile wurde es still in der Leitung. Es raschelte. »Habe ich Sie richtig verstanden?«

»Wir haben nicht mehr viel Zeit. Morgen wird Lilly Wegener sterben, wenn ich sie nicht finde. Allein kann ich nicht weitermachen. Mein Partner ist verschwunden, und ich glaube, wir konzentrieren uns auf den Falschen.«

»Aber was habe ich damit zu tun?«

»Können wir uns treffen? Ich möchte das ungern am Telefon besprechen.«

Emily Gäter machte ein paar unartikulierte Geräusche. Es hörte sich wenig begeistert an, doch schließlich stimmte sie zu.

Sie verabredeten sich im Institut für Rechtsmedizin, das am anderen Ende der Stadt lag. Robert brauchte eine Dreiviertelstunde bis dorthin, und inzwischen war es spät geworden.

Dr. Emily Gäters namenlose Assistentin war nirgends zu sehen, als Robert durch eine wuchtige Flügeltür ging und das Institut betrat. Es war unwahrscheinlich, dass zu so später Stunde außer Dr. Gäter noch jemand hier war.

Der Vorraum, der sich den Charme einer Lagerhalle bewahrt hatte, war kühl und dunkel. Rechts davon lag die Pathologie hinter einer Glasfront. Er ging darauf zu, fasste den Türknauf am Eingang und drückte. Es tat sich nichts.

Grund genug für sein Herz, die Frequenz zu erhöhen. In letzter Zeit war er schreckhafter geworden. Robert spähte durch die Scheibe, doch ein Lamellenvorhang behinderte die Sicht. Er sah nur, dass drinnen Licht brannte. Automatisch ging seine Hand zur Waffe. Erschrocken richtete er sich auf, als sie nichts fand.

Ach, schimpfte er mit sich, du bist ein Idiot. Selbst wenn ihm der Job keinen Spaß machte, an gewisse Dinge hatte er sich gewöhnt. »Hallo?«, rief er, und seine Stimme klang unnatürlich laut. »Doktor Gäter?«

Keine Antwort. Er holte sein Handy hervor und wählte ihre Nummer. Sie hatte ihn doch nicht vergessen?

Es klingelte hinter der Glasscheibe, aber niemand nahm ab. Robert starrte auf das Display des Telefons. Was war das heute für ein beschissener Tag? »Doktor Gäter? Hallo?«, rief er wieder laut. Niemand antwortete.

Erst Maik, dann Gäter? Hatte es jemand auf alle Beteiligten der Ermittlung abgesehen?

In der Scheibe spiegelte sich eine Silhouette, die von hinten an ihn herantrat. Zwei Hände legten sich auf seine Schultern. Robert zuckte zusammen, ging in die Knie, fasste in einer Drehung die Handgelenke des Angreifers und drückte ihn gegen das Fenster.

»Buh!«, machte Gäter und grinste breit.

»Gott!« Robert war fassungslos.

»Ja, das höre ich öfter. Langsam tun mir die Handgelenke weh.« Robert ließ sie los und trat einen Schritt nach hinten. »Doktor Gäter, sind Sie verrückt?«

Das Grinsen hatte sich in ihr Gesicht gebrannt. »Wenn man den ganzen Tag an Leichen rumschnibbelt, bleibt das nicht aus, denke ich. Lassen Sie die Sache mit dem Doktor sein. Das macht mich alt.« Sie zwinkerte ihm zu und hielt ihm eine weiße Plastiktüte unter die Nase. »Hab uns was zu essen geholt. Anna hat schon Feierabend gemacht, wir sind allein. Mögen Sie chinesisch? Ich dachte, in Anbetracht der letzten Obduktion wäre das angemessen.«
»Verrückt!«, sagte Robert fassungslos und schüttelte den Kopf, während er sich entspannte. »Sie sind verrückt. Sie sollten einem Polizisten nicht so einen Schrecken einjagen. Aber etwas zu essen könnte ich tatsächlich vertragen.«
Emily Gäter hob kurz die Augenbrauen, als ob sie noch mal »buh« sagen wollte, schlängelte sich an ihm vorbei und hielt ihre ID-Karte vor ein Lesegerät am Eingang. »Ein suspendierter Polizist ohne Waffe ist nur ein Hai ohne Zähne.« Es surrte, und sie drückte sich gegen die Tür.
»Nicht suspendiert, nur beurlaubt.«
Warum wirkte sie plötzlich so viel jugendlicher als noch vor ein paar Tagen? Es hatte nichts mit der Doktorsache zu tun. Vielleicht lag es daran, dass er sie das erste Mal ohne Skalpell sah? Und ohne Faulgase um sie herum. Vielleicht, weil sie gerade niemandem die Gedärme aus dem Körper zog? Die Leichen vor Augen, erschien ihm plötzlich ein Abendessen in der Pathologie nicht mehr so verlockend. Er folgte ihr dennoch.
Niemand lag auf dem Seziertisch. Nirgends war Blut zu sehen – oder Schlimmeres. Beruhigend. Der Raum wirkte aufgeräumt und steril. In den Edelstahlschränken schimmerte matt die Raumbeleuchtung. Robert atmete auf. Nichts deutete auf die ekligen Dinge hin, die üblicherweise hier stattfanden. Sie gingen in Gäters Büro, wo sie die Tüte auf ihrem Schreibtisch auspackte. »Ich wusste nicht, was Sie mögen. Ich habe einfach

von allem ein bisschen geholt. Ente, scharfes Rindfleisch, Krabben, eine Riesenportion Reis und Erdnusssauce. Mögen Sie Erdnusssauce?«

»Nicht besonders, aber der Rest klingt gut. Ist Erdnusssauce nicht thailändisch?«

Gäter zuckte mit den Schultern. »Keine Ahnung. Ist chinesisch überhaupt chinesisch? Hauptsache, es schmeckt.« Sie reichte ihm eine Pappbox und zwei Stäbchen. »Ich hoffe, Sie können damit umgehen. Ansonsten müsste ich nachschauen, ob ich hier irgendwo Besteck finde.«

Robert winkte ab. »Was auch immer Sie hier finden, ich glaube nicht, dass ich damit essen möchte.«

Sie grinste und setzte sich. In einer Ecke stand eine uralte Couch mit durchgesessenem Stoff. Darauf machte er es sich bequem und stocherte in seinem Essen herum. Er dachte an Maik und daran, dass er keine Möglichkeit sah, wie er ihm hätte helfen können.

»Sie wollten etwas mit mir besprechen?«

Er nickte und schluckte ein Stück Rindfleisch hinunter. »Die Kollegen tappen noch völlig im Dunkeln. Sie suchen Lilly und Ried mit allem, was sie haben. Aber es ist schwierig. Ried hatte lange Zeit keine sozialen Kontakte. Er könnte sich überall verstecken.« Er stellte die Pappschachtel zur Seite und beugte sich nach vorn. »Wenn sich kein Zeuge meldet oder er nicht zufällig in einen Polizisten rennt, werden wir ihn nicht finden. Und inzwischen glaube ich auch nicht mehr, dass er derjenige ist, der gefunden werden muss.«

Gäter saugte eine Nudel auf und leckte sich die Sauce von den Lippen. »Sondern?«

»Sie erinnern sich an die Speicherkarte?«

»Da bin ich mir nicht sicher.« Sie starrte Löcher in die Luft. »Die Karte war plötzlich verschwunden, und da Sie als Polizist sicher keine Beweise stehlen, denke ich, dass ich sie mir wohl nur eingebildet habe.«

Robert ging über die Bemerkung hinweg. Um zu Kreuze zu kriechen, war später noch Zeit. »Auf dieser Karte ist ein Video, in dem man Michelle sieht, wie sie Ya-Long P'an auf die Straße wirft.«

Gäter drehte sich zu ihrem PC und schaltete den Monitor ein. Ein Computerprogramm lief, aber Robert konnte keine Details erkennen. »Was Ya-Long P'an angeht«, sagte sie und schob sich eine Ladung Nudeln in den Mund, was ihre Aussprache verschlechterte, »muss ich Sie enttäuschen. Sie war es nicht, die ich aufgeschnitten habe.« Sie deutete auf eine Schwarzweißgrafik mit zwei Spalten, in der jeweils mehrere Balken untereinander angeordnet waren. Unterschiedlich dick und unterschiedlich intensiv.

»Vorhin erst kam die Restriktionsanalyse, und man kann eindeutig sehen, dass die DNA-Fragmente nicht übereinstimmen.«

Robert schaute genauer hin. Die Balken auf der einen Seite waren nicht auf der gleichen Höhe wie die auf der anderen. »Und das heißt?«

»Die DNA der Leiche wurde mit der DNA von Ya-Long P'an verglichen, die wir seit Rieds Gerichtsverfahren von ihr im System haben, und sie stimmt nicht überein. Die Tote ist nicht Rieds entkommenes Opfer.«

Robert lehnte sich zurück. Er war völlig verwirrt. Wer war sie dann?

»Sie sagten, dass Ried nicht derjenige sei, den die Polizei suchen müsse?«

Robert schüttelte den Gedanken an die falsche Chinesin ab. »Ich bin zu Michelle gefahren, weil ich dachte, sie wäre in Gefahr. Ich hatte vor, sie aus der Schussbahn zu nehmen. Stattdessen hat sie mich überwältigt und ist abgehauen. Keine Ahnung, wohin. Ich habe Zellinger bisher nichts davon gesagt, weil ich niemanden auf eine falsche Spur ansetzen wollte. Inzwischen glaube ich, dass sie uns nur etwas vorgemacht hat. Sie ist irgendwie in diese Sache involviert.«

»Sie sprechen hier von Lillys Mutter, richtig? Also ich bin keine Polizistin, aber das hört sich in meinen Ohren doch ziemlich weit hergeholt an.«

»Ja, ich weiß. Aber es spricht so viel dafür. Sie unterschlägt Beweise, greift einen Polizisten an; sie wird gefilmt, während sie eines der Opfer aus dem Auto lädt. Wer hätte Maik überwältigen können, wenn nicht jemand, dem er vertraute? Sie war dabei, als Lilly verschwand, und die Zeugen haben alle übereinstimmend ausgesagt, dass Lilly ihrer Mutter ins Parkhaus gefolgt ist. Sie hatte die Zeit, und sie hatte die Möglichkeit.«

»Und warum sollte sie ihre eigene Tochter verschleppen?«

»Ich weiß es doch auch nicht. Ich sage nur, dass ihr Verhalten verdammt merkwürdig ist.«

»Warum sind Sie hier? Wie soll ich Ihnen helfen?«

Robert stand auf und ging in dem kleinen Büro auf und ab. »Egal, ob die kleine Lilly von Michelle oder von Tom verschleppt wurde: Sie ist in Gefahr. Die Zeichen auf der Schmetterlingsleiche waren eindeutig. Wir müssen sie finden. Wenn wir es nicht tun, tut es keiner. Dafür brauche ich jemanden, der Kontakt zur Polizei hat, sich aber nicht an ihre Regeln halten muss.«

Gäter schnaufte. »Na, ganz so einfach ist das ja nun nicht.«

»Wenn *wir* sie nicht retten, wird es niemand tun.«

»Davon sind Sie überzeugt.« Es war nicht als Frage formuliert. Sie schaltete den Monitor ab und setzte sich auf das Sofa. »Meine Rolle in diesem Spiel ist mir nicht klar.«

Robert setzte sich zu ihr. »Wir werden nicht an der Polizei vorbei arbeiten. Vielleicht hat dieser Martin Gröne ja mehr Glück als

Verstand. Für den Fall aber, dass er bei der Ermittlung nicht weiterkommt, will ich mir keine Vorwürfe machen. Zugegeben, ich hätte mich bei der Zeugenbefragung zurückhalten und Zellinger vielleicht stärker einbeziehen können, aber nun ist es zu spät. Ich möchte alles in meiner Macht Stehende tun, um das Mädchen zu finden.« Das war nicht die ganze Wahrheit. Robert würde noch weiter gehen. Es war ihm egal, ob er gegen das Protokoll verstoßen würde. Mit jedem Tag wurde es unwahrscheinlicher, dass er je in den aktiven Dienst zurückkehren würde. Das war sein Trumpf. Er musste sich an keine Regeln mehr halten. »Doch dafür brauchte ich ein paar Informationen«, fuhr er fort. »Zellinger kann ich nicht fragen, und Gröne würde mich sofort der Dienstaufsicht melden.«

»Was wollen Sie wissen?«

»Inzwischen sollten die ersten Ergebnisse zu den Tatorten eingetroffen sein. Was hat man in Maiks Wohnung gefunden? Was am Fundort der zweiten Leiche, der Chinesin, die nicht Ya-Long P'an ist? DNA-Analysen, Blutspuranalysen. Ich habe ja auf keine der Infos Zugriff.«

Gäter seufzte und ging zurück zu ihrem PC. Wieder schaltete sie den Monitor ein und minimierte das laufende Programm. Ein paar Klicks später starrte sie auf jede Menge Text. Ihre Augen wanderten nach rechts, sprangen zurück, wanderten erneut nach rechts, und es schien eine Ewigkeit zu dauern, bis sie schließlich nickte. »Die ersten Berichte sind tatsächlich schon da. Allerdings ist alles sehr vage. In Maiks Wohnung wurden verschiedene DNA-Spuren gefunden. Seine eigenen, die von Michelle und mindestens zwei weitere, die wir nicht zuordnen können.

Das Blut auf dem Boden kommt allem Anschein nach von einem Sturz. Es ist auf jeden Fall sein Blut, und er ist mit dem Kopf ziemlich hart aufgeschlagen. Die Nachbarn haben offen-

bar nichts beobachtet. Niemand hat gesehen, wie jemand hinein- oder herausgegangen ist.
Beim Fundort der Chinesin kam es wohl zu einem Zwischenfall mit einem Damian Öhl von der Presse. Er hatte Fotos gemacht, bevor die Polizei alles abriegeln konnte. Kriminalhauptkommissar Gröne wollte ihm die Kamera abnehmen, um die Bilder zu löschen. Es gab einen mittleren Presseaufstand. Am Tatort gab es keine Spuren und auch keine Zeugen.« Sie klickte auf ein paar Buttons, und mehrere Fenster öffneten sich. »Ah«, machte sie überrascht. »Inzwischen sind auch die von mir angeforderten Ergebnisse da. Unsere Chinesin heißt Rain Chong. Sie ist vor neun Jahren aus England eingewandert, hat die deutsche Staatsangehörigkeit. Vor einem halben Jahr wurde sie auffällig, als man sie wegen Drogenbesitzes zu einer Bewährungsstrafe verurteilt hat. Damals hatte sie auch eine nicht registrierte Waffe bei sich, die sie angeblich gefunden hatte.«
Robert strich sich über das Kinn. »Also ist sie keine Heilige. Eventuell kommt sie sogar aus Ya-Long P'ans Umfeld?«
Gäter drehte sich vom PC weg und blickte ihn offen an. »Das bringt uns aber auch nicht weiter. Wir können nur auf die nächste Leiche warten. So wie ich es immer mache«, fügte sie hinzu und lächelte.
Robert schüttelte den Kopf. »Nein, wir können noch etwas tun. Sie müssen uns einen Termin besorgen.«
»Ich? Bei wem?«
»Bei Frau Prof. Dr. Claudia Kramme. Jetzt will ich alle Unterlagen über Tom sehen. Es muss einen Anhaltspunkt geben, wo er sich aufhalten könnte. Und danach stelle ich Michelles Wohnung auf den Kopf. Ich habe keine Lust mehr abzuwarten, bis etwas passiert.«

KAPITEL 33

Eine Welle aus gleißendem Schmerz traf Lillians Gesicht, ließ das Gemälde eines röhrenden Hirsches erzittern, das an der Badezimmerwand hing.

»Habe ich nicht immer alles für dich getan? War ich nicht immer für dich da?« Tommis Lippen bebten, dann riss er den Mund auf. »War ich das nicht? War ich nicht immer gut zu dir?« Er schlug mit der Faust neben ihr in die Wand. Gips platzte ab und fiel staubig zu Boden.

Lillian machte sich klein. Sie durfte ihm keine Angriffsfläche bieten. In seinem Zustand konnte man nicht vorhersagen, was geschehen würde. Wie weit er gehen würde.

»Stattdessen machst du mir Vorwürfe. Kritisierst, was ich tue.« Speichel flog ihm aus dem Mund. »Ich habe deine Nörgeleien so satt.« Er betrachtete sich im Badezimmerspiegel.

Über Lillians Wangen liefen Tränen. »Ich habe nur Angst vor dem, was aus dir geworden ist. Du hast dich so verändert. Warum kannst du nicht sein, wie du früher warst?«

Tommi schlug ihr ins Gesicht. Ihre Wange schien zu explodieren, doch das hielt sie nicht auf. »Hör auf damit«, schrie sie. »Hör auf!« Doch das machte ihn noch rasender. Sein gerötetes Gesicht verzog sich zu einer Fratze, und er sah mehr denn je aus wie ein Fremder.

»Du bist nicht mein Papa«, hauchte sie.

»Doch, mein Schatz, der bin ich, weil dein echter Vater ein Schlappschwanz ist, weil er dich verlassen hat und erst für dich da war, als ich dir entrissen wurde. Aber ich bin hier. Ich war immer hier. Es wird Zeit, dass du mich als das ansiehst, was ich bin. Er liebt dich nicht. Nicht so wie ich.«

Lillian schaute zu ihm auf. Wie ein Felsmassiv stand er vor ihr. Rauh, unnachgiebig.

»Es ist fast vollbracht«, sagte er plötzlich so leise, dass Lillian ihn kaum verstand. »Heute ist der letzte Tag, und alle sind jetzt bei mir. Niemand kann mich mehr daran hindern, das Ritual zu vollenden. Und danach wirst du alles verstehen. Dann, wenn meine Kunst Gerechtigkeit in die Welt bringt.«

»Deine …«, sie schluckte. »Deine Kunst?«

»Picasso hat mal gesagt: Ich male die Nasen absichtlich schief, damit die Leute gezwungen sind, sie anzusehen. Würde ich einfach nur über die Menschen richten, sie verurteilen und hinrichten, würde mich jeder nur als Mörder sehen. Als Psychopathen. Doch durch meine Kunst werden sie gezwungen sein, genauer hinzuschauen. Sich mit meinem Werk zu beschäftigen. Sie werden erkennen, was dahintersteckt, und verstehen, dass es notwendig war. Ich werde der gutmütige Vater sein, der den Unrechten mit Gerechtigkeit straft. Sie werden zu mir aufsehen, und ich werde über sie wachen. Das ist es doch, was die Menschen wollen.«

»Tommi«, flehte Lillian.

»Nenn mich nie wieder Tommi«, donnerte er, packte sie am Kragen ihrer Bluse und zog sie hoch, als wäre sie nur eine Puppe. »Wenn du mich nicht als Vater siehst, wie sollen es die anderen können?«

»Papa«, hauchte Lillian. »Bitte!« Seine Faust bohrte sich schmerzhaft in ihr Kinn, doch sie wagte nicht, sich zu wehren. Sie wollte das alles nur überstehen.

Langsam senkte er die Arme und ließ sie runter. »Es gibt noch viel zu tun«, sagte er plötzlich sanft und zog sich aus. Lillian hatte für ihn Badewasser eingelassen. Die Arbeit war schmutzig gewesen, und bevor er sein neuestes Kunstwerk öffentlich ausstellte, wollte er sauber sein.

Das getrocknete Blut auf seinen Armen roch intensiv, während sich die Krusten lösten und im warmen Wasser Schlieren hinter sich herzogen. Etwas Entspannung tat den Muskeln gut. Er drehte sich zu Lillian, wollte ihr noch etwas sagen, doch sie war nicht mehr im Raum. Wie so häufig war sie lautlos verschwunden.

Umso besser. Dann hatte er jetzt ein paar Minuten, um nachzudenken. Immerhin musste er gleich sein Kunstwerk in die Öffentlichkeit bringen, und dabei durfte er keinen Fehler machen. Er schloss die Augen und ging alle nötigen Arbeitsschritte im Geiste durch.

Dann nahm er ein Stück Seife und schrubbte sich damit ab, bis alles Blut weggewaschen war.

Er stieg aus der Wanne, trocknete sich ab, zog sich an und ging direkt in den Keller. Er wollte keine Zeit verlieren. Die Sachen, die er brauchte, hatte er schon zurechtgelegt. Der Waschraum duftete nach frischer Wäsche, was in letzter Zeit selten vorkam. Nur wer eine Nase dafür hatte, würde den leicht süßlichen Geruch bemerken, der wie ein Nebelhauch in der Luft schwebte. Die Leiche lag achtlos auf dem Boden.

Wie schwer sie gewesen war. Tommi hatte ordentlich geschwitzt, um sie hierherzuschaffen. Da lag sie nun und sah aus, als ruhte sie sich aus. Nie hätte er gedacht, dass Michelle es tatsächlich tun würde, aber der Bluterguss auf Maiks Stirn war eindeutig. Das Ausbluten war kein Problem gewesen. Maiks Herz hatte noch geschlagen, und so war ein Großteil der Flüssigkeit automatisch in das Abflussgitter gepumpt worden. Die Häutung gestaltete sich schon schwieriger. Das war Knochenarbeit gewesen, und Tommi hätte sich danach gern ein wenig entspannt, aber er wollte es zu Ende bringen. Er streckte sich, so gut es in dem niedrigen Raum ging, und stieg über Maik hinweg, der inzwischen in eine Plastikfolie gewickelt war. Aus einem der Regale zog Tommi ein Seil hervor und verschnürte damit die Leiche. Anschließend wickelte er sie in eine dicke braune Wolldecke, die er an zwei Stellen unter die Seile schob, um so zwei Griffe zu formen.

Daran zog er sie die Treppe hoch und ließ sie im Flur liegen. Er brauchte noch mehr Dinge. Einen Moment lang fürchtete er, sie würden ihm nicht mehr einfallen – zu viel schwirrte ihm durch den Kopf –, aber dann erinnerte er sich.

Er ging zurück in den Keller und schnappte sich eine Tasche. Seine Hände glitten über den Stoff und fühlten über die harten Konturen der Gegenstände im Innern. Jedes Mal, wenn er kurz davorstand, etwas Großes zu erschaffen, spürte er diese Erhabenheit. In diesen Momenten stand er hoch über allen anderen Menschen. War stärker, klüger, kreativer als der Rest.

Er öffnete den Reißverschluss der Tasche. Ein paar Dinge musste er noch zusammensuchen. Als er damit fertig war, verstaute er alles in seinem Auto. Selbst an den Flaschenzug, mit dem er Maiks Leiche am Gerüst hochhieven wollte, hatte er gedacht. Der alte Ford ächzte unter dem Gewicht.

Falls Tommi beim Einladen beobachtet wurde, so fiel es ihm nicht auf. Zu sehr genoss er das überlegene Gefühl. Wer wagte schon, ihm etwas anzutun? Ihn aufzuhalten?

Maik hatte es sich anscheinend in den Kopf gesetzt, sich über seinen Tod hinaus zu wehren. Er machte sich unglaublich schwer. Tommi warf ihn sich über die Schulter, und mit jedem Schritt drückte ihn der Leichnam mehr zu Boden. Der Weg zum Auto schien unendlich weit zu sein. Doch schließlich war alles verstaut.

Mit schmerzendem Rücken setzte er sich ans Steuer. Sollte er Lillian mitnehmen? Er könnte ihr in Sachen Kunst so einiges beibringen. Sicher würde sie besser lernen als die Bestie im Keller. Sogar als Tommi alle Türen fest verschlossen hatte, hatte er das Jammern noch gehört. Ganz leise nur, aber selbst wenn es zu einem Wispern geworden war: Es war noch da. Irgendwann musste es doch auch mal gut sein. Manche lernten eben äußerst langsam.

Als er mit dem Auto losfuhr, hatte er Lillian und das Jammern schon aus seinem Kopf verbannt. Zu sehr konzentrierte er sich auf seine Arbeit. Auf seine Kunst.

KAPITEL 34

Im ersten Moment dachte Michelle, lebendig begraben worden zu sein, doch die Dunkelheit war nicht überall gleich. Unter der Tür, durch einen dünnen Schlitz, fiel etwas Licht in den Raum. Zwar nur gedämpft, aber das war besser als nichts. Es machte die Woge der Panik, die über sie hereinzubrechen drohte, beherrschbarer.

Michelles Kopf dröhnte, so dass jede Drehung Übelkeit in ihr auslöste. Lieber nicht bewegen. Denken war schon anstrengend genug.

Warum lebst du noch?

Darauf hatte sie keine Antwort. Vielleicht, weil sie Glück hatte? Oder schlimmer: Weil sie Pech hatte? Wie auch immer die Antwort ausfiel, liegen bleiben und abwarten war keine Option.

Die Oberfläche, auf der sie lag, fühlte sich hart an. Wahrscheinlich bestand sie aus Metall. Jeder Knochen in ihrem Körper schmerzte. Wie lange lag sie schon hier? Stunden? Tage?

Wieder erfasste sie Panik, und der Gedanke, lebendig begraben worden zu sein, trat stärker an die Oberfläche, als ihr lieb war. Was war das für ein Raum um sie herum? Das hereinfallende Licht war nicht kräftig genug, um Konturen auszumachen. Hatte man sie aufgebahrt? In einer Leichenhalle vielleicht? Vielleicht hatte sie jemand gefunden, und der herbeieilende Arzt hatte sie für tot erklärt?

Vorsichtig hob sie einen Arm. Sofort schoss ein brennender Pfeil in ihren Kopf und trieb ihr die Übelkeit in den Magen. Offenbar hatte es sie schlimm erwischt, aber nicht so schlimm, wie sie vermutet hatte. Zumindest war sie nicht gefesselt.

Auch der andere Arm ließ sich bewegen. Sie atmete flach und konzentriert, um ihren Magen nicht in Aufruhr zu versetzen, und streckte den Arm weit nach oben. Kein Hindernis war ihr im Weg. Erleichtert ließ sie den Arm zurückfallen. Der Raum, in dem sie lag, war größer, als sie im ersten Moment gedacht hatte.
Größer als ein Sarg?
Michelle wollte nicht weiter darüber nachdenken. Sie hatte die Sache überlebt. Das musste genügen.
Ja, aber er *hat es nicht überlebt.* Ihn *hast du kaltblütig ermordet.*
Tränen sammelten sich in Michelles Augen, die in die Dunkelheit starrten, als lauerte darin eine Weisheit, die sie nicht begreifen konnte. Nein, sie war keine Mörderin. Sie hatte doch keine Wahl gehabt!
Ja, mach dir ruhig etwas vor, Michelle. Du bist immer noch das arme Opfer, nicht wahr?
Sie gab einen Laut von sich, der gesättigt war von Leid und Vorwürfen. Hier, allein im Raum, klang er hohl und unbedeutend.
Vorsichtig setzte Michelle sich auf. Immer mehr Pfeile prasselten auf sie ein, und der Türspalt verschwamm vor ihren Augen. Sie verkrampfte, bis die Muskeln zitterten. Doch der Schmerz überdeckte die Schuldgefühle, betäubte sie für eine Weile.
Sie kletterte vom Tisch und versuchte, die Tür zu öffnen. Natürlich war sie verschlossen. Nachdem sich ihre Augen an die Dunkelheit gewöhnt hatten, konnte sie ein paar Konturen ausmachen. Der Raum war so niedrig, dass sie mit etwas Mühe die Decke berühren konnte, aber groß genug, um ein Wohnzimmer unterzubringen. Es gab keine Fenster und keine Lüftungsgitter. Und auch sonst war der Raum leer. Die Wände bestanden aus nacktem Beton, ebenso der Boden. Soweit sie das bei dem

Licht beurteilen konnte, wies die Tür weder Rost noch Beulen auf. Sie wirkte neu und wenig gebraucht.
Dies war nicht die Lagerhalle, so viel konnte Michelle sagen. Wahrscheinlich wurde sie in einem Rohbau festgehalten. Nur was nützte ihr die Information? Von Bedeutung war einzig und allein, dass sie gefangen war.
Erschöpft setzte sie sich auf den Metalltisch und betastete ihre pochende Stirn, auf der sich eine ordentliche Beule gebildet hatte. Mittig fühlte sie rauhe, feuchte Ränder, wo die Haut aufgeplatzt war. Zum Glück schien sie keine schlimmeren Verletzungen zu haben, dennoch waren die Schmerzen schlimm genug.
Michelle hatte jegliches Zeitgefühl verloren. Nur der dunkler werdende Türspalt sagte ihr, dass es langsam Nacht wurde. Wie lange würde Tom sie festhalten? Sie hatte alles getan, was er verlangt hatte. Die Gewissheit, dass sie nun nichts mehr tun konnte, war beruhigend. Als ihr das klarwurde, bemerkte sie, dass sie keine Angst spürte. Als hätte das Bolzenschussgerät jegliche Furcht aus ihr herauskatapultiert.
Doch der Gedanke an Lilly ließ ihr Herz erneut schneller schlagen und den Schmerz in ihrem Kopf härter pochen. Was aus ihr, Michelle, würde, war ihr inzwischen egal, aber was sie durchlitten hatte, durfte nicht umsonst gewesen sein. Nur was sollte sie jetzt machen?
Durch die Mauer, dumpf und kaum hörbar, drang der Klang eines herannahenden Autos. Michelle hielt den Atem an. Das Brummen kam näher, wurde unwesentlich lauter und erstarb.
Eine Hand auf den Mund gepresst, lauschte sie. War es jetzt so weit?
Eine Wagentür schlug. Wenig später eine schwere Eisentür. Dann war es wieder ruhig. Wenn es Tom war, was hatte er vor? Warum kam er nicht her?

Und wenn es nicht Tom ist? Es könnte ein Arbeiter sein, der etwas auf dem Bau vergessen hat.
Michelle sprang auf die Füße und ging vor Schmerzen zu Boden. Stöhnend hielt sie sich den Kopf. Vor ihren Augen flimmerte es. Ihr Kopf schien aufzureißen, und sie presste ihn seitlich auf den kalten Boden. Ihre Fingernägel kratzten über den Beton. Sie spürte kaum, dass sie einrissen.
Wieder die Tür. Nein, nicht weggehen. Michelle wollte rufen, gegen die Tür klopfen, doch das Dröhnen und Schlagen in ihrem Kopf lähmte sie. Ihr Körper schrie nach Schlaf. Jede Bewegung schien falsch zu sein.
Michelle schloss die Augen. Mit der Zeit ließ der Schmerz nach, und sie entspannte sich. Sie rollte sich wimmernd auf dem Boden zusammen wie ein geschlagener Hund. »Hilfe«, murmelte sie kraftlos und atmete schwer dabei. »Helfen Sie mir.« Doch schon die kleinste Anstrengung lockte die glühenden Pfeile zurück, die erbarmungslos auf sie einstachen.
Komm, gib auf. Was willst du denn noch? Sieh dich doch mal an, wie jämmerlich du daliegst. So willst du deine Tochter retten? Du kannst dich ja nicht einmal selbst retten. Wie wäre es, wenn du einfach stirbst?
Vorsichtig bewegte sie den Kopf hin und her. Nein, aufgeben war keine Option.
Erneut krachte die Tür. »Mist, verdammter! Nein, auf keinen Fall!«, fluchte eine Stimme. Gedämpft, wie durch Wolldecken und weit weg. Michelle zwang sich, leise zu atmen. Ein. Aus. Kein Geräusch machen. Lauschen. Und im richtigen Moment das bisschen an Kraft ausnutzen, das irgendwo in ihr steckte. Eine Kraft, die sie nicht fühlte, die aber verdammt noch mal da sein musste.
»Nun mach dich nicht so schwer. Wir hatten eine Vereinbarung.« Schlurfende Schritte. Dann war wieder alles ruhig. Mi-

chelle dachte schon, dass sie ihre Chance verpasst hätte, als die Person mit schnellen Schritten zurückkam. Sie holte tief Luft und rief, so laut sie konnte. »Hilfe! Helfen Sie mir. Bitte!« Ihre Stimme riss ab. Ihre Reserven waren verbraucht. Jetzt musste sie warten und hoffen, dass sich die Tür vor ihr öffnete.

KAPITEL 35

Tommi fuhr 15 km/h schneller als erlaubt. Die Straßen waren eng, und an einigen Stellen entging er nur durch Glück einem Unfall.

Er schoss an blauen Mülltonnen vorbei, und manch drohende Faust erhob sich hinter ihm. Er zwang sich, langsamer zu fahren. Es musste alles reibungslos funktionieren. Fast hatte er es geschafft.

Mit Blick auf den Tacho trat er auf die Bremse. Das Auto reagierte sensibler als angenommen, und er wurde unsanft gegen das Lenkrad gedrückt. Verdammt, konzentrier dich, ermahnte er sich. Er durfte nicht riskieren, schon auf dem Hinweg geschnappt zu werden. Die Polizei fand Leichen im Kofferraum in der Regel nicht so erregend wie er.

Rechts ging es in die Hammer Straße, vorbei an einer Autowaschanlage und einigen kleineren Läden. Hier war mehr Platz für seinen Wagen, und sein Puls beruhigte sich langsam. Er wischte sich die Hände an der Hose ab und fasste wieder an die feuchten Stellen des Lenkrads.

»Papa, bitte, dreh um.«

Tommi zuckte zusammen, als er die Stimme hörte. Er schaute auf die Rückbank. Nur kurz. Er durfte die Straße nicht aus den Augen lassen. Bau keinen Unfall! Er atmete ein paar Mal tief durch, um nicht auszurasten. Was hatte Lillian hier verloren? Warum war sie nicht in ihrem Zimmer?

»Was machst du hier?«, fauchte er, und seine Augen sprangen zwischen Rückspiegel und Straße hin und her.

»Ich habe mich versteckt«, sagte das Mädchen kleinlaut. »Ich kann nicht zulassen, dass du Mist machst.«

»Du kannst nicht?« Das war absurd. Er stritt mit einem Kind. Langsam, aber sicher wurde die Kleine nervig. Die Hoffnung, sie an seiner Seite akzeptieren zu können, hatte er inzwischen aufgegeben. Es wurde Zeit, ihr zu zeigen, wer die Oberhand hatte. »Hast du die Tabletten genommen?«
Lillian wich seinem Blick aus und schüttelte den Kopf.
»Du weißt, du bist krank. Willst du, dass es dir schlechter geht? Willst du das?«
Wieder schüttelte sie den Kopf, doch dieses Mal schaute sie ihm in die Augen. »Ich bin nicht krank. Du sagst das nur. *Du* bist derjenige, der krank ist. *Du* musst Tabletten nehmen. Du weißt das, du willst es dir nur nicht eingestehen.«
Der Wagen machte einen Schlenker, als Tommi auf einem Zebrastreifen einem Pärchen ausweichen musste. »Halt dein schändliches Maul!«, kreischte er, und seine Zähne klapperten aufeinander. Seine Hände krallten sich ins Lenkrad, bis die Knöchel weiß hervorstanden. »Ich hätte dich längst beseitigen sollen. Du bringst mir nur Unglück.«
Lillian war wie verwandelt. Sie wirkte erwachsener. Bedrohlicher.
»Wenn du es gekonnt hättest«, sagte sie mit inbrünstiger Überzeugung, »hättest du es längst gemacht.«
Er bog nach links ab und fuhr über ein Schotterfeld zwischen Baucontainern hindurch zu einer Betonplatte, die wahrscheinlich das Fundament für ein späteres Nebengebäude war. Dort stellte er den Wagen ab.
Mit einem Ruck drehte er sich um. Seine Lippen hatten sich in zwei schmale Linien verwandelt, und die Finger gruben sich in das Sitzpolster. »Treib es nicht zu weit. Bis jetzt hatte ich Hoffnung für dich. Wenn ich hier fertig bin, kümmere ich mich um dich. Und wenn du nicht willst, dass ich deiner Mutter etwas antue, dann verhältst du dich jetzt still.«

Lillian verzog die Lippen, erwiderte aber nichts.
Tommi stieg aus. Vor ihm erhob sich das Skelett eines Hochhauses in den Abendhimmel. Einige der unteren Etagen waren fast fertig, aber weiter oben streckte sich das nackte Gerüst der Eisenträger nach den Wolken aus. Der perfekte Ort!
Er ging zum Kofferraum und zerrte Maik heraus. Ächzend warf er ihn sich über die Schulter, verschloss das Auto und schleppte ihn zum Eingang des Hauses.
Die Kellertür war schwer und das Gewicht der Leiche erdrückend. Plötzlich vibrierte es in seiner Tasche. Das Klingeln des Handys hatte er vorsichtshalber ausgestellt. Die Nummer war keinem Namen zugeordnet, trotzdem ging er ran.
Eine Stimme meldete sich, die er zunächst nicht erkannte. Doch dann schien Maik mit jedem Wort schwerer zu werden.
»Es tut mir leid, dass ich mich bereits jetzt melde«, sagte Ya-Long P'an mit süffisanter Stimme. »Es ist eigentlich nicht meine Art, voreilig zu werden. Die Umstände allerdings haben sich ein wenig geändert, und wie Sie wissen, ändert das die Preise.«
»Es war alles geklärt und abgesprochen«, flüsterte er ungläubig ins Telefon. Wie konnte das sein? Er hatte sie doch umgebracht. Ya-Long P'an war tot, verflucht. Er begann zu schwitzen. Nur mit Mühe hielt er sich aufrecht. Wen zum Teufel hatte Michelle ihm untergejubelt?
Das Ritual. Es war in Gefahr.
Der Boden unter ihm schien zu schwanken. Das konnte doch unmöglich wahr sein.
»Mein Preis ist gestiegen«, sagte Ya-Long kalt.
»Mist, verdammter! Nein, auf keinen Fall!«, schrie er. Maik schien ihn erdrücken zu wollen. Tommis Rücken knackte, und ein scharfer Schmerz schoss ihm die Wirbelsäule entlang in die rechte Gesäßhälfte. »Nun mach dich nicht so schwer.« Er verla-

gerte Maiks Gewicht, und zu Ya-Long sagte er: »Wir hatten eine Vereinbarung.«

Doch die Chinesin ließ sich nicht aus der Ruhe bringen. »Sie bringen mir Michelle. Lebend. Dann vergesse ich vielleicht Ihren kleinen Ausrutscher. Offenbar haben Sie vergessen, mit wem Sie es zu tun haben. Aber machen Sie sich keine Sorgen, ich werde Sie erinnern.« Sie legte auf.

Alles drehte sich. Was jetzt? Wie sollte er das geradebiegen? Er brauchte Ya-Long für das Ritual, aber er brauchte auch Michelle. Ungezügelte Wut ließ sein Blut kochen, vernebelte ihm die Sicht. Alles entglitt ihm. Wie Sand rieselte ihm seine Zukunft durch die Finger. Das durfte nicht sein.

Ohne einen klaren Gedanken fassen zu können, schleppte er sich die Treppe hinauf. Unter dem Einwegschutzanzug, den er trug, staute sich die Hitze. Das war ein geringer Preis dafür, dass er nach getaner Arbeit sauber sein würde wie ein frisch gebadetes Baby. Er musste weitermachen. Nicht aufgeben. Nur nicht aufgeben.

Der Wind frischte auf, und es wurde kühler, je höher er stieg. Es roch nach Ruß und nach Regen, was ungewöhnlich war. Normalerweise wusch der Regen den Ruß aus der Luft. Kurz vor einem explodierenden Sommergewitter konnte man beides riechen, wenn der Smog auf die Stadt drückte und die ersten dicken Regentropfen den Asphalt trafen.

Der Geruch hatte etwas Magisches. Er war der Vorbote für etwas Gewaltiges.

Tommi lief ein Schauer über den Rücken.

Nur noch ein paar Stufen bis zum Ziel. Jede Stufe schürte die Vorfreude.

Dafür wurden Kunstwerke gemacht. Für die Gänsehaut.

Oben angekommen, fegte ihm ein frischer Wind um die Ohren. Ja, dies war der perfekte Ort. Mit jedem Stockwerk, das er erobert hatte, war die Wut weiter abgeflaut. Jetzt trübte der Gedanke an die Chinesin lediglich seine Euphorie. Seine Kunst war hier für alle sichtbar. Es würde perfekt werden.

Dieses Stockwerk hatte keine Außenwände. Stattdessen schaute er auf nackte Stahlträger und Querstreben. Dahinter erstreckte sich das Ruhrgebiet wie ein eigenes Universum. Die Lichter bildeten ein buntes Sternenfeld, und die stillgelegten Fördertürme – angestrahlt in giftigem Grün – erhoben sich darin wie die ausgebrannten Raumschiffe einer untergegangenen Zivilisation. Über allem schwebte der Mond wie ein bedrohlicher Planet, nur ab und zu von einer Wolke verdeckt.

Tommi ließ Maik dumpf fallen und sank neben ihm auf den Boden. Verschnaufen. Nur ein bisschen. Er durfte nicht zu lange hierbleiben. Die Gefahr, entdeckt zu werden, war zwar gering, aber sie war da.

Es gab noch einiges zu tun. Im Auto hatte er den Generator, die Lampen und den Rest. Michelle wartete ebenfalls noch unten, und er musste sich um diese verdammte Chinesin kümmern. Er schnaufte und sog die kühle Abendluft ein. Nur einen Augenblick zu Atem kommen.

KAPITEL 36

Der Donnerstagvormittag war viel zu schnell vorüber. Emily Gäter und Robert hatten die Zeit genutzt, um noch einmal alle Unterlagen, die ihnen zur Verfügung standen, durchzugehen. Doch zu neuen Schlüssen waren sie nicht gekommen. Jetzt standen sie am Eingang der Klinik und warteten darauf, dass man sie einließ. Gäter hatte es tatsächlich geschafft, bei Dr. Kramme einen Termin zu bekommen.

Robert konnte nicht ruhig auf der Stelle stehen bleiben und tippelte hin und her. Seine Gedanken waren bei Maik. Wo mochte er stecken? Lebte er noch? Hatte Robert überhaupt noch eine Chance, ihn zu retten? Immer wieder kamen ihm Situationen mit Maik in den Sinn, die ihm zeigten, wie sehr er ihm inzwischen verbunden war. Sie waren Kollegen, und er hatte ihn nie als Freund angesehen, doch im Nachhinein betrachtet war Maik das, was einem Freund sehr nahekam. Es war kaum möglich, sich ihn tot vorzustellen.

Robert brauchte einen entscheidenden Hinweis, und diese Kramme würde ihn heute liefern. Notfalls auf eine unpolizeiliche Art und Weise.

Und schon tauchte sie auf. Als sie Robert sah, stoppte sie, offenbar unschlüssig, was sie tun sollte. Ihre Miene verfinsterte sich, doch sie drückte einen Knopf, und die Schiebetüren öffneten sich.

»Frau Doktor Kramme«, Robert sprintete vor und reichte ihr die Hand. »Ein Glück, dass Sie uns so spontan empfangen. Sie sind die Einzige, die uns weiterhelfen kann.« Mit Freundlichkeit kam man am weitesten. Spiel, Satz und …

»Herr Bendlin«, sagte Doktor Kramme kühl und wandte sich direkt an die Gerichtsmedizinerin. »Und Sie sind vermutlich Frau Doktor Gäter?« Das Wort Doktor betonte sie besonders.
Gäter nickte und schüttelte die ihr hingestreckte Hand. »Ganz genau. Ich begleite Kriminalkommissar Bendlin und unterstütze die Ermittlungen, soweit mein medizinisches Fachwissen dafür ausreicht.«
Kramme deutete ihnen an, vorauszugehen. Da Robert ihr Büro kannte, ließ er sich nicht zweimal bitten. Er hoffte inständig, dass sie sich nicht im Präsidium nach ihm erkundigt hatte, denn das würde unweigerlich dazu führen, dass in ein paar Minuten ein Streifenwagen vor der Tür stand.
Sie schwiegen, während sie in den zweiten Stock gingen. Auf dem Flur waren die Türen zu den Therapiezimmern verschlossen, nur Krammes Bürotür stand weit offen. Sie bot ihnen Plätze an und setzte sich selbst hinter den Schreibtisch.
Robert versuchte, eine ungewöhnliche Regung bei ihr auszumachen, etwas, das ihm verriet, wie nervös sie war. Doch da war nichts. Im Gegenteil. Sie schaute ihnen offen und neugierig ins Gesicht.
Gäter begann das Gespräch. »Thomas Ried ist nach wie vor unser Hauptverdächtiger, obwohl die Obduktion ein paar Ungereimtheiten aufgedeckt hat.«
»So?«
»Nun, zum einen hinterlässt Ried neuerdings Rätsel auf den Leichen. Zum anderen scheint jegliches sexuell geprägtes Motiv zu fehlen. Er konzentriert sich neuerdings auf Familienangehörige, zudem sind plötzlich auch Männer unter seinen Opfern.«
Dr. Kramme reagierte nicht. Sie schaute weiter neugierig vor sich hin.
»Etwas ist anders«, fuhr Emily Gäter fort.

»Zuerst«, unterbrach Robert sie, »dachten wir, dass Ried seine angestaute Wut loswerden wollte. Seinen Trieb hat er lange unterdrücken müssen, so dass es wohl verständlich ist, wenn er neue Vorgehensweisen entwickelt. Aber inzwischen sieht die Indizienlage anders aus. Wir hatten darüber gesprochen, ob Ried Besuch hatte. Erinnern Sie sich?«

Kramme rührte sich nicht, ganz als ob sie von ihren Ausführungen nichts mitbekommen hätte. Robert musterte sie genau. Sein Spürsinn würde ihn nicht trügen. Auf seine Menschenkenntnis hatte er sich schon immer verdammt gut verlassen können, und bisher war sie für seinen Geschmack zu unbeteiligt. Dummerweise konnte das vieles bedeuten.

»Sie erinnern sich. Aber wissen Sie auch noch, was Sie mir dazu gesagt haben?« Er zog seinen Notizblock hervor und blätterte. Übersichtlich war ein Wort, das die Blätter, die durch seine Hand glitten, unzureichend beschrieb. Auf einigen standen lediglich ein paar Namen. Er blätterte zurück und stoppte bei einer völlig jungfräulichen Seite.

»Hm«, machte Kramme verächtlich. »Mein Gedächtnis ist ausgezeichnet.«

Robert schaute auf und lächelte sie mit seinem schönsten Schwiegersohnlächeln an. »Phantastisch. Und Sie bleiben dabei? Ried hatte keinen Besuch von außerhalb?«

Kramme hob beide Hände. »Ganz gleich, was Sie auf Ihren Zettelchen stehen haben. Versuchen Sie noch immer, mich zu überführen? Was soll ich denn Ihrer Meinung nach getan haben? Sie sollten mir zunächst etwas Konkretes vorwerfen, bevor Sie versuchen, mir ein Geständnis zu entlocken. Hat Staatsanwältin Schreyer Ihr Vorgehen genehmigt?«

Robert hatte nicht vor, die Gesprächsführung abzugeben. So leicht wollte er es ihr nicht machen. »Was ist mit«, dieses Mal suchte er tatsächlich nach einer Notiz und fand sie auch, »Peter

Hasse, dem Pfleger, der Rieds Tür unverschlossen vorgefunden hat? War er inzwischen zu erreichen?«

»Ich fürchte nein. Er ist noch immer im Urlaub. Aber ich habe in seinem Hotel eine Nachricht hinterlegen lassen und das auch Ihren Kollegen gesagt. Ich habe nichts zu verbergen. Soweit ich weiß, hat man ihn zur weiteren Befragung zurück nach Deutschland beordert. Merkwürdig, dass Sie davon nichts wissen. Ihnen sagt man wohl nicht alles?«

Robert spürte, wie ihm das Blut zu Kopf stieg. Er bewegte sich auf dünnem Eis, aber jetzt kam es nicht mehr darauf an, vorsichtig sein. »Ich möchte alle Unterlagen sehen, Ried betreffend. Und zwar sofort. Falls Sie glauben, Sie könnten sich auf irgendwelche Rechte berufen, das können Sie sich abschminken. Ich habe nicht vor, gute Polizeiarbeit zu leisten. Zur Not werde ich Ihnen weh tun, haben Sie mich verstanden?«

Gäter hob beschwichtigend die Hände. »Keine Bange, er meint das nicht so, denn er wird ganz bestimmt nicht seine unschuldige und hilfsbereite Kollegin in Schwierigkeiten bringen wollen. Aber wir sind wirklich in Zeitnot und auf Ihre Mitarbeit angewiesen, Frau Kramme.«

Robert fuhr fort, ohne auf Gäters Bemerkung einzugehen. »Ich will wissen, wo Ried ist. Ich will wissen, wo er Lilly versteckt halten könnte. Ich will wissen, wo er meinen Kollegen gefangen hält. Sagen Sie mir, mit wem er Kontakt hatte.«

Kramme zeigte noch immer keine Gefühlsregung. »Nein«, sagte sie schlicht.

»Frau Doktor Kramme«, Gäter lehnte sich über den Tisch zu ihr. »Wir suchen dringend einen Anhaltspunkt, wo Ried sich aufhalten könnte. Er hat mehrere Personen in seiner Gewalt, und er hat uns ein Ultimatum gestellt.«

In Claudia Krammes Gesicht stahl sich eine unübersehbare Arroganz. »Frau Doktor Gäter, von Anfang an stand ich im Mittelpunkt von Herrn Bendlins Anschuldigungen. Entweder werde ich verhaftet, oder aber Sie gehen jetzt. Alle beide. Wenn Sie möchten, kann ich auch Manuela Schreyer direkt anrufen. Ich habe der Polizei jegliche Hilfe gewährt. Ihren Überfall auf mich werde ich jedoch nicht unterstützen.«

Gäter schüttelte den Kopf. »Warum haben Sie uns dann reingelassen?«

»Was glauben Sie denn? Egal, mit welcher Anschuldigung dieser Mann«, sie deutete auf Robert, »von nun an kommen wird, mein Anwalt wird leichtes Spiel haben, dass nichts von dem, was er herausbekommt, vor Gericht gegen mich verwendet werden kann. Gegen wie viele Vorschriften hat er bereits verstoßen? Nein, ich denke, dieser Auftritt wird es dem Gericht leichtmachen.«

Robert seufzte. War diese Frau wirklich so schwer von Begriff? Hatte er ihr nicht klargemacht, dass er bereit war, über Vorschriften hinwegzugehen? Er stand auf, atmete tief ein. Er war kein großer Mann, dennoch hatte er im Augenblick das Gefühl, für diesen Raum zu groß zu sein.

Seine Miene versteinerte. Seine Präsenz schrie förmlich: Mädchen, komm mir nicht in die Quere. Das hoffte er zumindest.

»Sie haben jetzt genau zwei Möglichkeiten, Frau Kramme.«

»Doktor!«, sagte sie, und ihre Augenbrauen berührten sich fast dabei.

»Entweder Sie helfen uns jetzt und stellen sich dem, was Sie gemacht oder nicht gemacht haben, oder aber ich beschaffe mir die Informationen selbst. Im ersten Fall wird alles gesittet ablaufen. Im zweiten Fall werde ich wie bei einer Hausdurchsuchung vorgehen und wahrscheinlich Chaos und Tränen hinterlassen. In beiden Fällen aber werde ich am Ende die Informationen haben, die ich benötige.«

Krammes Unterlippe zitterte leicht.

»Frau Doktor Kramme«, versuchte es Gäter noch einmal. »Ried hat seit seinem Entkommen bereits zwei Menschen getötet. Ein Mädchen ist in seiner Gewalt, und es wird sterben; mindestens eine weitere Person ist in Gefahr. Vielleicht schon tot. Wenn Sie etwas wissen, dann bitte, helfen Sie uns! Sie sind der einzige Anhaltspunkt, den wir haben. Wir wollen nicht so einfach aufgeben.«

Claudia Kramme sank in ihrem Stuhl zusammen. »So weit sollte es nicht kommen«, schluchzte sie.

Gäter ging um den Schreibtisch herum und setzte sich vor sie. »Helfen Sie uns. Wenn Sie etwas wissen, egal welche Kleinigkeit, sagen Sie es uns.«

»Nun machen Sie schon«, Roberts Stimme donnerte durch den kleinen Raum, »und ich werde sehen, was ich für Sie tun kann.«

Die Anstaltsleiterin schaute ihn mit tränenden Augen an. »Sie hat mir versichert, dass Tom niemandem etwas zuleide tun wird. Und sie hat versprochen, dass die Polizei nicht gegen mich ermitteln wird. Darauf habe ich mich verlassen.«

Ach was. Die Polizei würde nicht ermitteln? Jetzt wurde Robert einiges klar. Die Beurlaubung galt gar nicht ihm. Sie diente nur dem Zweck, Kramme nicht zu nahe zu kommen. »Was das angeht, kann ich Sie beruhigen. Die Polizei ermittelt nicht gegen Sie.«

»Aber …« Krammes Kinnlade sackte ihr auf die Brust. »Was ist mit Ihnen?«

Gäter schaute kurz zu Robert, dann hob sie die Schultern. »Herr Bendlin ist zurzeit nicht im aktiven Dienst, und ich wollte schon immer mal eine Psychiatrie von innen sehen. Wir wollen nur das Mädchen retten. Alles andere ist zweitrangig.«

»Um noch einmal auf dieses ominöse *sie* zurückzukommen: Wer genau ist *sie?*«, hakte Robert nach. Wenn mehrere Personen im Spiel waren, musste er das wissen.

Die Anstaltsleiterin schüttelte den Kopf, unfähig, etwas zu sagen. Es dauerte eine ganze Weile, bis sie sich beruhigt hatte. Sie zitterte am ganzen Körper. Ihre Augen waren verquollen, ihr Gesicht war mit roten Flecken übersät, und der Kragen ihrer Bluse war nass vor Tränen.
Dann aber schluckte sie und stand auf. »Also schön«, sie nickte, während sie zu einem Aktenschrank ging. »Ich werde Ihnen sagen, was ich weiß. Aber es wird Ihnen nicht gefallen.«

KAPITEL 37

Es war schwierig für Michelle, sich zu konzentrieren. Immer wieder sah sie Maiks Augen vor sich, und immer wieder stürzte sie das in eine gähnende Leere.

Wie hatte es so weit kommen können?

Je länger sie ausgestreckt auf dem Boden lag, desto mehr Kraft kroch in ihren Körper zurück. Sie lehnte sich aufrecht gegen die Wand mit Blick auf den Lichtspalt, der inzwischen nur noch ein grauer Strich war. Schon eine Weile war es ruhig vor der Tür. Niemand reagierte auf ihre Rufe. Vielleicht war es besser so. Nun war es an der Polizei, Lilly zu befreien. Michelles Einsatz hatte nichts gebracht. Sie war Lilly kein Stück näher gekommen. Im Gegenteil. Sie hatte ihren Vater getötet. Das würde Lilly ihr niemals verzeihen.

Tränen hatte Michelle keine mehr. Sie war nur noch eine leere Hülle, zurückgelassen worden, um zu sterben. Wie hatte sie sich nur einbilden können, Tom zu überlisten?

Im Nachhinein betrachtet, war sogar Ya-Long P'ans Angebot fair gewesen.

Es rumpelte vor der Tür. Leise nur. Weit weg.

Michelle stieß sich vom Boden ab, unterdrückte den sengenden Schmerz zwischen ihren Schläfen und schleppte sich zur Tür. »Hilfe!« Sie schlug mit der flachen Hand dagegen. »Helfen …« Sie sammelte Kraft und versuchte es erneut. »Helfen Sie mir!« Immer wieder schlug sie gegen die Tür, bis sie die Hände zu Fäusten ballte und ihr Klopfen zu einem Trommelfeuer anschwoll. Sie spürte kaum, wie die Haut an den Knöcheln aufriss und sich feine Blutstropfen auf dem Türblatt sammelten.

Der Schädel dröhnte, und es pfiff in ihren Ohren. Sie hatte längst die Kontrolle über ihren Körper verloren.

»Hallo?« Die Stimme war nur ein paar Zentimeter von ihr entfernt.

»Helfen Sie mir!« Mehr kam nicht über ihre Lippen. Erschöpft sank sie zu Boden.

»Aug... Augenblick. Ich, ich öffne die Tür. Wie haben Sie sich denn da eingesperrt?« Es klackte einmal, die Tür schwang auf, und Michelle fiel rücklings in den Flur, einem Mann direkt vor die Füße, der sie von oben herab fassungslos anstarrte.

Es war Tom! Natürlich. Er hatte sie eingesperrt, und er befreite sie auch. Etwas anderes hatte sie auch nicht erwartet.

»He da. Haben Sie sich verletzt?« Er half ihr auf die Füße. »Da haben Sie aber Glück gehabt, dass ich hier war. Was zum Geier ist passiert?«

Das Gesicht des Mannes veränderte sich. Zu viele Dinge prasselten auf Michelle ein. Gedanken, Gefühle, Wörter. Sie versuchte, etwas zu sagen, doch entwischten ihr die gebildeten Sätze gleich wieder, und sie brachte lediglich ein Stammeln heraus.

Der Mann war blond, füllig im Gesicht. Das war nicht Tom.

Michelle konnte ihr Glück kaum fassen. Sie kannte den Mann nicht, den der Himmel schickte. Lilly hatte nicht mehr viel Zeit, und jetzt hatte sie wieder eine Chance zu überleben.

»Kommen Sie«, der Mann legte einen Arm um sie und führte sie zu einer Betontreppe, auf die sie sich setzte. »Wie lange sind Sie denn schon in dem Raum?« Er musterte sie. »Gott, Sie sehen schlimm aus. Wurden Sie geschlagen? Augenblick.« Er wühlte in seiner Hosentasche und zog ein Stofftaschentuch heraus. »Das tut jetzt weh.« Er tupfte vorsichtig über ihre Stirn. »Soll ich Sie nach Hause bringen oder lieber in ein Krankenhaus?«

»Wenn Sie die Polizei rufen würden, würde mir das schon helfen.«

»Natürlich.«

Michelle nickte und versuchte ein Lächeln. »Danke.«

Der Mann zog ein Handy hervor, hielt es ans Ohr und schaute auf das Display. »Hm, hier drinnen gibt es wohl zu viele Stahlträger. Ich habe keinen Empfang. Ich werde zum Telefonieren nach draußen gehen müssen. Meinen Sie, Sie schaffen es noch eine Weile allein? Ich bin gleich wieder zurück.«

»Bitte«, Michelle hielt ihn am Ärmel zurück. »Die Polizei soll sich beeilen.«

Er starrte sie einen Moment lang an, als müsste er analysieren, was sie gesagt hatte. Seine Augen zuckten hin und her, und seine Lippen formten lautlose Wörter. Dann nickte er kurz. »Natürlich. Ich bin gleich zurück. Das Tuch können Sie behalten. Die Blutflecken bekomme ich eh nicht mehr heraus.« Damit verschwand er.

Michelle krallte sich in das Taschentuch, als wäre es die Reißleine eines Fallschirms. Die Kopfschmerzen traten in den Hintergrund. Jetzt, wo die Verzweiflung wich, begann ihr Verstand zu arbeiten. Sie wischte sich über das verschwitzte Gesicht und betrachtete die Blutflecken, die hellrosa über dem Stoff verteilt waren. Dabei fiel ihr der Name auf, der in kunstvollen Lettern auf das Taschentuch gestickt war: Sebastian Graf.

Ein ungewöhnlicher Nachname. Vielleicht war er ihr deshalb im Gedächtnis geblieben? Sie kramte in ihren Erinnerungen, doch die Kopfschmerzen wüteten wie ein Sturm in ihrem Kopf und wirbelten alles durcheinander. Graf war irgendeine Berühmtheit. So viel konnte sie sagen.

Was machte so jemand im Dunkeln hier auf einer Baustelle?

»So«, der Mann kam zurück. Er lächelte zuversichtlich. »Die Polizei weiß Bescheid und schickt einen Streifenwagen zu mir nach

Hause. Ich habe ein Haus ganz in der Nähe, dann müssen Sie nicht hier in der Kälte warten. Der Beamte am Telefon meinte, dass es etwas dauern könnte. Offensichtlich wird das Einsperren von Personen nicht als Notfall behandelt. Ich habe darum gebeten, dass sie auch einen Krankenwagen schicken. Die Wunde auf Ihrer Stirn sieht schlimm aus und sollte genäht werden.«

»Nein, ich brauche die Polizei jetzt! Es ist wirklich dringend.«

»Ich werde Sie nicht hier in der Kälte lassen. Es zieht durch alle Mauern. Wenn wir bei mir sind, können Sie gerne die Polizei noch einmal anrufen und ihnen etwas Dampf unterm Hintern machen. Einverstanden?«

Michelle nickte zögernd, aber welche Wahl hatte sie schon? Und im Grunde war sie froh, von diesem Ort wegzukommen, der beinahe ihr Grab geworden wäre. »Danke. Vielen, vielen Dank. Sie glauben nicht, was mir das bedeutet.« Michelle lehnte sich nach hinten auf die Stufen, die sich kalt gegen ihren Rücken pressten, und schloss die Augen.

Toms Zeit war abgelaufen. Nur noch ein paar Minuten. Sie konnte die Uhr deutlich hören. Sie hätte der Polizei von Anfang an vertrauen sollen. Doch nun war es zu spät für Reue.

Michelle legte sich die Worte zurecht, die sie den Beamten sagen würde. Vor allem aber, was sie nicht sagen würde.

Ach Michelle, du glaubst doch nicht ernsthaft, dass du mit so einem schlechten Gewissen leben kannst? Du hast den Vater deiner Tochter getötet.

Vielleicht war es so, aber das würde sich zeigen. Es kam auf einen Versuch an.

Sebastian Graf setzte sich neben sie. »Wer hat Sie denn hier eingesperrt? Hatten Sie Streit? Mit Ihrem Mann?«

Michelle öffnete die Augen. »Ja«, antwortete sie schwach. »So ähnlich. Aber was machen Sie so spät am Abend auf einer Baustelle?«

»Oh, ich bin Künstler, wissen Sie. Ich treibe mich häufig in der Abenddämmerung herum. Morgens und abends sind die Farben der Natur am intensivsten. Zu keiner Zeit ist das Ruhrgebiet schöner. Aber für heute Abend habe ich genug. Wir sollten bei mir sein, bevor die Polizei eintrifft. Kommen Sie, ich helfe Ihnen.« Er fasste sie unter den Armen und zog sie auf die Füße. »Mann, Mann, Mann. Da hat er Sie aber wirklich übel zugerichtet. Sie sollten bei Ihrer Männerwahl vorsichtiger sein.«

Michelle lächelte und ließ sich widerstandslos zum Auto führen.

KAPITEL 38

Ein Berg voller Akten türmte sich vor Robert Bendlin und Emily Gäter auf. Dahinter, zusammengesunken auf einem Stuhl, saß Claudia Kramme. Sie gab keinen Laut von sich, bis Robert sie ansprach. In seinen Händen hielt er eine große Mappe mit Bildern. Er nahm eines heraus und betrachtete es.
Das Motiv war schlicht. Vielleicht ein stilisierter Mensch. So genau konnte er das nicht erkennen. Dennoch sah es ansprechend aus. Nicht so, als hätte ein Anfänger mal versucht, etwas zu malen. »Die sind von ihm?«
Kramme nickte. »Ried ist begabt. Das war er wohl früher schon, bevor er zu uns kam. Wenn er gemalt hat, war er ein anderer Mensch.«
»Kommen wir doch kurz zurück auf die Dame, die Ihnen versprochen hat, dass niemand gegen Sie ermitteln wird. Wer ist es? Schreyer?« Das würde zu ihr passen.
Kramme schluckte. »Mit Staatsanwältin Schreyer habe ich nie gesprochen. Wer diese Dame war, kann ich nicht sagen. Sie hat ihren Namen nicht genannt.«
»Und sie hat Ihnen Geld bezahlt, damit Sie Rieds Sicherheitslevel lockern?«
»Viel Geld, ja. Hören Sie, ich weiß nicht, wer sie ist. Aber sie hat Kontakte bis in die höchsten Ebenen. Ich habe mit ihr nur am Telefon gesprochen, daher kann ich Ihnen nur sagen, dass sie einen asiatischen Akzent hat.«
Robert stutzte. Eine Frau mit asiatischem Akzent? Zufall? Wohl kaum. Er zog sein Handy aus der Tasche und wählte die Nummer von Zellinger. Es klingelte nur kurz, bis abgenommen wur-

de. »Werner? Robert hier. Pass auf, ich habe nicht viel Zeit für Erklärungen. Es gibt einen Hinweis, wo sich Lilly aufhalten könnte. Vielleicht ist sogar Maik dort. Du erinnerst dich an die Chinesin, die Ried ans Messer geliefert hat. Bis jetzt konnten Maik und ich ihr nie etwas nachweisen, aber die Indizien sprechen für sich. Wie es aussieht, hat sie auch hier ihre Finger im Spiel. Ich schlage vor, ihr durchsucht ihre Häuser. In meinem Büro liegen die Adressen. Ihr Name ist Ya-Long P'an.« Er wartete Zellingers Antwort nicht ab und legte auf. Er würde schon einen Grund für einen Durchsuchungsbefehl finden. Robert wandte sich wieder an Kramme. »Na schön. Belassen wir es vorerst dabei. Etwas anderes: Ich hätte gern eine Liste mit allen Therapeuten, die Kontakt zu Ried hatten. Versuchen wir es mal so.«

»Sie bekommen Ihre Liste«, sie ging zu einem Regal und förderte einen Aktenordner zutage, den sie sogleich durchsuchte. Gäter griff zwischenzeitlich in den Karton, den Kramme ihr gegeben hatte, und zog eine Kassette heraus. Sie steckte sie in ein Diktiergerät, das auf Krammes Schreibtisch lag, und schaltete es ein. Es kratzte und rauschte, dann war eine Männerstimme zu hören.

»Das ist Ried«, sagte die Anstaltsleiterin, während sie einen Ordner durchsuchte.

»*... das hätte ich nie gedacht. Es ist wie ein Krebsgeschwür, ein Parasit, der sich in meinem Hirn eingenistet hat. Je länger ich darüber nachdenke, je öfter ich mir vor Augen halte, was wirklich geschehen ist, desto unerbittlicher frisst er. Jeden Gedanken, jedes Gefühl schlingt er in sich hinein, um nur eines zurückzulassen: Rache. Ich weiß, dass das nicht fair ist, und ich will es auch nicht. Nur wie soll man sich gegen Parasiten wehren?*

Darüber habe ich mir Gedanken gemacht, wissen Sie. Und eigentlich ist die Lösung so naheliegend.« Thomas Ried machte eine Pause. Es hörte sich an, als tränke er etwas, doch die Aufnahme war zu verrauscht, um es mit Sicherheit sagen zu können. Dann verfiel er in einen Flüsterton, der Robert eine Gänsehaut über die Arme laufen ließ. »*Das, was am einfachsten ist, fällt einem seltsamerweise als Letztes ein. Wer von einem Parasiten befallen ist, muss ihn loswerden.*« Thomas Ried lachte. »*Nur war mein Parasit kein Lebewesen. Wie also soll man etwas greifen, das unbegreiflich ist? Manchmal, liebe Frau Doktor Kramme, muss man Glück haben im Leben, nicht wahr? Wer hätte gedacht, dass mir die Maltherapie tatsächlich eine Gelegenheit dazu geben würde? Wer hätte gedacht, dass ich den Parasiten einfach abgeben kann?*

Wissen Sie, dass Sie in diesem kalten Licht eine wunderschöne Haut haben? Ich stelle mir manchmal vor, wie es darunter aussieht. Nachts, wenn ich allein bin. Das ist ausgesprochen erregend. Darf ich … darf ich Sie einmal anfassen? Ich verspreche, ich werde Ihnen nicht weh tun.« Er lachte trocken. »*Ich werde Ihnen die Haut schon nicht abziehen. Zumindest nicht …*«

Kramme drückte Gäters Finger nach unten, und das Band stoppte. Robert hatte gar nicht mitbekommen, dass sie aufgestanden war.

»Die Vorstellung«, sagte die Anstaltsleiterin und reichte Robert eine Liste, »jemanden zu töten, erregte ihn lange Zeit, während er hier war. Seltsamerweise war er wohl von mir besessen.«

»Das hat Ihnen Angst gemacht?«

Krammes Gesicht zog sich zusammen, während sie sich zu ihm beugte. »Ja, Herr Bendlin, ich hatte Angst. Wenn Sie jeden Tag mit einem Soziopathen arbeiten müssten, hätten Sie auch Angst.«

»Sie wollten ihn loswerden?«

Sie lachte auf. »Loswerden? Glauben Sie nicht, dass ich so leicht zu durchschauen bin. Ich habe darum gekämpft, ihn selbst therapieren zu können.«

»Aber es hat nicht funktioniert. Sie haben alles getan, dennoch wurde er zudringlicher.«

Kramme setzte sich an ihren Schreibtisch und lehnte sich zurück, ohne Robert aus den Augen zu lassen. »Vergessen Sie nicht den Parasiten, von dem er gesprochen hat. Ried war wütend. Er fühlte sich verlassen, von seiner Frau, aber vor allem von seiner Stieftochter. Er hat ihr geschrieben. Jeden Monat. Sie hat nie geantwortet, und so wuchs der Parasit, wie er es nannte, immer weiter.«

»Und das war für Sie ein Grund, sein Sicherheitslevel herabzustufen?« Robert überflog die Liste in seiner Hand und stockte. Aufgelistet waren die Therapeuten, mit denen Ried direkt oder indirekt Kontakt gehabt hatte. Viele Doktoren und Professoren, nichts Verdächtiges. Bis auf einen Namen.

»Ich würde mit Ihnen gern über Sebastian Graf sprechen. Ist so etwas üblich? Ich meine, Graf ist doch kein ausgebildeter Therapeut?«

»Das war auch nicht nötig. Wenn Sebastian anwesend war, ging es um Technik, um Pinselführung und darum, wie man seine Gefühle in Farbe verwandelt. Er war brillant in dem, was er machte.«

Robert war sich sicher, dass noch mehr dahintersteckte, aber er fand keinen Anhaltspunkt dafür. »Was hat Ried gemeint, als er sagte, dass er seinen Parasiten abgegeben hat? In welchem Zusammenhang steht der Kunstunterricht dazu?«

Claudia Kramme schluchzte trocken auf. Sie stützte den Kopf mit einer Hand, als wollte sie ein kurzes Nickerchen machen.

»Frau Kramme«, er schlug mit der flachen Hand auf den Tisch, so dass sie zusammenzuckte und ihn mit großen Augen anstarrte. »Es sind Menschen in Gefahr, gottverdammt. Geht das irgendwann in Ihren Schädel?«

Robert sah der Anstaltsleiterin an, dass sie lieber nichts mehr gesagt hätte, doch wahrscheinlich war ihr klar, dass er nicht lockerlassen würde.

»Er hat«, sie schluckte. »Ried hat sich gut mit Sebastian verstanden. Sie lagen quasi auf einer Wellenlänge. Es, es schien ungefährlich. Immerhin ist eine psychische Dysfunktion nicht ansteckend. Außerdem passierte alles unter psychiatrischer Aufsicht. Wir haben …«

»Nun reden Sie schon! Was machte Sebastian Graf so besonders? Was versuchen Sie, hier nett zu umschreiben?«

»Sebastian Graf, Herr Bendlin, war selbst Patient.«

KAPITEL 39

Du tust verdammt noch mal, was ich dir sage!«, schrie Tommi und schüttelte Lillian, bis sie sich losriss. Ihr Gesicht war puterrot.

»Ich will zu ihr! Du kannst mich nicht davon abhalten.«

»Du glaubst gar nicht, was ich alles kann.« Er schloss die Tür, die direkt neben Lillians Zimmertür lag, und drehte den Schlüssel herum. »Deine Mama schläft jetzt. Sie ist verletzt und braucht Ruhe. Du kannst später zu ihr. Wenn ich es dir sage.« Er steckte den Schlüssel in die Hosentasche.

»Du hast mir nichts zu sagen. Du bist nicht …«

Tommi schob sich an ihr vorbei. »Ach, komm mir doch nicht mit solchen Floskeln. Ich bin nicht dein Vater?« Er drehte sich zu ihr. »Das Thema hatten wir doch schon. Ich bin dir mehr ein Vater als irgendjemand anderes.«

Lillian schaute ihn angewidert an. »Du quälst Menschen, du bringst sie um. Du bist das Allerletzte.«

Tommi antwortete nicht und begann, die Treppe hinunterzugehen. Warum verstand sie nicht, was er tun musste? Er hatte versucht, es ihr zu erklären, aber sie wollte es nicht wissen. Tommi blickte sich um. Lillian stand oben am Treppenabsatz, so dass er ihr in die Augen schauen konnte. So viel Unschuld spiegelte sich darin. Er nahm ihre Hände in die seinen.

»Lillian, mein Schatz, manchmal muss etwas schlimmer werden, bevor es besser werden kann.« Tommi wusste nicht mehr, woher er diesen Satz kannte, aber er gefiel ihm gut. Und er passte so schön. »Ich tue das für uns beide, verstehst du? Ich möchte etwas ändern. Ich möchte mich ändern, aber um das zu erreichen, muss ich das Ritual vollenden. Es gibt keinen anderen Weg.«

»Aber was du machst, ist falsch.« In Lillians Augen sammelten sich Tränen, und ihre Unterlippe zuckte. »Ich will, dass es so wird wie früher. Lass uns doch einfach gehen. Wir nehmen Mama mit und laufen weg. Dann bin ich auch brav. Okay? Du bist so anders, das macht mir Angst.«

Es hatte keinen Sinn, mit ihr zu diskutieren. Sie verstand einfach die Wichtigkeit nicht. Aber das war nicht schlimm. Sie war ein Kind. »Das hatten wir doch schon. Wenn du es nicht verstehen willst, kann ich es nicht ändern. Ich werde die Welt zu einem besseren Ort machen. Zu einem gerechteren. Am Ende zählt allein das.« Er tätschelte ihre Wange. »Weißt du, man kann nicht immer vor allem davonlaufen. Ein Vater muss sich den Dingen stellen, und er muss mehr sehen als die anderen. Die Menschen haben den Sinn für das Wesentliche verloren. Niemand übernimmt mehr die Verantwortung. Schuld ist immer der andere. Seit mir die Augen geöffnet wurden, sehe ich es klar vor mir. Meine Aufgabe ist es, die Menschen zu führen. Ihnen ein Vorbild zu sein. Sie zu lehren, was Gerechtigkeit bedeutet. Ihnen zu zeigen, dass alles, was wir tun, eine Auswirkung hat. Meine Aufgabe ist es, ihnen ein Vater zu sein. Mach dir keine Sorgen, Kleines. Alles wird gut.«

Lillian schüttelte den Kopf. »Nein«, sagte sie traurig, »das wird es nicht. Wenn du glaubst, alles im Griff zu haben, irrst du dich. Hör dir doch mal selbst zu. Du redest wie ein Irrer.«

Tommi seufzte. Ihm fiel kein Weg ein, um sie zu überzeugen. Außerdem gab es noch andere Probleme, die er lösen musste. Sein altes Ich hätte sich wahrscheinlich vor Angst verkrochen. Nein, nicht wahrscheinlich. Auf jeden Fall.

Doch mehr und mehr verschwand das alte Ich, das alte Leben, die alte Angst. Er durfte nicht straucheln, sich nicht beeinflus-

sen lassen. Lillian versuchte, ihn zu beeinflussen. Das musste er verhindern.
»Süße, möchtest du mir bei meinem neuesten Projekt helfen? Vielleicht verstehst du dann, wie wichtig diese Sache für mich ist.«
Lillian schüttelte langsam den Kopf. Ihre Augen weiteten sich, und Panik stahl sich in ihr Gesicht. »Ich will nicht in den Keller. Ich will da nicht hin. Du hast früher so viele schöne Sachen gemacht. Bilder gemalt. Ist das alles fort?«
Tommi strahlte. In ihren Worten war ein Kompliment versteckt. Das gefiel ihm. »Ich mache noch immer schöne Sachen. Nur haben sie inzwischen eine andere Bedeutung. Du musst das nicht verstehen. Ich bitte dich nur, mich zu unterstützen.«
Lillian senkte den Blick. Hatte sie überhaupt eine Chance gegen ihn? Doch aufgeben kam nicht in Frage!
Sie ging ohne ein weiteres Wort an ihm vorbei. Wenn sie ihm den Weg in den Keller versperren könnte, wäre es aus mit seinem Ritual. Sie achtete nicht darauf, ob er ihr folgte. Sie durchquerte den Flur und stieg die Treppe in den Keller hinunter. Der Regen schien mehr Feuchtigkeit durch die Wände zu drücken als sonst. Und mit dem Wasser kamen üble Gerüche, die ihr den Atem verschlugen. Es roch nach alten Putzlappen. Nach Sportsocken, die jemand in einer Tasche vergessen und nun großzügig verteilt hatte, und nach Schimmel.
Sie versuchte, so wenig wie möglich zu atmen, und hastete weiter, bis sie zu einer Zwischentür kam. Von hier aus gelangte man in den Raum mit den Regalen, den Raum mit der Geheimtür.
Kein Laut drang heraus. Wahrscheinlich war das Geheimversteck gut isoliert. Lillian fasste die Klinke und warf die Tür zu. Und mit einer Umdrehung des Handgelenks war sie verschlossen.

Sie steckte den Schlüssel ein, als sich Tommi an ihr vorbeischob. »Was zum …« Er rüttelte an der Tür. Die Tür ächzte, doch sie hielt. Jegliche Väterlichkeit verpuffte. »Mach die beschissene Tür auf oder …«

Sie musste hier weg. Schnell! Doch noch bevor Lillian sich umdrehen konnte, fiel Tommis Pranke hart auf ihre Schulter. Ihre Knie gaben nach. Die zweite Hand legte sich um ihren Hals und drückte zu. »Du kleines dreckiges Miststück.« Er schleuderte sie zu Boden. »Du weißt, was es bedeutet, wenn ich mir den Schlüssel holen muss.«

Lillian rappelte sich auf. »Das ist mir egal«, schrie sie und versuchte erneut zu entkommen.

Tommi machte einen Schritt nach vorne und packte sie am Schopf. Lillian schrie auf. Weiße Punkte tanzten vor ihren Augen. Dann fiel sie nach hinten und landete hart auf ihrem Rücken. Keuchend rang sie nach Atem.

Tommi drückte sie zu Boden und setzte sich auf ihre Brust. Panisch warf sie sich hin und her. Sie bekam keine Luft. Japste.

»Du miese Schlampe meinst, meine Gutmütigkeit ausnutzen zu können?« Er schlug ihr hart ins Gesicht. Ihr Mund war zu einem stummen Schrei geöffnet, und er sah die Verfärbung ihrer Lippen. Aber war man erst einmal in Rage, war es schwer, sich zu zügeln. Er ballte die Hände zu Fäusten und schlug noch mal zu. Und noch mal. Ihre Lippen platzten auf, und aus der Nase floss Blut. »Du wirst es kein weiteres Mal wagen, dich gegen mich zu stellen.«

Ihr Gesicht fühlte sich weich an. Zart. So zart. Lillian zuckte unter ihm, gab aber keinen Laut von sich.

Es ging ihm nicht mehr um den Schlüssel. Den würde er sowieso bekommen. Es ging um Gehorsam. Den musste er ihr einprügeln. Lange genug war er nachgiebig gewesen. Jetzt war die Zeit gekommen, dass er sie zum Schweigen brachte.

Glas zerbrach oben im Wohnzimmer.
Tommi richtete sich auf und lauschte. Lillian japste nach Luft, die nach Blut schmeckte. Jeder Atemzug brannte in der Lunge. Doch die Gewissheit, dass er nicht gewonnen hatte, war süß. Wäre sie nicht so sehr mit Atmen beschäftigt gewesen, hätte sie gelächelt.
Der Druck auf ihrer Brust ließ nach, als Tommi aufstand. Er ging ein paar Schritte, drehte den Kopf und spitzte die Ohren.
Wieder klirrte es, und jemand ging über Glas.
»Welcher Wichser wagt es, bei mir einzubrechen?« Tommi stürmte nach oben. Er verfluchte seine Stieftochter. Ohne Schlüssel kam er an keine Waffe. Alles, was er hätte gebrauchen können, lag in seinem Versteck.
Bereits im Flur stellte sich ihm eine Frau entgegen. Sie trug eine auffällige Sonnenbrille, hatte kurzes, struppiges Haar und ein faltiges Gesicht. Ya-Long P'an lächelte. »Wie schön, dass Sie sich die Zeit genommen haben, mich zu empfangen. Ich denke, wir haben eine Kleinigkeit zu besprechen.«

KAPITEL 40

Die Zeit raste. Der Tag neigte sich dem Ende, und Lilly hatte nur noch ein paar Stunden zu leben, wenn sie sie jetzt nicht fanden.

Alles hing davon ab, dass Robert und Emily Gäter die richtigen Schlüsse zogen.

»Meine Güte, führen Sie hier auch Lobotomien durch und Elektroschocktherapien?« Emily Gäter betrachtete die Videokassette, die ihr Claudia Kramme in die Hand drückte. »Werden Videorekorder überhaupt noch verkauft? Da hat meine Webcam ja eine bessere Qualität.«

Kramme ignorierte ihre Worte.

»Frau Kramme«, Robert drehte den Fernseher, den er aus einem Nebenraum geholt hatte, so, dass sich die Deckenlampe nicht mehr darin spiegelte. »Glauben Sie, Thomas Ried und Sebastian Graf haben sich so gut verstanden, dass sie gemeinsame Sache gemacht haben? Sebastian engagiert die ominöse Asiatin – dabei habe ich einen ganz leisen Verdacht, wer das sein könnte –, damit er Ried befreien kann, und Ried hilft ihm dabei, ein neuer Mensch zu werden?«

Claudia Kramme nippte an einem Glas Wasser. »Sebastian Graf war fasziniert von Ried. Ich weiß es nicht. Ja, ich schätze, das könnte tatsächlich sein.«

»Ried hat davon gesprochen, dass er seine Rachegelüste einfach an jemanden weitergereicht hat. Was meinte er damit?«

»Sebastian war sensibel. Vielleicht ist ihm Rieds Geschichte nahegegangen. So nah, dass er selbst Rachegefühle entwickelt hat. Offiziell wurde er als Patient in den Akten geführt, aber aus ärztlicher Sicht war das, was er hatte, nicht mehr als eine Art Münchhausensyndrom.«

»Das ist Ihre fachliche Meinung? Er will nur Aufmerksamkeit? Nun, die hat er bekommen. Aus Ihrer Sicht war er also ungefährlich?«

»Absolut.«

»Gut«, Robert schaute auf die Uhr. »Was genau hatte er? Warum gibt er uns Hinweise? Warum hat er Ried befreit?«

Dr. Kramme stand auf. »Sie glauben tatsächlich, die zwei hätten gemeinsame Sache gemacht?«

»Danach sieht es doch aus, oder nicht?«

»Na schön, ich zeige Ihnen Ihre mordende Bestie, Herr Bendlin. Und danach können Sie ja selbst entscheiden, für wie gefährlich Sie Sebastian Graf halten.« Sie startete den Videorekorder.

Das Bild rauschte kurz, dann flimmerte das Nebenzimmer im Fernseher auf. Kramme saß zurückgelehnt auf einem Stuhl. Sebastian Graf hatte den Kopf in seine Hände vergraben und schluchzte.

»Herr Graf«, begann die Fernseh-Kramme, *»Ihre Arbeit mit unseren Patienten ist ein voller Erfolg. Warum, glauben Sie, haben Sie einen Rückfall erlitten?«*

Graf zog die Nase hoch. Er wirkte wie ein kleiner Junge, der zum Direx zitiert wurde. *»Ich kann nicht schlafen. Ich habe alles probiert, es funktioniert nicht.«*

»Mit dem Problem …«

»Sie verstehen nicht«, schrie er mit einem Mal auf und riss den Kopf nach oben. *»Ich habe Angst. Ich vergesse. Es wird immer schlimmer.«* Er sank auf dem Stuhl zusammen. *»Was ist, wenn ich nicht mehr weiß, wer ich bin?«*

»Nun, ich kann mir nicht vorstellen, wie das passieren sollte, Herr Graf.«

Graf heulte auf. »*Es passiert einfach so. Das versuche ich Ihnen doch zu erklären. Helfen Sie mir, ich will nicht vergessen. Ohne Gedächtnis bin ich doch nur noch eine leere Hülle. Es geht hier um meine Persönlichkeit.*« Graf sprang schreiend auf und stürzte sich auf Kramme. »*Helfen Sie mir, gottverdammt!*«
Hier endete das Video.
»Sebastian Graf«, erklärte Claudia Kramme, »leidet an einer Empathiestörung. Vor dieser Sitzung eben hatte er viel Zeit mit einem Alzheimerpatienten verbracht, und nun bekam er Angst, selbst daran zu erkranken. Das ging so weit, dass er davon überzeugt war, selbst dieser Alzheimerpatient zu sein. Mit allen Symptomen.
Er ist wie ein Schauspieler, der einen Charakter in sich aufsaugt und die Rolle nicht mehr ablegen kann.«
Robert war erstaunt. »So etwas gibt es?«
»Nein, Herr Bendlin, so etwas gibt es nicht. Sebastian Graf ist ein Kind reicher Eltern. Er musste nie arbeiten und hatte zu viel Zeit. Für ihn war es ein Spiel, sich wichtigzumachen.«
»Sie haben ihn dennoch therapiert?«
»Ja.«
»Natürlich, weil er in der Klinik umsonst Kunstunterricht erteilt hat.«
Kramme sagte nichts. Sie schaute Robert nur an.
»Und weil er für die Therapiestunden bezahlt hat.« Gäter winkte mit ein paar Belegen, die sie zurück in die Kiste legte.
Kramme seufzte. »Solche Aussetzer hatte Sebastian Graf immer wieder mal«, die Anstaltsleiterin ging zum Fenster und starrte hinaus. »Es war reine Spinnerei.«
Kramme presste die Lippen zusammen. Robert schnaufte und hob die flache Hand.
»Lassen Sie sie«, sagte Gäter und wedelte mit einer Akte. »Das hier dürfte viel interessanter sein.«

»Das wird ein Nachspiel für Sie haben.« Robert ließ Kramme los, die auf ihren Stuhl sank und weinte. »Was hast du gefunden?«
»Grafs Akte. Hier wird hoffentlich drinstehen, was wir suchen.«
Robert kniete sich zu ihr. Gäter schlug die Mappe auf, und die beiden begannen zu lesen. Die ersten Seiten zeichneten tatsächlich das Bild eines Hypochonders. Graf hatte sich immer wieder selbst eingewiesen. Meist wegen Lappalien.
Offenbar brachte er der Klinik ein nettes Zusatzgeschäft ein. Er bezahlte seinen Aufenthalt aus eigener Tasche und wurde dafür therapiert. So weit nichts Wildes.
Er war verschroben, auf eine skurrile, aber nette Art und Weise. Der restliche Artikel unterstützte weitestgehend Krammes These.
Doch dann zog Gäter einen Zettel aus einer Mappe und winkte damit. »Der hier ist da aber ganz anderer Meinung.« Sie reichte Robert die Notiz, und er überflog sie.

Im Gespräch mit Sebastian Graf stellte sich heraus, dass er einen Menschen nicht als Ganzes betrachtet, sondern ihn quantisiert. Er reduziert ihn auf wenige, maßgebliche Charaktereigenschaften.
Gleiches ist häufig bei Pubertierenden zu beobachten, die noch in der Findungsphase sind. Sie eifern Personen nach, die sie in ihrer Vorstellung hochstilisieren. Bei Jugendlichen sind das meist einfache Persönlichkeiten, die im Rampenlicht stehen. Sie selbst leiden dabei an einem Minderwertigkeitskomplex.
Herr Graf, da erwachsen, konzentriert sich auf eine andere Gruppe von Menschen. Der Wunsch in ihm, etwas Besonderes zu sein, ist krankhaft und sollte in zukünftigen Sitzungen tiefergehend behandelt werden.
Bisherige Gespräche deuten auf eine äußerst behütete Kindheit hin. So hat er es nie gelernt, anzuecken oder sein Tun in Frage zu stellen.

Bei Pubertierenden legt sich der Wunsch, jemand anderes zu sein, mit der Zeit. Doch bei Herrn Graf ist er stark in der Persönlichkeit verankert. Er war nie gezwungen, sich für einen bestimmten Lebensweg zu entscheiden.
Aus jetziger Sicht ist er wie ein Heranwachsender zu betrachten, der sich selbst als unzulänglich sieht. Eine Therapie sollte ihm zeigen, wie er den Weg zu einer starken Persönlichkeit bestreiten kann, ohne dabei den Blick auf andere zu haben.
Ich schlage vor, ihn in einem speziell auf Jugendpsychiatrie ausgerichteten Klinikum in Einzelunterbringung zu therapieren.

Robert pfiff durch die Zähne. »Na, kein Wunder, dass Sie da anderer Meinung waren. Wer dreht sich schon selbst den Geldhahn zu? Sebastian Graf, der große Maler, ist also ein kleiner pubertierender Junge. Ich habe keine Kinder, aber heißt es nicht, dass Jugendliche in diesem Zustand schnell ausrasten können? Sollte sich das bewahrheiten, Frau Kramme, wird Ihnen auch Staatsanwältin Schreyer nicht mehr helfen können.«
»Ach, fahren Sie doch zur Hölle.« Kramme drehte sich zu ihnen. Ihre Miene war völlig ausdruckslos.
Gäter legte die Akten zur Seite. »Graf hat Ried kennengelernt, war fasziniert von ihm, hat sich in seine Lage versetzt und schließlich dessen Wut und Rachegelüste herausdestilliert. Wenn das für ihn Rieds Persönlichkeit ausgemacht hat, würde er morden …«
»Aber er würde sich nicht an seinen Opfern vergehen.« Robert nickte. »Er würde der Ried sein, den er hier in der Klinik kennengelernt hat.«
»Und er würde sich an all den Leuten rächen, auf die Thomas Ried eine Scheißwut hat.«
»Sebastian Graf verwandelte sich also in einen strafenden Racheengel. Mir reicht das als Motiv.«

Krammes Augen röteten sich. Sie wirkte, als stünde sie unter Drogen. »Graf ist kein Killer. Er glaubt nur, krank zu sein. Da bin ich mir sicher. Er ist ein kleiner Junge und brauchte nur hin und wieder einen Klaps.«

Robert schüttelte den Kopf. Er war da ganz und gar anderer Ansicht. Er dachte an das Gespräch mit Öhl im Bastelladen und an Grafs seltsames Verhalten, als er ihn abends in seinem Haus aufgesucht hatte.

Fast im selben Moment klingelte Gäters Telefon. Sie ging ran, nickte ein paar Mal, während ihre Miene immer ernster wurde. Dann legte sie auf.

»Das wird Ihnen nicht gefallen. Man hat Ihren Partner gefunden.«

KAPITEL 41

Das schwarze Skelett eines Riesen ragte aus einer Dunstglocke in den wolkenverhangenen Himmel. Blaues Stroboskoplicht flackerte an seinem Rumpf, und Dutzende Glühwürmchen krabbelten auf ihm herum.

»Sind Sie sicher, dass Sie das sehen wollen?« Gäter drückte auf den Autoschlüssel, und die Beleuchtung des hellblauen Aygos blinkte auf.

Sie hatten ein Stück abseits geparkt, wo die Pfützen nicht ganz so tief und die Hügel nicht allzu hoch waren. Weiter ins Baustellengelände hinein hatte sich Gäter mit ihrem Kleinwagen nicht gewagt.

Es gab keine Laternen. Nur das Licht des Mondes, der hin und wieder hervorlugte, zeigte ihnen den Weg.

Robert ging um das Auto herum und schaute nach oben. Das Hochhaus war erst zur Hälfte fertiggestellt. Die vierte und fünfte Etage bestand nur aus Stahlträgern. Auf dem Plateau standen helle Scheinwerfer. Die Taschenlampen der Polizisten leuchteten immer wieder auf, und ihre Stimmen hallten über die Baustelle.

Robert hatte einen Kloß im Hals. Man konnte es drehen, wie man wollte, er war zu langsam gewesen. Maik hatte es nicht geschafft.

Eine Tatsache, die in seinem Kopf unwirklich blieb. »Nein«, antwortete er, ohne den Blick abzuwenden. »Ich bin ganz und gar nicht sicher. Gehen wir?«

Gäter hielt ihn am Arm zurück. »Das Gebäude ist abgesperrt. Wenn Zellinger Sie erwischt, sind Sie fällig.«

»Zellinger ist verantwortlich dafür, dass niemand Kramme zur Rechenschaft gezogen hat. Der soll mir mal in die Quere kommen.«

Sie gingen über schlammigen Untergrund und schlüpften durch einen Bauzaun. Das Einsatzteam der Polizei hatte im Eingangsbereich des Hauses ein paar Baustellenstrahler aufgestellt. Das Auto der Spurensicherung stand neben einem Bauwagen.

Gäter überholte Robert staksend und stellte sich ihm mit funkelnden Augen in den Weg. »Wie wäre es, wenn Sie auch mal an mich denken? Ich liebe das Herumwühlen in Leichen wirklich und würde es gern noch eine Zeitlang machen.«

»Was?«

Gäter schnaufte verärgert. »Wenn ich einen beurlaubten Polizisten hinter eine Polizeiabsperrung schmuggle, dürfte sich das nicht gut machen.«

»Wir können gerne getrennt da reingehen, aber ich werde mir die Leiche auf jeden Fall anschauen.« Damit schob er sie beiseite und ging auf die Absperrung zu, wo zwei Beamte warteten. Noch ehe er etwas sagen konnte, sprach einer der beiden ihn an: »Rob? Verdammt, was suchst du denn hier? Weißt du nicht, dass Zellinger hier herumschleicht? Und Gröne wartet nur darauf, dass du ihn provozierst. Geh nach Hause, wir haben hier alles im Griff.«

»'n Abend, Georg. Hör zu«, Robert hob das Flatterband ein Stück an und duckte sich darunter hinweg. »Ich weiß, wer dort oben ist. Deshalb muss ich da hoch.«

Der zweite Beamte, er kam Robert nicht bekannt vor, gesellte sich zu ihnen und stellte sich demonstrativ vor ihn. Georg seufzte. »Ich kann dich nicht durchlassen. Mensch, Rob, tu dir das doch nicht an.«

»Du musst mich nicht durchlassen. Ich bin schon zufrieden, wenn du mich vorbeilässt.« Robert machte einen Schritt auf den Eingang zu, doch der zweite Beamte sah nicht so aus, als hätte er ein Problem damit, Robert zur Not die Beine zu brechen.

»Lass es«, Georg legte ihm eine Hand auf die Schulter. »Geh nach Hause.«

»Mir reicht's jetzt.« Robert schob Georg beiseite. »Sag Zellinger, ich hätte euch beide niedergeschlagen.«

»Hier kommt niemand durch, verstanden?« Der zweite Beamte reagierte blitzschnell und packte Roberts Handgelenk. Robert tauchte unter ihm hindurch, fasste den Arm des Beamten und drehte ihn diesem auf den Rücken.

»Georg, dein Partner ist nicht der Schnellste, was?« Er schob den Unterarm in Richtung Schulterblatt. »Ich gehe jetzt da hoch, und ihr haltet mich nicht auf, alles klar?« Der Beamte keuchte, machte aber sonst keinen Mucks.

»Verdammt, bleib hier!«, schrie Georg hinter ihm her, doch in drei langen Sätzen war Robert an der Tür, zog sie auf und schlüpfte ins Gebäude.

Direkt in die Arme von Martin Gröne, der offenbar seinen Augen nicht traute. »Sachte, sachte.« Er hob abwehrend die Hände. »Wer hat sich denn hier verlaufen?«

»Bringst du mich zu ihm, oder muss ich mir den Weg allein suchen?« Robert hatte nicht die Absicht, um etwas zu bitten. Hinter ihm trat Gäter ins Gebäude.

»Guten Abend«, sagte sie, als hätten sie sich zu einem Kaffeekränzchen getroffen. »Mein Name ist Emily Gäter, ich wurde als Ärztin hierherbestellt. Herr Bendlin war so freundlich, mich zu begleiten.«

Martin Gröne schüttelte den Kopf. »Herr Bendlin wird hier unten warten müssen. Sie, Frau Gäter …«

»Doktor!«, verbesserte Robert ihn. Gröne schaute kurz irritiert und lächelte entschuldigend.

»Entschuldigung. Sie, Frau Doktor Gäter, wird ein Kollege nach oben bringen.«
Robert plusterte sich auf, versuchte, so bedrohlich wie möglich zu wirken. »Sag mal, woher wisst ihr eigentlich, dass Maik dort oben ist? Er dürfte gehäutet worden sein?«
»Es tut mir leid, Robert, aber ich darf dir zu einer laufenden Ermittlung nichts sagen.«
»Nun, die Sache interessiert mich aber auch«, mischte sich Gäter ein und stellte sich neben Robert. »Woher wissen Sie es?«
Gröne schaute unschlüssig von einem zum anderen.
»Wollen wir unsere Zeit mit Revierkämpfen vergeuden, oder wollen wir ein Kind retten?« Bis jetzt hatte in Robert die Trauer um seinen Kollegen die Oberhand gehabt, doch bei Grönes Anblick kam die Wut wieder hoch. Der Kerl war unfähig. Warum sah das niemand außer ihm?
Martin Gröne nickte in Richtung Treppe. »Also schön, gehen wir hoch. Aber du bleibst bei mir und fasst nichts an. Hast du das kapiert?«
Robert schwieg. Er hatte kein Interesse an Machtkämpfen. Sie erklommen die Treppe, deren Wände mit jedem Stockwerk unfertiger wirkten und schließlich ganz verschwanden.
»Also, warum sind Sie so sicher, dass Maik Wegener das Opfer ist?«, fragte Gäter keuchend. Offenbar war sie ebenso sportlich wie Robert, der jede Stufe in den Lungen spürte.
»Nun«, Martin Gröne hingegen war in Topform. »Die Leiche trägt eine Armbanduhr mit Maiks Initialen. Darüber hinaus hat sie ein Tattoo, das einer meiner Kollegen erkannt hat. Zugegeben, das ist noch keine hundertprozentige Identifizierung, aber dafür sind Sie ja da, Frau Doktor Gäter.«
Oben angekommen, brauchte Robert ein paar Sekunden zum Luftholen. Gäter machte sich direkt an die Arbeit, während Martin Gröne geduldig wartete.

»Habt ihr inzwischen einen Anhaltspunkt, was Lilly Wegeners Aufenthaltsort angeht?«, fragte Robert, als ihm keine Sternchen mehr vor den Augen herumflimmerten.
»Wie gesagt«, antwortete Gröne gelangweilt, »ich darf dir über laufende Ermittlungen keine Auskünfte geben.«
»Ja, das dachte ich mir. Lilly hat vielleicht noch ein paar Stunden zu leben, und ihr stochert weiter im Dunkeln.«
»Du solltest deinen Aufenthalt hier so kurz wie möglich halten. Zellinger ist hier, und er dürfte ziemlich angepisst sein, wenn er dich sieht.«
Robert beachtete Gröne nicht weiter. Er brauchte den Hinweis auf das nächste Opfer. Der Stern auf der Chinesin hätte ihn zu Maik führen müssen. Es lag zwar erst beim zweiten Blick auf der Hand, dennoch war der Hinweis eindeutig gewesen. Der Stern war das Zeichen der Polizei.
Robert schlug den Kragen seiner Jacke hoch. Es war zugig, und die feuchte Luft kroch durch jede Ritze seiner Kleidung.
Dutzende Beamte wuselten herum. Ein paar von ihnen trugen weiße Schutzanzüge. Auf einem provisorischen Tisch wurden Fundstücke gesammelt, die ein junger Polizist in eine Liste eintrug.
Seinen Chef sah Robert nicht, dafür den grellen Lichtkegel, der auch schon von unten sichtbar gewesen war. Eine Plastikplane, die zwischen zwei Gerüsten gespannt war, verhinderte die Sicht auf die Leiche.
Auf Maik, korrigierte er sich in Gedanken, sie verhindert die Sicht auf Maik. Vergiss das nicht.
Er verharrte eine Weile davor, traute sich nicht weiterzugehen. Dann gab er sich einen Ruck, trat durch eine Öffnung und erstarrte. Was für ein krankes Stück Scheiße war zu so etwas fähig? Angestrahlt von bunten Scheinwerfern, gespeist aus einem Generator, hing Maik gut zwei Meter über ihm an einem Gerüst.

Im Lichtkegel flatterten unzählige Falter und Fliegen, und das Spiel aus Licht und Schatten ließ Maik lebendig wirken. Seine Arme waren ausgebreitet wie bei einem Priester, der zur Gemeinde spricht. Ein Priester, der dämonenhaft in nacktes Fleisch gehüllt und bluttriefend das Ende der Welt verkündete.

Er war vom Schambein bis zur Kehle aufgeschlitzt. Alles, bis auf die fluktuierenden Schatten, in der Zeit eingefroren.

Die Faszination, die dieses Bild bei Robert auslöste, wurde nur durch das kurze Aufblitzen seines Verstandes unterbrochen, der ihm zu sagen versuchte: Das dort oben ist keine Puppe, es ist dein Partner. Dieses Ding, das einem Menschen nur noch entfernt ähnelt, hat einmal gelebt. Gesprochen. Geliebt.

Doch für die Realität blieb kein Platz. Dafür war die Szenerie zu abstrakt. Allerdings, das wusste Robert, würde dieses Bild zurückkehren. Wenn er schlief. Und es würde an ihm nagen wie eine Hyäne an einem morschen Knochen.

Er schloss die Augen, verdrängte jeden Gedanken, der ihn ablenken konnte, und ging auf die Leiche zu. Gäter und die Spurensicherung hatten ihre Arbeit erledigt, und ein paar Beamte machten sich daran, das Kunstwerk abzubauen.

Roberts Interesse galt dem rechten Arm. Oberhalb des Schultergelenks war die Haut säuberlich abgetrennt. Darunter war sie gut zu sehen. Es war ein Männerarm. Behaart und grobporig. Ein Tribal, das die Form eines L hatte, zierte den Oberarm. L für Lilly. Robert schluckte schwer. Wie grausam konnten Menschen sein?

Er versuchte, es nicht anzuschauen, und konzentrierte sich stattdessen auf das Tattoo darunter. Noch hatten die Beamten Maik nicht heruntergeholt, so dass der Blickwinkel ungünstig war, doch was Robert sah, reichte aus.

Ein Rorschachtest. Genau genommen eine Hand, die den Schatten eines Rorschachtests warf. Vielleicht in Form eines stilisierten Schmetterlings mit Hörnern oder besonders dicken Fühlern. Er selbst hatte diese Tintenkleckse gern in der Schule gemacht, ohne ihre Bedeutung zu kennen.

Das Tattoo war zu tief gestochen. Feine Rinnsale aus getrocknetem Blut bildeten ein Netz, so dass es aussah, als würde es hineinfallen.

Das Spiel aus Licht und Schatten – der Rorschachtest. Die ganze Inszenierung war ein Hinweis. Für Robert gab es nur zwei Möglichkeiten, wer das nächste Opfer sein konnte. Entweder jemand, der psychisch krank war, oder jemand, der einen psychisch Kranken therapierte.

Wo war Gäter? Er drehte sich um und ging zwischen den Planen hindurch. Am Tisch, wo die Fundstücke aufgelistet wurden, stand sie und füllte ein Formular aus.

Er ging zu ihr. »Doktor Gäter? Wir müssen uns aufteilen.«

Sie blickte auf. »Haben Sie etwas herausgefunden?«

»Zumindest habe ich eine Theorie. Ich glaube, wir befinden uns hier an einem Scheideweg. Sebastian Graf hat Thomas Ried mit Hilfe der Kramme aus der Psychiatrie befreit. Ich bin inzwischen überzeugt, dass zwei Seelen in Sebastian Graf kämpfen. Eine, die wie Ried ist, Macht ausübt und tötet, und eine andere, die sanft ist und künstlerisch begabt. Deshalb die Hinweise auf den Leichen. Die ganze Inszenierung – das Licht, die Schatten – schreit geradezu: Helft mir, ich verwandle mich in etwas Böses.

Ich glaube, er hat Ried in seiner Gewalt, und der wird der Nächste sein. Wenn das passiert ist, wird Sebastian Graf wahrscheinlich seine guten Seiten hinter sich gelassen haben.«

»Schön auf den Punkt gebracht.«

Robert lächelte. Erst jetzt bemerkte er, wie spannend es war, die Psyche eines Menschen einzuschätzen. Selbst in so einer Ausnahmesituation wie dieser.

»Nein«, antwortete er, »nicht annähernd. Vielleicht liege ich auch völlig daneben. In dem Fall kommen Sie ins Spiel.«
»Aha. Jetzt kommt die Sache mit dem Aufteilen?«
»Nun, es ist ja nur eine Theorie. Der Rorschachtest könnte auf Ried hindeuten. Aber auch auf Claudia Kramme. Ich will sichergehen.«
Emily Gäter nickte und strich sich eine Strähne hinter das Ohr.
»Ich nehme an, Sie lassen es sich nicht nehmen, zu Sebastian Graf zu fahren?«
Robert verzog entschuldigend den Mundwinkel und nickte.
»Wir haben aber nur ein Auto«, gab Gäter zu bedenken.
»Hier gibt es genug Autos. Fahren Sie zu ihr, und sorgen Sie dafür, dass sie keinen Mist macht.«
Gäter hob überrascht die Augenbrauen.
»Tun Sie nicht so überrascht. Dieser Frau traue ich alles zu.«
»Schön. Ich bin hier eh fertig. Passen Sie auf sich auf.« Damit drehte sie sich auf dem Absatz um und ging.
Robert war überrascht, als er bemerkte, dass er ihr länger nachstarrte, als es bei einer Kollegin gut war. Er atmete tief ein und machte sich dann auf die Suche nach einem Auto.
In der Halle, die irgendwann einmal eine Lobby sein würde, stieß er auf seinen Chef, der sich mit ein paar Beamten der Spurensicherung unterhielt. Werner Zellinger wirkte angespannt, was Robert angesichts der Lage nicht verwunderte. Er erstarrte, überlegte kurz, ob er einfach auf ihn zugehen sollte, entschied sich aber dagegen.
Stattdessen ging er geradeaus auf die Tür zu, die ein junger Mann für ein paar Beamte aufhielt. Robert nickte ihm zu und trat nach draußen.
»Bendlin!«
Er stoppte und schloss die Augen. Zellingers Stimme war hart und rauh.

»Verdammt, Rob, was tust du hier?«
Robert drehte sich um und setzte ein gequältes Lächeln auf. »Was, glaubst du, tue ich hier?«
Zellinger zog ihn ein Stück zur Seite. »Ich dachte, ich hätte mich klar ausgedrückt«, fauchte er. »Ich habe wirklich nicht übel Lust dazu, dir Handschellen anzulegen.«
»Euch geht der Arsch auf Grundeis, oder? Leg mir Handschellen an, meinetwegen. Aber dann findet ihr Lilly nie. Im Übrigen bin ich mir inzwischen gar nicht mehr sicher, ob das je dein Ziel war!«
Zellinger öffnete den Mund und schloss ihn wieder. »Ich habe mich wohl verhört!«
»Ich weiß, dass es einen Grund gibt, warum ich Kramme nicht zu nahe treten durfte. Aber ehrlich gesagt ist mir das im Augenblick scheißegal!«
Zellinger schaute sich um, als suchte er Unterstützung. Sein Gesicht schien anzuschwellen und wurde puterrot. »Ich habe keine Ahnung, was in dich gefahren ist, aber ich kann dir versichern, dass alle Entscheidungen über Schreyers Schreibtisch gehen. Und jetzt raus mit der Sprache. Was suchst du hier?«
Schreyer also. Die ominöse Frau mit asiatischem Akzent und Kontakten auf höchster Ebene hatte einen Deal mit Staatsanwältin Schreyer. Diese Frau war zweifelsohne Ya-Long P'an, und jetzt war Robert auch klar, warum er und Maik all die Jahre nicht an sie herangekommen waren.
»Habt ihr P'ans Häuser durchsucht?«
»Ein Polizeitrupp ist vor Ort, aber bis jetzt gibt es keine Spur von Lilly oder der Chinesin.«
»Ich hoffe, ihr nehmt alles ordentlich auseinander?«
»Was suchst du hier?«, fragte Zellinger erneut, diesmal mit Nachdruck.
»Hinweise natürlich.«

»Du verschwindest augenblicklich von diesem Tatort. Haben wir uns verstanden? Mischst du dich noch einmal in unsere Polizeiarbeit ein, wird das in deiner Akte vermerkt.«

»Schön, aber ich brauche ein Auto.«

»Was soll das jetzt wieder? Mach mich nicht wütend, Robert. Ich habe für Spielereien keine Zeit. Du verschwindest, oder ich lasse dich abführen. Und ich hoffe für dich, dass Schreyer von deinem Alleingang nichts mitbekommen hat.«

»Seit wann hast du Angst vor einer Staatsanwältin? Du solltest ihr mal ein wenig Paroli bieten.«

»Halt dich aus Dingen raus, die du nicht verstehst.«

»Oh, ich versteh schon sehr gut. Trotzdem brauche ich ein Auto.«

»Hauptkommissar Gröne ist hier fertig. Auf dem Weg ins Präsidium nimmt er dich mit. Und wehe, ich höre von dir noch einen Mucks.« Damit ließ Zellinger ihn stehen und stapfte zurück ins Gebäude.

Kurze Zeit später kam Martin Gröne heraus. Er sah nicht glücklich aus, während er sich umschaute. Als er Robert entdeckte, ging er auf ihn zu. »Werner meinte, ich soll dich bei dir zu Hause absetzen.«

Robert verzog das Gesicht zu einem breiten Lächeln. »Ja, das ist ausgesprochen nett. Aber ich fahre. Als Beifahrer wird mir immer sehr schnell schlecht, und ich möchte keine Schuld daran haben, wenn du später dein Auto putzen musst.« Jetzt kam es nur noch darauf an, dass er recht behielt und Lilly zusammen mit Ried bei Sebastian Graf war.

Besser hätte es gar nicht laufen können. Allerdings würde Gröne ziemlich überrascht sein, wenn er von ihrem Ziel erfuhr.

Robert stieg ins Auto, wartete, bis sein Kollege neben ihm Platz genommen hatte, und trat aufs Gaspedal.

Lillys Zeit war abgelaufen. Jetzt lag ihr Leben in Gottes Hand. Und Robert betete wie noch nie zuvor in seinem Leben.

KAPITEL 42

In Tommis Eingeweide kroch eine Angst, die er so intensiv noch nie gespürt hatte. Als fräße sie ihn von innen her auf. So hatte er das ganz und gar nicht geplant, und er war verdammt noch mal nicht der Typ für Überraschungen.

Verärgert presste er die Lippen zusammen. Er hätte sich mit dem Ritual beeilen sollen. Die Verwandlung war noch nicht abgeschlossen. Noch ließen ihn Kleinigkeiten aus der Rolle fallen. Kleinigkeiten wie diese hier. Ließen ihn Angst spüren, die er nicht mehr spüren wollte.

Tommis Lungen schrien nach Luft.

»Wir machen es kurz«, sagte Ya-Long, während sie sich umschaute. »Als Erstes schließen wir unseren Deal ab. Ich habe dafür gesorgt, dass Frau Doktor Kramme nachsichtiger mit der Sicherheitsanlage war, und dafür überschreiben Sie mir Ihr Haus. Und als Zweites«, sie fuchtelte mit dem Finger durch die Luft, als wollte sie Fliegen vertreiben, »müssen wir diese Sache mit dem Mordversuch an meiner Person aus der Welt schaffen. Was denken Sie, ist das fair?«

Tommis Hals war trocken und rauh. Dafür schwitzten seine Hände, die er zaghaft an der Hose abwischte. Er schaute an der Chinesin vorbei ins Wohnzimmer. Die Glastür, die in den Garten führte, stand offen und war mit Rissen und Löchern übersät wie ein altes Spinnennetz.

Ya-Long schien allein zu sein, doch das war sicher nur ein Trugschluss. Ihre Männer warteten draußen.

Nein, so war das ganz und gar nicht geplant. Wie sollte er mit dieser neuen Situation umgehen? Gedanken drangen in seinen

Kopf und waren schneller wieder verschwunden, als er sie zu packen bekam.

Er spürte eine unbändige Wut in sich aufsteigen. Eine Kraft, wie er sie in seinem früheren Leben nie gefühlt hatte; eine Kraft, die ihn größer machte, als er war.

»Sie sehen überrascht aus.« Ya-Long ging an ihm vorbei und musterte den Flur. »Dabei dachte ich, ich hätte Ihnen alle Konsequenzen klar vor Augen geführt?«

Tommi wollte etwas erwidern, doch eigentlich gab es nichts zu sagen. Jemand wie diese Chinesin nahm sich, was sie wollte. Völlig egal, welche Argumente er vorzubringen hatte. Was sollte er ihr also entgegensetzen?

»Also schön«, sagte sie und ging zurück ins Wohnzimmer. »Widmen wir uns den Formalitäten.« Sie legte eine Mappe auf den Wohnzimmertisch und einen Kuli. »Wir haben die Unterlagen für die Überschreibung des Hauses vorbereitet. Wir brauchen nur noch Ihre Unterschrift.«

So war die Abmachung. Ohne Ya-Long P'an wäre er für immer der geblieben, der er war. Sie hatte sich um alles gekümmert, und alles war – wie versprochen – glattgegangen. Nur hätte dieses Weibsbild tot sein müssen! Die andere Chinesin, diejenige, die er an ihrer Stelle getötet hatte, war unbedeutend. Seine Zukunft stand auf dem Spiel. Er musste das Ritual, seine Verwandlung, von vorn beginnen. Ya-Long musste sterben. Jetzt!

»Nein«, sagte er deutlich, und es war, als stünde das Wort vibrierend in riesigen Lettern im Raum.

Ya-Long starrte ihn an. »Na, Sie sind mir ja ein ganz Mutiger.«

Tommi schloss die Augen und lächelte. »Wir hatten eine Abmachung. Ich bin mit meiner Arbeit noch nicht fertig.«

Ya-Long nahm die schwarze Sonnenbrille ab. Ihre smaragdgrünen Augen funkelten. Und auch wenn sie wahrscheinlich Kontaktlinsen trug, war die Wirkung durchdringend. Sie war ein

Raubtier auf Beutezug. »Scheinbar war ich in meiner Ausführung nicht deutlich genug?«
Tommi wich nicht zurück. Eine Gänsehaut lief über seinen Rücken, über die Schultern bis in die Fingerspitzen. Für dieses Gefühl machte er all das. »Ach, bitte. Sie sind nicht die Einzige in diesem Raum, die gefährlich ist.«
Die Chinesin legte die Fingerspitzen aneinander. »Sie verweigern mir also Ihre Unterschrift?«
Tommi schüttelte den Kopf. »Das Haus gehört Ihnen. So war die Abmachung. Und sobald ich mit meiner Arbeit fertig bin, werde ich unterschreiben. Und zwar nur, wenn ich mit meiner Arbeit fertig bin.«
Ein dünnes Lächeln stahl sich auf Ya-Longs Lippen. »Sie dreckiger Hurensohn«, sagte sie und klang wie der eisige Nordwind. »Glauben Sie, Sie kämen ungeschoren davon? Wer mich bedroht, wird dazu keine zweite Gelegenheit bekommen.«
»Heute Nacht ist alles vorbei. Dann unterschreibe ich. Und dann können Sie gern versuchen, mich zu … na ja, was immer Sie sich so ausgedacht haben.« Er presste die Lippen aufeinander. Wie konnte dieses Weibsbild es wagen, ihm in seinem eigenen Haus zu drohen?
Ya-Long seufzte, schüttelte den Kopf und zog ein Handy aus der Tasche. Ihre Finger huschten kurz über die Tastatur, und Sekunden später spürte Tommi einen Stoß, der ihn gegen den Wohnzimmertisch beförderte.
Verärgert drehte er sich um und stand drei Chinesen gegenüber, die mit Schlagstöcken bewaffnet waren.
»Klopft ihn durch, bis er die richtige Einstellung hat. Ich will seine Unterschrift, und das, was von ihm übrig bleibt, will ich auf meiner Bühne sehen.« Damit verließ sie den Raum.
In Tommis Brust kribbelte es. Der Geschmack von Blut breitete sich in seinem Gaumen aus, obwohl noch nichts passiert war. Er

schaute von einem zum anderen und konnte sich ein Grinsen nicht verkneifen.
»Lauf weg! Sie werden dir weh tun!« Lillian stand plötzlich in der Tür, doch die Männer kümmerten sich nicht um sie. Auf ihren Gesichtern stand Schweiß, doch sie wirkten entschlossen, den Auftrag ihrer Chefin auszuführen.
»Lillian«, rief Tommi, ohne die Männer aus den Augen zu lassen, »pack deine Sachen. Vielleicht fahren wir doch eine Weile weg.«
Der Erste holte weit aus, doch zum Schlagen kam er nicht mehr. Tommi stürzte sich auf ihn mit einem kehligen Laut. Er packte beide Handgelenke des Mannes, hielt sie fest, riss den Mund auf und vergrub seine Zähne im Hals des Angreifers. Das hervorquellende Blut lief ihm wie heißer Sirup über das Gesicht. Die Schlagstöcke der verbliebenen zwei prasselten auf ihn ein, doch nichts schien ihn aufhalten zu können. Seine Muskeln waren angespannt, und alles prallte von ihm ab. Er wollte Blut. All sein Tun schien sich auf diesen Moment hinbewegt zu haben. All die Grenzen, die er überschritten hatte, schienen nur einem Zweck gedient zu haben: im richtigen Moment stark zu sein. Hier und jetzt entlud sich ein Gewitter, das sich unbemerkt in ihm aufgestaut hatte.
Lillian schlug schluchzend die Hände vor die Augen.
Tommi ließ den zappelnden und gurgelnden Körper fallen. Seine Hand umschloss den Schlagstock, der dem sterbenden Chinesen aus der Hand glitt. Die beiden anderen schlugen auf ihn ein, vermieden es aber, seinen Kopf zu treffen. Ihre spitzen Schreie klangen zunehmend verzweifelt. Tommi wich ihren Schlägen aus, parierte sie mit seinem Stock und passte die richtige Gelegenheit ab.
Es war alles so viel leichter, wenn man keine Angst hatte.
Lillian tauchte seitlich in seinem Blickfeld auf. Sie hatte Angst. Das war ihr deutlich anzusehen. Wie sie so starr dastand. So

klein. So schwach. Nur ihre Hände zitterten leicht. Ihr Mund stand offen, ihre Wangen waren feucht, ihre geröteten Augen schienen durch ihn hindurchzusehen.

Einer der Chinesen, der größere mit den schiefen Zähnen, schob sich in sein Sichtfeld. Tommi hatte keine Zeit zu überlegen. Er riss seinen Blick von Lillian los, stieß nach vorne und verpasste ihm eine Kopfnuss. Der Chinese strauchelte und fiel auf die Knie. Noch während er wieder aufstand, holte Tommi mit dem Stock aus und schlug zu.

Lillian wimmerte im Hintergrund.

Der Chinese mit den schiefen Zähnen ging zu Boden und blieb regungslos liegen.

Die Schläge des letzten Angreifers wurden verzweifelter. Tommi duckte sich unter ihnen hinweg. Er spürte sie kaum. Sein Körper war mit Adrenalin geflutet. Seine Fingerspitzen kribbelten.

Er musste diesen Mistkerl zu fassen kriegen. In einer Drehung schraubte sich Tommi direkt vor den Angreifer, packte dessen rechte Hand und holte mit dem Schlagstock aus. Im selben Moment wurde ihm bewusst, dass der Chinese Linkshänder war. Doch noch bevor er reagieren konnte, pfiff der Schlagstock des Chinesen dicht an seinem Gesicht vorbei und traf. Mit einem Knacken brachen mehrere Finger seiner linken Hand. Schreiend ließ er den Stock fallen, krallte sich mit der Rechten in die Haare des Chinesen, und mit einem unmenschlichen Ruck schmetterte er dessen Gesicht auf sein Knie.

Die Nase des Mannes schien in seinem Kopf zu verschwinden. Aus seinem Mund sprudelte Blut hervor, während er zur Seite kippte.

Tommis Kopf dröhnte, und die aufgeplatzten Stellen, die sich über seinen ganzen Körper verteilten, brannten. Die gebrochenen Finger hielt er schützend an die Brust. Seine Augen zuckten suchend umher. Fast hätte er sie übersehen. Doch da war sie. Lillian. Schwach, ängstlich, kauernd. Sie starrte die Chinesen an, die sich auf dem Boden wanden.

Warum hatte sie ihm nicht geholfen? War er nicht immer ihr liebender Papa gewesen? Stattdessen hatte sie ihn abgelenkt. Er kräuselte die Lippen. Ohne sie hätte er den Kampf unbeschadet überstanden. Da war er sicher. Und als er Öhls Leiche in den Wagen geschafft hatte? Hatte sie ihm geholfen? Nein! Er hatte ihn alleine geschleppt. Alles musste er alleine machen.

»Na los«, raunte er Lillian zu, »pack deine Sachen. Wir verschwinden von hier.«

Sie musste weg. Daran ließ sich nun nichts mehr ändern. Der See war ein herrliches Grab für ein kleines Mädchen.

KAPITEL 43

Der Geschmack von Lösemittel schien sich in Michelles Rachen festgefressen zu haben.
Alles erschien konfus. Die Gedanken waren zäh, ganz so, als sträubte sich ihr Geist, den Sinn zu erfassen. Doch Michelle kämpfte, vertrieb die Müdigkeit aus ihrem Kopf und die Taubheit aus den Gliedern.
Allmählich erinnerte sie sich wieder an das, was passiert war. Sebastian Graf, der Künstler, war über sie hergefallen und hatte sie betäubt.
Mit der Erinnerung kam die Kälte zurück in ihren Körper. Graf hatte sie ausgezogen und ihr nicht einmal eine Decke gelassen. Nur ihren Slip trug sie noch. Nackt und hilflos lag sie da. Was hatte er mit ihr vor? Und wo war Tom?
Ein unangenehmer Geruch krabbelte in ihre Nase. Er war nicht sehr deutlich, genügte aber, um ihre Phantasie anzukurbeln. Es roch faulig, nach Unrat, nach einer übergelaufenen Toilette. Was zum Teufel hatte vor ihr in diesem Zimmer gelegen?
Das willst du wirklich wissen?
Michelle schüttelte den Kopf, richtete sich auf und drückte eine Hand gegen die Stirn, als ihr schwindelig wurde. Sie schluckte die aufkommende Übelkeit runter und sah sich um.
Das Zimmer war spartanisch eingerichtet. Bis auf einen Plastikeimer und das Bett, in dem sie lag, gab es keine Einrichtungsgegenstände. An den Wänden, wo die Tapete heller war, hatten Bilder gehangen. Jeder Hinweis darauf, dass hier ein Mensch gelebt hatte, war entfernt worden.

Vorsichtig, um ihren Kreislauf nicht zu überanstrengen, stand sie auf. Ihre nackten Füße berührten den harten Teppich. Ein intensiver Ekel kroch ihr Bein empor und hinterließ eine Gänsehaut.
Mensch, reiß dich doch zusammen. Lilly ist hier irgendwo. Such sie!
Von der Decke baumelte eine nackte Birne, selbst den Lampenschirm hatte Sebastian Graf entfernt. Das Licht, das sie verströmte, war kaum mehr als ein Hauch, doch es reichte aus, um sich zurechtzufinden.
Sie ging zur Tür und drückte die Klinke runter.
Ach Michelle. Glaubst du wirklich ernsthaft, dass er vergessen hat, abzuschließen? Für dich gibt es nur einen Fluchtweg, und das weißt du.
Sie drehte sich um. Vor dem Fenster neben dem Bett lauerte die schwarze Nacht. Graf hatte nicht vor, sie lange hierzubehalten, das war klar. Er hatte sich nicht die Mühe gemacht, sie zu fesseln. Michelle rechnete damit, dass er jeden Moment aufkreuzte. Wenn sie fliehen wollte, musste sie sich beeilen. Sie trat ans Fenster, schirmte ihre Augen mit der Hand ab und versuchte, etwas zu erkennen, doch außer ihrem Spiegelbild sah sie nichts. Sie versuchte, das Fenster zu öffnen, doch der Mechanismus war blockiert.
Verdammt, trödel nicht rum, wirf die Scheibe ein und spring. Lilly braucht dich. Jetzt mehr als je zuvor.
Michelle ließ den Blick noch einmal durch das Zimmer schweifen, doch dieser Drecksack war nicht blöd. Hier gab es nichts, um das Fenster einzuschlagen.
Verzweifelt rüttelte sie an den Bettpfosten. Sie waren aus Holz und würden irgendwann nachgeben, wenn sie nur fest genug daran zog. Das Bett wackelte, die Vorderseite schlug dumpf gegen die Wand, doch es lockerte sich nichts.

Aus der unteren Etage drang eine Stimme zu ihr hoch. Sie klang gepresst wie unter Schmerzen und wütend.
»Jetzt pack endlich deine Sachen zusammen. Hör auf zu heulen, deiner Mama geht es gut, aber wenn du nicht langsam tust, was ich sage, werde ich mich um sie kümmern. Und du weißt, was das bedeutet, nicht wahr?«
Lilly! Sie war da unten, bei ihm.
Schluchzend bohrte Michelle einen Finger in die Matratze, über die kein Laken gespannt war, und riss ein großes Stück Stoff heraus.
Einen Augenblick schnappte sie nach Luft, dann ging sie zurück zum Fenster und starrte auf ihre Hand, die sich zu einer Faust ballte.
Sie wickelte den Stoff darum und berührte die Scheibe. Ganz sachte.
Konnte man Glas mit der bloßen Faust zerschlagen?
Sollte die Frage nicht eher lauten, ob du *das Glas mit der bloßen Hand zerschlagen kannst?*
Michelle wusste, die Angst würde sie zurückhalten, wenn sie länger überlegte, also schlug sie zu. Es knirschte, und im ersten Moment dachte sie, eine Scherbe wäre in ihre Faust gedrungen. Aber da war kein Blut. Das Fenster war noch heil, es wackelte nur ein wenig.
Wieder schlug sie zu. Fester diesmal.
Er brachte Lilly von hier fort. Das durfte nicht sein. Sie musste sich beeilen. Vielleicht war dies hier ihre letzte Chance. Nur noch dieses Fenster stand zwischen ihr und ihrer Tochter.
Es krachte, und die Scheibe splitterte um ein volleyballgroßes Loch herum. Michelles Hand blieb unverletzt, bis auf das dumpfe Pochen im Innern.
Sie klopfte gegen die gebrochene Scheibe, bis sie in unzählige Stücke zerbrach, die unter ihr in der Dunkelheit verschwanden.

Die Nachtluft war kühl und feucht. Bald würde es wieder regnen. Nur mit einer Unterhose bekleidet, stieg sie auf die Fensterbank und kletterte hinaus.
Draußen war der Wind eisig. Es war ein ungewöhnlich kalter und nasser Sommer. Ihre Brustwarzen zogen sich zusammen. Sie drehte den Kopf, versuchte, unter sich etwas zu erkennen, doch das Haus stand zu weit weg von irgendwelchen Lichtquellen.
Mit nackten Füßen ertastete sie unterhalb des Fensters einen Sims, der breit genug war, um darauf zu steigen. Sie spürte kaum, wie die Glassplitter in ihre Fußsohlen schnitten. Rechts von ihr rauschte es. Wenn dort ein Baum stand, konnte sie sich vielleicht an den Ästen hinunterhangeln?
Vorsichtig schob sie einen Fuß vor den anderen, während sie ihren Oberkörper gegen die Wand presste. Viel Spiel hatte sie nicht. In diesem Moment wünschte sie sich, ihre Brüste wären kleiner.
»Lillian! Ins Auto!«, raunte unter ihr die Männerstimme von vorhin. Der Wind rauschte in ihren Ohren, so dass Michelle die Stimme nicht zuordnen konnte, doch Tom war der Einzige, der Lilly immer Lillian genannt hatte. Nur er.
Sie hörte eilige Schritte auf Kies.
Beeil dich, Michelle! Sie fahren weg.
»Lilly!«, schrie Michelle, und ihre Stimme überschlug sich. »Lilly, ich bin hier!« Lilly antwortete nicht. Dafür schlugen Autotüren.
Immer schneller hangelte Michelle sich den Sims entlang. Bei jedem Ruck prallte ihr Körper von der Wand ab. Ihr Gleichgewicht geriet ins Wanken.
Scheinwerferlicht flutete den Hof.
Michelle schreckte zusammen, und der Abstand zwischen ihrer Brust und der Wand vergrößerte sich rasend schnell. Sie schrie

auf, ruderte mit den Armen und versuchte, sich in der Luft zu drehen.
Etwas Hartes streifte erst ihren Kopf, dann ihren Arm und rammte ihren Rücken. Der Baum! Für einen Moment verschlug es ihr den Atem. Blätter streiften ihr Gesicht.
Instinktiv griff sie nach einem Zweig, der ihr sofort wieder entglitt. Unsanft prallte sie auf einen größeren Ast, ihr Körper machte eine Drehung, sie streckte die Arme, bekam Blätter und Äste zu fassen und krallte sich daran fest.
Ihre Handgelenke dehnten sich schmerzhaft, und kurz bevor sie glaubte, sie würden brechen, stoppte ihr Fall, und sie ließ sich auf einen tieferen Ast sinken.
Schüsse peitschten durch die Nacht. Michelle schrie auf und glitt zu Boden.
Die Reifen des Autos drehten durch, Kies spritzte in die Luft, dann brauste es davon.
Weitere Schüsse fielen. Motoren heulten auf. Unverständliche Schreie kreischten in Michelles Ohren. Wieder Schüsse. Michelle rannte zur Straße, ignorierte die Schmerzen in ihren nackten Füßen und die verdutzten Blicke der Männer, die dort auf ein wegfahrendes Auto schossen.
»Lilly!«, schrie sie, doch ihre Tochter war erneut unerreichbar geworden.
Die Straße machte weit hinten einen Knick und führte auf den Wald zu. Vielleicht konnte sie den Weg abkürzen, wenn sie querfeldein lief?
Ohne lange zu überlegen, machte sie kehrt und rannte auf den Waldrand zu. Sie sprang über den Zaun und tauchte zwischen den Bäumen durch.
Sie lief, so schnell sie konnte. Jeder Muskel schrie. Jeder Schritt war wie ein Peitschenhieb. Ihre Füße bluteten, und dorniges Gebüsch schnappte nach ihren Waden. Ihre Lungen brannten.

Ihre Augen suchten hektisch nach Hindernissen, die in der Dunkelheit kaum auszumachen waren.
Die Lichter des Wagens verschwanden hinter einem Hügel, tauchten aber bald wieder auf. Die Straße schlängelte sich durch den Wald. Michelle konnte nicht mehr. Ihr Körper wollte mehr Sauerstoff, doch sie hatte kaum noch die Kraft zu atmen. Sie wurde langsamer und blieb schließlich vornübergebeugt stehen. Aufgestützt auf ihren Knien, rang sie nach Luft. Speichel lief ihr aus dem Mund, aber das war egal. Alles war egal. Das Auto war fort. Und Lilly auch.
Als sie wieder ein wenig Kraft gesammelt hatte, ging sie weiter. Immer geradeaus. Sie wollte nicht aufgeben, dafür war sie schon zu weit gegangen.
Irgendwann lichtete sich der Wald. Links von Michelle erstreckte sich eine Wiese über eine Anhöhe und fiel gerade hin zu einem See ab.
Sie rannte zum Ufer.
Wohin jetzt?
Der Mond schaute zaghaft hinter ein paar Wolken hervor und brachte das Wasser zum Glühen.
Wie eine Motte folgte Michelle der Einladung und stieg bis zum Bauchnabel hinein. Es war eiskalt, aber es peitschte ihr neues Leben ein.
Jetzt nur nicht aufgeben, Michelle. Du warst doch schon so nah dran.
Michelle steckte den Kopf in den See, und für einen kurzen Augenblick gab es nur sie und das Wasser. Dann tauchte sie wieder auf und sah, dass sie Lilly näher war als gedacht.

KAPITEL 44

Bäume tauchten im Scheinwerferlicht auf, rasten rechts und links an Lillian vorbei und verschwanden wieder in der Dunkelheit.

Sie biss auf ihrer Unterlippe herum. Hoffentlich hörte Tommi nicht das metallische Klimpern in ihrem Rucksack. Eigentlich hatte sie sich vorgenommen, ihn zu töten, doch je mehr sie darüber nachdachte, desto unmöglicher erschien es ihr. Sie musste nur ein wenig zögern, und er würde ihr – da war sie sich sicher – das Genick brechen.

Sie fuhren an dem Ortsschild Ruhrbach vorbei und bogen nach links in eine holprige Nebenstraße. Diese Gegend kannte sie nicht. Sie wusste nur, dass irgendwo in der Nähe ein See war.

Lillian schob eine Hand in die Tasche und fühlte das Metall darin. Eigentlich gehörte es dem Polizisten, der im Keller gelegen hatte. Sie musste nur die richtige Gelegenheit abwarten. Der Wagen hüpfte auf und ab. Sie ließ das Metall los und drückte die Tasche fest an sich. Es durfte nicht klappern.

Tommi neben ihr konzentrierte sich auf die Straße. Er fuhr schnell. Der Untergrund war uneben, von Wurzeln durchsetzt. Die Sicht war schlecht, und dennoch vermied er es, die Bremse zu treten.

Der Wald wurde schließlich lichter und öffnete sich zu einem Weizenfeld. Der schmale Feldweg schlängelte sich einen Grashügel hinauf, der oben steil zum See abfiel. Die Stelle war perfekt. Dort war der See, kalt und tief.

Kleine Mädchen hatten dort nichts verloren. Und wenn doch, ertranken sie manchmal.

Er grinste.
Die Reifen gaben ein dumpfes Schlagen von sich, als sie durch eine Pfütze fuhren. Ein Gefühl wie in der Achterbahn schoss durch Lillians Magen, sie ließ die Tasche los, um sich festzuhalten. Das Wagenheck sprang ein Stückchen in die Luft.
Die Schwerkraft packte die Tasche und schleuderte sie zurück auf Lillians Schoß.
Das metallische Klimpern ließ Tommis Kopf herumwirbeln. Er trat auf die Bremse, und der Wagen blieb oben auf dem Hügel stehen. Der Vollmond spiegelte sich auf der rauhen Wasseroberfläche des Sees, der sich schwarz vor ihnen erstreckte.
»Was ist da drin?«, schrie er, und an seiner Schläfe trat eine Ader hervor.
Lillian hatte ihn noch nie so gehasst wie in diesem Moment. Alles hatte er kaputt gemacht, so viel Leid hatte er verursacht. Sie dachte an ihre Mutter, die noch immer gefangen war und sich bestimmt zusätzlich Sorgen um sie machte. Sie wusste nicht, was sie antworten sollte. Sie reagierte einfach. Ihre Hand glitt in die Tasche und holte die Handschellen heraus. Tommi umklammerte noch das Lenkrad, als es zweimal klackte.
Er war gefangen. Verdutzt schaute Tommi auf seine Hände, von denen eine fest ans Lenkrad gekettet war. Wie hatte dieses Miststück das angestellt? Er grabschte nach ihr mit der linken Hand, doch er kam nicht an sie heran. Er hätte sie viel früher loswerden sollen. Er war zu gutmütig, wie ein Vater eben. Das hatte er jetzt davon.
Lillian stieg aus, schlug die Wagentür zu und verharrte einen Moment. Dann ging sie um das Auto herum und riss die Fahrertür auf. Ihre Hände zitterten. Das, was sie tun wollte, war so falsch, doch er hatte eine Abreibung verdient. Er sollte sich

sein Leben lang an diesen Moment erinnern, da ihn ein kleines Mädchen besiegt hatte.
»Mach mich sofort los, verdammt«, schrie er und leckte sich die Spucke ab, die ihm aus dem Mundwinkel lief. Er zerrte an den Handschellen.
Lillian hob die Faust. Eine Klinge ragte daraus hervor, doch er hatte keine Angst. Sie war nur ein kleines Mädchen mit einem großen Messer. Sie würde nicht zustechen. Selbst mit einer Hand war er stärker. Wie wollte sie gegen ihn ankommen? Er wartete auf den richtigen Moment. Lillian trat einen Schritt an ihn heran. Er sagte kein Wort. Ihre Angst konnte er riechen, und er lauerte, wie er es schon viele Male getan hatte. Die gefesselte Hand umklammerte das Lenkrad. Der Arm war angespannt. Er musste dieses Messer in die Finger bekommen. Egal wie.
Lillian rückte noch näher heran. Ihre Haut war angespannt. Jeder Muskel darunter arbeitete auf Hochtouren. Ihre Wut war betäubend, verdrängte jeden klaren Gedanken. Ihre Unterlippe vibrierte.
Im Augenwinkel sah sie eine Bewegung.
Es dauerte nur eine Sekunde. Tommi lachte innerlich. Das Schimmern des Mondes auf dem See konnte ja so verdammt ablenkend sein.
Er war blitzschnell und packte ihre Haare, wie er es zuvor bei dem Chinesen getan hatte.
Vor ihren Augen schwirrten Sterne. Sie bekam kaum noch Luft. Er zog sie zu sich, drückte ihren Kopf mühelos gegen das Lenkrad, um ihren Hals mit beiden Händen zu umschlingen. Was hatte sie sich hierbei nur gedacht? Sie war so dumm. Gott, war sie dumm. Aber er war gefesselt, verdammt. Sie hatte doch schon gewonnen. Es ekelte sie an, so dicht bei ihm zu sein. Seinen Pfefferminzatem zu riechen. Sie wehrte sich, strampelte

mit den Beinen, doch alles fühlte sich so taub an. In seinem Griff schien sie völlig verloren zu sein.
»Wenn. Du. Mich. Nicht. Loslässt. Lass ich dich. Im Auto. Verrotten!«, presste sie hervor und rang nach Luft.
Tommi biss die Zähne aufeinander. »Wenn du mich nicht sofort von den Handschellen befreist«, zischte er, »breche ich dir das Genick.«
Lillians Füße suchten Halt. Ihr Kopf dröhnte, und sie konnte sich kaum noch rühren. Ihr Magen zog sich zusammen, und sie wollte sich übergeben. Aber nicht jetzt. Nicht jetzt! Sie hielt das Messer, so fest sie konnte, weit weg von seiner Hand. Sie fühlte, wie er die freie Hand von ihrem Hals löste und danach tastete, aber noch kam er nicht heran.
Wenn sie ihn verletzen wollte, musste sie es schnell tun. So schnell, dass er nicht auf die Idee kam, ihr das Messer abzunehmen. Dann würde er sie loslassen, und sie konnte wegrennen.
Würde er sie weiter festhalten, das war ihr mit schrecklicher Gewissheit bewusst, würde sie sterben. Sie wollte stark sein. Stärker als er, und doch begann sie zu weinen. »Papa«, murmelte sie mit bebenden Lippen, dann stach sie zu. Ihr war egal, was sie traf, Hauptsache, es tat ihm weh.
Doch er zuckte nur und begann, das Leben aus ihr herauszupressen.
Tommi konnte nicht sagen, wo sie ihn getroffen hatte, doch es schmerzte, als hätte sie ihm einen glühenden Pfahl in den Körper gerammt. Dieses Miststück. Der Schmerz strahlte bis in die Bauchhöhle. Sie zappelte und strampelte und wand sich in seinem Griff. Es wurde Zeit, dass sie starb.
Die ausbreitende Wärme verriet ihm, dass sich unter ihm eine Blutlache bildete. Er musste zudrücken, dann würde sie das Messer fallen lassen.

»Schließ auf. Schließ diese gottverdammten Handschellen auf.« Die Kraft verließ ihn. Das Blut. Er verlor zu viel Blut. Alles um ihn herum verschwamm.
Lillian trat um sich. Sie krallte sich am Messergriff fest, als hinge ihr Leben davon ab. Der Wagen schwankte. Sie wollte schreien, doch nichts drang durch ihre Kehle. Sie musste ihn dazu bringen, loszulassen. Augenblicklich.
Die Handbremse! Das war ihre letzte Chance. Sie streckte eine Hand aus. Tommi musste sich auf den Wagen konzentrieren. Sie reckte ihre Finger. Ihr Sichtfeld schrumpfte. Sie sah nur noch den Hebel neben ihm und bekam ihn schließlich zu fassen. Sie drückte den Knopf und löste die Bremse.
Die Welt um sie herum begann zu beben und zu poltern. Lillian zog das Messer aus der Wunde. Augenblicklich wurde ihr Unterarm feucht.
Der Wagen fuhr immer schneller den Hang hinunter auf den Abhang zu, der steil zum See abfiel. Tommi ließ sie nicht los.
»Mach diese bekackten Handschellen auf«, kreischte er und schüttelte Lillian durch, so gut er konnte. Der Wagen hüpfte auf dem steinigen Untergrund. Lillian wurde gänzlich in den Innenraum geschleudert, und die Fahrertür schlug krachend zu. Beide schrien, schlugen um sich.
Hinter ihnen heulte ein Motor auf, und Scheinwerferlicht flutete den Innenraum des Fords.
Tommi fehlte die Kraft, um Lillian das Genick zu brechen. Ihm fehlte sogar die Kraft zu atmen. Doch er würde sie nicht gehen lassen. Wenn er starb, würde er sie mitnehmen.
Er zog Lillian an sich. Der Wagen hüpfte, als er über etwas Großes fuhr. Ein Stein vielleicht. Regentropfen prasselten auf Tommis Gesicht. Er lachte. Es regnete im Auto. Der Himmel regnete Blut.

»Nein«, sagte ihm sein sterbender Verstand, »nicht der Himmel regnet Blut. Du tust es.«

Lillian gurgelte. Ihr Gesicht war direkt über seinem. Speichel tropfte aus ihrem Mund. Tommi lachte wie schon lange nicht mehr. So viel Luft hatte er noch.

Dann war einen Moment lang alles still. Sie flogen. Tommi lachte weiter. Sie flogen. Hinein ins Paradies. Wie verrückt das Leben war. Das Licht des fremden Autos blieb hinter ihnen zurück, als säßen sie in einem Raumschiff, das sich auf dem Weg ins All von der Sonne entfernte.

Der rostige Ford krachte auf die Wasseroberfläche und begann, genauso zu glucksen wie Lillian. Fast wäre sie Tommi aus den Händen gerutscht, so hart war der Aufprall. Aber Gott hatte heute wohl seinen guten Tag. Er entspannte seine Hände ein wenig. Sofort schnappte sie nach Luft wie ein Karpfen in einem toten Teich.

Der Wagen füllte sich schnell mit Wasser, machte eine Rolle und versank.

Tommi spürte keine Schmerzen mehr. Sein Blut umspülte Lillians Haare, die wie in Zeitlupe loderten. Ihre Haut war so fahl. Ihr Mund zu einem stummen Schrei geöffnet. Die Luft, für die sie so hart gekämpft hatte, entwich in kleinen Bläschen, die herumwirbelten und sich nach oben kämpften.

Sie wollen Fangen spielen, dachte Tommi, doch Lillian wird euch nicht folgen, denn sie ist gerade beschäftigt.

Wasser drang in seine Lungen, und ihre Augen verrieten ihm, dass es ihr genauso erging.

Die letzten Zuckungen ihres Körpers waren verzweifelt. Ihr Messer drang immer wieder in sein Fleisch, durchdrang seine Haut, öffnete ihn, damit das Leben aus ihm herausfließen konnte, und blieb dann stecken.

Jetzt konnte er sich auf das Sterben konzentrieren.

Der Wagen sank tiefer und tiefer. Die Welt verschwand in Dunkelheit, und eine neue Welt aus Schwärze breitete die Arme aus, um beide willkommen zu heißen.
Ein Gedanke, der ebenso absurd wie treffend war, raste durch seine letzten lebenden Zellen: Lillian hatte gesiegt und ihn wieder zu dem gemacht, der er wirklich war und der er immer hatte sein sollen.
Als er starb, öffneten sich seine Hände wie eine Blüte und gaben frei, was er so verzweifelt festgehalten hatte.

KAPITEL 45

Das Aufklatschen des Wagens auf der Oberfläche des Sees ließ Michelle aufblicken. Sie stand noch immer bis zum Bauchnabel im Wasser und konnte gerade noch die Umrisse des Fords erkennen, bevor er unterging.

Jetzt komm nicht auf die Idee und überlege, ob es sein *Wagen war. Wie viele Autos fahren hier in der Gegend zu so später Stunde herum? Rette sie!*

Michelle war eine gute Schwimmerin, doch ihre Muskeln waren unterkühlt, und bis zum Wagen musste sie gute vierzig Meter zurücklegen.

Jeder Zug kam ihr schwerer vor als der vorherige. Sie schien der Unglücksstelle nicht näher zu kommen. Wie lange würde es dauern, bis das Auto vollgelaufen war? Wie lange, bis ein Mensch ertrank?

Ihre Arme brannten, ihre Beine fühlte sie nicht mehr, und als sie über dem Wagen im Wasser verharrte, wollte sie sterben. Nur der Gedanke an ihre Tochter, die unter ihr eingeschlossen war und ebenfalls ums Überleben kämpfte, ließ sie die restlichen Reserven mobilisieren.

Sie atmete tief ein und tauchte unter. Die Scheinwerfer des Autos flackerten und erstarben. Jetzt schien nur noch das Mondlicht zum Grund des Sees, wo es in Spuren auf der Metallicoberfläche schimmerte.

Michelle tauchte auf die Fahrertür zu, fasste sie und zog sich nach unten. Am Steuer saß Sebastian Graf, mit Handschellen ans Lenkrad gefesselt. Er zuckte leicht.

Der Beifahrersitz war leer.

Michelle schwamm zur hinteren Seitenscheibe und versuchte, ins Auto zu schauen, aber auch auf der Rückbank saß niemand. Niemand war aufgetaucht, niemand trieb im Wasser.
Lilly war nicht hier!
Aber sie war doch eingestiegen, oder nicht?
Vielleicht hatte er sie unterwegs rausgelassen?
Ein kleiner Hoffnungsschimmer spülte etwas Wärme in die kühlen Muskeln. So viel, dass sie den Rückweg wagen konnte. Ohne weiter auf den im Auto eingeschlossenen Sebastian Graf zu achten, tauchte sie prustend auf und schwamm ans Ufer, wo sie erschöpft liegen blieb.
Wo war Lilly?
Die Gedanken in ihrem Kopf waren ebenso kalt wie der See. Sie verwünschte die ganze Welt.
Schritte im Kies. Erschrocken richtete sie sich auf.
»Michelle! Ist das nicht ein fürchterlicher Tag heute? Irgendwie will nichts funktionieren. Aber es trifft sich gut, dass Sie hier sind. Zu Ihnen wollte ich nämlich auch noch.«
Michelle erhob sich. Frierend, schwach und doch voller Hass. Der Kies drückte sich schmerzhaft in ihre Fußsohlen. »Ich hätte Sie töten sollen«, hauchte sie und konnte sich nur mit Mühe auf den Beinen halten.
»Ja«, Ya-Long P'an hob entschuldigend die Hände. »Das hätte natürlich vieles vereinfacht, aber seien Sie mir nicht böse, wenn ich sage, dass ich Ihr Versagen als ausgesprochen angenehm empfinde.«
»Ist Lilly bei Ihnen?«, fragte Michelle unverhohlen, und der Gedanke, dass es so sein könnte, zerriss ihr das Herz. Ertrinken wäre besser gewesen.
Ya-Long weitete kaum merklich die Augen. »Warum sollte sie?«
»Sie ist nicht im Auto. Hat dieser Dreckskerl sie rausgelassen? Haben Sie sie geschnappt?«

»Hm«, machte die Chinesin und wandte sich ab. »Das wäre tatsächlich reizvoll gewesen. Quasi eine klassische Gewinnmaximierung, nicht wahr? Richtig eingesetzt, hätte Lilly eine Menge Geld gebracht. Aber nein. Sebastian hat auf seinem Weg zum Grund des Sees nichts verloren. Alles, was ins Auto eingestiegen ist, ist jetzt im See.«

»Aber er ist mit Handschellen ans Lenkrad gefesselt. So was macht man doch nicht selbst?«

»Sind Sie da sicher? Sich selbst zu fesseln ist die beste Möglichkeit, einen Selbstmord auch durchzuziehen. Aber der gute Sebastian wird es uns nicht mehr verraten, fürchte ich. Fest steht, dass außer ihm niemand im Auto war.«

»Wo ist Lilly dann?«

Ya-Long drehte sich zu ihr und schaute an ihr vorbei auf das Wasser, das leise gegen das Ufer brandete. »Ich fürchte, das weiß nur der neue Gott des Sees.«

Michelles Lippen zuckten.

Nein, das durfte nicht sein. So durfte es nicht enden. Das war nicht gerecht!

Zwei Männer traten aus der Dunkelheit auf sie zu und packten ihre Arme.

»Willkommen in meiner Welt, Michelle!« Ya-Long streichelte ihr zärtlich über die Wange, drehte sich um und ging.

»Bitte!«, flehte Michelle, und Tränen flossen über ihr Gesicht. »Ich will zu meinem Mädchen. Mir ist egal, was Sie mit mir machen, aber lassen Sie mich mein Kind retten.«

KAPITEL 46

Kramme hat mir alles erzählt.« Gäter klang abgehetzt. Sie war wie versprochen zur Psychiaterin gefahren. »Am Ende ist sie doch zusammengebrochen.«

Robert hielt das Handy dicht ans Ohr, während er durch die Nacht fuhr. Warum wohnte dieser verfluchte Maler auch am Arsch der Welt? »Das hört sich schon mal gut an, weiter.«

»Rieds Opfer, Ya-Long P'an, hatte Kontakt zu ihr aufgenommen und ihr Geld geboten. 50 000 Euro, damit sie ein paar Sicherheitsvorschriften lockert. P'an spielte ihre Opferrolle aus, behauptete, sie könne nicht schlafen, solange perverse Schweine wie Ried am Leben blieben. Sie versprach, dass er niemanden mehr umbringen würde.«

»Kramme wusste also doch, wer diese ominöse Chinesin war. Und es war für sie quasi ein Akt der Gerechtigkeit?«

»Vielleicht. Ried hat ihr während seiner Therapien eine Menge Angst gemacht. Sie wird über das Angebot froh gewesen sein. Und viel musste sie nicht dafür tun.«

»Ja, und weil P'an ihr versichert hatte, dass niemand gegen sie ermitteln würde, war es noch leichter.«

Robert nickte vor sich hin. All die kleinen Indizien, die er und Maik gesammelt hatten, bekamen so einen Sinn. Nur Menschen mit dickem Geldbeutel konnten sich P'ans Dienste leisten. Und das waren in der Regel die Herren der feineren Gesellschaft. Also hatte diese alte Chinesin alles in Bewegung gesetzt, um sich an Ried, der sie fast umgebracht hatte, zu rächen. Für jemanden wie sie war es ein Leichtes, alles in Bewegung zu setzen. Sie hatte Kontakte bis in die höchsten Kreise. Sicherlich fraßen ihr auch einige Staatsanwälte und Richter aus der Hand, so dass sie Kramme durchaus vor der Polizei abschirmen konnte. »Was für eine Rolle hatte dieser Pfleger, der am Fluchtabend Dienst hatte?«

»Peter Hasse? Er wurde aufgefordert, bei seinem Rundgang nicht so genau hinzusehen. Dafür hatte sie ihm eine Beförderung versprochen. Und anschließend schickte sie ihn in den Urlaub. Wie Ried letztendlich wirklich entkommen konnte, weiß sie nicht.«

»Es dürfte nicht allzu schwer sein, das zu erraten. Ried wurde von seinem neuen Freund Sebastian Graf besucht und mitgenommen.«

»Ja, Sebastian Graf. Ich habe ein weiteres Gutachten in seinen Unterlagen gefunden. Darin ist von Identitätsdiffusion die Rede.«

»Und?«

»Das Urteil des Gutachters ist etwas härter ausgefallen als das von Kramme, aber sie hatte das letzte Wort, und das galt.«

»Nun erzählen Sie schon, was steht in dem Gutachten?«

»Nicht so ungeduldig«, sagte Gäter empört und schwieg einen Moment. Im Hintergrund hörte Robert eine wimmernde Frauenstimme. Kramme hatte ihre Fassung wohl noch nicht wiedergewonnen. »Auf jeden Fall«, erzählte Gäter weiter, »leidet Sebastian Graf, laut diesem zweiten Gutachter, an einer entwicklungsbedingten Identitätsstörung. Er ist quasi auf der Suche nach einem stabilen Ich. Daher ist seine Empathie unnatürlich hoch entwickelt. Während Soziopathen wie Thomas Ried überhaupt keine Empathie empfinden – und deswegen auch eine niedrigere Hemmschwelle haben –, empfindet Sebastian Graf zu viel davon. Auf einer Geraden säßen die beiden am jeweils gegenüberliegenden Ende. Allerdings werden solche Störungen oft von weiteren psychischen Defekten begleitet.«

»Ja? Und?« Er musste Gäter bei Gelegenheit dringend beibringen, sich kurzzufassen. Er bog nach rechts ab und fuhr über eine Stahlbrücke aus der Stadt heraus.

»Nun, Sebastian Graf zeigte wohl Anzeichen einer paranoiden Schizophrenie.«
»Er hat Wahnvorstellungen?«
»Das ist wohl nicht so ungewöhnlich. Die Krankheitsbilder sind laut Aussage des Arztes eng miteinander verknüpft. Graf schlüpft in fremde Persönlichkeiten wie andere Leute in Schuhe. Und dabei assimiliert er quasi auch deren Umfeld. Er nimmt Tabletten dagegen.«
»Er glaubt, er sei der Weihnachtsmann, und besetzt die Rollen der Elfen gleich mit?«
»So ungefähr. Seien Sie vorsichtig und auf alles gefasst.«
Robert dachte an Maiks Leiche. Licht und Schatten. Zwei Seelen, die miteinander kämpften. Welche von beiden würde gewinnen? »Tun Sie mir einen Gefallen, Doktor Gäter, und bleiben Sie bei ihr? Die Polizei wird ihre Aussage brauchen.«
»Mache ich. Ich habe Zellinger schon Bescheid gegeben. Er war nicht erfreut, schickt aber Verstärkung. Seien Sie also vorsichtig, und viel Glück.«
»Danke.« Er legte auf, steckte das Handy weg und wandte sich an Martin Gröne, der beschlossen hatte zu schweigen, nachdem er einsehen musste, dass lautes Schimpfen nichts half – Robert fuhr dadurch weder langsamer noch in die eigentlich verabredete Richtung. »Du solltest mit deinen Leuten sprechen. Wir wissen nicht, was uns erwartet, und ich will Lillys Leben nicht gefährden. Falls es noch eine Bedeutung hat.«
Gröne nickte nur und telefonierte anschließend. Ganz augenscheinlich fand er es wenig angenehm, Mittel zum Zweck gewesen zu sein.
Doch das war Robert egal. Er trat auf das Gaspedal, und das Auto machte einen Satz nach vorn. Direkt auf die Scheinwerfer zu, die ihnen entgegenkamen.

KAPITEL 47

In einem Loch im Boden, da lebte ein Mädchen.
In einem Loch im Boden, da lebte ein Mädchen.
Es war merkwürdig, wie sich die letzten Gedanken, die man hatte, auf einen kleinen Satz beschränkten. Ein Gebet, zusammengestückelt aus Erinnerungen. Lilly kannte diesen Satz. Zumindest einen ähnlichen, aber ihr fiel nicht mehr ein, woher. Das war auch unwichtig. Wichtig war nur, dass er stimmte. Sie lebte. Das allein zählte.
Es war dunkel.
So lange schon.
Dunkel, nass, still. Ihre Jeans hatte sich mit Wasser vollgesogen, genau wie die Decke, die sie um sich geschlungen hatte. Lilly fror schrecklich. Oder sie hatte mal gefroren, denn vielleicht war es nur eine Erinnerung. Hier im Loch war die Welt anders als dort oben. Hier stand die Zeit still. Gefühle konnten intensiver sein als irgendwo anders, aber gleichzeitig auch völlig unbedeutend.
Nur eine Sache fühlte sie deutlich: den Durst. Zuerst hatte sie gehofft, aus der Decke oder ihrer Jeans etwas Wasser wringen zu können, doch der Stoff war grausam und gab keinen Tropfen her.
Regen trommelte auf die Erde über ihr, und sie hoffte, etwas würde zu ihr durchsickern. Zumindest so viel, bis die Decke genug getrunken hatte und etwas für sie übrig blieb. Nur ein wenig. Ein Tropfen vielleicht.
Was war das für eine Welt, in der man gegen eine blöde Wolldecke verlor?

Ihre Beine schmerzten. Jede Bewegung tat weh. Wie es wohl war zu sterben? Immer wieder formten Lillys Lippen das Wort, das ihr Hoffnung gab.

Papa.

Doch sie war zu schwach, um es auszusprechen. Ihr Mund war ausgetrocknet, und die Zunge klebte am Gaumen wie ein alter Putzlappen. Der Geschmack von Erde füllte ihren Rachen. Langsam und unaufhörlich verschmolz sie mit dem Loch, in dem sie gefangen war.

Doch ihr Papa würde sie retten.

Lillys Kopf war schwer und ließ sich nicht mehr bewegen. Auch ihre Lider taten nur noch das Nötigste. Doch zu sehen gab es eh nichts.

Als der fremde Mann sie hier hineingestoßen hatte, konnte sie das Fenster mit dem Loch im Glas sehen, das als Einstiegsluke diente, und die Plane, mit der er den unterirdischen Holzverschlag ausgekleidet hatte. Dicke Folie, die man mit den Fingern nicht einfach auseinanderreißen konnte. Sie hatte es probiert.

Zum Glück war sie nicht so dicht, wie sie wirkte. Lilly bekam genügend Luft, um nicht zu ersticken. Und immer wieder rieselte Erde durch die Nähte, die wohl nur grob verklebt waren.

Der Verschlag war tief. So tief, dass sie nicht an die Luke herankam. Und irgendwann hatte sie es auch nicht mehr versucht. Der Schwindel, der ihr die Sinne nahm, zwang Lilly, sich zusammenzukauern. So lag sie da und wartete. Seit Tagen schon.

Ihr Brustkorb hob und senkte sich zitternd. Unregelmäßig. Die Hände waren zu Fäusten geballt. Nein, sie würde nicht aufgeben.

Papa.

Papa.

Ihre Welt hatte sich in Schmerzen verwandelt und fraß sie bei lebendigem Leib. Doch noch war es nicht vorbei, denn *in einem Loch im Boden, da lebte ein Mädchen.*

Doch Lilly befürchtete, dass dieser Satz nicht mehr lange stimmen würde. Vielleicht noch ein paar Minuten.

KAPITEL 48

Ein Van kam ihnen mit viel zu hoher Geschwindigkeit entgegen, schleuderte nach links auf die Standspur, dann nach rechts und zurück auf die Gegenfahrbahn.

Robert wich mit dem Wagen aus und trat auf die Bremse.

Der Van schoss über die Straße hinweg, krachte gegen eine Laterne, kippte zur Seite und tauchte kreischend in den Graben. Erde spritzte nach links und rechts, das Heck richtete sich auf, der Wagen überschlug sich und blieb schließlich qualmend auf der Seite liegen. Die Laterne sprühte Funken und neigte sich gefährlich zur Fahrbahn.

Martin Gröne fluchte und hielt sich den Kopf, mit dem er gegen das Seitenfenster gestoßen war.

Roberts Herz schlug bis zum Hals und pochte schmerzhaft in den Schläfen. Er sprang aus dem Auto und rannte zu der Unfallstelle. Das Licht der Scheinwerfer flackerte unruhig. Ansonsten war es dunkel. Nur hinter dem Feld waren die Lichter der Stadt zu sehen. Die Schiebetür des Vans ging auf, und mehrere Hände tasteten nach Halt.

Auch die Beifahrertür öffnete sich. Fluchend zog sich eine Frau aus der Fahrerkabine. Robert stoppte vor dem Graben, durch den sich der Van gepflügt hatte. Er traute seinen Augen kaum. Die Frau war die von dem Foto. Da war er ganz sicher. Die Frau, die Maik und er schon so lange gejagt hatten.

Gröne stieg aus dem Dienstwagen und rannte auf Robert zu. »Worauf wartest du, Mensch?«

Robert hielt ihn am Arm zurück, gerade, als eine Waffe aus dem Van auftauchte, an der ein Chinese hing.

»Wow!« Gröne zog seine Dienstwaffe und ging in die Knie.
Der Chinese krabbelte aus dem Auto und zielte auf sie.
Im Innern des Wagens blitzte es auf, und Pistolenschüsse hallten durch die Nacht.
Der Chinese öffnete den Mund, als wollte er sich über etwas beschweren. Seine Beine gaben nach, und er sackte zu Boden.
Ya-Long P'an robbte über den Wagen und verschanzte sich auf der Rückseite des Vans.
Noch einmal fielen Schüsse, begleitet von einem entsetzlichen Schrei.
Eine Hand zog an Roberts Hose. Er schaute runter in Grönes entsetztes Gesicht, der ihn aufforderte, sich ebenfalls zu ducken. Robert riss sich los. Er hatte keine Zeit für Spielchen. Es war kein Zufall, dass diese Chinesin hier war.
Menschenhandel war ihr Metier, und Menschen waren verschwunden. Energisch sprang er über den Graben und ging auf die Unfallstelle zu.
»Verdammt, Rob, bleib hier! Oder bist du lebensmüde?«, raunte ihm Gröne hinterher.
Doch Robert dachte nicht daran, stehen zu bleiben. Die Scheiben des Vans waren von innen mit Blut verschmiert. Er hörte die wimmernde Stimme einer Frau. Doch die musste warten.
Mit einem Satz hechtete er auf den Wagen und rutschte auf der anderen Seite runter, direkt vor Ya-Longs Füße.
Blut klebte ihr im Gesicht, und sie atmete schwer. In ihrer zittrigen Hand hielt sie ein Messer, das ihr Robert, ohne zu zögern, aus der Hand schlug. Offenbar war sie keine Frau für Drecksarbeiten. Dumm nur, dass ihre Armee gerade mit Sterben beschäftigt war oder es bereits hinter sich hatte.
Sie jaulte auf und hielt sich die Hand schützend an die Brust. Ihre Lippen bebten. Ihre Augen gingen immer wieder zur Straße.

Als Robert begriff, dass sie auf Verstärkung wartete, hörte er über sich das Durchladen einer Pistole. Was für ein beschissener Tag! Langsam drehte er sich um, hob die Hände und zeigte beschwichtigend seine Handflächen.

Das Licht war ungünstig, aber es reichte aus, um das Gesicht zu erkennen. »Michelle?« Robert war durcheinander. Was hatte das alles zu bedeuten? »Was zur Hölle haben Sie mit der Pistole vor? Machen Sie jetzt keinen Scheiß, okay? Legen Sie die Waffe weg.« Er schaute an ihr vorbei zu Gröne, der mit seiner Waffe auf Michelle zielte. Und Gröne wirkte äußerst verunsichert.

»Gehen Sie mir aus dem Weg. Sofort«, Michelles Stimme klang wie ein Motor, der unrund lief. Anscheinend hatte sie viel mitgemacht, dennoch …

»Legen Sie die Waffe hin. Wir haben alles unter Kontrolle. Die Polizei ist auf dem Weg hierher«, versuchte Robert, sie zu beruhigen.

»Die Polizei?«, sagte sie verächtlich. »Reichlich spät, finden Sie nicht? Der böse Mann liegt bereits am Grund des Sees, und er hat nicht verraten, wohin er meine Tochter verschleppt hat. Die Polizei kann mir nicht helfen.«

»Der böse Mann?«

»Sebastian Graf.«

»Okay, das ist neu.« Robert dachte kurz nach und runzelte die Stirn, die vor kaltem Schweiß glänzte. »Was ist mit Thomas Ried? Wo ist er?«

Michelles Brust hob und senkte sich schwer. Robert konnte sehen, wie schwierig es für sie war, die Pistole ruhig zu halten.

»Wir müssen ihn finden«, legte Robert nach. »Er wird es wissen. Er kann uns zu Lilly bringen. Nur nehmen Sie diese gottverdammte Pistole runter. Michelle, ich bitte Sie! Machen Sie keinen Fehler.«

»Was habe ich denn zu verlieren?«, schrie sie und hielt den Lauf höher. »Nichts! Und deshalb sorge ich dafür, dass diese Frau da diese Nacht nicht überleben wird.«

Ya-Long kicherte, um dann hemmungslos zu lachen.

»Nehmen Sie die Waffe runter!«, brüllte Gröne hinter ihr.

»Nein«, Michelle schüttelte energisch den Kopf. »Erschießen Sie mich, aber ich werde diese Frau in die Hölle zurückschicken, aus der sie gekommen ist.«

Robert stellte sich mit einem ausfallenden Schritt vor Ya-Long, die vor Lachen den Halt verlor und sich auf den Acker setzte.

»Was zum Teufel ist so lustig?« Er drehte sich zu ihr.

Die Chinesin schaute ihn belustigt mit einem blutunterlaufenen Auge an.

»Waffe runter!« Grönes Stimme überschlug sich, dann peitschte ein Schuss in den Nachthimmel.

»Thomas Ried«, sagte Ya-Long, von gelegentlichen Lachanfällen geschüttelt, »wird Ihnen nicht verraten, wo die kleine Lilly ist.«

»Sie lügen doch, wenn Sie nur denken!«, rief Michelle vom Wagen herunter.

»Ja«, antwortete Ya-Long P'an, »das höre ich öfter. Dennoch ist das die Wahrheit. Thomas Ried wird mit niemandem mehr sprechen.« Sie wischte sich mit der Hand über den Mund und leckte sich das Blut von den Lippen. »Er hatte wohl wenig Zeit, sich über seine wiedergewonnene Freiheit zu freuen. Sein enger Freund Sebastian hat ihn in seinem Haus in etwas verwandelt, das ich skurril nennen würde.« Wieder kicherte sie. »Thomas Ried hat seinen Ausbruch nicht lange überlebt. Sebastian Graf war ein sehr kranker Mensch.«

Im Kopf von Robert ratterte es. Sebastian Graf hatte sich eingebildet, Thomas Ried zu sein, und dafür musste das Original beseitigt werden. Aber alles, was er tat, unterlag einem Ritual. Die

Zeichnungen auf den Leichen, die Tattoos, die Hinweise. »Michelle, ich glaube, es gibt eine Chance, wie wir Lilly finden können. Legen Sie die Waffe weg, und kommen Sie runter.«

»Eine Chance?«, Ya-Long rappelte sich auf. Unsicher baute sie sich vor Robert auf. »Nein, es gibt keine Chance. Sebastian kam zu mir, wie es alle Bestien irgendwann tun. Männer sind faul! Ich erledige für sie die Drecksarbeit, und das ist für sie viel zu verlockend, als dass sie widerstehen könnten. Lilly war nur ein Köder. Michelle war sein eigentliches Ziel. Ried wollte, dass sie leidet, also hat Sebastian sie leiden lassen. Er hat die echte Lilly versteckt und vergessen. So war es auch viel einfacher. Er hatte ja seine eigene Lilly, die er sich so einbilden konnte, wie er sie haben wollte. Falls es Ihnen nicht bekannt ist, Sebastian hat ein arges Problem mit dem Kopf. Darin tickt es nicht ganz richtig. Und wenn ich mich an die letzten Gespräche mit ihm erinnere, dann lag er sogar mit der imaginären Lilly im Streit. Man sollte halt vorsichtig sein mit den Persönlichkeiten, die man sich einbildet. Glauben Sie mir, ich kenne mich mit kranken Typen aus. Die beleben mein Geschäft.« Sie lachte wieder und hielt sich dabei eine Hand vor den Mund. »Eigentlich ist mir das völlig egal. Aber so viel Spaß wie heute hatte ich schon lange nicht mehr. Und wissen Sie, was das Beste ist?« Sie machte eine dramatische Pause. »Egal, wer heute verloren hat. *Ich* habe gewonnen. Thomas Ried, der mich fast getötet hätte, hat eine schlimmere Strafe bekommen, als ich sie mir jemals hätte ausdenken können. Sebastian Graf, der mich ebenfalls beseitigen wollte, ist jämmerlich ertrunken. Sie sehen, ich bin unverwundbar.«

»Seien Sie sich da nicht so sicher. Die Polizei ist gleich hier und wird sich brennend für Ihre Geschichte interessieren.«

Ya-Long P'an schaute ihn fragend an. »Glauben Sie das? Mir gehört die Polizei, Herr Bendlin.«

Robert unterdrückte den Impuls, sich eine Waffe zu schnappen und die Chinesin über den Haufen zu schießen. Er hatte keine Lust, für sie in den Knast zu wandern.

Er holte aus und schlug Ya-Long P'an mit einem Fausthieb zu Boden, wo sie regungslos liegen blieb. Dann richtete er sich an Michelle. »Und Sie legen jetzt bitte die Waffe weg und kommen von da oben runter. Und dann bringen Sie mich zu Sebastian Grafs Haus. Ich vermute, Toms Leiche wird uns verraten, wo Lilly ist.«

Das war nur ins Blaue geraten. Das Gute in Graf wollte, dass sie Lilly fanden. Es musste also noch einen Hinweis geben.

Etwas anderes wollte Robert nicht glauben.

KAPITEL 49

Die ganze Wohngegend war in flackerndes Blaulicht getaucht. Die Bäume im Hintergrund wirkten wie tanzende Riesen, und wie Ameisen liefen all die Polizisten wild durcheinander.

Aber natürlich waren es keine Ameisen, und im Chaos steckte eine Ordnung, die von außen schwer zu erkennen war.

Michelle saß in einem Streifenwagen, ihre Füße auf der Straße. Sie war in eine Decke gehüllt und wartete darauf, dass ihr einer der Polizisten etwas zum Anziehen brachte.

Robert stand vor ihr und unterhielt sich mit Werner Zellinger.

»Was hast du schon zu verlieren? Ich sag dir was, du lässt mich in das Haus, und dafür kündige ich den Job.« Es ging ihm ganz leicht über die Lippen. Warum hatte er eigentlich in der letzten Zeit so viel darüber gegrübelt? Eigentlich stand die Entscheidung doch von Anfang an fest.

»Meine Güte, Rob. Glaubst du nicht, dass wir schlau genug sind, das Rätsel allein zu knacken? Im Gegensatz zu dir hat Martin studiert.«

»Ich hoffe, damit willst du mir sagen, dass ich nicht kündigen soll?«

Zu einer Antwort kam Zellinger nicht. Martin Gröne gesellte sich zu ihnen. Er war blass und sah aus, als hätte er zwei Tage durchgesoffen. »Wir haben im Keller einen Geheimraum gefunden. Dort hat Graf allem Anschein nach die Leichen präpariert. Die Spurensicherung wird noch Tage benötigen, um alles zu sichern.«

»Was ist mit Ried?«

»Bei Thomas Ried sind wir noch nicht weiter. Wenn es ein Rätsel sein soll, dann erschließt es sich mir nicht. Wir können nicht einmal sagen, ob das ganze Zimmer ein Hinweis sein könnte. Hier wäre ein Profiler wahrscheinlich Wochen damit beschäftigt, eine psychiatrische Analyse für Sebastian Graf zu erstellen. Ich habe unsere Leute schon abgezogen. Wir sind hier fertig.«
»Und das war es dann?« Robert glaubte nicht, was er da hörte.
»Nein, Robert, das war es nicht.« Gröne klang verärgert. Vielleicht fühlte er sich auch ertappt. Robert vermutete, dass beides zutraf.
»Wir haben alles aufgenommen und werden versuchen, mit unseren Spezialisten, die dafür ausgebildet sind, das Rätsel zu knacken. Außerdem ist eine Hundestaffel in dieser Gegend unterwegs und sucht die Wälder ab. Wenn Lilly hier ist, werden wir sie auch finden. Dazu brauchen wir deine Arroganz nicht.«
Ja, er war verärgert.
Zellinger schloss die Augen und schaute dann zu Robert, der genau wusste, was der Blick zu bedeuten hatte.
Robert war nicht zum Lachen zumute, aber den kleinen Triumph genoss er doch. »Bring mich in das Zimmer«, sagte er zu Gröne und gab ihm einen Schubs.
Sichtlich zerknirscht führte er Robert über die Treppe in den ersten Stock. Der üble Geruch nach Fäkalien wurde mit jeder Stufe intensiver.
Der Flur war nur wenige Quadratmeter groß. Vier Türen stießen dort aneinander. Gröne öffnete die zweite von links, und der Gestank von fauligem Essen und das Summen entsetzlich vieler Fliegen hüllten Robert wie eine Decke ein, die ihn zu ersticken drohte.
Gröne vergrub sein Gesicht kurz in der Armbeuge.
»Na, na, na«, Robert versuchte, cool zu wirken, und schnalzte mit der Zunge. »Ich hätte nicht gedacht, dass du so empfindlich bist.«

»Ich bin erkältet. Das ist alles.« Gröne deutete mit der Hand in das Zimmer, das völlig im Dunkeln lag.
So hatten die Kollegen es also vorgefunden.
Vorsichtig drang Robert in die Schwärze ein, die gesättigt war von fauligem Gestank. Manche Dinge sollten besser im Dunkeln bleiben. Dennoch tastete er seitlich nach einem Schalter, fand ihn und schaltete das Licht ein.
Der Anblick, der sich ihm bot, wäre definitiv besser im Dunkeln geblieben. Doch die Zeit drängte. Die Blüte, die Sebastian Graf auf das erste Opfer tätowiert hatte, war als Zeitangabe recht ungenau. Robert vermutete, dass er Lilly, wie Ya-Long P'an es gesagt hatte, einfach irgendwo vergessen hatte.
Tod durch Verdursten. Er schob diesen grausamen Gedanken beiseite und konzentrierte sich auf den Horror, der sich vor ihm ausbreitete.
Die Fenster waren schwarz gestrichen, so dass kein Licht durchdringen konnte. Getrocknetes Blut klebte an den Wänden und unter der Decke. In einer Ecke stand ein Baustrahler.
Vorsichtig näherte sich Robert dem Ding in der Mitte des Raums.
Auf einer Stange aufgespießt stand das, was von einem Menschen übrig geblieben war. Bis auf den Arm fehlte jegliche Haut, und Trauben von Maden fraßen sich durch das dunkle Fleisch.
Bauch und Brust des Mannes waren wie bei Maik von oben nach unten aufgeschlitzt. Rieds Innereien hingen über seinem Kopf in einem Drahtgeflecht, drapiert wie die Äste eines Baumes. Die abgezogene Haut lag in Streifen, zum Teil aufgeworfen, rings um die Füße der Leiche.
Ein Drahtgewirr ragte etwa einen halben Meter aus einem von Rieds Augen heraus.
Robert dachte an die Inszenierung von Maiks Leiche und ignorierte das Stechen in seiner Brust. Für Trauer war keine Zeit. Er

schaute sich um, und schließlich blieb sein Blick an einer Werkbank hängen, die etwas abseitsstand und daher nicht sofort auffiel.
Sie war vollkommen leergeräumt. Vollkommen, bis auf … ein Gesicht. Rieds Gesicht ohne Augen. Wie eine Halloweenmaske, mit Haaren und Ohren, war es über einen Styroporkopf gestülpt. Es machte den Anschein, als beobachtete Ried seinen eigenen Körper.
Darüber war eine Fotocollage an der Wand befestigt. Anscheinend hatte Graf Fotos von seinen Opfern gemacht, so wie Ried Jahre zuvor. Unter einem Bild von Sebastian Grafs Kopf waren jeweils Fotos der Hautpartien zu sehen, die den Leichen nicht abgezogen worden waren. Der Rumpf von Rieds Mutter, das Bein der Chinesin und die Arme von Maik und Ried. Ein Foto fehlte. Das letzte Opfer saß vermutlich gerade in einem Polizeiauto, hörte auf den Namen Michelle und hoffte auf ein Wunder.
Zusammen ergaben die Bilder einen neuen Menschen.
Robert dachte an Grafs Krankenakte aus der Psychiatrie und ging in Gedanken alle Details noch einmal durch.
Vielleicht war Sebastian Graf tatsächlich wie ein pubertierender Junge unzufrieden mit seiner Persönlichkeit?
Ried hatte sich ein Ritual ausgedacht, um ein anderer Mensch zu werden. Doch Sebastian Graf fehlte die Stärke. Niemals hätte er jemandem etwas zuleide tun können. In der Hinsicht hatte Kramme recht.
Ried war so faszinierend anders. So stark, so animalisch. Herr über Leben und Tod. All das verleibte sich Sebastian Graf ein, kopierte Rieds Ritual und verwandelte sich nach und nach in einen anderen Menschen.
Robert riss sich von der Collage los und drehte sich um. Gröne stand in der Tür und machte keinerlei Anstalten, ins Zimmer

zu gehen. »Du siehst«, murmelte Gröne, der aussah, als wollte er sich jeden Moment übergeben, »ziemlich abstrus, das Ganze.«
Robert antwortete nicht. Alles hing jetzt davon ab, dass er das Puzzle richtig zusammensetzte. Der Hinweis war hier irgendwo versteckt.
Die Haut am Arm der Leiche wies keinerlei Beschädigungen auf. Kein Tattoo, keine Zeichnung. Nicht wie bei den anderen Opfern. Diese Inszenierung sollte nicht auf ein weiteres Opfer hindeuten. Dafür war sie zu anders.
Er dachte an Maik und das Tattoo auf seinem Arm. Eine Hand, die einen Rorschachtest an die Wand warf. Nein, er korrigierte sich, den Schatten eines Rorschachtests.
Der Raum hier war abgedunkelt, als die Kollegen ihn zum ersten Mal betraten.
Robert ging zum Lichtschalter und knipste ihn aus.
»Du kommst auch nicht weiter, was?«, fragte Gröne und verzog das Gesicht zu einem schiefen Grinsen.
Robert achtete nicht auf ihn. Zwei Persönlichkeiten. Gut und Böse. Tod und Leben. Licht und Schatten. Sein Puls schoss in die Höhe. Ja, es konnte nicht anders sein. Er tastete sich zu der Baulampe in der Ecke und schaltete sie ein.
Das grelle Licht blendete ihn. Gröne hielt sich die Hände vors Gesicht. »Was soll denn der Scheiß?«
Robert blinzelte, bis er sich an die Helligkeit gewöhnt hatte.
Die Stimmung in dem Zimmer war mit einem Mal eine völlig andere. War das Licht zuvor weich und warm gewesen, war es nun hart und gleißend. Durch die scharfen Konturen der Schatten verlor die Szene an Schrecken. Robert konnte keine Details an der Leiche mehr ausmachen.
Eben noch stand er in einer perversen und brutalen Welt, und nun bewegte er sich durch eine surreale Landschaft.

»Mein Gott!«, hauchte Gröne. »Ich sag dann mal dem Chef Bescheid.«
Robert stellte sich seitlich neben Ried, so dass er selbst nicht vom Lichtstrahl erfasst wurde. Thomas Ried badete im Licht und warf so ein Schattenbild an die Wand. Robert erinnerte sich an ein paar Bilder, die er Jahre zuvor gesehen hatte. Künstler hatten einen Müllberg angehäuft, der den Schatten eines Mädchens warf, das auf einem Hügel ein Buch las. Dies hier war ähnlich.
Kein Hügel. Kein Buch. Aber ein hochgewachsener Baum, mit Ästen, Blättern und Wurzeln. Daneben stand so etwas wie ein Gebäude. Eine Hütte oder Ähnliches.
Am faszinierendsten war das Drahtgeflecht, das aus Rieds Auge stach. Was in Wirklichkeit wie ein langgezogener, in sich verknoteter Draht aussah, zeichnete den Schatten eines Namens: Lilly.
Mehr brauchte Robert nicht zu sehen. So schnell er konnte, rannte er die Treppe hinunter, durch den Flur nach draußen, wo ihm Zellinger entgegenkam. »Was habt ihr rausgefunden?«
Robert stutzte, aber auch für Eitelkeiten war jetzt keine Zeit. »Ich glaube, Lilly ist in einer Hütte im Wald. Dort muss ein großer Baum stehen. Wahrscheinlich eine Eiche oder eine Buche. Ich brauche einen Kompass.«
Zurück im Horrorzimmer, erläuterte Robert Zellinger seine Theorie. Dabei hielt er den Kompass an die Werkbank. »Dieses Gesicht«, erklärte er kurzatmig, »schaut nicht aus Zufall in Richtung Baum. Die Wand mit dem Schattenbild ist die Baumgrenze vor dem Haus, die Werkbank ist das Haus selbst, und die Blickrichtung des Gesichts ist der Weg, den wir gehen müssen.«
Er drehte den Kompass ein wenig und richtete ihn aus. »Wenn wir uns nordwestlich halten, werden wir auf eine Hütte stoßen, die unter einem großen Baum steht. Dort müssen wir suchen.«

KAPITEL 50

Hoffnung war wie ein alles verschlingendes Feuer. Heiß, schmerzhaft, und wenn es zu lange oder zu heftig brannte, blieb nichts zurück als staubige Asche.

Und dennoch war es alles, was Michelle geblieben war.

Es hatte wieder angefangen zu regnen, und je tiefer sie in den Wald liefen, desto lauter prasselten die Tropfen auf die Bäume.

Taschenlampen schwenkten durch die Dunkelheit, Polizisten riefen sich gegenseitig irgendwelche Befehle zu. Michelle war das egal. Sie hielt sich an Robert.

Eigentlich hätte sie im Auto bleiben sollen, aber nichts in der Welt hätte sie zurückhalten können. Das hatte sie deutlich gemacht, und irgendwann hatte Robert Bendlin angeboten, an ihrer Seite zu bleiben. Das war in Ordnung, solange sie nach ihrem Mädchen suchen durfte. Außerdem war er es, der ihr Hoffnung gegeben hatte – und eine Speicherkarte. »Niemand braucht zu wissen, was Sie getan haben. Ich möchte, dass Sie so unbeschadet aus dieser Sache herauskommen wie möglich«, hatte er zu ihr gesagt und ihre Hände gedrückt.

Sebastian Graf war hier der Bösewicht. Niemand würde auf den Gedanken kommen, sie könne eine Mitschuld tragen.

Gut für dich, dass dieser Bendlin nicht weiß, was du wirklich getan hast, Michelle. Nur mich hintergehst du nicht. Ich weiß, dass du Maik getötet hast. Lillys Vater. Glaubst du, du kannst mit dieser Schuld leben? Wirst du Lilly je aufrecht in die Augen blicken können?

Glaubst du, mich *je zum Schweigen bringen zu können?*

Michelle wusste darauf keine Antwort. Damit würde sie sich zu einem späteren Zeitpunkt auseinandersetzen. Jetzt war nur Lilly wichtig. Sie blendete die Stimme für eine Weile aus.
Man hatte ihr über diesen Einsatz nicht alles gesagt. Sie waren auf der Suche nach einer Hütte, so viel wusste sie. Bendlin hielt einen Kompass vor sich und korrigierte hin und wieder ihre Richtung. Sie leuchtete ihm den Weg.
Der Untergrund verwandelte sich schnell in eine Moorlandschaft. Das Unterholz zerrte an ihrer neuen Hose, biss sich daran fest.
Unter dem Pulli, den man ihr gegeben hatte, war sie nackt, und ihre Brustwarzen kratzten schmerzhaft an der Wolle. Doch das waren Kleinigkeiten.
Ihre Brust brannte vor Aufregung, ihr Atem ging rasselnd. Sie hatte kaum die Kraft, um die Taschenlampe zu halten.
»Es muss einen richtigen Weg zur Hütte geben«, rief einer der Polizisten aus einiger Entfernung. »Ich will, dass der Krankenwagen dorthin fährt. Auch wenn er etwas länger braucht. Wo sind die Sanitäter?«
Jemand antwortete, doch er war so weit weg, dass Michelle ihn nicht verstand.
Sie konzentrierte sich auf den Waldboden, der scheinbar alles versuchte, um sie zum Stürzen zu bringen.
Dicke Regentropfen platschten ihr ins Gesicht, und plötzlich hätte sie Robert Bendlin am liebsten eine Ohrfeige gegeben. Er hatte ihr Hoffnung gemacht. So weit waren sie schon gelaufen, doch im Grunde hatten sie sich nicht von der Stelle gerührt. Überall waren Büsche und schlanke Bäume. Alles sah gleich aus. In diesem Wald würden sie niemanden finden.
Michelle stellte sich vor, wie Lilly all die Tage hier allein verbracht hatte. Im Dunkeln.
Verängstigt. Voller Hoffnung, gefunden zu werden.

Wütend warf Michelle die Taschenlampe gegen einen Baum. Der Lichtkegel blendete sie für den Bruchteil einer Sekunde. Es krachte, und um sie herum wurde es finster.
»Was machen Sie denn?«, fragte Robert Bendlin empört und stapfte durch den Morast auf sie zu. Von allen Seiten leuchteten Polizisten mit ihren Taschenlampen zu ihnen.
»Alles in Ordnung da drüben?«, rief die Stimme, die auch nach den Sanitätern gerufen hatte.
»Alles gut!«, schrie Bendlin zurück und fasste Michelle unsanft am Oberarm. »Wollen Sie Ihre Tochter nicht finden? Was soll denn der Scheiß?«
»Haben Sie schon mal daran gedacht, dass Ihre Theorie falsch sein kann? Dass wir hier unsere Zeit vergeuden?« Michelle hätte am liebsten in irgendetwas gebissen, nur um die Spannung loszuwerden.
»Jetzt hören Sie mir mal gut zu. Es ist völlig egal, ob meine Theorie richtig oder falsch ist, denn wir haben dummerweise keine andere. Im Übrigen glaube ich fest daran, dass wir auf dem richtigen Weg sind.« Dann fuhr er sanfter fort: »Mir ist klar, dass Sie fix und fertig sind. Das sind wir alle. Aber ich verspreche Ihnen, dass wir Lilly heute finden werden. Okay?«
»Ich will mir nur keine falschen Hoffnungen mehr machen. Sie ist das Einzige, was ich noch habe. Das Einzige, was mir Lebensmut gibt. Wenn sie tot ist, dann …« Das meinte sie so, wie sie es sagte. Nichts würde sie davon abhalten können.
Obwohl sie fast nichts sah und der Boden immer rutschiger wurde, beschleunigte Michelle ihre Schritte. Haare klebten ihr nass im Gesicht, und ein feines Rinnsal Regenwasser lief ihr den Rücken runter.
Es war nur eine kurze Reflexion. Nasse Rinde blitzte auf, als der Lichtkegel eines Polizisten einen Baum in gut zwanzig Metern Entfernung streifte.

Michelle schnappte nach Luft, und Regen lief ihr kalt in den Mund. Der Baum wollte sich so gar nicht in das Gesamtbild des Waldes einfügen. Er war viel breiter und größer als alle anderen Bäume ringsum.

Sie gab Robert Bendlin ein Zeichen.

»Hey«, schrie er. »Leuchtet mal hierher. Ich glaube, wir haben was.«

Im nächsten Moment fühlte sich Michelle wie in einem Wespenschwarm. Von überall her schwirrten Lichtkegel heran. Dutzende Stimmen brüllten durcheinander. Alles konzentrierte sich auf den Punkt ein paar Meter vor ihnen.

Michelle hatte das Gefühl, nur noch vorwärtszutorkeln. Ihre Schritte waren so unsicher, dass sie jeden Moment hätte stürzen können.

Im Schein der vielen Taschenlampen schälten sich die Umrisse einer Hütte aus dem Dunstschleier des Regens.

Jetzt war sie nicht mehr zu halten. Sie stürmte voran, achtete nicht auf das Dornengestrüpp, das die geliehene Hose zerriss, und blieb vor der eingefallenen Tür stehen.

Sie wartete einen Moment, bis die Polizisten näher kamen und es heller wurde, dann versuchte sie, einzusteigen.

»Lilly«, rief sie, und ihre Stimme klang so erbärmlich dünn, dass sie kaum durch das Prasseln des Regens drang. »Bist du hier? Gib uns ein Zeichen!«

Doch die Hütte war fast vollständig verfallen. Hier gab es nichts und niemanden.

Michelle torkelte rückwärts. Sie hätte nicht sagen können, ob sie weinte. Sie spürte gar nichts, außer einem Loch, das versuchte, sie einzusaugen.

Ihre Füße traten auf Holz. Es gab ein hohles Geräusch, und Glas knackte.

Erschrocken ließ sie sich auf die Knie fallen.

Unter ihr war ein altes Fenster, das achtlos auf dem Boden lag. Das Glas hatte ein Loch und war rissig.
Die Polizisten ringsum suchten die Gegend ab. Ihre Schreie dröhnten in Michelles Ohren. Das Blaulicht des Krankenwagens blendete. Regen durchnässte ihre Kleidung und lief ihr über das Gesicht. Hier war gar nichts. Nichts! Der Hinweis in Grafs Haus war ein Witz gewesen. Hier gab es nur Zerfall. Eine alte Hütte und Unrat.
Michelle erhob sich zitternd und schwach, streckte die Arme in die Luft und schrie. Sie schrie so laut, als hoffte sie, die Götter auf sich aufmerksam machen zu können.
Regen prasselte auf sie nieder und schwemmte jegliche Wärme aus ihrem Körper.
Niemand kümmerte sich um sie. Niemand ließ sich von der Suche ablenken. Nicht einmal Robert Bendlin, der vor der Hütte stand und nachdenklich aussah.
Als das letzte bisschen Kraft aus Michelle geströmt war, sackte sie zusammen. Ihr Knie ließ die Scheibe des Fensters unter ihr zersplittern und drückte auf eine Plane darunter.
Michelle hätte dort Waldboden erwartet, doch ihr Knie hing in der Luft, nur von einer Plastikfolie gehalten.
Ohne zu überlegen, stand sie auf und riss am Fenstergriff.
Es klemmte. Ließ sich kaum bewegen.
Michelle zerrte daran. Schließlich schwang das Fenster wie eine Tür auf und gab den Blick frei auf ein Loch.
Sofort war Robert Bendlin zur Stelle und leuchtete hinein.
Da lag sie.
Michelle presste eine Hand vor den Mund und schluchzte.
Am Boden kauernd und in eine Decke gehüllt.
Dort unten lag Lilly.

Die nächsten Minuten vergingen wie in Trance.
Bendlin schrie etwas, Michelle wurde zur Seite gedrängt, und Sanitäter eilten herbei. Blaulicht flackerte. Ein paar Polizisten bauten eine provisorische Leiter, Taschenlampen blendeten sie, und Bendlin ließ es sich nicht nehmen, selbst in das Loch zu steigen.
Er holte den leblosen Körper zurück in die Welt. Die Sanitäter und ein Arzt legten Lilly auf eine Liege. Einer der Polizisten, ein Mann namens Zellinger, hielt Michelle fest. Doch sie riss sich los und rannte zu der Liege.
»Aus dem Weg!«, schrie der Arzt und wickelte Lilly aus der Decke. Die Augen des Mädchens waren halb geschlossen, und der Mund war geöffnet.
Der Regen wurde immer schlimmer. Michelle ließ sich neben ihrem Kind in den Schlamm fallen, nahm ihren Kopf in die Hand und streichelte zärtlich ihre Wange. Doch Lilly rührte sich nicht.
Der Arzt riss Lillys Bluse auf und legte ihre kleinen Brüste frei. Ein Sanitäter schob ihr einen Tubus in den Mund.
»Zurück jetzt.« Der Arzt drängte Michelle zur Seite, setzte einen Defibrillator an und begann mit der Reanimation.
Das Knallen der Elektroden dröhnte wie Pistolenschüsse in Michelles Ohren.
Sie waren zu spät. Sie hatten Lilly gefunden, und doch waren sie zu spät. Eine Hand legte sich auf Michelles Schulter. Robert Bendlin stand wortlos über ihr.
Lillys kleiner Körper zuckte unter den Stromstößen, die der Arzt auf sie einprasseln ließ.
Er ging ruppig mit ihr um, daher nahm Michelle die Bewegungen zuerst nicht wahr. Aber als der Arzt den Defibrillator zur Seite legte und sich Lillys Kopf immer noch bewegte, glaubte Michelle, vor Freude in Ohnmacht zu fallen. Lilly öffnete ihre Augen.

Michelle riss den Mund auf, schluchzte und robbte durch den Schlamm hin zu ihrer Tochter. Sie schlang die Arme um Lilly.
»Mein Schatz. Lilly. Meine Kleine.« Sie drückte sie an sich, überhäufte sie mit salzigen Küssen.
»Mama!« Lilly war kaum zu hören. Ihre Stimme war schwach. Michelle streichelte ihrer Tochter über den Kopf.
»Keine Sorge«, der Arzt legte Michelle eine Hand auf den Arm. »Sie ist stark dehydriert, aber ich denke, sie wird es schaffen. Sie ist eine Kämpferin.«
»Wie ihre Mutter«, sagte Robert Bendlin und nahm sie in den Arm. Die Sanitäter hoben die Trage an und brachten Lilly in den Krankenwagen.
»Wenn es Ihnen nichts ausmacht«, sagte der Arzt weiter, »wäre es gut, wenn Sie ein paar Sachen packen würden und mit ins Krankenhaus kämen. Ihre Tochter wird jetzt viel Unterstützung und Nähe brauchen.«
Michelle zog die Nase hoch und nickte.
»Kommen Sie, Michelle«, Bendlin führte sie zu dem Weg, den der Krankenwagen gekommen war. »Ich bringe Sie zurück, und dann fahren wir zu Ihnen nach Hause. Lilly wird noch eine ganze Weile schlafen. Zeit genug, um zu duschen und ein paar Sachen zu packen. Ich helfe Ihnen.«
Michelle nickte nur. Ein Gedanke schoss ihr durch den Kopf, während sie, gestützt von Robert Bendlin, den nassen Waldweg zurückging. Ein Gedanke, den ihr Sebastian Graf eingepflanzt hatte, aber der unendlich viel Hoffnung barg:
Nur was tot ist, kann lebendig werden.
Michelle konnte sich nicht mehr erinnern, wann sie sich das letzte Mal lebendig gefühlt hatte, und auch Lilly hatte schon viel zu lange nicht mehr richtig am Leben teilgenommen.
Ein kranker Wald muss in einem reinigenden Feuer niederbrennen, damit aus der Asche neue, fruchtbare Bäume wachsen

können. So verstand Michelle die Worte. Lilly war in den vergangenen Tagen durch die Hölle gegangen. Jetzt, wo alles hinter ihr lag, konnte etwas Neues in ihr aufkeimen. Etwas, das noch unschuldig war und das nichts mit ihrer Vergangenheit zu tun hatte, denn von der war nichts übrig geblieben. Aus ihrer Asche konnte nun etwas Fruchtbares entstehen.
Michelle atmete die feuchte, würzige Waldluft ein, und ein flüchtiges Lächeln huschte über ihr Gesicht.
Wenn nur ein kleiner Funke Wahrheit in diesen Worten steckte, dann, bei Gott, würde Lilly bald wieder ein verdammt lebendiges Mädchen sein.

DANKSAGUNG

An dieser Stelle möchte ich mich bei einigen ganz besonderen Menschen bedanken, ohne die ich keinen Grund gehabt hätte, dieses Buch zu schreiben: Ihnen!

Sie als Leser haben es gekauft, ohne zu wissen, ob es Ihre Erwartungen erfüllen wird.

Ich hoffe, Sie hatten beim Lesen ebenso viel Spaß wie ich beim Schreiben.

Ihre Meinung ist mir natürlich wichtig, daher haben Sie keine Scheu, sie mir mitzuteilen. Sie erreichen mich unter der folgenden Adresse:

www.svenhuesken.de oder direkt unter

info@svenhuesken.de

Ein Buch schreibt sich nicht von selbst, und der Autor ist nur eine von vielen Personen, die an der Herstellung beteiligt sind. Daher gilt mein Dank auch all jenen, die mein Manuskript zu einem Endprodukt gemacht haben:

Danke, Eliane Wurzer, dafür, dass Sie meiner Geschichte von Anfang an vertraut haben. Dafür, dass Sie mich zu Droemer Knaur geholt und dort erfolgreich repräsentiert haben.

Danke an Andrea Müller, meine Lektorin. Sie verstehen es, die Finger in die richtigen Wunden zu drücken, und sorgen dafür, dass am Ende alles gut verheilt ist. Vor allem die Geschichte.

Ich danke auch Franz Leipold und Ulrike Gallwitz, meinen Redakteuren, für ihre hervorragende Arbeit.

Ebenfalls bedanken möchte ich mich bei meiner wundervollen Agentin Natalja Schmidt von Schmidt & Abrahams, die mich von Anfang an wie einen Profi behandelt hat. Sie bestärkt mich immer darin, die Geschichten zu schreiben, von denen ich glaube, dass sie meine Leser begeistern werden. Ich hoffe, wir werden noch viel zusammenarbeiten.

Ein paar Leute dürfen meine Manuskripte früher lesen als alle anderen. Sie sorgen dafür, dass meine Lektorin weniger Arbeit hat. Riesigen Dank an die große Tanja (Daffy) Müller, an Frauke Winter und an Marcel Laube!

Nicht zuletzt möchte ich mich bei meiner liebevollen Frau bedanken: Danke, Katja, dass du an meiner Seite bist und auch dann nicht weichst, wenn ich über Wochen in meinem Büro sitze und du mich nur siehst, wenn ich Hunger habe.

Ohne dich wäre ich nicht der, der ich bin.

Danke, dass du es mir – trotz aller Widrigkeiten – ermöglichst, den großartigsten Beruf auszuüben, den es auf der Welt gibt.

Eine Lüge versteckt man bekanntlich zwischen zwei Wahrheiten, und so sollte eine Geschichte möglichst zwischen Fakten gebettet sein. Daher möchte ich mich zum Schluss noch bei all jenen bedanken, die mir bei meinen Recherchen geholfen haben (wissentlich und unwissentlich). Vielleicht stimmen ein paar Details im Buch nicht mit der Wirklichkeit überein. In dem Fall kann es nur daran gelegen haben, dass ihr euch umständlich ausgedrückt habt.

Lag der Fehler doch bei mir, so war es künstlerische Freiheit ;)

Hamm, im April 2015

Wann haben Sie das letzte Mal
eine Leiche geöffnet?

SEBASTIAN FITZEK • MICHAEL TSOKOS

ABGESCHNITTEN

THRILLER

Rechtsmediziner Paul Herzfeld findet im Kopf einer monströs zugerichteten Leiche die Telefonnummer seiner Tochter. Hannah wurde verschleppt – und für Herzfeld beginnt eine perverse Schnitzeljagd. Denn der psychopathische Entführer hat eine weitere Leiche auf Helgoland mit Hinweisen präpariert …

»Hier geht es richtig zur Sache.« *Stern*

»Lesen Sie dieses Buch! Ich konnte es nicht mehr aus der Hand legen.« *Barbara Schöneberger*

KNAUR

»Einer von euch hat Schuld auf sich geladen,
und ihr müsst nun alle dafür büßen …«

JUDITH MARIA HERRMANN

HOTLINE

PSYCHOTHRILLER

Keine Polizei – never ever. So lautet die unumstößliche Maxime der Beicht-Hotline. Aber was tun, wenn eine Anruferin ankündigt, ihr neugeborenes Kind lebendig zu vergraben? Ein schlechter Scherz, konstatiert Chris, Initiator der Hotline, als seine Freunde und Kollegen statt einer Kinderleiche eine lebensgroße Puppe auf dem Friedhof ausgraben. Dann meldet sich die mysteriöse Anruferin erneut und verkündet, dies sei erst der Anfang …

Ein packendes, psychologisch tiefgründiges und raffiniertes Thrillerdebüt.

KNAUR